거울 속은 일요일

거울 속은 일요일

鏡の中は日曜日

슈노 마사유키 지음 · 박춘상 옮김

스핑크스

거울 속은 일요일

밀/실

더는 그런 나를 보고 싶어 하지 않을 테니

거울 속에서 태연히 빗질하는 날 도와줘.

_ 말라르메, <에로디아드>

거울 속은 일요일

범패장(梵貝莊, Maison de ptyx)

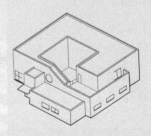

1층

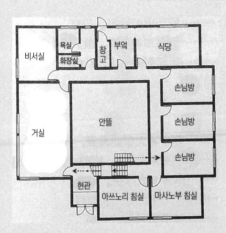

비서실
욕실
화장실
창고
부엌
식당
손님방
손님방
손님방
거실
안뜰
현관
아쓰노리 침실
마사노부 침실

2층

류시로 침실
화장실
서재
서고1
서고2
1층과 이어진 공간
1층과 이어진 공간
테라스
1층과 이어진 공간

주요 등장인물

* 괄호 안 숫자는 1987년 7월 시점의 만 나이. 고인은 향년을 표시했다.

즈이몬 류시로瑞門 龍司朗 : 프랑스 문학 연구자, '범패장梵貝莊'의 당주(56)

즈이몬 마도카瑞門 円 : 류시로의 아내, 고인(43)

즈이몬 아쓰노리瑞門 篤典 : 류시로의 장남(27)

즈이몬 마사노부瑞門 誠伸 : 류시로의 차남(23)

즈이몬 에이코瑞門 詠子 : 류시로의 장녀, 고인(8)

구라타 다쓰노리倉多 辰則 : 류시로의 비서(26)

후지데라 세이키치藤寺 青吉 : K**대학 조교수(50)

다지마 다미스케田嶋 民輔 : K**대학생, 추리소설연구회 회원(21)

고타가와 도모코古田川 智子 : K**대학생(20)

나카타니 히로히코中谷 浩彦 : K**대학생(21)

시바누마 슈시柴沼 修志 : 문예평론가(30)

가와무라 료河村 涼 : 배우(42)

노나미 요시토野波 慶人 : 변호사(36)

미즈키 마사오미水城 優臣 : 명탐정(35)

아유이 이쿠스케鮎井 郁介 : 조수 겸 기록자(27)

* 각 장의 제목은 파울 첼란의 〈코로나〉에서 따왔다.

1 장
거 울
속 은
일요일

I

양쪽 허벅지에서 따뜻한 것이 서서히 흘러나와 축축하게 퍼져간다.

허벅지와 배꼽에 이른 따뜻한 것이 허리뼈를 타고 엉덩이 쪽으로 떨어져 간다.

천이 젖어 살갗에 착 달라붙는다.

이윽고 따뜻한 것이 점점 온기를 잃다가 곧 미지근하게 바뀐다.

엉덩이 밑에 깔린 요에 미지근한 것이 번져나간다.

주변에 열기가 자욱하다.

눈꺼풀 속이 옅은 오렌지 빛으로 빛난다.

두 눈을 뜨니 유키가 나를 내려다보고 있다.

"좋은 아침."

유키가 빙긋이 웃는다.

나는 유키의 시선을 피해 눈길을 돌린다.

유키가 이불 안으로 오른손을 집어넣어 내 엉덩이 아래를 만진다.

"또 쉬를 했구나……. 참 별 수 없는 애네. 자, 일어나."

유키가 웃으며 이불을 걷고는 내 손을 잡는다.

나는 일어선다.

미지근한 것이 허벅지에서 무릎 뒤를 타고 뚝뚝 떨어진다.

나는 복도로 나간다.

발바닥에 느껴지는 바닥은 딱딱하면서도 따뜻하다.

젖은 옷이 사타구니에 달라붙는다.

불투명한 유리가 달린 미닫이문을 연다.

세탁기 옆 벽에 봉이 달려 있고, 그곳에 하얀 목욕 수건이 걸려 있다.

유키가 내 옷을 벗긴다.

잠옷과 속옷을 동그랗게 뭉쳐서 세탁바구니 속에 던진다.

나는 알몸이다.

유키가 내 손을 잡고 앞으로 이끈다.

나는 옅은 베이지색 벽에 에워싸여 있다.

발바닥에 딱딱하고 살짝 차가운 감촉이 느껴진다.

유키가 벽에 달린 후크에서 샤워기를 뺀다.

샤워기 끝에서 물이 쏟아져 나와 유키의 손바닥을 적신다.

유키가 내 앞에서 쪼그린다.

따끈한 것이 내 하반신을 상쾌하게 적신다.

따끈한 것이 내 살갗 위에서 튀어 바닥에 투두둑 떨어진다.

부드러운 손바닥이 내 아랫배와 두 무릎을 문대고, 따끈한 것이 내 몸을 씻어 내려간다.

"기분 좋아?"

유키가 고개를 든다.

입꼬리가 올라가고 하얀 앞니가 드러난다.

"하는 김에 머리도 감아버리자."

유키가 일어서서 나를 바닥에 앉힌다.

나는 자세를 낮춘다.

아버지가 문 바깥에 서 있다.

아버지가 무서운 얼굴을 하고 있다.

유키가 샤워기를 든 채로 뒤를 돌아본다.

물줄기가 바닥을 적시고 따뜻한 것이 허무하게 피어오른다.

"또 실례를 했어?"

"예."

"차라리 기저귀를 채우는 게 낫지 않나? 너도, 아침마다 힘들잖아."

기저귀를 차면 갓난아기가 된 것 같은 기분이 든다.

하지만 나는 이제 갓난아기가 아니다.

"본인이 싫어해서요. 봐요, 울잖아요."

유키가 내 머리를 쓰다듬는다.

얼굴을 덮은 손가락 사이로 나를 차갑게 내려다보는 아버지의 모습이 보인다.

아버지는 아무 말 없이 문에서 사라진다.

"자, 울지 마. 억지로 기저귀를 채우지는 않을 테니까."

기저귀를 차는 게 싫어서가 아니다.

나는 아버지가 무섭다.

*

나는 아침을 먹는다.

오른손으로 쥔 수저 가장자리에서 밥알이 주르르 흘러내린다.

유키가 젓가락질을 멈추고서 내 입을 닦는다.

창문 바깥에서 짙푸른 녹색 잎이 흔들린다.

아버지가 묵묵히 신문을 읽는다.

나는 방으로 돌아가 바닥에 앉는다.

창문에서 환한 빛이 새어들어 바닥에 줄무늬를 그린다.

유키가 방으로 들어온다.

"약 먹자."

유키가 나에게 하얀 알약과 컵을 건넨다.

겉에 물방울이 흥건히 맺혀 있는 컵이 차갑다.

나는 아무 맛도 없는 알약을 입에 넣고는 컵에 든 물로 흘려 넘긴다.

차가운 물이 목을 지나간다.

"그럼 난 빨래를 할 테니까 얌전하게 있어."

유키가 방에서 나간다.

창문에서 더위가 들어와 소용돌이처럼 휘감는다.

낮은 비명과도 같은 소리가 쉴 새 없이 울려 퍼진다.

나는 유키를 찾으러 바닥에서 일어선다.

나는 복도를 돌아다닌다.

유키는 어디에도 없다.

나는 현관을 지나 밖으로 나간다.

더위가 온 하늘에서 빛나고 있다.

지척에 있는 딱딱하고 거친 나무들의 표피에서 쉴 새 없이 낮은 비명이 울린다.

나는 두 손으로 귀를 막고 유키를 찾는다.

나는 집 외곽을 돌아 뒤로 향한다.

유키가 뒤뜰에서 요를 널고 있다.

"얌전하게 있으라고 했잖아."

유키가 곤혹스러운 얼굴로 나에게 서서히 걸어온다.

유키가 내 발을 내려다본다.

"어머, 맨발로 나왔잖아⋯⋯. 난 아무데도 안 가."

바람이 긴 갈색머리를 흩날린다. 땀 냄새가 희미하게 풍긴다.

"옆에 있어도 되지만 이렇게 더운 날에 모자를 쓰지 않으면 쓰러질 수 있어. 모자 가져다줄까?"

나는 유키의 손을 쥔다.

유키가 내 눈을 쳐다본다.

"그래, 그래. 같이 가지러 가자."

나와 유키는 손을 맞잡고서 집으로 돌아간다.

기둥에 커다란 밀짚모자가 걸려 있다.

나는 밀짚모자를 쓰고 샌들을 신는다.

나는 유키와 손을 맞잡고서 뒤뜰로 나간다.

"나무 그늘 아래에 앉아 있어."

나는 그늘 아래 풀밭에 앉는다.

무릎 부근에 솟아 있는 뾰족한 이파리 위에서, 작은 날벌레가 꿈틀거린다.

옆 땅바닥에 항아리가 박혀 있다.

항아리 바닥에 담갈색 물이 살짝 괴어 있다.

바소, 즉 화장호化粧壺를 가리키는 말이지요. 바소, 연못, 토피어리식물을 여러 동물 모양으로 다듬은 것, 세 마리의 늑대상, 그리고 카리아티드여인상으로 꾸민 돌기둥까지. 어엿한 이탈리아풍 정원이군요. 그러나 저 코끼리는 너무나도 뜬금없지 않습니까?

유키는 두 손으로 요를 안고서 건조대에 널고 있다.

요가 반으로 접힌다.

저 건너편에는 완만한 녹색 경사면이 있다.

나뭇가지들이 뒤얽히고 이파리들이 녹색에 파묻힌다.

파란 하늘에 솜사탕 같은 구름이 세 덩이 떠 있다. 더위를 어지럽히고 있다.

나는 저녁을 먹는다.

귀가한 아버지가 아무 말 없이 묵묵히 젓가락을 놀린다.

유키가 내 얼굴을 들여다본다.

"내일은 도우미 안도 씨가 오는 날이니까 얌전하게 집에 있어야 해."

나는 안도 씨가 누구인지 생각한다.

"그런 말을 해봤자 소용없잖아."

갑자기 아버지가 끼어든다.

"어차피 금세 잊어버릴 거야. 내일 아침이 되면 아무것도 기억하지 못할 테니까."

"그래도 설명을 하지 않는 것보다는 나아요."

유키가 아버지를 보고 나직이 대답한다.

나는 안도 씨가 누구인지 열심히 생각한다.

＊

나는 어둠 속에서 요에 누워 있다.

더위가 방 안에 괴어 있어 나는 살짝 땀을 흘린다.

무겁게 저리는 두 손과 두 다리가 요에 빨려든다.

얇은 이불이 온몸에 달라붙는다.

화장실에 가면 이부자리에 쉬를 하는 일은 없을 거라고 나는 생각한다.

나는 이불을 걷어차고 일어서서 복도로 나간다.

복도는 훨씬 어둡다.

어둠은 복도 안쪽으로 갈수록 깊어져간다.

나는 화장실이 어디에 있는지 생각한다.

나는 벽에 손을 대고서 화장실 위치를 떠올리려고 한다.

2층에도 화장실은 있으니 걱정하지 마시길. 애써 1층에 내려갈 필요는 없어요. 아무튼 난 서재에서 많은 시간을 보내니까.

머릿속이 빙글빙글 돈다. 가슴이 턱 막히고 숨이 가빠온다.

나는 벽에 등을 대고서 턱을 올린다.

나는 눈앞의 벽에 걸려 있는 거울을 본다.

벽 속에 있는 검은 그림자가 속삭인다.

그 꿈을

공허한 방, 화려한 장식대 위에

골회骨灰를 담은 항아리도

넣을 수 없다. 범패梵貝도 없다.

은은하게 울리는 공막空莫의

폐물이 되어버린 골동품도,

(왜냐면 이 방의 주인은 이 허무가 자랑하는 유일한

물건을 안고서

삼도천으로

눈물을 길러 갔다.)

벽이 등을 미끄러져 올라간다.
나는 복도에 엉덩방아를 찧는다.
천장에 달린 형광등이 켜지고 복도가 환해진다.
"왜 그래?"
유키가 쪼그려 앉아 내 어깨를 감싼다.
"또 혼란스러워졌구나. 진정해. 이제 울지 마."
유키가 두 손으로 내 머리를 감싼다.
좋은 향내가 내 코를 자극한다.
아버지가 복도로 나와 우리를 쳐다본다.
아버지가 아무 말 없이 무표정하게 서 있다.
나는 진저리가 날 만큼 아버지가 무섭다.

2

나는 아침을 먹는다.
유키가 내 입을 닦는다.
"오늘은 안도 씨가 오는 날이야."
나는 안도 씨가 누구인지 생각한다.
"너무 폐를 끼치면 못 써. 우리한테는 괜찮지만, 남한테까
지 폐를 끼치면 얼굴을 들 수가 없다."

아버지가 된장국을 마신다.

"괜찮아. 안도 씨는 우리 사정을 잘 알고 있고, 또 널 보살펴주는 게 일이니까."

"일주일에 한 번만 오는 건 너무 적지 않나?"

"안도 씨가 바쁜 것 같더라고요. 저번에 대여섯 집을 관리하고 있다고 했어요. 잘 나가는가 봐요."

유키의 입술이 일그러진다.

"한 사람 더 고용하면 돼."

"돈이 들어요."

"이봐, 널 위해서 하는 말이야."

아버지가 탁자 앞으로 몸을 내민다.

"매일매일, 온종일 집에 틀어박혀 이 녀석만 돌보다가는 몸이 축날 거야. 숨을 돌릴 수 있는 시간을 더 늘리는 편이 나아."

"이 녀석이라고 하지 말아요."

유키가 아버지의 눈을 지그시 쳐다본다.

*

나는 현관에 서 있다.

살집이 있는 낯선 여성이 내 옆에 있다.

"그럼 잘 부탁드립니다."

현관에 서 있는 유키가 고개를 깊이 숙인다.

"저녁이 되기 전에는 돌아올게요……. 그리고 죄송하지만,

이불 좀 말려주실 수 있나요?"

"또 실례를 했나보군요."

낯선 여성이 나를 보고 낄낄 웃는다.

유키가 고개를 살짝 끄덕인다.

"어린애로 되돌아갔으니 별 수 없죠. 부인도 너무 걱정하지 말고 느긋하게 쉬고 와요."

"그럼 부탁드려요."

유키가 또 고개를 숙인다.

유키가 현관 밖으로 나가 양산을 펼친다.

땅 위에서 아지랑이가 피어오르고 있다.

양산이 새하얀 둥근 원이 된다.

"쫓아가면 안 돼요."

낯선 여자가 내 손목을 붙잡는다.

"매일 딱 달라붙어 있으니 가끔 자유시간도 줘야죠. 자, 오늘은 내가 돌봐줄 테니 울지 마요."

낯선 여자가 걸레로 내 발바닥을 닦는다.

*

건조대에 요가 널려 있다.

저 너머에 수많은 나무들이 가지들을 한데 뒤얽은 채 우뚝 서 있다.

낮은 비명이 사방에서 쉴 새 없이 들린다.

나는 부엌 바닥에 앉는다.

"날이 더우니 점심은 소면을 먹죠."

낯선 여성이 가스레인지 앞에 서 있다.

가스레인지 위에 놓인 큰 냄비에서 김이 피어오른다.

나는 유키를 찾기 위해서 일어선다.

"안 돼요. 조금 있으면 면이 다 삶아지니 얌전하게 기다려요. 소면이 얼마나 맛있는데."

낯선 여성이 내 어깨를 두드리며 앉히려고 한다.

초인종이 울린다.

낯선 여성이 고개를 든다.

나는 낯선 여성의 손을 피해 현관으로 달려간다.

현관이 열리더니 안경을 쓴 낯선 남성이 나타난다.

낯선 남성이 나를 물끄러미 쳐다본다.

낯선 남성의 눈이 휘둥그레진다.

"죄송합니다. 자, 이리 와요……."

낯선 여성이 내 어깨를 뒤에서 안고서 안쪽으로 데려간다.

나는 거실에 숨는다.

낯선 여성은 등을 돌리고는 다시 현관으로 가서 낯선 남성과 이야기한다.

"지금 이 집 식구들이 아무도 없어요. 난 출퇴근하는 도우미고요……."

"아까 그분이 이 집 주인입니까?"

낯선 남성이 나를 힐끔 쳐다본다.

"예……."

낯선 여성이 설명한다.

낯선 남성이 뭐라고 말하며 뭔가를 낯선 여성에게 넘긴다.

낯선 남성이 현관에서 나간다.

나는 낯선 남성의 등을 바라본다.

*

"다녀왔어. 얌전하게 있었어?"

유키가 양산을 접고 내 머리를 쓰다듬는다.

"얌전하게 잘 있었어요."

낯선 여성이 생글생글 웃으며 대답한다.

"소면도 흘리지 않고 잘 먹었죠?"

낯선 여성이 내 얼굴을 들여다본다.

나는 점심을 먹었는지 안 먹었는지 생각한다.

"소면을 먹었구나? 난 소바를 먹고 왔어."

"날이 더우면 찬 음식이 당기는 법이죠. 그나저나 아직 7월 초순밖에 안 됐는데 왜 이렇게 더운지 모르겠네요."

"저도 외출하지 말 걸 후회했어요."

유키가 웃으며 원피스 옷깃을 손가락으로 집어 펄럭인다.

땀 냄새가 희미하게 풍긴다.

"아, 맞다. 밖에 계신 동안에 손님이 찾아오셨어요."

"손님요?"

유키가 이맛살을 찌푸린다.

"예. 식구분께 전해달라면서 저 봉투를 놓고 가셨어요."

낯선 여성이 현관 수납장을 가리킨다.

커다란 갈색 봉투가 놓여 있다.

유키는 이맛살을 찌푸리며 갈색 봉투를 집어 든다.

*

나는 저녁을 먹는다.

유키는 아무 말 없이 밥을 먹는다.

"오늘은 어딜 다녀왔어?"

아버지가 걱정스러운 얼굴로 묻는다.

유키는 아무 대답도 하지 않는다.

*

"또 쉬했니? 참 짓궂은 아이네."

유키가 환하게 웃으며 내 얼굴을 내려다본다.

*

더위가 복도로 스며들어 바닥과 벽에 온통 달라붙는다.

나는 유키를 찾아 복도를 걷는다.

벽에 걸린 거울 속에 검은 그림자가 어른거린다.

검은 그림자가 목소리를 죽여 말한다.

......어제 저녁을 먹을 때

유키는 울적해했어.

왜 그런지 알아?

나는 어제 저녁을 먹었는지 안 먹었는지 생각한다.

……그 갈색 봉투 때문이야.
봉투 안에
뭐가 들어 있었을까?

나는 갈색 봉투가 무엇인지 생각한다.

……넌 모든 걸 잊어버려.
모든 걸 잊고, 모든 것에서 도망쳐
이 관館에 틀어박혀 있어.

검은 그림자가 촛불처럼 흔들리며 노래를 부른다.

내 왕국은
광대한 담갈색 모피다.
그 모피를 두르고 있던 사자를
내가 죽였다.
그러나 아직
흉포한 망령이 남긴 피의 잔향이
시취와 함께 감돌며

내 가축들을 지키고 있다.

나는 두 귀를 틀어막고서 눈을 질끈 감는다.

　　　　　……자, 갈색 봉투를 찾으러 가자.

나는 유키의 방에 들어간다.

벽 쪽에 있는 수납장 가장 위에 커다란 갈색 봉투가 놓여 있다.

봉투는 난폭하게 뜯겨져 입구가 너덜너덜하다.

내용물을 꺼내려고 하자 작고 하얀 종이가 바닥에 떨어진다.

나는 종이를 줍는다.

종이에는 소대가리와 이름이 적혀 있다.

이것으로 내 추리는 끝입니다. 검지와 중지에 끼인 담배를

앞으로 척 내밀었다. 그리고 죄를 지은 자는 죗값을 치러야만
합니다.

나는 갈색 봉투 안에서 편지를 꺼낸다.
나는 편지를 읽는다.

갑작스럽게 편지를 보내서 실례합니다.
실은 저희들은 14년 전(1987년) 가마쿠라시 조묘지淨明寺의
범패장梵貝莊에서 벌어졌던 살인사건을 조사하고 있습니다.
그래서 당시 관계자들께 꼭 말씀을 여쭙고 싶습니다.
시간을 오래 빼앗지는 않을 것이고, 여러분들의 사생활도
충분히 배려할 테니 부디 협력해주시길 부탁드립니다.
조사 담당자는 (유)딤 옥스 대표이사이자 수많은 난제를
해결한 현대의 명탐정 이스루기 기사쿠 씨입니다. 이스루기
씨가 지금껏 해결해온 사건은…….

이쪽은 미즈키 씨입니다. 노나미 요시토가 미즈키를 소개했
다. 직업은 명탐정이죠. 화요회 멤버 모두의 눈이 휘둥그레졌
다. 시바누마 슈시를 비롯한 몇몇은 노골적으로 한심하다는
표정으로 콧방귀를 끼고는 미즈키를 물끄러미 쳐다봤다. 진짜
라니까요. 노나미가 황급히 말을 덧붙였다. 최근에 미즈키 씨
가 활약하는 모습을 바로 옆에서 지켜봐서 장담할 수 있습니
다. 놀라운 재능의 소유자이죠. 노나미는 미즈키에게 푹 빠져

있는지 그렇게 힘주어 말했다.

나는 복도 벽에 손을 대고서 거울을 들여다보고 있다.

……생각이 났나?

뭐가…….

……범패장 사건 말이야.
아직도 떠오르질 않나?
너한테도
그리운 사건일 터인데.

무언가가 머릿속에 걸린다.
범패장이라는 단어가 머릿속에서 되울린다.

……뭐, 됐다.
언젠가 떠오르겠지.
그나저나 이 이스루기 기사쿠
(묘한 이름이로군!)
라는 남자는
과연 얼마나 대단한
명탐정인지 궁금하군.

3

"몇 살인가요?"

나는 이제 갓난아기가 아니다.

하지만 기저귀를 차면 갓난아기가 된 것 같은 기분이 든다.

"……모르겠습니까?"

하얀 가운을 입은 남자가 윗몸을 책상 쪽으로 돌린 채 종이에 무언가를 적는다.

"오늘은 몇 년 몇 월 며칠, 무슨 요일입니까?"

14년 전이라는 단어가 불현듯 머릿속에 떠오른다.

오늘은 14년 전의 14년 후입니다.

하얀 가운을 입은 남자가 무언가를 적는다.

"우리가 지금 어디에 있습니까?"

나는 주변을 둘러본다.

하얀 가운을 입은 남자가 책상 앞에 앉아 있다.

책상 뒤쪽 벽에 하얀 상자가 붙어 있다.

유키가 내 어깨 너머에 있는 하얀 가운의 남자를 쳐다본다.

"집입니까? 병원입니까? 시설입니까?"

병원.

나는 병원에 있다.

"지금부터 말하는 세 단어를 똑같이 따라서 해보십시오. 벚꽃, 고양이, 전철."

벚꽃고양이전철.

벚꽃고양이전철.

벚꽃고양이전철.

"나중에 또 물어볼 테니 잘 기억해두십시오."

하얀 가운을 입은 남자가 볼펜 끝으로 머리를 긁적인다.

"백에서 칠을 빼면 얼마입니까?"

이유는 잘 모르겠지만 흔히들 탐정은 수학을 잘 할 거라고 생각하더군요. 수학하면 논리적 사고의 대표격이라는 이미지가 떠올라서 그런 게 아닐까요?

"백 빼기 칠 말입니다. 모르겠습니까?"

아쉽지만 난 수학을 전혀 못합니다. 완전히 문과 인간이죠. 그래서 오늘 노나미 씨에게 부탁해 화요회에 참석하게 됐습니다. 즈이몬 류시로 씨를 꼭 뵙고 싶었거든요. 그거 영광이로군요. 여하튼 신기한 손님은 대환영이오.

"지금 말하는 숫자를 역순으로 말해주십시오. 육, 팔, 이."

이팔육.

"오, 이, 구."

구이오.

하얀 가운을 입은 남자가 책상 쪽으로 몸을 돌려 무언가를 적는다.

"아까 기억해두라고 했던 단어를 다시 한 번 말해주십시오."

벚꽃고양이…….

"세 번째 단어는 탈것입니다."

벚꽃고양이…….

벚꽃고양이…….

"됐습니다. 저기, 괜찮습니까?"

하얀 가운을 입은 남자가 곤혹스러워한다.

유키가 하얀 천으로 내 눈가를 훔친다.

"대답을 못하더라도 선생님께서는 혼을 내시지 않아."

유키의 목소리가 내 귓불에 따뜻하게 닿는다.

하얀 가운을 입은 남자가 볼펜을 책상에 올려둔다.

"그럼 1층에서 MRI 검사를 받고 오십시오."

*

하얀 모자를 쓴 낯선 여자가 몸을 웅크려 얼굴을 가까이 댄다.

"큰 소리가 날 텐데 놀라지 마세요."

낯선 여자의 얼굴이 사라진다.

천장에 달린 형광등이 빛을 흩뿌리고 있다.

피아노 소리가 들린다.

슈만의 〈트로이메라이〉.

등에 닿아 있는 대가 움직이더니 나는 어두운 동굴 속으로 빨려든다.

〈트로이메라이〉가 끊기고 소음이 울려 퍼진다.

나는 귀를 막으려 했으나 할 수 없다.

내 두 팔이 대에 단단히 고정되어 있다.

*

하얀 가운을 입은 남자가 거멓고 납작한 것 두 장을 하얀 상자에 붙인다.

하얀 상자가 불을 밝힌다.

거멓고 납작한 것에 하얀 타원형 실루엣이 비친다.

"MRI 사진을 보면 뇌세포의 위축은 거의 진행되지 않은 것 같습니다."

하얀 가운을 입은 남자가 유키 쪽으로 몸을 돌린다.

유키는 두 손을 무릎 위에 올린 채 유심히 듣고 있다.

"지능도 거의 떨어지지 않고 안정되어 있는 듯하군요. 기억 장애는 어떻습니까?"

"뭐든지 금세 까먹는 것 같아요. 어제 있었던 일은커녕 아침에 있었던 일도 저녁에 잊어버립니다."

"요즘 언동에는 변화가 없었습니까?"

하얀 가운을 입은 남자가 묻자 유키가 잠시 생각에 잠긴다.

"종종 거울을 들여다보며 무언가 말을 하더라고요."

"아아, 치매 환자한테서 종종 볼 수 있는 증상이죠. 거울 속 자신과 대화를 나누는……. 그래도 거울 속에 비친 상이 자신이라는 걸 확실히 인식하고 있습니다. 그 증거로 거울을 들여다보고 있는 환자의 등 뒤에 서면 바로 돌아보지요. 거울에 비친 다른 사람한테는 결코 말을 걸지 않습니다."

하얀 가운을 입은 남자가 온화하게 웃는다.

"어째서 거울 속에 있는 자신한테만 말을 거는지, 대체 누구와 무슨 이야기를 하는 건지……. 그것만은 환자 본인밖에 모르겠지만."

"본인도 모르지 않을까 싶은데."

유키가 시시하다는 투로 대답한다.

"배회를 하곤 합니까?"

"종종 밤에요."

하얀 가운을 입은 남자가 고개를 살짝 끄덕이고서 책상 위 종이에 무언가를 적는다.

"약 2주치를 처방해드릴 테니 약국에서 타 가십시오."

하얀 가운을 입은 남자가 유키에게 종이를 넘긴다.

"혹시 몰라서 말씀드립니다만, 염산도네페질은 치매 증상의 진행을 억제할 뿐 치료약은 아닙니다. 그러니……."

유키는 남자에게서 종이를 받아든 뒤 의자에서 일어선다.

"의사들은 왜 그렇게 당부를 하지 못해서 안달인지 모르겠네요. 그 얘기는 벌써 여러 번 들어서 잘 알고 있습니다. 낫지 않는 병이라는 사실도요."

＊

"신사에 들렀다가 돌아갈까?"

유키가 차를 세우고서 내 쪽으로 고개를 돌린다.

"모자 똑바로 써야지. 그러다가 일사병에 걸려."

나는 야구모를 쓴다.

유키를 따라 나는 차에서 내린다.

주차장에 있으니 몹시 덥다.

아스팔트에서 열기가 솟고, 아지랑이가 피어오른다.

유키는 하얀 양산을 펼친 뒤 내 손을 잡고서 걷는다.

길가에 커다란 관광버스가 세워져 있다.

우리는 신사 경내로 들어간다.

연못에 걸려 있는 다리를 건넌다.

탁한 녹색 수면 위에 주변에 심긴 무성한 나무들이 거꾸로 비친다.

수많은 사람들이 오른쪽에 있는 연못을 구경한다.

꽃무늬 원피스를 입은 젊은 여성이 포즈를 취한다.

티셔츠와 청바지를 입은 젊은 남성이 셔터를 누른다.

유키는 오른쪽 어깨에 양산 손잡이를 걸친 채 천천히 자갈길을 나아간다.

내 오른손은 유키의 부드럽고도 기분 좋은 왼손에 휩싸여 있다.

덩치가 크고 털이 덥수룩한 남자가 화려한 알로하셔츠에

반바지를 입고 있다.

백발 여성이 덩치가 크고 털이 덥수룩한 남자에게 말을
건다.

"Where are you from?"

"Dallas, Texas. United States."

"I'm from Germany. Do you enjoy yourself?"

"Yes, of course."

프랑스어를 알려주지 않겠어요? 뭐라고요? 프랑스어 말입
니다. 유창하지 않습니까? 대학 시절에 살짝 맛만 봤을 뿐이
라서 완전히 까먹었거든요. 당신이 꼭 도와주셨으면 합니다.
그건…… 이번 사건과 관계가 있는 겁니까?

유키가 발걸음을 멈추고서 왼편에 있는 연못으로 시선을
돌린다.

"역시 가끔 오니 참 좋네."

유키는 눈을 가늘게 뜨고서 연못을 둘러싸고 있는 소나
무들을 물끄러미 쳐다보고 있다.

수많은 사람들이 연못을 쳐다보고 있다.

어딜 가나 더위가 그득하다.

하지만 연못 가운데에서 시원한 기운이 살짝 솟는다.

나는 유키와 손을 잡고서 걷는다.

이윽고 연못은 사라지고 양편에 나무가 늘어선 똑바른 길이 이어진다.

저 멀리 붉은 기둥과 기와지붕이 보인다.

우리는 자갈길을 걸어 신사에 이른다.

기둥에 선명한 주색이 칠해져 있다.

목책에 에마말 그림이 그려진 나무판, 소원을 빌며 건다가 수십 개나 걸려 있다.

나무에 수많은 오미쿠지길흉을 점치기 위해서 뽑는 제비, 흉한 운세를 뽑았을 때는 제비를 나뭇가지에 묶는다가 묶여 있다.

유키는 접은 양산을 옆구리에 끼고서 방울을 울린다.

유키가 두 손을 맞대고서 눈을 감는다.

우리는 신사를 나와 계단을 내려간다.

*

우리는 주차장으로 돌아가 차에 탄다.

유키가 내 머리에서 야구모를 벗긴다.

차가 더위를 반사하는 아스팔트 위를 미끄러지듯 지나간다.

*

버스 정류장 바로 앞에서 차가 멈춘다.

"찬 음료수를 사올게."

유키가 안전벨트를 푼다.

"뭘 마시고 싶니?"

콜라.

"콜라 말이지. 알았어."

유키가 푹푹 찌는 바깥으로 나간다.

하얀 양산이 펼쳐지더니 유키의 머리를 감춘다.

좁은 도로 바로 오른편에 하천이 흐르고 있다.

희미하지만 하천을 따라 시원한 기운이 흘러간다.

도로 왼편에는 집들이 늘어서 있다. 그 사이로 녹음이 짙은 산이 엿보인다.

산에서 낮은 비명들이 쉴 새 없이 들린다.

차창을 툭툭 두드리는 소리가 들린다.

낯선 젊은 남자가 나를 내려다보고 있다.

이마에 땀에 흠뻑 맺혀 있다.

나는 차창을 내린다.

차창 틈새로 더위가 흘러든다.

"미안한데 뭐 좀 물어볼 수 있을까요? 조묘지에 어떻게 가요?"

이 부근이 전부 조묘지입니다.

낯선 젊은 남자가 의아해하며 고개를 가로젓는다.

"아니, 조묘지浄妙寺라는 절에 가고 싶은데요."

버스를 타고 올 수도 있지만, 가마쿠라역에서 택시를 잡아 조묘지 범패장이라고 말하면 데려다줘요. 맞아요, 동네 이름도 조묘지입니다. 절은 묘할 묘妙 자를 써서 조묘지浄妙寺, 동네 이

름은 밝을 명明 자를 써서 조묘지净明寺입니다. 절 이름을 그대로
지명으로 쓰면 불경스러울 것 같아서 한 글자를 바꾼 거죠.

나는 조묘지가 어디인지 생각한다.

낯선 젊은 남자가 당혹스러워하며 나를 본다.

양산을 쓴 유키가 돌아온다.

"무슨 일인가요?"

"아, 죄송합니다."

낯선 젊은 남자가 유키를 돌아본다.

그가 입은 회색 티셔츠 등 부분이 검게 번져 있다.

"조묘지가 어디 있는지 혹 아시는지⋯⋯."

"관광객이신가요? 조묘지에 참배를 하러 가는 길인가요?"

"예."

유키는 낯선 젊은 남자에게 무어라 설명하며 오른손으로
방향을 가리킨다.

낯선 젊은 남자가 감사 인사를 하고서 떠난다.

"참 특이하네. 조묘지에 참배하러 가다니."

유키가 운전석에 탄다.

"자, 콜라."

유키가 나에게 파란색 캔을 건넨다.

찬기를 뿜어내는 캔에 물방울이 맺혀 있다.

4

"대화하는 건 딱히 상관없지만."

유키가 수화기를 쥐고서 거실 가운데에 서 있다.

"하지만 평일은 곤란해. 평일에는 집에 나와 병자밖에 없어서······."

나는 바닥에 배를 깔고 누워 있다.

창문에서 새어드는 환한 빛이 일그러진 줄무늬를 빚어낸다.

빛의 끝이 유키의 엄지발가락을 스친다.

바닥은 공기보다 차가워서 내 가슴과 배를 부드럽게 압박한다.

유키가 벽에 걸린 달력을 곁눈으로 본다.

"사정이 그러니 일요일이 좋겠는데······. 15일? 음, 알았어. 그럼 15일에······."

유키가 한숨을 작게 내뱉고서 수화기 버튼을 누른다.

나는 유키의 발목을 쥔다.

유키의 발목은 통통하고 부드럽다.

툭 튀어나온 복사뼈가 내 손바닥 가운데를 누른다.

유키가 다른 발끝으로 내 뺨을 쓰다듬는다.

유키가 쪼그려 앉아 나에게 얼굴을 가까이 댄다.

"차 마실까?"

유키가 내 옆구리에 두 손을 집어넣는다.

나는 일어선다.

나는 유키의 손을 잡고 복도로 나온다.

더위를 머금은 바람이 내 얼굴에 닿는다.

우리는 부엌으로 들어간다.

유키가 찬장에서 유리컵을 꺼내고는 수도꼭지를 틀어 물을 붓는다.

물이 소용돌이치고 컵 바깥으로 물방울이 튄다.

그때 갑작스레 원형 연못 중앙에서 물이 솟았다. 연못 바로 옆에 앉아 있던 다지마 다미스케가 뒤에서 물보라를 맞고 무심코 비명을 작게 질렀다. 그가 허둥대는 꼴을 보고 고타가와 도모코가 웃음을 터뜨렸다. 다지마는 창피한 표정을 짓더니 오른손으로 목을 훔치며 일어섰다.

유키가 나에게 하얀 알약과 컵을 건넨다.

나는 맛이 없는 알약을 입에 머금고는 차가운 물로 목구멍에 흘려 넘긴다.

"너무 더워서 불을 피울 엄두가 안 나네."

유키가 내가 건넨 빈 컵을 받아 개수대 바닥에 내려놓는다.

"아버지 몰래 시켜먹을까?"

유키가 장난꾸러기처럼 빙긋 웃었다.

나는 유키의 웃음을 좋아한다.

"가끔 시켜먹을 수도 있지 뭐. 주부만이 누릴 수 있는 특권이야."

배달, 배달, 하고 중얼거리며 유키가 복도로 나간다.

배달, 배달.

나는 그 단어를 읊조리며 유키의 뒤를 쫓아 거실로 돌아간다.

유키가 자세를 낮춰 탁자 위에 놓인 수화기를 집어 든다.

유키가 수화기 버튼을 누른다.

*

무거운 검은 상자의 뚜껑을 여니 적갈색 사각형이 세 개 늘어서 있다.

유키가 젓가락으로 적갈색 사각형을 잘게 가른다.

밥알이 검게 더럽혀져 있다.

유키가 젓가락으로 가른 조각을 집는다.

나는 입을 연다.

달콤함과 매콤함이 입안을 뒤덮는다.

입천장이 끈적거린다.

"꼭꼭 씹어 먹어."

나는 미끄덩한 조각을 꼭꼭 씹는다.

탁한 주색이 칠해진 밥그릇에서 김이 모락모락 피어오른다.

"맛있어?"

미끄덩한 것이 목에 걸려 나는 헛기침을 한다.

밥알이 탁자에 튄다.

유키가 내 등을 문질러준다.

유키가 내 입에 유리컵을 댄다.

입 안으로 차가운 호박색 액체가 가득 들어와 목구멍을 지나간다.

"시라야키소금이나 간장을 치지 않고 그대로 구운 생선가 더 먹기 좋았으려나."

유키가 무거운 검은 상자의 뚜껑을 연다.

하얗고 통통한 사각형이 세 개 늘어서 있다.

유키가 젓가락으로 하얗고 통통한 사각형을 잘게 가른다.

*

아버지가 현관에 서 있다.

"다녀오셨어요."

아버지가 현관 옆을 내려다본다.

현관 옆에 무거운 검은 상자 두 개가 쌓여 있다.

"들켰나? 낮에 시켜먹었어요."

유키가 혀를 빼꼼 내민다.

"배달 음식이야 얼마든지 시켜먹어도 상관없어."

아버지가 검은 가죽 가방을 내려두고서 구두를 벗는다.

아버지가 나를 힐끔 보더니 집 안으로 들어온다.

아버지가 거실에 들어간다.

나는 유키와 함께 거실에 들어간다.

탁자 위에 밥공기와 접시가 놓여 있다.

밥공기는 세 개가 있는데 모두 푸른색이고 소나무가 그려져 있다.

하얀 직사각형 접시 세 개에는 각각 노릇노릇하게 구워진 방추형紡錘形이 놓여 있다.

동공이 없는 희멀건 눈알이 나를 올려다본다.

아버지의 젓가락은 거멓고 윤이 흐른다.

유키의 젓가락은 하얗고 거슬거슬하다.

내 숟가락은 은색인데 파랗고 큰 손잡이가 달려 있다.

아버지가 탁자 앞에 앉아 있다.

옷걸이에 아버지의 외투가 걸려 있다.

유키가 앉고, 나는 유키 옆에 앉는다.

나는 저녁을 먹는다.

"저기, 일요일 오후에 집에 계시지 않겠어요?"

유키가 아버지를 본다.

"상관없긴 한데 무슨 일이야?"

아버지가 밥공기를 내려놓는다.

아버지의 오른쪽 입가에 밥알이 붙어 있다.

"손님이 와요. 저 혼자 만나기가 좀 꺼려서……."

"가끔 손님과 만나는 것도 괜찮지. 기분전환이 될 거야."

"기분전환이 될 만한 손님이 아니에요. 14년 전 살인사건 이야기를 하려고 오는 사람이라서."

유키의 입술이 일그러진다.

"14년 전 살인사건……."

아버지가 내 얼굴을 본다.

아버지가 유키 쪽으로 고개를 돌리더니 고개를 젓는다.

"난, 이제 살인 이야기 따윈 듣고 싶지 않아. 지긋지긋해. 너도 마찬가지잖아?"

"뭐, 상대가 얘기를 하고 싶어 하니 별 수 없죠."

유키가 탁자 위에 떨어진 밥알을 줍는다.

*

나는 어두운 복도에 서 있다.

나는 왜 어두운 복도에 서 있는지 생각한다.

눈앞에 있는 거울 속에서 검은 그림자가 대답한다.

......퍽 많이 떠올랐나 보군.

14년 전.

범패장.

살인사건.

자, 시신은 어디에 있지?

시신을 찾으러 가자.

나는 시신을 찾고자 복도를 걷는다.

부엌이 가까워진다.

그럼 시바누마 님, 가와무라 님, 노나미 님은 식당 근처 손님방을 쓰시고, 후지데라 님은 마사노부 씨의 침실을 쓰도록 하십시오. 다지마 님과 나카타니 님은 죄송하지만 거실에서 주무시면 안 되겠습니까? 그리고 나머지 분들은 2층 서고에서 묵으시는 게 어떨까요? 소파 침대가 비치되어 있으니.

나는 뒤뜰로 나간다.

밤의 바닥에 더위가 침전되어 있다.

발바닥에 풀이 짓눌리고, 발목 부근이 간지럽다.

반달이 빛난다.

진주색 빛이 나뭇잎들을 검게 물들인다.

진주색 빛이 항아리를 희미하게 빛내고 있다.

뒤뜰에는 항아리가 있다.

하지만 뒤뜰에는 분수가 없다.

세 마리의 늑대는 없다.

금색 조각상은 없다.

수선화를 든 소녀는 없다.

덱체어에 앉아 담소를 나누는 손님도 없다.

나무들이 새카만 실루엣이 되어 내 앞을 가로막는다.

누군가가 내 어깨를 붙잡는다.

"집으로 돌아가자."

뒤를 돌아보니 유키가 서 있다.

그늘이 져 있어서 유키의 얼굴이 보이지 않는다.

유키가 팔로 내 어깨를 두른다.

나는 유키를 따라 집으로 돌아간다.

"내 방에 들어와서 갈색 봉투 내용물을 봤지?"

나는 고개를 구부려 유키를 내려다본다.

나는 갈색 봉투가 무엇인지 생각한다.

"명함이 떨어져 있었어. 그 이상한 명함 말이야."

소대가리, 명탐정, 이스루기 기사쿠.

"뭐 떠오르는 게 있어?"

빛이 유키의 얼굴 오른쪽 절반을 비춘다.

오른쪽 절반밖에 보이지 않지만, 유키가 진지한 눈으로 나를 쳐다본다.

나는 고개를 가로젓는다.

"그래……."

유키가 서글프게 웃는다.

5

초인종이 울린다.

"방에 얌전히 있어."

유키가 그렇게 말하고서 복도로 나간다.

유키의 뒤를 쫓아 아버지가 걸어간다.

나는 방을 나와 현관을 쳐다본다.

유키와 아버지가 나에게서 등을 돌린 채 서 있다.

그 맞은편에 안경을 쓴 낯선 남자가 있다.

"누차 폐를 끼쳐서 죄송합니다."

낯선 남자가 고개를 가볍게 숙인다.

"저희야말로 멀리서 힘들게 오시게 해서 송구스럽네요."

유키가 한손을 허리에 댄 채 등을 쭉 펴고 있다.

"그나저나 멋진 저택이군요."

낯선 남자가 손수건으로 목에 흐르는 땀을 훔치며 주변
을 둘러본다.

낯선 남자가 눈을 가늘게 뜨고서 나를 쳐다본다.

"저 분은……."

유키가 뒤를 돌아 종종걸음으로 다가온다.

"자, 방에 들어가……."

유키가 나를 방 안으로 데리고 간다.

유키가 복도로 나와 방문을 닫는다.

나는 방 가운데에 앉는다.

창문에서 환한 빛이 새어들어 탁자 그림자를 바닥에 드리
운다.

대화하는 소리와 발소리가 작게 들린다.

노나미 씨가 2층으로 올라가는 발소리를 들으신 분 없으십
니까? 미즈키가 묻자 모두들 서로의 얼굴을 쳐다봤다. 안타
깝지만 아무 소리도 못 들었어. 먼저 가와무라가 말했다. 그
는 이맛살을 찌푸리며 심각한 표정을 짓고 있는데, 저런 연기
는 텔레비전 드라마에서 여러 번 본 것 같기도 하다. 한밤중이

라서 푹 자고 있었거든. 비명을 듣고서야 눈을 떴어. 가와무라는 귀를 틀어막고 싶어지는 그 절규를 다시금 떠올렸는지 얼굴을 찡그렸다. 이번에는 진실하게 보였다.

나는 유키를 찾고자 복도로 나간다.

나는 부엌 앞을 지나 거실로 향한다.

거실 문이 열려 있고, 유키와 아버지와 안경을 쓴 낯선 남자가 탁자를 에워싸고 앉아 있다.

"……이런 이유로 14년 전 범패장 사건을 다시 조사하고 있습니다. 명탐정 미즈키 마사오미가 훌륭하게 해결해낸 사건을 다시 파헤치는 건 불손한 행위입니다만……."

노나미 씨, 내 직업은 탐정이 아니랍니다. 그저 우연히 여러 사건에 얽혔을 뿐이죠……. 미즈키는 오른쪽 손가락 사이에 끼운 가느다란 담배를 맛있게 한 모금 피웠다. 그나저나 재떨이는 있습니까?

"미즈키 마사오미는 누구죠?"

유키가 유리컵을 입술에 댄다.

낯선 남자가 차가운 시선으로 유키를 쳐다본다.

"이거 실례했군요. 미즈키 마사오미는 다시 말해……."

"방에 얌전히 있으라고 했잖아."

아버지가 일어서서 나에게 다가온다.

나는 복도 벽으로 물러나 몸을 움츠렸다.

"손님이 와 있으니 방에 있으라고."

아버지의 오른손이 다가온다.

나는 복도에 주저앉는다.

"그 나이 먹고 울지 마!"

아버지의 얼굴이 붉어진다.

"화내지 말아요."

아버지 뒤에서 유키가 나타난다.

"어린애로 돌아갔으니 울 수도 있잖아요."

"난 이 녀석을 보고 있으면 속이 부글부글 끓어."

아버지가 주먹으로 벽을 때린다.

"손님이 있어요."

유키가 그렇게 말하니 아버지가 낯선 남자를 돌아본다.

안경을 쓴 낯선 남자가 우리를 쳐다보고 있다.

"자, 울지 마. 아버지가 화를 내시니 방에 있자."

유키가 복도에 쪼그려 앉아 내 머리를 쓰다듬는다.

유키가 고개만 뒤로 돌려 낯선 남자를 본다.

"잠시 기다려주세요."

유키가 나를 일으켜 방으로 데리고 간다.

*

나는 방 가운데에 엉덩이를 대고 앉아 있다.

창 밖에서 소나무 가지가 좌우로 천천히 흔들린다.

더위를 머금은 바람이 내 뺨을 쓰다듬는다.

가슴과 배가 젖어 천이 살갗에 달라붙는다.

복도에서 발소리가 들린다.

나는 기어서 방 문을 살짝 연다.

나는 복도를 엿본다.

아버지가 거실에서 나와 복도를 걷는다.

우선 내 보잘 것 없는 장서들을 본 뒤에 안뜰로 안내해드리지요. 서고는 2층에 있습니다. 2층으로 올라가야 안뜰로도 내려갈 수 있습니다.

나는 방 문을 닫는다.

나는 바닥에 엎드려 천장을 올려다본다.

천장에 돌출부가 종횡으로 뻗어 있고, 수많은 정사각형들이 가지런하게 구획되어 있다.

까마귀

스테판 말라르메 시집

반수신半獸神의 오후

청동전서

식물지

약초지

성진보星辰譜

페르시아사

인도사

미지근한 바람이 나를 감싼다. 바람과 살갗의 경계가 모호해진다.

나는 두 눈을 감는다.

눈꺼풀 안쪽에서 담녹색이 몽롱하게 솟아오른다.

나는 하얀 덱체어에 앉아 홍차를 마시고 있었다. 사방이 창문이 없는 콘크리트 벽에 둘러싸여 있고, 머리 위에는 사각형으로 잘려나간 파란 하늘이 있다. 연못에서 솟구치는 분수의 물보라에 비스듬하게 비치는 햇빛이 반사되어 반짝반짝 빛나고 있다. 동그란 연못 주변에 배치된 세 조각상이 땅바닥에 그림자를 드리우고 있었다.

사람들은 나와 마찬가지로 덱체어에 앉아 있다. 어떤 자는 티컵 손잡이를 쥐고서 홍차를 홀짝이고 있고, 어떤 자는 담배를 피우고 있고, 어떤 자는 큰 접시에 수북이 쌓여 있는 크래커를 집어먹고 있었다. 표정들은 하나같이 여유로웠다. 모두들 의자에 등을 기댄 채 대화를 즐기고 있었다.

"말라르메는 시의 형식을 대단히 중시했습니다. 형식에서 비롯되는 아름다움이나 의미가 있지 않겠습니까? 과연 자유분방하게 써야만 상상력을 모조리 드러낼 수 있는지 사실 의문이군요."

"본격 미스터리와 비슷하네요. 본격 미스터리에도 여러 규칙이나 제약들이 있습니다. 요즘에는 그러한 것들이 고지식하다면서 완전히 무시되고 있습니다만, 실은 그러한 제약에서 비롯되는 아름다움이나 의미가 있지 않을까요?"

"말라르메는 분명 포를 애호하긴 했지요. 다만 오로지 시뿐이었지만."

나는 눈을 뜬다.

유키와 낯선 남자가 문에 서 있다.

유키와 낯선 남자가 나를 내려다보고 있다.

"이 사람이 당신도 만나보고 싶다고 해서."

낯선 남자가 나를 쳐다보며 무슨 말을 하려다가 이내 말끝을 흐린다.

"얘기, 해보겠어요?"

"아뇨…… 됐습니다."

낯선 남자가 얼굴을 찡그리고는 고개를 가볍게 숙인다.

유키와 낯선 남자가 방에서 나간다.

나는 다시 눈을 감는다.

허공에 튀어오르는 물방울들이 반짝인다. 금색 조각상의 등이 햇빛을 반사한다. 세 마리의 늑대들이 어금니를 드러낸다. 허리를 굽혀 수선화를 꺾던 소녀가 두 무릎 사이로 나를 들여다본다…….

6

어두운 복도가 곧장 이어져 있다.
현관만이 희미한 불빛을 발하고 있다.
복도에서 전해지는 차가움에 발이 싸늘해진다.
무더운 공기가 얼굴을 스치고 흘러간다.
바람이 창문을 흔드는 소리.
작은 종이 울리는 소리.
집 주위에 숨어 있는 작은 생물들의 소리.
나는 벽에 걸려 있는 거울을 다시 쳐다본다.

　　　　　　　……이스루기는 또 오겠지.
　　　　　　안뜰에서 시신을 발견해서
　　　　　　사건의 진상을 밝힐 때까지
　　　　　　몇 번이고 이 관을 방문하겠지.
　　　　　명탐정이란 족속은 다 그런 법이야.

나는 뜰에 시신이 있었는지 생각한다.

　　　　　　　　　……뒤뜰이 아냐.
　　　　　　　　　　안뜰이야.
　　　　　　　　네가 잘 알고 있을 거다.
　　　　　　　2층으로 올라가지 않으면

안뜰로 내려갈 수가 없어.

2층으로 올라가지 않으면 안뜰로는 내려갈 수가 없군요. 테라스에서 이어지는 계단 말고는 다른 출입구는 없을 뿐더러 안뜰 벽에는 창문조차 달려 있지 않아. 정말이지 특이한 설계로군.

······2층으로 올라가지 않으면
안뜰로는 내려갈 수가 없다.

나는 2층으로 가는 계단을 찾아 어두운 복도를 헤맨다.
나는 부엌 앞을 지난다.
나는 부엌 안을 들여다본다.
창문에서 진주색 빛이 새어들어 미끄러운 바닥을 흐른다.
연분홍색 커다란 상자가 우웅, 하고 낮은 소리를 낸다.
부엌에 계단은 없다.
나는 욕실 문을 연다.
물 냄새가 희미하게 풍긴다.
어둠 속에서 가만히 내부를 주시하니 사각형 용기가 뿌옇게 떠오른다.
하지만 욕실에 계단은 없다.
나는 화장실 문을 연다.
달콤한 인공 향기가 코를 자극한다.
나는 콧잔등을 찡그린다.

화장실에 계단은 없다.

나는 복도로 돌아간다.

나는 가만히 멈춰서 창밖을 바라본다.

거의 동그란 달이 하늘에 걸려 있다.

얼핏 하늘이 거멓게 보인다. 하지만 가만히 쳐다보니 검은 색이 아니라 아주 짙은 청색임을 깨닫는다.

진주색 빛에 비친 구름에만 하얀 보풀이 나 있다.

산은 거멓게 웅크리고서 숨을 죽이고 있다.

낮에 쉴 새 없이 들리던 낮은 비명도 잠잠하다.

뜰 가운데에 건조대가 고요히 서 있다.

하지만 여긴 안뜰이 아니다.

나는 복도로 돌아간다.

매끈매끈한 복도에 발바닥이 빨려들어 찰팍찰팍, 하는 소리가 난다.

이윽고 나는 예기치 않게 계단 앞에 서 있다.

발치에 있는 계단 두어 단만이 희미하게 떠오른다.

나는 계단을 올려다본다.

계단 저 끝이 어둠 속으로 사라져간다.

2층으로 올라가지 않으면 안뜰로는 내려갈 수가 없군요. 정말이지 특이한 설계로군.

나는 첫 번째 단에 발을 내딛는다.

다리가 덜덜 떨려서 계단에서 미끄러질 것만 같다.

나는 벽에 손을 대고서 이어지는 단에 발을 올린다.

나는 비틀거리다가 계단에 엎어진다.

손톱이 벽을 지이익 긁는다.

무릎이 계단 모서리에 부딪쳐 통증이 인다.

……계단을 올라.

2층으로 올라가.

안뜰로 내려가서

시신을 찾아.

나는 오른팔을 뻗어 머리 위에 있는 단을 쥔다.

나는 일어서려고 한다.

무릎이 휘청거려 똑바로 움직일 수가 없다.

나는 기다시피 계단에 무릎을 댄다.

고개를 들어 머리 위에 펼쳐진 어둠을 응시한다.

뺨을 계단에 비빈다.

목구멍이 열리더니 기묘한 소음이 흘러나온다.

비명이 들리기 전까지는 전혀 몰랐어. 시바누마가 뒤이어 증언했다. 침대에 누워 있었거든. 누군가가 복도를 걷는 소리를 여러 번 듣긴 했지만, 누가 화장실에라도 가나 보다, 하고 흘려버렸으니까. 여하튼 그 비명을 듣고 벌떡 일어났지. 시바누마가 한쪽 뺨을 찡그렸다. 엄청난 비명이었지…….

내 머리가 앞뒤로 흔들리기 시작한다.
뒤통수가 벽에 부딪치더니 둔탁한 소리가 난다.

전 바로 근처에서 비명을 들었어요. 도모코가 창백해진 얼굴로 말했다. 황급히 복도로 나와 테라스 쪽으로 향했죠. 그랬더니 문이 반쯤 열려 있었어요.

빛이 복도에 흘러넘친다.
"왜 그래?"
유키가 파자마 차림으로 나에게 달려온다.
나는 2층으로 올라가려고 발버둥친다.
유키가 손으로 내 어깨를 쥔다.
나는 유키의 손을 뿌리친다.
"저기, 진정해……. 대체 왜 그러는 거야."
나는 계단에 턱을 걸치고 필사적으로 기어오르려고 한다.
위로 뻗은 오른팔에 경련이 인다.
"제발, 진정하고……."
유키가 내 손을 부여잡으며 뒤를 돌아본다.
"좀 도와줘요."
아버지가 다가와 나를 뒤에서 안는다.
아버지의 두 팔에 감겨 나는 양쪽 팔을 움직일 수가 없다.

나는 질질 끌려 계단에서 멀어진다.

*

나는 요에 누워 두 눈을 감고 있다.

유키와 아버지가 대화하는 소리가 들린다.

"2층에서 안뜰로 내려가면 시신이 있다⋯⋯. 14년 전 과거가 떠오른 모양이군."

"그 녀석 때문이에요. 실수예요. 저런 녀석과 만나게 하는 게 아니었는데⋯⋯. 데이 서비스 센터에나 맡길걸."

"아버지 이거 봐요, 하고 울먹이던데. 아무래도 진짜 날 친아버지라고 믿는 것 같아."

"난 대체 누구라고 여기고 있을는지⋯⋯."

"저기⋯⋯. 슬슬 시설에 맡기는 걸 고려해야 하는 거 아냐? 자택에서 돌보는 것도 한계가 있어. 배회하는 것도 심해졌고, 점점 데리고 있기가 버거워."

"그래요."

"널 걱정해서 하는 말이야. 뭐든지 홀로 짊어져서는 안 돼. 요 며칠 한숨도 못 잤잖아?"

"⋯⋯언젠가는 시설에 맡겨야겠죠. 말을 못하게 된다면, 걸을 수 없게 된다면, 영영 잠에 든다면⋯⋯. 아직 미래의 일이에요. 한동안은 이 집에 두고 싶어요."

유키와 아버지의 목소리가 점점 멀어져간다.

7

나는 거실에 앉아 붉고 차가운 것을 먹는다.

붉고 차가운 것은 부드럽다.

하지만 밑부분은 녹색인데 둥글고 딱딱하다.

나는 붉고 차가운 것을 씹는다.

씹었으나 거의 저항이 없어서 어금니 사이로 흐르르 사라진다.

작고 딱딱한 것이 어금니에 남아 혀 뒤쪽에 떨어진다.

차가움과 단맛이 혓바닥에 퍼져나가고 입가에서 즙이 흐른다.

뾰족했던 끝부분이 씹을 때마다 점점 꺼진다.

"씨는 삼키면 안 돼. 펫, 하고 뱉어."

유키가 하얗고 얇은 종이를 건넨다.

나는 입 속에 남은 작고 딱딱한 것을 뱉는다.

작고 거먼 알갱이들이 까칠까칠한 종이 위에 튄다.

거먼 알갱이가 끈적거리는 타액에 얽혀 있다.

초인종이 울린다.

유키가 뒤를 본다.

그녀가 고개를 돌리자 맨살과 쇄골이 도드라져 보인다.

유키가 일어서서 현관으로 향한다.

"대체 뭘 하러 왔어? 연락도 없이 이렇게 갑작스레 찾아오면 곤란해."

유키의 목소리에 뒤이어 낮은 목소리가 들린다.

나는 붉고 차가운 것을 바닥에 내던진다.

붉고 차가운 것이 터지고 바닥에 얼룩이 진다.

나는 바닥에 엎드려 현관 쪽을 들여다본다.

유키의 등 너머에 안경을 쓴 낯선 남자가 서 있다.

낯선 남자가 무슨 말을 중얼거리고서 집 안으로 들어온다.

유키가 남자보다 먼저 거실로 돌아온다.

"잠시 방에 돌아가 있어……."

유키가 내 눈앞에서 쪼그린다.

무릎이 접히고 청바지 허벅지 부분에 주름이 진다.

"전 어떤 사실을 깨달았습니다. 그걸 확인하려고 이곳에 왔습니다."

낯선 남자가 유키 바로 뒤에 서 있다.

유키가 천천히 일어서 남자를 돌아본다.

"갑자기 무례를 범해 죄송합니다."

낯선 남자가 고개를 숙인다.

"다만 전 어떻게든 제 생각을 꼭 확인하고 싶었습니다. 황당한 생각일지도 모르겠지만……."

"뭘 떠올렸는지는 모르겠지만 다음에 와주면 안 될까요?"

"황당하게 여기실지도 모릅니다. 그건 사과드립니다. 허나 부디 제 얘기를 들어주십시오."

낯선 남자가 유키에게 다가간다.

유키가 한 걸음 뒤로 물러난다.

"가장 먼저 당신이 들어줬으면 합니다."

낯선 남자가 안경을 낀 눈으로 유키를 물끄러미 쳐다본다.

유키가 벽까지 물러난다.

"들어주실 겁니까?"

낯선 남자가 멈춰 섰다.

유키가 낯선 남자를 쏘아보고는 뒷손으로 수납장 가장자리를 세게 쥔다.

나는 낯선 남자가 눈치 채지 못하게 조용히 일어선다.

나는 꽃병을 두 손으로 쥔다.

예쁜 하얀 꽃이 탁자에 떨어지고 물이 질질 흐른다.

낯선 남자와 유키가 내 쪽으로 시선을 돌린다.

"아, 안 돼!"

유키가 나에게 달려오려고 한다.

나는 꽃병으로 낯선 남자의 뒤통수를 후렸다.

노나미는 안뜰로 이어지는 계단에 엎드린 채 쓰러져 있었다. 테라스에서 굴렀는지 머리를 아래쪽에 둔 채 두 팔을 앞으로 내던진 상태였다. 떨어지면서 뼈가 부러졌는지 왼팔이 기묘하게 꺾여 있었다.

낯선 남자가 두 손으로 머리를 감싸고서 바닥에 쓰러진다.

나는 낯선 남자의 허리에 걸터앉는다.

나는 꽃병으로 때린다.

모두들 황급히 계단을 내려가 노나미에게 다가갔다. 미즈키가 손전등으로 비추자 노나미의 주변에 흩뿌려져 있는 여러 장의 종이가 보였다. 시바누마가 한 장을 주웠다. 일만 엔짜리 지폐였다. 시바누마는 뭐에 홀린 것처럼 중얼거리고서 지폐를 내보였다. 일만 엔짜리 지폐가 흩어져 있었다. 대체 어떻게 된 일인가?

낯선 남자가 몸을 비틀며 새된 비명을 지른다.
그의 뒤통수가 검붉게 젖는다.
나는 다시금 꽃병으로 때린다.

미즈키가 노나미의 목덜미를 손가락으로 더듬었다. 죽었어⋯⋯. 그렇게 중얼거리고서 머리를 작게 저었다. 말할 필요도 없이 노나미가 숨졌다는 걸 모두가 알고 있었다. 노나미는 눈을 부릅뜬 채 싸늘하게 식어갔다.

낯선 남자가 팔을 뻗고는 바닥에 손톱을 세운다.
나를 뿌리치고자 낯선 남자가 필사적으로 몸부림친다.
나는 체중을 실어 낯선 남자를 억누르고서 다시금 꽃병으로 때린다.

어두워서 계단에서 발을 삐끗한 걸까요? 아쓰노리가 떨리는 목소리로 말했다. 아니, 아니죠. 미즈키가 노나미의 등을

비췄다. 모두가 한순간 숨을 삼켰다. 견갑골 아랫부분에 헌팅
나이프 칼자루가 튀어나와 있었다.

　낯선 남자의 뒤통수가 퍽 깨지더니 하얗고 딱딱한 것이
엿보인다.
　분홍색 말랑말랑한 것이 튀어나온다.
　바닥에 검붉은 얼룩이 점점 퍼져나간다.
　낯선 남자의 비명이 멎는다.
　낯선 남자가 꼼짝도 하지 않는다.

　미즈키는 모두의 얼굴을 둘러보고는 나직이 말했다. 이건
살인입니다.

　　　　　……드디어 시신을 찾았어!
　　　　　　결국 살인이 벌어졌어!
　　　　　　　14년 전에 벌어졌던
　　　　그 수수께끼 같은 범패장 살인사건에 뒤이어
　　　　이 관에서 또다시 사람이 살해당했어.
　　　　　　　자, 범인은 누구?
　　　　　　　　동기는 무엇?
　　　　　　　　트릭은 뭐지?
　　　　　　아아, 하지만 안타깝게도
　　　　이 사건의 수수께끼는 풀 수 없어.

명탐정이 살해당했는데
대체 누가 수수께끼를 풀겠나?

"안 돼!"

유키가 내 허리에 달려들어 낯선 남자에게서 떼어놓는다.

나는 몸부림치며 꽃병으로 다시 낯선 남자를 때리려고
한다.

"안 돼! 하지 마!"

유키가 나를 바닥에 넘어뜨린다.

내 몸 위에 올라 두 손으로 어깨를 꽉 누른다.

헐떡이는 그녀의 미간이 잔뜩 찡그려져 있다.

그윽한 향기에 땀 냄새가 희미하게 섞여 있다.

나는 꽃병을 놓는다.

꽃병이 바닥에 구르다가 벽에 부딪치고서 멈춘다.

나는 손을 뻗어 유키의 뺨을 쓰다듬는다.

손가락을 따라 그녀의 뺨에 붉은 가닥이 생긴다.

유키가 오만상을 짓는다.

두 눈가에 눈물이 그렁그렁 맺힌다.

나는 유키가 왜 우는지 생각한다.

유키가 손등으로 눈물을 훔친다.

나는 짓눌린 채로 낯선 남자를 쳐다본다.

낯선 남자가 바닥에 엎어져 있다.

검붉은 얼룩이 얼굴을 뒤덮고 있는 그는 꼼짝도 않고 엎어져 있다.

말할 필요도 없이 모두가 노나미가 숨졌다는 걸 알고 있었다.

유키가 입술을 일직선으로 굳게 다문다.

유키가 나에게서 떨어져 기다시피 탁자로 향한다.

유키가 탁자 위에 있는 수화기를 든다.

나는 일어서서 벽 쪽으로 굴러간 꽃병을 주우러 간다.

꽃병이 바닥에 구른 자리가 붉게 물들어 있다.

"안 돼!"

유키가 수화기를 든 채로 외치며 나에게로 달려온다.

나는 주우려던 꽃병을 다시 바닥에 내려놓는다.

유키가 내 어깨에 팔을 둘러 세게 끌어안는다.

유키의 뺨이 내 뒤통수에 닿는다.

"얌전히, 내 옆에서 떨어지지 마. 알겠지?"

유키가 내 가슴을 가볍게 때린다.

유키가 무슨 영문인지 목소리를 떨고 있다.

나는 고개를 끄덕인다.

유키가 나를 안은 채로 수화기 버튼을 누른다.

"……지금 당장 구급차를 보내주세요. 예, 꽤 중상이에요. 제발 최대한 빨리……."

유키가 전화를 끊고서 다시 수화기 버튼을 누른다.

"여보세요? 경찰인가요……."

8

수많은 사람들이 집 안에 있다.

남색 옷을 입고 남색 모자를 쓴 남자들이 거실에 모여 있다.

바닥에 검붉은 얼룩이 군데군데 져 있다.

검붉은 얼룩 옆에 번호가 적힌 판이 여러 개 놓여 있다.

온통 남색 옷을 입은 남자가 커다란 카메라로 사진을 찍는다.

커다란 은색 우산 가운데에서 섬광이 터진다.

현관 바깥에서 사람들이 수런거리는 소리가 들린다.

구레나룻이 난 낯선 남자가 눈앞에 서 있다.

유키가 내 옆에서 무언가 이야기한다.

유키가 오른손으로 내 팔을 세게 쥔다.

낯선 남자가 고개를 살짝 끄덕이고는 수첩에 무언가를 적는다.

"그래서 대체 무슨 병입니까?"

낯선 남자가 눈을 치뜨고서 유키를 쳐다본다.

유키가 나를 힐끔 본다.

"알츠하이머요."

"과연……."

낯선 남자가 머리를 긁적이며 나를 훔쳐본다.

나는 그 남자를 쳐다본다.

낯선 남자가 나를 응시한다.

"오자키 씨, 잠깐만⋯⋯."

다른 낯선 젊은 남자가 낯선 남자에게 말을 건다.

두 낯선 남자들이 우리에게서 조금 떨어져 무언가 이야기를 나눈다.

낯선 젊은 남자가 물러나고 구레나룻이 난 낯선 남자가 우리에게 다가온다.

"⋯⋯병원으로 실려 가던 중에 사망했다고 합니다."

구레나룻이 난 낯선 남자가 한숨을 내쉰다.

유키가 아랫입술을 깨문다.

"당신이 남자의 뒤통수를 꽃병으로 가격했다. 틀림없겠지?"

낯선 남자가 또박또박 말한다.

나는 솔직하게 대답한다.

예, 내가 이스루기를 죽였습니다.

이스루기가 유키를 괴롭히려고 했습니다.

나는 이스루기에게서 유키를 지켜주고 싶었습니다.

그래서 나는 이스루기를 죽였습니다.

이스루기를 죽인 건 납니다.

유키는 아무 관계없습니다.

그래서 아버지가 나를 혼냅니다.

유키는 아버지에게 혼나지 않습니다.

낯선 남자가 또다시 한숨을 내쉬고서 유키에게 속삭인다.

"……일단 함께 와주실 수 있겠습니까?"

"경찰서에서 사정청취를 할 건가요?"

"아뇨, 우선 병원에서 검사부터 받게 하려고……. 치매 환자가 저지른 범죄라서 민감한 문제가 있어서요. 제가 판단하기 어려운 점이 좀 있습니다."

"한동안 입원해야 되겠네요?"

"그렇게 되겠지요."

"옷가지와 생활용품을 챙길게요."

유키가 복도 안으로 사라진다.

낯선 남자가 음침한 눈으로 나를 쳐다본다.

*

나는 유키의 손에 이끌려 현관문 밖으로 나간다.

구레나룻이 난 낯선 남자가 앞장을 선다.

집 주위에 노란색 테이프가 빙 쳐져 있다.

수많은 사람들이 테이프 바로 옆에 서 있다.

사람들은 제각기 뭐라 쑥덕거리며 나를 쳐다본다.

하얀색과 검은색이 칠해진 자동차가 길가에 세워져 있다.

낯선 남자가 조수석에 탄다.

나와 유키는 뒷좌석에 나란히 앉는다.

흑백 차량이 달리기 시작한다.

유키는 앞을 똑바로 바라보고 있다.

굳게 다문 입술이 살짝 창백하다.

나는 손을 뻗어 유키의 뺨을 쓰다듬는다.

유키가 나를 보고는 입꼬리만 올려 살짝 웃는다.

"난 괜찮아. 앞으로 여러 일들이 닥칠 텐데 풀죽어 있을 수만은 없어."

유키가 내 손을 쥔다.

"날 지키고 싶었다고 했지? 고마워. 이번에는 내가 널 지켜줄게……."

부드러운 손바닥이 내 손을 감싼다.

*

"우리가 지금 어디에 있습니까?"

나는 주위를 둘러본다.

하얀 가운을 입은 남자가 둥근 의자에 앉아 나를 똑바로 쳐다본다.

바로 뒤에 구레나룻이 난 낯선 남자가 서 있다.

나는 병원에 있다.

하얀 가운을 입은 남자가 고개를 살짝 끄덕인다.

"당신은 꽃병으로 이스루기라는 남자의 뒤통수를 가격했지요. 기억납니까?"

나는 이스루기가 누구인지 생각한다.

나는 옆에 왜 유키가 있어주지 않는지 생각한다.

하얀 가운을 입은 남자가 내 옆을 지나 뒤로 돌아간다.

뒤에서 속삭이는 소리가 들린다.

"기억장애가 상당히 진행되었고, 지능도 떨어진 것 같군. 자신이 살인을 저질렀다는 사실도 전혀 기억하지 못하는 모양이야."

"책임능력을 따질 수 없는 상태인가?"

"없다는 판단이 내려지겠지. 거의 심신상실 상태라고 할 수 있어."

"그렇군……."

"뭐, 한동안 입원시키면서 더 자세히 검사를 해봐야 최종 판단을 내릴 수 있겠지."

나는 유키를 찾고자 둥근 의자에서 일어선다.

"앗, 안 됩니다. 멋대로 돌아다니면……."

하얀 가운을 입은 남자가 나를 제지한다.

나는 하얀 가운을 입은 남자의 팔을 뿌리친다.

구레나룻이 난 낯선 남자와 다른 여러 남자들이 달려와 내 팔과 어깨를 붙잡는다.

＊

나는 침대에 누워 있다.

매트리스가 딱딱해서 불편하다.

하얀 콘크리트 천장 한구석에 실금이 나 있다.

나는 유키를 찾고자 침대에서 내려온다.

나는 집으로 돌아가고자 하얀 방에서 나가려고 한다.

남색 옷을 입고 남색 모자를 쓴 남자들이 내 팔을 쥔다.

남색 모자 한가운데에 박힌 금색 물체가 빛난다.

하얀 가운을 입은 남자와 여자가 복도에서 나타난다.

하얀 가운을 입은 남자가 내 잠옷 소매를 걷는다.

위팔에서 흐릿한 통증이 인다.

내 몸에서 힘이 스르르 빠진다.

남색 옷을 입은 남자들이 내 몸을 들어 침대에 올린다.

*

나는 침대에 누워 있다.

매트리스가 딱딱해서 불편하다.

하얀 콘크리트 천장 한구석에 실금이 나 있다.

나는 침대에서 내려오려고 했으나 팔과 다리가 고정되어 있음을 깨닫는다.

*

"괜찮아? 누가 해코지는 안 했고?"

유키가 내 머리를 쓰다듬는다.

나는 해코지를 당했는지 생각한다.

유키가 내 손을 끌고서 크림색 복도를 성큼성큼 걷는다.

소파가 늘어서 있는 커다란 방을 지나간다.

소파는 녹색인데, 표면이 찢어져 내용물이 불거진 것들도 있다.

우리는 현관을 지나 건물 밖으로 나간다.

유키가 내 머리에 야구모를 씌운다.

머리 위에서 환한 빛과 더위가 쏟아진다.

발치에서 더위가 소용돌이치고 있다.

스니커즈의 밑창이 아스팔트에 달라붙는다.

우리는 어느 자동차에 도착한다.

자동차 뒷좌석에 낯선 남자가 앉아 있다.

유키가 운전석에 탄다.

나는 조수석에 앉는다. 유키가 안전벨트를 매준다.

나는 뒷좌석에 앉아 있는 낯선 남자를 돌아본다.

"처음 뵙겠습니다."

남자가 고개를 가볍게 숙인다.

자동차가 앞으로 달려나간다.

*

"신사에서 참배하고 돌아가자."

자동차를 세우고서 유키가 내 쪽으로 고개를 돌린다.

나는 야구모를 쓰고서 유키를 쫓아 자동차에서 내린다.

유키가 양산을 편다.

우리는 신사 경내에 들어간다.

낯선 남자가 우리와 나란히 걷는다.

연못에 걸려 있는 다리를 건넌다.

유키가 발걸음을 멈추고서 연못을 가리키며 낯선 남자에

게 뭐라 설명한다.

낯선 남자가 손수건으로 땀을 훔치며 고개를 끄덕인다.

우리는 자갈길을 천천히 걷는다.

수많은 사람들이 길을 오간다.

뚱뚱한 여성과 두 아이가 연못 바로 근처에 서 있다.

유키가 낯선 남자와 무언가 이야기하고 있다.

"인간은 이것으로만 이루어진 존재가 아냐……. 여기도, 여기도, 여기도 인간이야. 그는 아직 살아 있어. 손을 쥐면, 아직 따뜻해. 그거면 족하잖아."

이윽고 우리는 신사에 도착한다.

기둥에 선명한 주색이 칠해져 있다.

유키가 종을 울리고서 두 손을 모으고 눈을 감는다.

낯선 남자가 포석에 서서 주변을 두리번거린다.

유키가 포석에서 내려와 낯선 남자와 무언가 이야기한다.

낯선 남자가 숄더백에서 납작한 직사각형 물체를 꺼내 유키에게 건넨다.

유키가 웃음을 흘린다.

낯선 남자가 납작한 직사각형 물체를 숄더백에 도로 넣고는 유키에게 손을 흔든 뒤 신사에서 떠난다.

＊

두 눈을 뜨니 유키가 나를 내려다보고 있다.

"잘 잤어?"

유키가 방긋 웃는다.

나는 유키의 시선에서 눈길을 돌린다.

유키가 오른손을 이불 안으로 넣어 내 엉덩이 밑을 만진다.

"또 쉬를 했네······."

유키가 웃으며 이불을 걷고서 내 손을 잡는다.

*

두 눈을 뜨니 낯선 여자가 나를 내려다보고 있다.

"좋은 아침입니다."

낯선 여자가 무뚝뚝하게 말한다.

"기저귀를 갈겠습니다."

낯선 여자가 내 잠옷을 벗긴다.

나는 여자의 손을 뿌리치려고 했으나 몸을 움직일 수가 없다.

낯선 여자가 내 사타구니를 감싸고 있던 뻣뻣한 물체를 벗긴다.

낯선 여자가 내 사타구니를 닦는다.

그러고는 뻣뻣한 물체를 사타구니에 감싼다.

하얀 가운을 입은 두 남자가 다가온다.

한 사람은 겨드랑이 사이에 손을 넣어 내 몸을 받치고, 나머지 한 사람은 내 다리를 든다.

나는 바퀴 달린 의자에 앉는다.

나는 의자에 앉은 채로 넓은 방으로 들어간다.

넓은 방에는 기다란 탁자가 늘어서 있다. 바퀴 달린 의자나 평범한 의자에 앉아 있는 사람들이 많다.

나는 탁자에 다가간다.

바퀴 달린 의자가 멈춘다.

눈앞에 있는 쟁반에 밥그릇과 접시가 놓여 있다.

낯선 여자가 수저로 찰진 밥알을 떠서 내 입으로 가져간다.

찰진 밥알이 입 밖으로 흘러나온다.

내 바로 옆에 낯선 여자가 앉아 있다.

낯선 여자의 얼굴에 짙은 주름이 여러 가닥 새겨져 있다.

낯선 여자가 바퀴 달린 의자에서 몸을 앞으로 내밀고는 혼잣말을 한다.

"어젯밤에 말이야, 사키사카 씨가 왔어. 오랜만이라서 수다를 떨었더랬지. 사키사카 씨와 아주 오랜만에 말을 섞었어. 한 오십 년 만이던가, 백 년 만이던가. 그래서 사키사카 씨와 수다를 떠니 무척이나 즐거웠지……."

나는 사키사카 씨가 누구인지 생각한다.

*

두 눈을 뜨니 유키가 나를 내려다보고 있다.

"잘 지내?"

나는 침대에 반듯이 누워 있다.

"조금 야위었네. 여기 밥이 별로 맛이 없어? 밥 잘 먹고 있는 거야?"

유키가 내 뺨을 쓰다듬는다.

나는 유키의 손을 쥐고 싶지만 팔이 올라가지 않는다.

목소리를 내려고 했지만 목이 열리지 않는다.

유키가 서글픈 표정을 짓는다.

"이제, 아무것도 해줄 수가 없네."

*

두 눈을 뜨니 하얀 가운을 입은 남녀의 얼굴이 보인다.

여러 사람들의 얼굴이 시야에 들어왔지만 아무도 나를 보고 있지 않다.

하얀 가운을 입은 남녀가 뭐라 재잘거리며 손을 바삐 놀리고 있다.

내 입은 투명한 무언가에 덮여 있다.

여러 튜브와 선들이 내 몸에 연결되어 있다.

온몸이 묵직하고 저리다. 어깨 아래가 모조리 사라진 것 같다.

"가족분들이 오셨습니다."

하얀 가운을 입은 남녀의 얼굴이 모조리 시야에서 사라진다.

유키의 얼굴이 나타나 내 시야 전체를 뒤덮는다.

유키가 나를 쳐다본다.

유키의 두 눈이 붉어진다.

부드러운 손이 내 손을 감싸는 듯한 감각이 느껴졌지만

잘 모르겠다.

유키가 무언가 말했지만 잘 들리지 않는다.

나는 유키가 왜 우는지 생각한다.

시야가 거멓게 번지더니 점점 좁아져 간다.

그때였다. 나는 불현듯 모든 것이 떠올랐다. 나는 자택 거실에서 이스루기를 죽였다. 꽃병으로 연거푸 때려 뒤통수를 깨부수어 살해했다. 끈적끈적한 피가 튀어 바닥을 검붉게 물들었다. 내 두 손도 피에 젖었다.

나는 내가 죄인이라는 것을 완벽한 기억력으로 떠올려냈다.

이것으로 내 추리는 끝입니다. 검지와 중지에 끼운 담배를 똑바로 내밀었다. 그리고 죄를 지은 자는 죗값을 치러야만 합니다.

그 말대로다. 명탐정이 입버릇처럼 말하듯이 죗값을 치러야만 한다. 설령 앞으로 영원한 겁벌劫罰, 지옥의 고통을 겪게 하는 벌을 받게 될지라도 나는 달게 받겠다.

나는 이스루기 기사쿠를 죽인 것을 조금도 후회하지 않는다.

2   장

꿈속에서는

잠   을

잔   다

[현재 · 1] 2001년 6월 28일

이스루기 기사쿠는 약 한 달 뒤에 자신이 살해당하리라는 생각을 꿈속에서도 하지 않았다. 그런 미래의 일은 머리 한 구석에서도 떠오르지 않았다. 지금은 일단 눈앞에 앉아 있는 남자가 믿을 만한지 오로지 그것만을 생각했다.

"옛 살인사건을 다시 조사하라는 말이군요."

이스루기는 책상 위에서 턱을 괴고서 남자의 얼굴을 물끄러미 쳐다봤다.

"맞아, 옛 고장 가마쿠라의 기묘한 관館에서 벌어진 잔혹한 살인사건이지. 명탐정과 잘 어울리는 사건이라고 생각하지 않아?"

도노다 요시타케가 대답했다. 그는 성실하게 대응하려고 애쓰고 있지만 이스루기의 등 뒤가 자꾸 신경이 쓰여서 종종 천장을 올려다보곤 했다.

"으음, 몇 년 전 사건이라고 했죠?"

"14년 전. 1987년 7월에 벌어졌던 사건이지."

"1987년이라면 아직 쇼와 연호를 쓰던 때 아닌가요? 그 토록 옛날 사건을 다시 조사해서 과연 성과를 얻어낼 수 있을까요? 게다가 미해결 사건이 아니라면 범인은 진즉에 체포되었을 텐데?"

이스루기는 시시해하며 책상을 내려다봤다.

눈앞에 방금 받은 '에디터 도노다 요시타케'라고 적힌 명함이 놓여 있었다. 흔한 인쇄소에서 찍어낸 것이 아니라 공을 들여 디자인한 것으로 보아 에디터라는 직책이 가짜는 아닌 듯했다. 하지만 그 아래에 적혀 있는 출판사 이름은 들어본 적이 없었다.

철제 책상은 군데군데 도장이 벗겨져 있다. 책상에 핀 녹이 마치 얼룩무늬처럼 보인다. 가장 큰 녹은 중고 컴퓨터로 가려놓았다.

"그 부분을 이스루기 씨가 재능으로 메워줬으면 해. 명탐정의 명추리로 사건의 진상을 명명백백히 밝히자는 거지. 어때?"

도노다가 침을 튀겨가며 열변을 토했다. 다만 여전히 벽쪽 천장을 두리번거리고 있었다.

아무래도 진심으로 자신을 고용하고 싶어 하는 것 같다고 이스루기는 생각했다. 성긴 다박나룻과 화려한 형광색 티셔츠가 수상쩍은 인상을 주긴 하지만, 진심으로 의뢰를 하려는 듯했다. 서투른 사탕발림을 해서라도 어떻게든 이스루기의 승낙을 받아내고 싶은 모양이다.

비아냥거림도, 장난도 아니라면 조금 더 진지하게 들어봐도 되겠지.

"그럼 자세한 얘기를 들어보도록 하죠. 하지만 그전에……"

이스루기는 책상 서랍을 열어 기다란 자를 꺼냈다.

"아까부터 자꾸 신경이 쓰이시는 듯하니 저 녀석을 깨우도록 하죠."

이스루기는 일어나서 벽 쪽으로 걸어가 두 손으로 쥔 자로 바로 위를 찔렀다.

"야, 일어나."

"아까부터 일어나 있었어요. 얘기를 방해하면 안 될 것 같아서 가만히 있었을 뿐이라고요."

딱딱한 자로 등을 찌르자 안토니오가 얼굴을 찡그렸다.

안토니오는 천장에 매단 해먹에 누워 있었다.

"일어났으면 손님께 차라도 내드려."

"예, 예."

안토니오는 그렇게 대답하고서 오른팔을 뻗어 로커 상단을 쥐었다.

그는 몸을 홱 돌리더니 마치 체조 선수처럼 무릎을 가볍게 굽히며 바닥에 착지했다. 머리 위에서 해먹이 흔들리고 있었다.

안토니오는 눈이 휘둥그레진 도노다에게 알은체를 하고

서 사무소 밖으로 나갔다.

"……저 사람은 왜 저런 데서 자나?"

도노다가 해먹을 가리키며 작은 목소리로 물었다.

"아아, 기숙 알바거든요. 보다시피 이 사무소는 좁고 너저분해서 이부자리를 깔 공간도 없죠. 해먹이라면 천장 공간을 활용할 수 있지 않습니까? 공간을 절약하려고 나름 궁리한 거죠."

이스루기는 자기 딴에는 명쾌하게 대답했다고 생각했으나 도노다는 납득했는지 어쩐지 모를 복잡한 표정을 지었다.

아마도 도노다는 이스루기의 답변 중에서 '너저분하다'는 부분만 동의했으리라. 녹이 드러난 철제 책상 위에도, 비교적 새 것으로 보이는 철제 수납장에도 각종 종이 다발과 사무용 봉투들이 산더미처럼 쌓여 있었고, 그것도 모자라 바닥에까지 흘러넘치고 있었다.

수납장 가장 윗단은 얼핏 책장처럼 보인다. 하지만 주인은 정리할 생각이 눈곱만큼도 없는지 양장본 책과 신서와 문고본이 마구잡이로 꽂혀 있었다. 애서가가 봤다면 기절할 법한 참상이었다. 요즘 변두리 고서점도 이렇게 책을 진열하지는 않을 것이다.

실내가 이 지경이니 바닥에 이부자리를 펴고 잘 마음이 생기지는 않겠지. 애당초 그럴 만한 공간이 존재하지 않았다.

이곳은 도쿄도 신주쿠구 다카다노바바에 소재한 잡거빌딩 4층에 자리한 이스루기 기사쿠의 본거지인 유한회사 덤 옥스의 사무소다.

"그나저나 탐정 사무소치고는 분위기가 좀 다르지 않나?"

도노다는 의심적다는 표정으로 실내를 둘러봤다.

"애당초 어째서 '이스루기 기사쿠 탐정 사무소'가 아니라 '유한회사 덤 옥스'인 거야?"

"덤 옥스란 '벙어리 황소'라는 뜻으로 토마스 아퀴나스의 학생 시절 별명입니다. 몸집이 커서 둔하게 생겼고, 또 과묵해서 친구들이 '벙어리 황소'라고 불렀죠. 하지만 그의 재능을 알아본 선생이 언젠가 전 세계가 저 '벙어리 황소'의 말에 귀를 기울일 거라고 했습니다. 전 이 일화를 좋아하고 또 본받고 싶어서 회사에 그런 상호를 붙인 겁니다."

"그래서 명함에 재갈을 물고 있는 본디지 황소 로고가 들어 있었구먼. 그나저나 내가 생각했던 이미지랑 좀 다른걸. 탐정 사무소라고 하면 롯폰기나 요코하마에 근사한 사무소가 있고, 또 손님을 위해 커다란 검은 가죽소파가 비치되어 있고 말이야……."

도노다는 자신이 앉아 있는 낡아빠진 사무용 의자를 내려다봤다. 딱딱한 스프링이 삐거덕거렸다.

"정장을 쫙 빼입은 미인 비서가 맞이해줄 거라고 생각했습니까? 그런 사무소는 영화에서나 나오죠."

이스루기가 키득 웃었다.

"설마 파친코 가게 위에 있을 줄은 몰랐어. 1층에는 파친코 가게, 2층에는 대부업체, 3층에는 뭘 하는 곳인지 잘 모르겠지만 위험한 냄새가 풀풀 풍기는 사무소. 셔츠를 입은 덩치 큰 아저씨가 들락거리더군."

"그 사람은 보기와 달리 꽤 괜찮은 사람이에요. 제가 인터넷 쇼핑으로 구입한 수납장을 복도에서 조립하고 있었는데 도와준 적이 있었거든요."

"그건 말이죠. 대장이 조립하다가 파이프에 손가락이 끼여 작살나는 꼴을 차마 볼 수가 없어서 도와줬겠죠."

안토니오는 그렇게 끼어들고는 복도에 있는 공용 급탕실에서 끓여온 커피를 책상에 올려놨다.

"그런데 말이지……."

도노다가 그렇게 중얼거리고서 머리를 긁적였다.

기껏 이스루기가 의욕을 보이기 시작했는데 이번에는 도노다 쪽이 주저하기 시작한 모양이다. 제정신을 차린 것처럼 사무소 내부를 둘러보고 있었다.

이스루기는 별 말을 하지 않고 인스턴트커피를 홀짝이고 있었다. 도노다가 의뢰를 거두더라도 딱히 상관없다. 과거에 벌어졌던 살인사건을 다시 조사하는 의뢰 따윈 귀찮기만 할 뿐 그다지 재밌을 것 같지 않았다.

이스루기는 내키지 않는 의뢰는 되도록 맡지 않으려고 한다. 이스루기 기사쿠 탐정 사무소라는 간판을 내걸지 않은 것은 뒷조사 등 시답지 않은 일을 맡기려는 의뢰인이 오지 못하도록 막기 위한 이유도 있다.

결국 도노다는 이스루기에게 일을 맡기기로 마음을 굳혔

는지 가방을 열어 사무용 봉투를 꺼냈다. 봉투는 두툼한데 아마도 사건과 관련한 자료가 담겨 있으리라.

"14년 전에 가마쿠라시 조묘지浄明寺에 있는 범패장이라는 건물에서 사건이 벌어졌는데 말이야……."

도노다가 설명을 시작한 순간 이스루기의 머리에 피가 솟구쳤다. 이 얼마나 짓궂은 장난인가. 농담도 정도가 있다. 이스루기는 호통을 치고 싶은 마음을 겨우 억누르고서 도노다를 노려봤다.

"저기요, 절 농락할 셈이라면 당장 돌아가주십시오. 그런 농담은 하나도 재미가 없으니까요."

이스루기는 냉정한 말투를 겨우 유지하며 말을 이었다.

"〈범패장 사건〉은 아유이 이쿠스케가 쓴 소설 제목이지 않습니까. '미즈키 마사오미 최후의 사건'이죠?"

"뭐야, 읽어 봤어?"

도노다가 뜻밖에도 태연하게 대답했다.

"그냥 읽어본 정도가 아닙니다. 제 애독 시리즈입니다. 지금도 작품들을 소장하고 있습니다."

이스루기는 난잡한 책장을 가리켰다. 책들이 눕혀져 마구잡이로 쌓여 있는 책장 한편에 새 책 다섯 권만이 정연하게 꽂혀 있었다.

"《홍련장紅蓮莊 사건》, 《우쓰보 저택空穗邸 사건》, 《수우관樹雨館 사건》, 《자광루紫光樓 사건》, 《아수라사阿修羅寺 사건》…… 아아, 아유이 선생님께서 빨리 〈범패장 사건〉을 완성시켜주셨으면 좋겠는데. 미즈키 마사오미는 제 아이돌입니다. 그가 없었다면 탐정이 될 생각은 하지도 않았겠죠. 그의 유명한 대사를 얼마나 수없이 연습했던지."

이스루기는 책상 위에 굴러다니던 볼펜을 주워 검지와 중지 사이에 끼우고는 도노다를 향해 척 내밀었다.

"······죄를 지은 자는 반드시 죗값을 치러야만 합니다."

최대한 침통한 표정을 지으며 냉철한 투로 말했다.

하지만 도노다는 어리둥절할 따름이었다.

기껏 흉내를 냈는데 그가 알아주지 않아서 이스루기는 실망했다.

"미즈키 마사오미의 유명한 대사라고요. 추리를 다 들려준 뒤에 진범을 향해 담배를 내밀고서 이렇게 말하지요. 모릅니까?"

"미안하지만 난 제대로 읽어본 적이 없어."

도노다가 어깨를 들먹였다.

"소설의 배경이 되는 사건에만 흥미가 있어서 말이지. 뭐, 이스루기 씨가 그 작품을 읽어봤다니 잘 됐군. 설명할 수고를 덜게 됐으니······."

이스루기는 도노다의 말을 듣고 있지 않았다.

"읽어본 적이 없다? 당신, 《자광루 사건》을 읽어본 적이 없습니까? 교환 살인을 동반 자살로 꾸며낸 그 멋진 트릭을!"

이스루기는 두 손을 들고 어깨를 부들부들 떨며 말을 이었다.

"《수우관 사건》도 읽어본 적이 없습니까? 그 다잉 메시지로 유명한 작품인데! 피해자는 'ГЮ'이라는 러시아어처럼 보이는 단어를 피로 남기고서 죽었습니다. '유크(ЮГ)'는 러시아어로 남쪽을 의미하죠. 그 반대이니 '북쪽'이라는 의미가 아닐까, 혹은 '남쪽 이외'라는 의미가 아닐까 등등 온갖 추리들이 난무합니다. 그리고 결국 미즈키 마사오미가 진상을 밝혀내죠. 실은 이 다잉 메시지는 이렇게 봐야 맞았던 겁니다."

이스루기는 손가락 사이에 끼웠던 볼펜을 쥐고서 메모지에 무언가를 적었다.

온

"이건 한글로 '온溫'이라는 글자입니다. 미즈키 마사오미는 조수인 아유이 이쿠스케와 함께 수우관의 온실溫室로 향합니다. 열대 난초가 어우러져 있고, 달콤하고 매혹적인 향기가 그윽한 실내에서 미즈키 마사오미는 끝내 사건의 진상을 꿰뚫어보죠……. 멋져! 미즈키 마사오미 만세! 그런 멋진 작품을, 당신은 읽어본 적이 없단 말입니까?"

도노다는 이스루기의 연설을 멍하니 듣고 있었다.

"죄송합니다. 대장은 그 탐정의 열광적인 팬이라서요."

벽에 등을 댄 채 서 있던 안토니오가 쓴웃음을 지었다.

이스루기가 헛기침을 하고서 말했다.

"이거 실례했군요. 손님 앞에서 조금 흐트러진 모습을 보이고 말았습니다. 그래서 으음, 뭐였죠⋯⋯."

"이스루기 씨가 미즈키 마사오미의 광팬인 건 잘 알았어. 들어보니 재밌을 것 같구먼. 나도 나중에 읽어볼게."

도노다는 알랑방귀를 뀌고는 이스루기 쪽으로 몸을 내밀었다.

"나도 설명할 수고를 덜어서 잘 됐어. 애독자이니 잘 알겠지만, 미즈키 마사오미의 최후의 사건인 〈범패장 사건〉은 잡지 연재가 중단된 채 어언 7년이나 지났고, 여태껏 책으로도 출판되지 않았지. 출판사 담당 편집자한테도 연락을 해보니 눈물은 진즉에 다 말랐고 이미 해탈의 경지에 들어섰더군. '우주의 의지가 있다면 언젠가 출간되겠지요' 하고 말하더라고."

도노다가 낄낄대며 웃었다.

"그래서 내 나름대로 사건을 다시 조사해서 책으로 엮으면 좋지 않을까 싶더라고. 작은 출판사만이 가능한 게릴라 전법이지."

"잠시만요."

이스루기는 머릿속이 혼란스러웠다.

"〈범패장 사건〉이 실제로 벌어졌던 사건입니까?"

"아유이 이쿠스케 선생의 작품들은 전부 실제 사건을 다룬 거야. 아까 주문처럼 읊었잖아? 으음, 뭐라고 했더라?"

"《홍련장 사건》, 《우쓰보 저택 사건》, 《수우관 사건》, 《자광루 사건》, 《아수라사 사건》."

"그 모두가 실제로 벌어졌던 사건인 것 같더라고. 팬이라면서 그런 것도 몰랐나?"

"으음……, 그렇다면……, 미즈키 마사오미도 실존 인물?"

이스루기가 머뭇거리며 물었다.

"당연하잖아? 1987년 범패장 사건을 해결한 직후에 은퇴했다고 하더라. 범패장 사건의 관계자들은 대부분 소재지를 알아냈지만, 미즈키 마사오미만은 끝내 알아내지 못했지. 아유이 선생도 완고하게 입을 다물고 있고."

도노다는 이스루기의 얼굴을 응시하며 말을 이었다.

"어때? 의뢰를 맡아주겠나? 아까 그 열변을 들어보니 이스루기 씨야말로 적임자 같은데……."

이스루기는 곧바로 승낙했다.

어쩌면 재조사를 하다가 미즈키 마사오미와 만날 수 있을지도 모른다. 그런 절호의 기회를 다른 사람에게 넘길 수는 없었다.

[과거 · 1] 1987년 7월 7일

비탈길이 점차 좁아지고 경사가 심해진다. 길가에 드문드문 서 있던 집들도 이제 전혀 보이지 않았다.

오른쪽에는 잡초가 무성한 공터가 펼쳐져 있고, 그 저편에는 울창한 수풀에 뒤덮인 산들이 솟아 있었다. 오전에 부슬부슬 내리던 비가 그치고 구름 사이로 햇빛이 비치기 시작했다.

포장도로 왼쪽에 쭉 이어지던 돌담은 이미 올려다봐야 할 만큼 높아졌다. 돌담 위로 울창한 숲이 펼쳐져 있는데, 도로 위에까지 튀어나온 나뭇가지들이 앞유리에 그림자를 얼룩처럼 드리웠다.

(정말로 이런 데에 집이 있긴 있는가?)

택시 뒷좌석에서 바깥을 바라보던 다지마 다미스케가 막연한 불안감을 품기 시작했다. 다지마를 비롯한 일행 네 사람을 태운 택시는 점점 인적이 없는 산 속으로 들어가고 있었다.

다지마는 조수석에 앉아 있는 후지데라 세이키치를 쳐다봤다.

후지데라는 똑바로 앞을 바라보고 있어서 옆모습만이 살짝 보일 뿐이었다. 하지만 그는 여전히 표연한 태도로 학처럼 가냘픈 몸을 좌석에 느긋하게 기대고 있었다. 얼핏 편안해보였다. 적어도 다지마처럼 불안해하는 것 같지는 않았다. 여행의 주최자가 안심하고 있으니 이 좁은 산길을 오르다보면 틀림없이 '범패장'이 나올 것이다.

하지만 말로는 하지 못할 불안감은 가시지 않았다.

다지마는 옆에 앉아 있는 두 사람을 슬쩍 훔쳐봤다.

나카타니 히로히코는 지루한지 반대쪽 문에 기대어 창밖을 힐끔힐끔 쳐다보며 이마에 드리운 앞머리를 자꾸만 손가락으로 만지작거렸다. 신칸센을 타고 여기까지 오는 동안에 여러 번 목격한 몸짓이었다. 아마도 머리카락을 만지는 것이 버릇이리라. 도모코와 친근하게 대화를 나눌 때도 나카타니는 긴 머리를 자꾸만 쓸어 올렸다. 다지마는 나카타니가 신경질적인 녀석이라고 멋대로 규정지었다. 그리고 도모코와 친하게 어울리는 모습을 보고 희미하게 질투했다.

고타가와 도모코는 두 남성 사이인 뒷좌석 가운데에 앉아 있었다. 그녀는 하얀 긴치마에 쌓인 무릎을 가지런히 모았고, 가볍게 쥔 두 손을 그 위에 올려두고 있었다. 긴 여행에 지쳤는지 좌석에 푹 기댄 채 눈을 감고 있었다.

다지마는 도모코의 옆모습을 지그시 쳐다봤다.

도모코는 아름다웠다.

목 언저리에서 다듬은 쇼트 보브 검은머리에서 윤기가 흘렀다. 투명하리만치 하얀 피부에 또렷한 검은 눈썹. 뾰족한 광대뼈부터 턱까지의 윤곽이 예리한 선을 그린다. 지금은 감겨 있는 눈을 뜨면 초점이 조금 흐릿한, 독특하고도 매혹적인 눈동자가 드러날 것이다.

도모코가 눈을 떴다.

매혹적인 눈동자가 다지마를 담았다.

도모코가 살짝 웃음을 머금자 다지마는 엉겁결에 시선을 돌려버렸다.

밀착한 도모코의 다리가 몹시도 생생하게 느껴졌다······.

"다음 달에 가마쿠라에 갈 거야."

2주 전에 도모코가 다지마에게 그렇게 알렸다.

장소는 대학 근처에 있는 찻집. 손님이 열 명쯤 앉으면 꽉 차는 좁은 가게인데, 도로에 면한 유일한 창에는 심홍색 유리가 박혀 있다. 낮에도 어둑한 가게 안에서 피아노곡만이 나직이 흐르고 있었다.

도모코는 이 가게에서 풍기는 쓸쓸한 분위기를 좋아하는지 데이트를 마치고 돌아가는 길에 꼭 다지마와 함께 들르곤 한다.

"친구랑 여행?"

다지마가 일부러 가볍게 물었다. '물론 친구들이랑 가는 거겠지?'라는 말은 목구멍 속으로 삼켰다. 도모코가 고개를 저었다. 색유리창에서 새어드는 오후 햇빛이 뺨을 은근히 붉게 물들이고 있었다.

"후지데라 교수님하고 나카타니 씨랑 셋이서 갈 예정이야."

"나카타니 씨?"

다지마의 목소리가 무심코 커졌다. 정적을 좋아하는 가게 주인이 카운터 안에서 살짝 헛기침을 했다.

후지데라 세이키치는 다지마와 도모코가 다니는 K**대학 문학부 프랑스 문학과의 조교수다. 그리고 나카타니는 후지데라 세미나에 소속된 학생으로 도모코의 이야기에 곧

잘 등장하는 '프랑스어를 유창하게 하는 나카타니 히로히코 씨'가 틀림없다. 그 당시에 다지마는 아직 나카타니와 만난 적이 없었다. 하지만 도모코의 이야기를 들을 때마다 나카타니를 향한 존경과 호감이 느껴져 가슴이 아팠다.

"세미나 여름합숙? 참가 학생이 고작 두 명이라니 어지간히도 인기가 없는 합숙이네."

다지마가 농담투로 물었다.

"뭐, 합숙 비슷한 거야."

도모코가 커피를 한 모금 마시고서 되물었다.

"다지마 씨, 즈이몬 류시로라고 알아?"

다지마는 조용히 고개를 가로저었다.

"모르는 게 당연하겠지. 아는 사람만 아는 이단의 불문학자니까. 5년 전쯤까지 T**대학 교수로 재직했었는데 대학과 관계가 틀어져서 지금은 야인으로 지내. 그 이후에는 가마쿠라에 있는 자택에 틀어박혀 진귀한 도서에 둘러싸여 사람과 거의 만나지 않고 살고 있대."

도모코가 커피 잔을 내려두고 색유리창으로 시선을 돌렸다. 색유리에 비친 행인들의 움직임이 마치 그림자놀이를 하는 것 같았다.

"아주 신기하게 설계된 저택에서 살고 있대. 이름은 '범패장'이래."

"그 선생을 만나러 일부러 가마쿠라까지 가는 건가?"

"즈이몬 류시로는 매달 범패장에서 '화요회'라는 모임을 열어. 스테판 말라르메가 파리 로마가에 있는 자택에서 열었던 모임과 이름이 같아. 즈이몬 류시로는 말라르메 전문가야."

도모코가 기껏 설명해줬지만 안타깝게도 프랑스 문학에는 문외한이라 다지마는 이해가 잘 되지 않았다. 하지만 되묻지 않고 잠자코 도모코의 입술을 쳐다봤다.

"다음 달 7일 화요일에 후지데라 교수님이 그 화요회에 초대를 받았대. 모처럼 찾아온 기회라 후학을 위해 학생들을 데려가고 싶다고 부탁했더니 **마왕**이 허락해줬대."

"**마왕**?"

"즈이몬 류시로 말이야. 이름이 류시로잖아? 그래서 뒤에서 사람들이 '루시펠', 다시 말해 '마왕'이라는 별명으로 불러."

도모코가 방긋 웃으며 말을 이었다.

"별명처럼 아주 무섭고 괴팍한가 봐."

"그래서 너랑 나카타니 씨는 마왕의 초대를 수락했다는 거야?"

"맞아."

침묵이 흘렀다. 피아노의 고음이 낙숫물처럼 연이어 쏟아졌다.

"마왕을 만나러 가는 거니 공주님을 지켜줄 수호기사도 동행해야겠네."

다지마가 결심을 굳히고서 말을 꺼냈다.

"어?"

도모코가 고개를 갸웃거렸다.

"나도 데려가면 안 될까?"

"다지마 씨는 법학부잖아? 문학에는 전혀 흥미 없으면서."

도모코가 탁자에 한쪽 팔꿈치를 대고서 소녀처럼 키득 웃었다. 그녀의 눈동자가 장난꾸러기처럼 빛났다.

"소설 읽는 건 좋아해."

"살인자가 나오는 소설?"

"뭐, 그렇지."

다지마가 겸연쩍은지 머리를 긁적였다.

다지마는 K**대학 추리소설연구회 회원으로 오로지 영미 본격 미스터리만 애독한다. 말라르메는커녕 프랑스 미스터리조차 읽어본 적이 거의 없었다.

"그래도 마왕이라 불리는 그 선생은 꼭 만나보고 싶어. 게다가 범패장인지 뭔지 하는 그 저택도 재미있을 것 같고 말이야. 안 될까?"

도모코는 다지마의 진심을 눈치챘을까? 그녀는 다지마의 얼굴을 힐끔힐끔 보며 생각에 잠겼다.

"후지데라 교수님한테 물어볼게."

이윽고 도모코가 나직이 대답했다……

사흘 뒤에 도모코가 전화를 걸어 동행해도 좋다고 알려주었다. 다지마는 내심 기뻤다. 이제 얼굴도 모르는 연적에게 뒤쳐질까 걱정할 필요가 사라졌다.

하지만 이때 다지마는 미처 알지 못했다. 2주 뒤에 가마쿠라의 산 속에서 악몽 같은 살인극에 휘말리게 될 줄은……

*

택시가 멈췄다.

"차로는 여기까지밖에 못 들어갑니다."

머리가 반쯤 센 운전기사가 조수석에 앉은 후지데라를 쳐다보며 말했다.

"미안하지만 여기서 내려주시면 고맙겠습니다. 범패장 입구는 저깁니다."

운전기사가 엄지로 가리킨 방향을 보니 경사로가 돌담 사이를 가르듯 위로 이어져 있었다. 경사로 끝에 밀집한 떡갈나무들 뒤에 정문이 있는 듯했다.

요금을 내고 트렁크에서 각자의 짐을 꺼낸 뒤에 네 사람은 경사로로 향했다. 뒤에서 택시가 비탈길을 내려가고 있었다.

포장된 아스팔트도, 미끄럼방지 홈이 파인 콘크리트 경사로도 아직 살짝 젖어 있었다. 빗방울을 머금은 이파리들이 싱그러운 녹색으로 빛났다. 나뭇가지를 살랑 흔드는 산들바람이 기분 좋았다.

경사로를 다 올라가니 주차턱이 보였고 하얀 경차가 주차되어 있었다. 그 옆이 입구인데 두 연와조 기둥 사이에 아치형 철제문이 입을 다물고 있었다.

적갈색 기둥에 '즈이몬瑞門'이라고 적힌 커다란 대리석 문패가 걸려 있었다.

"초인종이 없군."

후지데라가 기둥을 여기저기 살펴보다가 갑자기 철문에 손을 댔다.

"멋대로 열어도 됩니까?"

다지마가 무심코 물었다.

"초인종이 없으니 별 수 없잖아. 약속 시간을 어기는 것보다는 덜 실례야."

후지데라는 두 손에 힘을 주어 문을 밀려고 했지만 문은 꿈쩍도 하지 않았다.

"너무 무거워. 나카타니 군, 좀 거들어 봐."

나카타니가 쓴웃음을 지으며 문에 다가갔다. 다지마도 황급히 뒤를 따랐다.

(저 후지데라라는 교수는 마이페이스인 것 같네.)

다지마는 문을 밀면서 생각했다. 신칸센 안에서 후지데라는 줄곧 푹 자기만 했다. 도모코가 신요코하마역에서 깨우지 않았더라면 도쿄역까지(어쩌면 차고 안에서까지) 계속 잤으리라. 출세에도 통 관심이 없는지 쉰 살이 다 되도록 아직도 조교수다.

그런 사람이라서 다른 학과 학생인 다지마가 동행해도 좋다고 흔쾌히 허락해줬겠지만.

세 사람이 달라붙어 밀자 문이 쉰 비명을 지르며 겨우 입을 열었다.

다지마 일행은 범패장 경내에 들어갔다.

포석이 깔린 작은 길이 완만하게 꺾이며 숲 사이를 지나간다. 삼각형과 육각형 포석이 뒤섞여 기하학 문양을 빚어낸다. 길섶 군데군데에 유아 하나가 들어갈 정도의 금속 항아리가 놓여 있다.

항아리 옆을 지나갔을 때 표면에 기괴한 얼굴이 돋을새김으로 새겨져 있음을 깨달았다. 두 눈을 크게 뜨고 한쪽 입꼬리를 올린 채 비웃고 있는 얼굴이었다. 다지마의 마음속에서 희미한 불안이 스쳤다.

이윽고 나무들 사이에서 기묘한 건물이 모습을 드러냈다.

"저기가 **마왕의 거처**인가……."

나카타니가 중얼거렸다.

다지마는 범패장을 처음 보고 머릿속에서 맨 먼저 '일그러진 집'이라는 단어가 떠올랐다.

직방체를 기조로 빚어진 형상은 얼핏 지극히 평범한 모더니즘 건축물처럼 보였다. 하지만 가만히 살펴보니 어딘가 비뚤어진 것 같은 인상을 풍겼다. 비스듬하게 잘려나간 전면 2층 부분이 건물 전체에 기묘한 불균형을 자아냈다.

벽은 칙칙한 회색인데, 마치 거대한 사암을 깎아서 집을 만든 것처럼 보였다.

"석굴이 한 자락 한 자락 안개의 옷을 벗어나간다……."

나카타니가 흥얼거리듯 말했다.

"안개 따윈 없는데."

다지마가 의아해하며 끼어들자 나카타니가 히죽 웃었다.

"방금 그 문장은 말라르메가 지은 시의 한 구절이야. 〈벨기에 친구들을 회상함〉이라는 시지."

(아주 밉살스러운 녀석이야.)

다지마는 내심 분개했다. 설령 연적이 아니더라도 저 녀석과는 친구가 될 수 없을 것 같았다.

"안뜰을 에워싸는 형태로 건물이 세워져 있군."

후지테라가 회갈색 건물을 가리키며 설명했다.

"1층을 빙 둘러싸는 복도 끝에 2층으로 이어지는 계단이 있어. 저 비스듬한 부분이 계단이지. 그리고 2층 역시 복도가 빙 둘러싸고 있지. 요컨대 저택 이름처럼 나선형 구조지."

"저택 이름?"

다지마가 무심코 고개를 갸웃거렸다.

"'범패梵貝'란 소라고둥을 가리키는 말이야."

도모코가 상냥하게 대답해주었다.

네 사람은 포석이 기하학적으로 깔린 작은 길을 나아가 범패장 현관에 다가갔다.

현관 바로 옆벽에 벽감壁龕, 벽, 기둥 등 수직면에 움푹 들어간 부분이 있었고, 납색 금속판이 그 안에 박혀 있었다.

다지마는 'Maison(메종)'이라는 단어만 겨우 알아봤다.

"소라고둥을 프랑스어로 프틱스라고 하나?"

다지마가 작게 중얼거리자 나카타니가 갑자기 웃음을 크게 터뜨렸다.

"그런 소리를 했다가는 마왕한테 아주 박살이 날걸."

나카타니는 다지마의 무지함을 가엾게 여기며 말했다.

"ptyx란 말라르메의 소네트에 나오는 유명한 조어야. 말라르메가 만들어낸 단어인데, 스즈키 신타로라는 사람이 '범패梵貝'라는 한자어로 번역한 거야. 저 판에 소네트의 한 글귀가 적혀 있잖아?"

범패장

Maison de ptyx

nul ptyx,
Aboli bibelot d'inanité sonore

그리고 그는 벽감에 새겨진 글귀를 프랑스어로 읽어나갔다.

······범패도 없다,
은은하게 울리는 공막의 폐물이 되어버린 골동품도

"참고로 프랑스어로 소라고둥은 콩크conque라고 해. 피에르 루이스가 발행했던 잡지 이름이기도 하지······. 그치? 고타가와 씨?"

나카타니가 그렇게 묻자 도모코가 입술을 살짝 일그러뜨

렸다.

"다지마는 불문학을 전공한 사람이 아니니까 모르는 게 당연하잖아. 자기가 아는 걸 의기양양해하며 뽐내는 건 유치해."

나카타니의 뺨이 살짝 떨렸다.

"자자, 그런 어려운 얘기는 이따가 하자고."

후지데라가 생글생글 웃으며 끼어들었다.

"화요회에서는 분명 까다로운 이야기만 할 거야. 나카타니도 즈이몬 선생께 여러 질문을 하는 게 좋겠고……. 자, 일단 안으로 들어가자."

후지데라가 현관으로 다가가 초인종을 눌렀다.

이내 중후한 나무문이 열렸다.

[현재 · 2] 2001년 7월 6일

전철 문이 열리자마자 뜨거운 바람이 불어닥쳤다.

이스루기는 순간 망설이다가 잠수를 앞둔 사람처럼 숨을 크게 들이마시고는 큰마음을 먹고 JR가와구치역 플랫폼에 내렸다.

뺨과 등과 가슴과 겨드랑이 아래에서 일제히 땀이 흘러나왔다. 방금 전까지 게이힌도호쿠선 전철의 약냉방칸에 타고 있었으니 지나친 냉방 탓이 아니다. 바깥이 너무 더운 것이다.

왜 이렇게 더운 거야! 이스루기는 마음속으로 욕지거리를 내뱉었다. 아직 7월 초순이고 장마도 끝나지 않았는데!

이스루기는 플랫폼 위에 펼쳐진 하늘을 원망스럽게 올려다봤다. 끄물거리는 저 먹구름을 보니 장마철이구나 싶었지만, 비가 내릴 기미는 전혀 없었다. 답답함과 무더위와 불쾌함만 늘릴 뿐이었다.

이스루기는 휘청거리는 발걸음으로 플랫폼을 지나 계단을 오르기 시작했다. 도노다 요시타케를 원망하는 말이 입 밖으로 새어나왔다. 오늘 들어 벌써 세 번째다.

여드레 전에 이스루기에게 범패장 사건 자료를 넘겨주고 떠나면서 도노다는 이런 말을 남겼다. '관계자와 연락하거나 약속을 잡는, 성가신 일들은 내가 도맡아서 할게. 그런 거 해본 적 없잖아? 난 익숙하거든. 장소와 시간이 정해지면 이스루기 씨는 관계자와 만나서 이야기만 들으면 돼. 자료를 읽고도 알 수 없었던 점이나 의문점을 확인해줘.'

생색내는 듯한 말투가 다소 거슬렸지만 이스루기는 솔직하게 고마워하기로 했다. 도노다의 말처럼 만난 적도 없는 사람에게 느닷없이 전화를 걸어 취재를 요청하고 약속을 잡는 작업은 해본 적이 없고, 자신이 잘 해낼 것 같지도 않았다.

도노다는 대형 사무용 봉투 하나에 담길 만한 빈약한 자료들만 남기고 갔다. 대부분 아유이 이쿠스케가 쓴 〈범패장 사건〉의 잡지 연재분을 복사한 것이었다. 더블클립으로 묶은 두꺼운 복사본과 비교해 당시 사건을 다룬 신문기사는 손바닥만 했다. 용의자를 체포했다는 보도기사는 더욱 짧은데 열 줄도 안 되는 단신이었다. 사건 현장은 '범패장'이 아니라 '즈이몬 씨의 자택'으로 보도되었고, 미즈키 마사오미라는 이름은 전혀 언급되지 않았다.

이게 바로 소설과 저널리즘의 차이구나, 하고 이스루기는 생각했다. 미스터리라면 장편소설 한 권으로 묶을 수 있는 소재일지라도 신문 기자에게는 지면을 할애할 가치도 없는 지극히 흔한 사건에 불과하다. 고작 한 사람밖에 살해되지 않았으니까.

뭐, 여하튼 〈범패장 사건〉을 다시 읽을 수 있어서 좋았다. 7년 전에 잡지 연재가 시작되었을 때는 금세 책이 출판되리라 믿었기에 대충 눈으로 훑어보기만 했다. 이야기가 본격적으로 전개되기 시작하자 차마 읽기가 아까워서 그만두었다. 하지만 시간이 아무리 지나도 책은 출간될 기미가 없었다. 어느 날 미스터리를 좋아하는 친구의 말을 듣고서야 비로소 잡지 연재가 중단되었음을 알게 되었다.

"아유이 선생이 슬럼프에 푹 빠져 끝내 망가졌다고 하더라."

입이 험한 친구가 살짝 웃으며 말했었다.

……그로부터 어언 7년이나 지났구나.

이스루기는 문득 그리운 마음이 들었다. 당시에는 아직 이십 대였다. 탐정이라고 스스로 내세우고 다니긴 했지만, 그 실체는 그저 백수에 불과했다. 대학교 선배가 소개해준 허드렛일을 하며 입에 풀칠이나 하는 것이 고작이었는데…… 뭐,

지금도 다른 사람 눈에는 백수가 그나마 사람 노릇이나 하는 수준으로 비치겠지. 그래도 나름대로 생활을 꾸려나가고 있고, 좁고 너저분하긴 하지만 일단 사무소도 갖고 있다.

도노다의 의뢰를 수락한 그날부터 이스루기는 《우쓰보 저택 사건》을 읽기 시작했다. 소설을 읽으면서 자신이 7년 동안 조금이라도 진보했을까, 하는 의문이 머릿속에서 떠나질 않았다……

7월이 들어서기 전까지는 그런 아련한 향수에 젖어 있을 수 있었다.

7월이 되자 무시무시한 무더위가 일본 열도를 덮쳤다. 텔레비전 뉴스 해설에 따르면 쌍극자 모드 현상에서 비롯된 이상기후란다. 해설위원이 열심히 노력했지만, 안타깝게도 이스루기는 인도양의 해수 온도와 일본에 닥친 폭염 사이에 무슨 관계가 있는지 알 수가 없었다. 그나마 도쿄가 유난히 더운 이유는 열섬 현상 탓이라는 설명은 이스루기도 그럭저럭 이해할 수 있었다. 도시는 콘크리트와 아스팔트에 뒤덮여 있고, 또한 에어컨 실외기나 자동차 같은 열원이 무수히 많다. 기온이 오르지 않는 것이 이상하다.

다만 원인을 어느 정도 이해했다고 해도 더위가 누그러지는 것은 아니다. 중고 에어컨을 세게 틀었지만 사무소는 조금도 시원해지지 않았다. 바깥으로 한 발자국이라도 내딛는 순간 방망이로 후려치는 것 같은 기세로 열파가 덮쳐와 현기증이 날 것 같았다. 그런데 도노다가 취재 약속을 잡았다며 매일 팩스를 보내왔다. 이스루기는 두려워졌다. 이런 폭염 속에서 여기저기를 돌아다녀야 한단 말인가?

혼자 이런 모진 고통을 맛보고 싶지 않아서 이스루기는 도노다에게 동행을 요청했지만 그는 바쁘다는 핑계로 거절했다. 실은 냉방이 잘 되는 사무실에서 나가고 싶지 않은 거 아냐, 하고 이스루기는 의심했다.

안토니오에게 요청했더니 솔직 명랑한 대답이 돌아왔다.

"이런 더위 속에서 돌아다니는 건 사양입니다."

그래서 이스루기는 홀로 작열지옥을 방랑하는 신세가 되었다. 처음 만나는 상대에게 실례가 되지 않도록 정장을 차려입고 넥타이까지 매고서……

JR가와구치역 앞 육교에서 내려와 한참 찾아 헤맨 끝에 간신히 약속 장소인 찻집을 발견했다. 이미 등까지 흠뻑 젖었다. 자동문을 지나 에어컨이 세게 돌아가는 실내에 들어섰다. 찬바람을 쐬니 무심코 안도의 한숨이 새어나왔다. 이마에 맺힌 땀이 점점 말라가는 것이 느껴졌다.

찻집 안은 폭염에서 도망친 손님들로 만석이었다. 대부분 여성으로 인근 백화점 마크가 찍힌 종이봉투를 지니고 있었다. 이스루기는 손님의 얼굴을 확인하며 안으로 향했다.

남자는 가장 안쪽 자리에서 다리를 꼰 채 주간지를 읽고 있었다. 유리 탁자에 아이스티가 놓여 있었다.

"죄송합니다. 혹시 다지마 씨이십니까?"

이스루기가 묻자 남자가 잡지를 보던 눈을 들고서 짧게 대답했다.

"맞아."

"처음 뵙겠습니다. 이스루기라고 합니다. 바쁘실 텐데 시간 내주셔서 고맙습니다. 오늘 잘 부탁드립니다."

이스루기는 예의바르게 인사하고서 자리에 앉았다.

"편지와 함께 재밌는 명함이 동봉되어 있어서 흥미가 생기더군."

다지마 다미스케가 탁자 위에 있는 명함을 집어 흔들어보였다. 다름 아닌 이스루기 본인의 명함이었다.

"이 명함, 당신이 스스로 만들었나?"

"그렇습니다만."

"이런 명함을 잘도 스스로 만들었구먼."

다지마는 한쪽 뺨으로 웃더니 명함을 다시 탁자에 내려뒀다.

비웃는 듯한 태도에 이스루기는 불쾌했다. 무심코 속내가 얼굴에 드러날 찰나에 종업원이 주문을 받으러 왔다. 이스루기가 주문하는 동안에 다지마가 읽다만 주간지를 펼쳤다.

다지마는 덩치가 크고 우락부락한 남자였다. 머리를 짧게 다듬었고, 은테 안경 속에 보이는 치켜 올라간 눈매에서 고집이 셀 것 같다는 인상이 느껴졌다. 중년 비만이 시작되었는지 연청색 폴로셔츠와 면바지를 입은 몸이 통통했다.

종업원이 떠나간 뒤에도 다지마는 이스루기 쪽으로는 눈

길도 주지 않은 채 주간지를 계속 읽었다. 흥미 있는 기사가 실려 있는 건 아닌지 다지마는 시시한 표정을 짓고 있었다.

이스루기는 가벼운 이야기부터 꺼내기로 마음먹었다.

"다지마 씨, 오늘은 휴일입니까?"

이스루기의 말을 듣고 다지마가 비로소 눈을 들었다. 주간지를 덮어 옆 의자에 내려두고서 말했다.

"관청 업무는 꽤나 불규칙해. 바쁠 때는 잔업도 하고, 일요일에도 출근하고, 집에도 가끔 들어가지 못하지만 이렇듯 금요일에 쉴 수 있는 때도 있지."

"직장이 총무성이라고 하셨지요?"

이스루기는 도노다가 준 자료를 떠올렸다.

"처음에는 자치성에 들어가긴 했지만."

다지마가 또 한쪽 뺨으로 웃었다. 비아냥거리는 듯한 저 웃음은 아무래도 그의 버릇인 모양이다.

"초봄에 조직이 개편되면서 이사를 하게 됐는데 퍽 고생했어. 가스미가세키에서 상자나 나르는 신세가 될 줄은 생각지도 못했는데."

"과장보좌인데도 상자를 옮기십니까?"

"중앙관청에서 과장보좌 따위 말단이야. 지방에서 과장으로 일했을 때가 훨씬 대우가 좋았지. 게다가 난 교토대 출신이야. 행정관료 중에서는 아직 도쿄대 출신이 더 힘이 세니까……."

다지마가 무언가 깨달은 것처럼 입을 닫고서 이스루기를

쳐다봤다. 그의 시선이 점점 싸늘해져갔다.

"옛 이야기를 하자는 핑계로 관청 실태를 취재할 작정이라면 거절하겠어. 지금 여러 문제가 있어서 상사가 위에서 시끄럽게 쪼고 있다고."

"아뇨, 그러려고 온 게 아닙니다."

이스루기가 황급히 대답했다. 종업원이 들고 온 아이스커피를 한 모금 마시며 숨을 돌린 뒤 말을 이었다.

"제가 여쭙고 싶은 건 어디까지나 14년 전 사건입니다."

"미안하지만 그쪽도 할 얘기가 거의 없어. 대학 시절 이야기니까. 거의 다 까먹었다고."

다지마가 통명스럽게 대답했다.

"제가 몇 가지 질문을 드릴 테니……."

이스루기는 미리 써온 메모지를 꺼내고서 물었다.

"우선 범패장에 가게 되신 경위에 대해 여쭙고 싶습니다만……, 고타가와 도모코 씨한테 따라가게 해달라고 부탁하셨다고요?"

"그랬던가……."

다지마는 이맛살을 찌푸리며 한동안 생각에 잠겼다.

"고타가와 씨가 부탁하지 않았던가? 겁이 많은 사람이라 같이 가자고 말이야."

"〈범패장 사건〉에는 그 반대라고 적혀 있습니다."

이스루기가 거듭 확인하려고 하자 다지마가 괴이쩍어하며 되물었다.

"그게 대체 뭐야? 범패장 사건이라니?"

"아유이 이쿠스케가 쓴 소설입니다. 다지마 씨가 겪은 살인사건을 바탕으로 집필된 미스터리 작품이죠."

"그런 게 다 있었나? 몰랐는데."

놀란 표정을 보니 거짓말은 아닌 것 같았다. 다지마는 정말로 모르는 듯했다.

"읽어보신 적이 없으십니까? 다지마 씨는 미스터리 연구회 출신이시죠?"

"그래. 학생 시절에는 미스터리를 좋아해서 자주 읽긴 했지만."

다지마의 얼굴에서 순간 과거를 그리워하는 표정이 스쳤다.

"졸업한 뒤에는 통 읽지 못했지. 백서다, 리포트다, 읽어야 할 것들이 너무 많아서 소설 따윈 읽을 수가 없더라고."

"그렇습니까……."

이스루기는 속으로 한숨을 내쉬었다. 이 상태로 보아 다지마에게서 유익한 정보를 얻어낼 수 없을 것 같았다. 그러나 꼭 확인해두고 싶은 것만은 물어봐야만 한다.

"제가 가장 여쭙고 싶은 건 범패장에서 묵으실 때 방을 어떻게 배정했느냐는 겁니다."

이스루기는 다지마의 얼굴을 물끄러미 쳐다봤다.

"누가 어떤 방에서 묵었는지 확인하고 싶습니다만……."

"말했지? 거의 다 까먹었다고. 그렇게 자질구레한 것까지 어떻게 다 기억을 하겠어."

다지마가 코웃음을 쳤다.

"다지마 씨는 나카타니 히로히코 씨와 함께 거실에서 묵으셨지요? 그건 기억이 나십니까?"

이스루기의 열의가 통했는지 다지마가 곰곰이 생각하다가 대답했다.

"그랬을 걸. 푹신푹신한 소파에서 잤던 기억이 있어. 이탈리아제 새빨간 소파였지. 나카타니도 있었고. 그는 다른 소파에서 잤었는데……."

"그리고 한밤중에 비명과 함께 무언가 무거운 물체가 떨어지는 소리가 들려 2층으로……."

"맞아. 다함께 2층으로 올라갔더니 안뜰로 이어지는 계단에 사람이 쓰러져 있었어."

다지마가 진지한 눈빛으로 말을 이었다.

"그 시신만은 지금도 생생하게 기억해."

"알겠습니다."

이스루기는 앞에 놔둔 메모지에 볼펜으로 적었다. 다지마 1층 거실, 확인.

그때 메모지 한구석에 휘갈겨져 있는 글이 눈에 들어왔다. 도노다가 부탁한 질문이다.

"고타가와 도모코 씨의 연락처를 아신다면 알려주실 수 있겠습니까?"

이스루기가 묻자 다지마는 왜 그런 걸 나에게 묻느냐는 표정을 지었다.

"연락처 따윈 몰라. 대학교를 졸업한 뒤로 한 번도 만난 적이 없어."

"그래도……, 으음……, 대학 시절에 고타가와 씨와 교제 하지 않았습니까?"

"사귀긴 했지. 고타가와 씨는 미소녀였거든. 젊었을 적에 는 그런 여자한테 끌리는 법이지. 심약한 문학소녀라고 해야 하나."

다지마가 또다시 과거를 회상했다.

"그런데 막상 교제를 시작했더니 그녀는 내가 품고 있던 이미지와는 전혀 다른 여자였어. 옛날에 낙태를 했다는 소문 을 들은 적도 있었고 말이야. 자연스레 헤어지게 됐지."

잠시 침묵이 흐른 뒤에 다지마가 말을 툭 내뱉었다.

"그래서 난 고타가와 씨의 연락처를 몰라. 세 번쯤 성관계 를 맺었던 상대일 뿐이니까."

대답이 궁해진 이스루기는 다지마에게서 시선을 돌리고는 아이스커피에 꽂힌 빨대를 물었다.

"그때 관계자들 중에서 지금도 연락을 하고 지내는 사람 은 가와무라 선생 정도겠지."

다지마가 중얼거리는 말을 듣고 이스루기가 고개를 들어 다지마를 보았다.

다지마는 의자에 푹 기대어 창밖을 쳐다보고 있었다. 더위 에 지쳐 허덕이는 행인들이 수족관 수조 속을 부유하는 심해 어처럼 보였다.

"가와무라 료 씨 말이군요. 영화배우에서 참의원 의원으로 변신한……."

이스루기가 말하자 다지마가 고개를 살짝 끄덕였다.

"국회에 갈 일이 생기면 종종 보지. 우리 관청에 오신 적도 몇 번 있었고."

"가와무라 씨한테도 취재를 요청했지만 거절당했다고 하더라고요."

"그야 그렇겠지. 선거가 얼마 안 남아서 당연히 바쁘겠지. 자신한테 표를 던져줄 유권자를 만나러 돌아다니는 것만으로도 버거울 거야."

다지마가 히죽 웃었다.

"가와무라 선생이 언제 어느 당에서 출마해서 어느 당으로 옮겼고, 지금은 어느 당 소속이었더라? 복잡해서 까먹었어. 뭐, 어느 당이 이기든 아무래도 상관없지만."

"아무래도 상관없다?"

이스루기는 다지마가 툭 내뱉은 말이 신경이 쓰여 무심코 되물었다.

"관료분들은 선거 결과가 궁금하지 않으십니까?"

"별로 안 궁금해. 어느 당이 이기든 우리가 해야 할 일은 똑같아. 정책 강령이든, 예산이든 결국 세세한 마무리는 우리가 하니까."

다지마는 하품을 크게 하더니 탁자에 두 손을 올리고서 이스루기의 얼굴을 물끄러미 쳐다봤다.

"외무성의 어느 일부 바보들 덕분에 요즘 평판이 왕창 떨어지긴 했지만 사실 우리가 없으면 이 나라는 굴러가지 않아."

이스루기는 그렇습니까, 하고 작게 말장구를 쳐주었다.

다지마가 또다시 한쪽 뺨으로 웃었다.

[과거 · 2] 1987년 7월 7일

"어서 오십시오."

중후한 나무문에서 나타난 남자가 다지마 일행에게 고개를 깊숙이 숙였다.

다지마보다 나이가 조금 더 들어 보이는, 이십대 중반의 살갗이 하얀 청년이었다. 머리를 말끔하게 뒤로 넘겼고 수염을 정성껏 깎았는지 뺨과 턱이 매끈했다. 주름 하나 없는 하얀 와이셔츠 속 가슴팍이 빈약하고 팔도 가늘어서 어쩐지 병약해보였다.

"K**대학 후지데라입니다."

후지데라가 이름을 밝히자 청년이 고개를 살짝 끄덕였다.

"류시로 님께서 기다리고 계십니다. 어서 들어오시죠."

그는 문을 크게 열고서 네 사람을 안으로 들였다.

현관 양쪽 벽에는 밤색 도기 타일이 붙어 있었다. 정면 안쪽에는 고풍스러운 수납장이 있고, 한 쌍의 촛대가 칙칙한 은빛을 발하고 있었다. 수납장 위쪽 벽에 선명한 원색 그림이 걸려 있었다. 투명한 세룰리안 블루가 칠해진 배경에 분홍색과 커스터드 옐로가 난무하는 그림이었다.

"왼쪽 거실로 가주십시오."

뒤에서 청년이 말했다. 청년은 아직 현관 포치에서 문을 잡고 있었다.

후지데라의 뒤를 따라 거실로 통하는 하얀 문을 지났을 때 다지마의 눈에 진홍색 소파에 앉아 있는 남자의 모습이 맨 먼저 눈에 들어왔다.

남자는 소파 등받이에 두 손을 걸치고 다리를 꼰 채 쉬고 있었다. 아무렇게나 걸친 연청색 재킷은 앞이 벌어져 있었는데, 그 사이로 새하얀 티셔츠가 엿보였다.

인기척을 느끼고 남자가 고개를 들었다.

저 짙은 눈썹과 매부리코가 눈에 익었다. 배우인 가와무라 료타. 가와무라는 다지마가 태어났을 즈음에 은막에서 청춘스타로 활약했던 배우다. 그래서 다지마는 그가 어떤 배우인지 전혀 모르지만, 요즘에도 텔레비전 드라마에 종종 나와서 얼굴만은 알고 있었다.

"즈이몬 씨, 손님이 오셨어요."

가와무라가 거실 안쪽을 향해 말했다.

누군가가 걸걸한 목소리로 대답했다.

"아아, 후지데라 씨로군? 범패장에 잘 왔소."

"즈이몬 선생님, 오랜만에 뵙습니다."

후지데라가 목소리가 들리는 쪽으로 고개를 숙였다.

"선생님은 무슨. 등이 다 간지럽구면. 즈이몬 씨라고 불리면 족해…… 그나저나 그쪽은 제자들이오?"

다지마는 목소리가 들리는 쪽으로 시선을 돌렸다.

거실 안쪽에 타원형 유리 탁자가 놓여 있고, 파란색 에그 체어 여덟 개가 주위를 둘러싸고 있었다. 의자에는 세 남자가 앉아 있었지만 그 누구도 목소리의 주인은 아니었다.

"예. 소개하겠습니다."

후지데라가 세 동행인을 순서대로 가리키며 말했다.

"나카타니 히로히코 군, 고타가와 도모코 양, 그리고……."

그는 말문이 막혀 다지마를 물끄러미 쳐다봤다.

"자네, 이름이 뭐라고 했었지?"

"다지마 다미스케입니다. 처음 뵙겠습니다."

다지마는 자기 이름을 밝히고서 **마왕**에게 인사했다.

"잘 왔습니다. 오늘은 편하게 지내십시오."

마왕…… 즈이몬 류시로가 생글생글 웃으며 대답했다.

류시로는 유리 탁자에서 조금 떨어진 벽 쪽에 있는 사이드보드 앞에 홀로 서 있었다. 그는 다지마가 상상했던 악마의 모습과는 달리 부드럽고 온후하게 생겼다.

아직 오십대 중반인데도 머리는 새하얗게 세었다. 그리고 목덜미를 뒤덮을 만큼 길었다. 은색 더벅머리와 다지마만큼이나 큰 키가 보는 이에게 위압감을 주었다.

사이드보드는 현관에 놓인 수납장과 마찬가지로 앤티크였다. 관리가 잘 되었는지 적갈색 가구에서 윤이 났다. 그 위에는 정교한 문양이 새겨진 검은 탁상시계가 놓여 있었다.

다지마가 시선을 올렸다.

류시로의 뒤쪽, 합판으로 된 벽 가운데에 한 폭의 초상화가 걸려 있었다. 아까 현관에서 봤던 그림과는 대조적으로 사실적인 유채화였다. 멋진 호두나무 액자에 표구되어 있었다. 아직 어린 소녀가 하얀 드레스를 입고서 포즈를 취하고 있었다. 소녀의 수줍은 미소를 캔버스에 그대로 옮겨놓았다.

거실은 2층까지 확 트여 있었다. 합판은 소녀의 초상화 조금 위에서 끊어졌다. 그 위로는 하얀 회벽이 펼쳐졌다.

"구라타, 차를 내오도록."

류시로가 명령했다.

현관에서 막 돌아온 살갗이 흰 청년이 명령을 받들었다.

구라타라고 불린 그 청년은 고개를 끄덕이고는 벽을 따라 거실을 나간 뒤 안쪽 문으로 향했다.

"이제 초대받은 손님들이 다 모인 건가?"

류시로가 묻자 구라타는 문 앞에서 멈추어 그쪽으로 몸을 돌렸다.

"아직 노나미 님께서 오시지 않았습니다."

구라타가 나직이 대답했다. 그는 시선을 살짝 깐 채 류시로의 얼굴을 보려고 하지 않았다.

(류시로를 두려워하는 건가?)

다지마는 그렇게 생각했다.

"아아, 노나미 군이 남았던가."

류시로가 비아냥거리듯 웃음을 흘렸다.

"갑자기 자기가 먼저 참석하겠다고 말을 꺼냈으면서도 가장 마지막에 오다니 참 뻔뻔스러운 작자로구먼."

"노나미 씨가 누굽니까?"

가와무라가 소파에서 물었다.

"노나미 요시토. 변호사야."

류시로가 경멸하는 투로 말을 이었다.

"그리 깊은 교제를 나눈 사이는 아닐세. 마도카 일로 잠시 신세를 졌을 뿐 범패장에 오는 건 이번이 처음이야."

마도카라는 이름이 나온 순간 거실에 모인 손님들 사이에서 침묵이 흘렀다. 구라타는 몸을 흠칫 떨기까지 했다.

(뭐지?)

다지마는 의아하게 여겼다. 또한 마음속에서 희미한 불안감이 솟아올랐다.

"뭐 하고 있나? 어서 차를 내오지 않고."

류시로가 냉혹한 눈초리로 구라타를 쳐다봤다.

구라타는 예, 하고 작게 대답하고서 안쪽 문으로 나갔다.

"문학애호가 변호사? 일본에서 보기 드문 참 진귀한 존재로군요."

가와무라가 짐짓 큰소리로 웃었다.

"그 녀석은 문학을 좋아하는 게 아냐. 지인이 화요회에 참석하게 해달라고 부탁한 모양이더군. 처음에는 거절할 생각이었지만 그 지인의 이야기를 듣고 승낙했지. 꽤 재밌을 것 같은 인물이더군."

"어떤 분입니까?"

탁자에 앉아 있던, 머리가 짧고 마른 남자가 물었다.

"와보면 알 걸세. 기대해보게나."

류시로는 남자에게 미소를 지은 뒤 다지마 일행 쪽으로 시선을 돌렸다.

"서 있지 말고 어서 앉아요."

후지데라는 유리 탁자로 성큼성큼 다가가 빈 의자에 앉았다.

다지마를 비롯한 학생들은 탁자석이 내키지 않아서 진홍색 소파에 앉기로 했다.

가와무라가 소파 끝으로 자리를 옮기고서 웃으며 도모코에게 손짓을 했다. 그 덕분에 다지마는 다른 소파에서 나카타니와 나란히 앉을 수밖에 없었다.

"다들 어떤 분들이신지 소개해주시면 안 되겠습니까?"

후지데라가 몸을 이리저리 꼬며 류시로에게 부탁했다. 아마도 이탈리아에서 디자인한 둥근 의자가 익숙하지 않아 불편한 거겠지.

"그래, 소개하지. 우선 이쪽은 시바누마 슈시 씨. 펜 끝이 날카로운 신인 문예평론가일세."

"잘 부탁합니다."

시바누마는 아까 질문했던 머리가 짧고 마른 남자였다. 머리를 짧게 쳐올렸고, 무테안경 속 눈동자가 날카롭게 빛나고 있었다. 탁자 위에 팔꿈치를 대고서 담배를 피우고 있는데, 마음이 답답한지 언짢은 표정을 짓고 있었다.

"배우인 가와무라 료 씨는 유명인이니 다들 잘 알 테고."

"안녕."

가와무라는 도모코의 얼굴만 보고서 방긋 웃었다.

"여기 있는 두 사람은 내 불초한 자식들이네. 아쓰노리와 마사노부."

"처음 뵙겠습니다."

형인 아쓰노리는 새카만 머리를 7대 3으로 가르마를 탄 것 말고는 류시로와 아주 닮았다. 얼핏 인상이 좋아 보이지만, 타인이 자신이 그려놓은 일정한 선 안으로 들어오지 못하도록 밀어내는 편벽한 기질까지 판박이로 보인다. 싹싹하게 인사하긴 했지만 미간을 살짝 찡그리고 있었다.

동생인 마사노부는 형과 거의 닮지 않았다. 서글서글하게 생긴 청년이었다. 머리가 부수수한데 빗으로 간단히 빗기만 한 모양이다. 성격이 내성적인지 인사를 할 때 고개만 까닥거리고서 입으로 뭐라 중얼거리기만 했다.

수줍어하는 저 태도가 어쩐지 마음에 걸렸다.

다지마는 벽에 걸린 소녀의 초상화를 올려다보며 유심히 비교했다. 예상대로 얼굴이 닮았다.

(저 초상화 속 소녀도 즈이몬 가문의 일족 중 하나인가…….)

거실 안쪽 문이 열리더니 구라타가 쟁반을 들고 나타났다.

"저 사람은 내 비서인 구라타 다쓰노리."

구라타는 조용히 알은체를 하고서 먼저 후지데라 앞에 찻잔을 내려두었다. 그러고는 다지마 일행 쪽으로 천천히 다가왔다.

"실례합니다."

다지마는 찻잔을 받아들어 검은 플라스틱 탁자에 내려두었다. 김이 피어오르고 홍차의 향기가 감돌았다.

구라타는 빈 쟁반을 안고서 다시 안쪽 문으로 사라졌다.

"자네들은 불문과 학생들인가?"

가와무라가 가벼운 투로 물었다.

"저랑 나카타니 씨는 그래요."

도모코가 가와무라에게서 몸을 조금 떨어뜨리며 대답했다.

"다지마 씨는 법학부이지만 제 친구라서……."

친구라는 말에 다지마는 살짝 상처를 받았다. 게다가 가와무라가 도모코만 보며 말하는 것도 마음에 들지 않았다.

"오호, 그랬어? 곧장 여기로 왔나? 가마쿠라는 구경 안 했고? 쓰루가오카하치만궁이나……."

가와무라가 도모코에게 살짝 다가갔다. 도모코는 곤혹스러운 표정을 지었다.

(도모코한테 또 다가가면 따끔하게 한 마디 해줘야겠어.)

다지마가 그렇게 결심했을 때 초인종이 경쾌한 음색으로 울렸다.

안쪽 문에서 구라타가 나타나 종종걸음으로 현관으로

향했다.

이윽고 정장을 입은 통통한 남자가 현관에서 거실로 들어왔다. 몸에 지방이 붙어서인지 아직 그리 더운 시기가 아닌데도 손수건으로 연신 이마에 맺힌 땀을 훔치고 있었다.

"늦어서 죄송합니다."

통통한 남자가 류시로에게 고개를 꾸벅 숙였다. 아마 저 남자가 변호사인 노나미 요시토이리라.

"아니, 개의치 말아. 이제 막 시작하려던 참이었으니."

류시로가 대범하게 대답하고서 물었다.

"그나저나 온다는 그 지인은?"

"왔습니다. 자, 들어와요."

노나미의 뒤에서 두 일행이 거실로 들어왔다.

"이쪽은 미즈키 마사오미 씨입니다."

노나미가 늘씬한 인물을 손으로 가리키며 소개했다.

"직업은 명탐정이죠."

거실에 있던 모든 사람들의 눈이 휘둥그레졌다.

시바누마는 노골적으로 한심하다는 표정으로 콧방귀를 끼고는 미즈키를 물끄러미 쳐다봤다.

"아니, 진짭니다."

노나미가 황급히 말을 덧붙였다.

"최근에 미즈키 씨가 활약하는 모습을 바로 옆에서 지켜봐서 장담할 수 있습니다. 놀라운 재능의 소유자이죠."

노나미는 미즈키에게 푹 빠져 있는지 그렇게 힘주어 말했다.

"노나미 씨, 내 직업은 탐정이 아니랍니다. 그저 우연히 여러 사건에 얽혔을 뿐이죠……."

미즈키는 오른쪽 손가락 사이에 끼운 가느다란 담배를 맛있게 한 모금 피웠다.

"그나저나 재떨이는 있습니까?"

"탁자에 있습니다."

류시로가 유리 탁자를 가리켰다.

"실례하겠습니다. 깨끗한 바닥을 더럽힐 수는 없는 노릇이니까요."

미즈키는 장발을 휘날리며 탁자에 성큼성큼 다가가 시바누마 앞에 놓인 도기 항아리에 재를 털었다.

"재떨이로 쓰기에는 아까운 항아리로군."

미즈키는 항아리를 유심히 보다가 감탄했다. 항아리 겉면에 붉은색과 푸른색이 섬세하게 채색되어 있었다.

"중국제입니까? 아니면 중국풍입니까?"

"중국풍이라오. 프랑스제이지요."

류시로가 미즈키를 가늠하듯 쳐다보고 있었다.

"과연, 그렇군요."

미즈키는 류시로의 시선에 아랑곳하지 않고 탁자 옆에 선 채 거실을 둘러봤다.

"예상보다 더 근사한 저택이군요. 현관에 있던 마티스의 작품도 멋있었지만, 저 초상화는 훌륭해……. 사이드보드에 놓인 탁상시계는 융한스에서 만든 거군요?"

"미즈키 씨는 눈이 높은 분인 듯하군요."

류시로는 소리 없이 웃고는 노나미 쪽을 돌아봤다.

"다른 분은?"

"이쪽은 아유이 이쿠스케 씨입니다. 미즈키 씨 일을 거들고 계십니다."

"아유이입니다. 뭐, 미즈키 씨의 조수 겸 기록자 역할을 맡고 있죠."

아유이가 그렇게 말하고서 고개를 숙였다. 자유분방한 미즈키와는 달리 예의바르고 공손한 청년이었다.

"세 분 모두 어서 들어오시오. 바로 차를 내올 테니."

류시로가 그렇게 말하자 미즈키는 재떨이 앞에 앉는 게 당연하다는 듯이 시바누마 옆에 앉았다. 시바누마가 불쾌해했다.

노나미와 아유이도 탁자에 다가가 빈 의자에 앉았다.

류시로가 눈짓을 보내자 구라타가 안쪽 문으로 향했다.

[현재·3] 2001년 7월 7일

오후 7시가 넘었다. 지하철 도라노몬역을 나와 지상으로 올라가니 이미 땅거미가 져 있었다.

저 멀리 네모난 고층빌딩들이 늘어서 있다. 창문 군데군데에 불이 켜져 있는데, 마치 낯선 이국의 문자를 전광판에 표시한 것처럼 보였다.

밤이 됐지만 바깥은 여전히 무더웠다. 이스루기는 손수건으로 목에 흐르는 땀을 훔치며 손목시계로 시간을 확인하고는 오쿠라 호텔로 걸어 나갔다.

근처에는 관공서와 오피스 빌딩밖에 없어서 이 시간이 되면 대부분 조명이 꺼진다. 옆 도로를 잇달아 달려가는 택시들은 도라노몬을 통과해 아카사카나 롯폰기로 곧장 향하리라.

에도미자카 언덕을 올라가니 호텔 앞에 일렬로 줄지어 서있는 택시들이 보였다. 붉은 후미등이 반짝이고 있었다. 경비원으로 보이는 제복 차림의 남자가 열중쉬어 자세로 한가롭게 서 있었다.

외국인 관광객으로 보이는 가족이 택시에서 내리는 광경을 곁눈으로 보며 이스루기는 오쿠라 호텔 별관 로비에 들어갔다. 진홍색 융단 위에서 멈춰 주변을 둘러봤다.

시바누마 슈시는 목제 카우치에 앉아 젊은 남성과 대화를 나누고 있었다. 젊은 남성은 알랑거리며 열심히 무언가 말을 하고 있지만, 시바누마는 이따금 짧게 대꾸만 할 뿐 비웃는 것 같은 태도였다.

두 사람의 대화가 끝나기를 기다리며 이스루기는 시바누마를 먼발치에서 관찰했다.

시바누마는 머리를 짧게 다듬었고 무테안경을 쓰고 있었다. 중년 비만이 시작되었는지 볼살은 처졌고, 턱에 살이 쪄

서 두툼히 잡힐 듯하다. 그는 아르마니 정장에 가느다란 붉은 넥타이를 매고 있었다. 대학교 조교수치고는 꽤 비싼 옷차림이다.

시바누마는 문예평론가로 이름이 알려진 편이라 문단에서 나름 영향력이 있다고 한다. 그러니 대학교에서 주는 월급 말고도 부수입이 많으리라. 아니, 부수입이라는 표현은 적절하지 않을지도 모른다. 애당초 야인이다. 평론 활동으로 명성을 얻었기에 대학교에서 초빙한 것이니까.

그러고 보니 도노다가 알려준 시바누마의 연락처는 자택이 아니라 미나미아오야마에 소재한 개인 사무소였다. 유한회사 덤 옥스보다 훨씬 고급스러운 지역에 위치하고 있어서 이스루기는 조금 부러웠다…….

이야기가 끝났는지 젊은 남성이 고개를 숙인 뒤 카우치에서 떴다.

이스루기는 어둑한 로비를 지나 시바누마에게 다가갔다.

"시바누마 선생님이시지요? 이스루기라고 합니다. 오늘 잘 부탁드리겠습니다."

예의바르게 인사하자 시바누마는 조용히 빈 카우치를 손으로 가리켰다.

이스루기는 시바누마의 정면에 놓인 카우치에 앉았다.

"미안하지만, 이따가 2차 모임에도 얼굴을 내보여야 해서 말이야."

시바누마가 불가리 손목시계를 내려다보며 말을 이었다.

"한 15분 정도밖에 시간을 내줄 수 없는데, 괜찮나?"

"예, 괜찮습니다."

이스루기는 그렇게 대답하고서 로비를 둘러봤다.

여기저기에서 손님들이 선 채로 담소를 나누고 있었다. 수수한 남색 정장을 입은 중년 남성에, 화려한 드레스를 입은 여성도 있고, 축구 유니폼 같은 티셔츠와 청바지를 입은 장발 청년도 있었다. 이제부터 2차 모임에 함께 참석할 파티 손님치고는 복장도, 나이도 제각각이었다.

"오늘 무슨 파티가 있었습니까?"

"문학상 파티야. 아직도 아래에서 진행 중이지."

시바누마는 지하로 이어지는 계단을 가리키고는 조롱하듯 웃으며 말했다.

"자네, 그 명함 주인 맞지? 저 아래로 내려가 그 명함을 나눠주며 돌아다니면 금세 인기를 끌걸?"

이스루기는 음울한 기분이 들었다.

아무래도 도노다는 이스루기의 명함이 재밌어서 관계자 모두에게 취재 요청 편지와 함께 동봉해서 보낸 모양이다. 놀림을 받는 것은 익숙하지만 이렇듯 만나는 사람마다 비아냥대니 역시나 이스루기도 부아가 치밀었다.

"문학상 파티였습니까? 오쿠라 호텔에서 열리다니 참 호화롭네요."

언짢은 심정을 애써 감추고서 이스루기는 싹싹하게 대답했다.

"그냥 수상자가 금병풍 앞에서 인사를 하는 자리일 뿐이야. 먹고 마시는 데 정신이 팔려서 대부분 듣지 않았겠지만."

시바누마는 외투 안주머니에서 담배를 꺼내 불을 붙였다.

"수상자 녀석이 실실 웃으며 내 옆으로 다가오더군. 선생님의 팬입니다. 선생님의 저서는 전부 다 봤습니다, 하고 말하면서. 내게 아첨을 하고 싶었던 모양이야. 페미니스트 사이코 스릴러로 인간 내면의 어둠을 날카롭게 그려낸 걸출한 작가가 저런 속물이었다니."

"그분, 복면 작가로 알려진 분이죠? 얼굴 사진을 일절 드러내지 않는 것으로 유명한……."

이스루기가 흥미가 조금 생겨 물었다.

"분명 사진은 거부하더라고. 그런데 얼굴을 내보이지 않는 건 화제에 오르기 위한 계산이야. 편집자가 알려준 꾀겠지? 신인인데 잔꾀를 부리다니. 아니면 자기 얼굴에 자신이 없는 건지도 모르지."

시바누마가 메마른 웃음을 흘렸다. 입술 사이에서 담배 연기가 스멀스멀 피어올랐다.

"……그럼 여쭤봐도 되겠습니까?"

이스루기가 그렇게 말하자 시바누마는 묵묵히 고개를 끄덕였다.

"우선 범패장에 가신 경위부터 묻겠습니다. 지금까지 화요회에 여러 번 참석하셨습니까?"

"그날이 세 번짼가 그랬지. 그 당시에는 즈이몬 선생의 자택뿐만 아니라 이런저런 모임에 자주 얼굴을 내비쳤거든. 아직 신출일 때라 그렇게 연줄을 쌓아두지 않으면 일거리가 들어오질 않으니.”

시바누마가 짧아진 담배를 유리 재떨이에 비벼 껐다.

“피해자인 노나미 씨와는 그때 처음 만나신 거겠군요?”

“물론. 나뿐만 아니라 그곳에 왔던 모든 사람들이 노나미 씨와 초면이지 않았나? 즈이몬 씨도 두어 번밖에 만난 적이 없었다더군.”

“그리고 그날 밤 노나미 씨가 살해됐군요.”

이스루기는 숄더백에서 메모지를 꺼내고서 물었다.

“시바누마 선생님께서는 어느 방에서 묵었습니까?”

“손님방에서 묵었지.”

시바누마가 새 담배를 꺼내 불을 붙였다. 지포 라이터의 뚜껑이 딸깍, 하는 소리를 내며 닫혔다.

“손님방은 세 군데인데 어디서 주무셨습니까?”

“그런 세세한 것까지 다 대답해야 하나? 한가운데 방이었을 거야.”

“알겠습니다.”

이스루기는 메모지 구석에 적었다. 시바누마, 가운데 손님방, 확인.

“노나미 씨의 시신을 발견했던 당시 상황을 기억하십니까?”

“오래 전 일이라 기억이 상당히 흐릿한데.”

시바누마는 천장을 향해 연기를 내뱉고서 말했다.

"비명과 물건이 굴러 떨어지는 소리가 들려서 방을 뛰쳐나갔지. 다들 놀랐는지 죄다 복도에 나와 있더군. 황급히 2층으로 가려고 안쪽으로 달려갔는데 2층에 있던 사람들이 테라스에 모여 있었지……."

"잠깐 실례."

이스루기는 시바누마의 말을 도중에 끊었다.

"일단 확인하고 싶습니다만, 2층에 있던 사람이란 류시로 씨, 미즈키 씨, 아유이 씨, 고타가와 씨 네 분을 말하는 거군요?"

"맞아."

시바누마가 고개를 천천히 끄덕였다.

"실례했습니다. 계속 해주십시오."

"다함께 테라스로 나가보니 안뜰로 이어지는 계단에 누군가가 쓰러져 있었어. 밤이 깊어서 확연히 보이지는 않았지만 말이지. 즈이몬 씨의 비서인 구라타 씨가 손전등을 가지러 갔어. 손전등 빛에 의지해 계단을 내려갔더니……."

시바누마의 한쪽 뺨이 살짝 떨렸다.

"……그랬더니 노나미 씨가 피투성이가 되어 쓰러져 있었어."

"알겠습니다."

이스루기는 메모지를 주머니에 넣었다.

"이제 됐나? 슬슬 시간이 돼서."

시바누마는 그렇게 말하고서 카우치에서 일어섰다.

지하로 이어지는 계단에서 수많은 사람들이 로비로 올라왔다. 그 복면 작가는 대체 누구일까? 이스루기는 문득 궁금해졌다.

헤어지기 전에 개인적인 흥미가 생겨 딱 하나만 더 묻기로 했다.

"시바누마 선생님께서는 미즈키 씨와도 만나셨지요. 어떤 분이었습니까?"

"난 그런 녀석을 좋아할 수가 없어."

시바누마는 입술을 일그러뜨리고서 즉답했다.

"뭐, 머리는 영리한 것 같지만 건방져. 사람 앞에서 담배 연기를 푸하푸하, 하고 내뿜질 않나……."

그렇게 내뱉은 시바누마의 손가락 사이에 불이 붙은 담배가 끼워져 있었다. 골초는 자신 이외의 골초를 용납하지 못하는 모양이다. 이스루기는 속으로 웃었다.

"바쁘실 텐데 정말 감사드립니다."

이스루기가 인사를 하고서 떠나려 하자 시바누마가 종이 봉투를 내밀었다.

"선물을 주지."

봉투 안을 들여다보니 고디바 초콜릿이 들어 있었다. 금색 포장지에 길쭉한 종이가 끼워져 있었다. 그 안에 감사의 선물이라는 글자 아래에 출판사 이름이 인쇄되어 있었다.

"난 단 걸 싫어해."

시바누마가 히죽 웃었다.

"고맙습니다."

이스루기는 다시금 고개를 숙이고서 그곳을 떠났다.

이스루기와 교대하듯 다른 남자가 시바누마에게 다가갔다.

"시바누마 선생님, 잠깐 말씀드릴 것이……."

뒤돌아보니 그 남자가 활짝 웃으며 말을 걸었다.

하지만 시바누마는 시시해하며 과묵하게 대응했다. 무테 안경 속 눈동자가 생기를 잃고 탁해졌다.

[과거 · 3] 1987년 7월 7일

"노나미 씨와는 와카야마현으로 여행을 갔을 때 알게 됐죠. 우연히 노나미 씨와 같은 호텔에 묵게 됐는데 그 인연으로 지인이 되었습니다."

미즈키는 담배를 피우며 높은 목소리로 이야기했다.

"기슈의 어느 산속 사원에서 다섯 사람이 잇달아 살해된 연쇄 살인사건(졸저《아수라사 사건》참조)을 미즈키 씨가 멋지게 해결하셨죠."

노나미가 모두의 얼굴을 보고 힘주어 말했다.

그러나 안타깝게도 살인사건에 관심이 있는 사람은 없는 듯했다. 모두들 곤혹스러워했다.

"절에서 살인사건이라니. 장례식을 치르기에는 퍽 편리했겠네."

후지데라가 무시근하게 감상을 털어놓자 미즈키는 고개를 가로젓고서 생글거리며 말했다.

"아뇨, 실은 다섯 사람 모두 살해된 게 아닙니다……. 뭐, 이야기를 하면 길어질 것 같고, 또 지루해할 테니 그만두죠."

아마 범패장에 초대된 손님들 중에서 미즈키의 이야기에 흥미를 느낀 사람은 다지마 한 사람뿐일 것이다. 그는 미즈키 곁에 가서 연쇄 살인사건의 수수께끼와 추리 과정을 자세히 듣고 싶은 마음이 굴뚝같았다.

하지만 지금은 가와무라와 도모코가 나누는 대화가 더 마음에 걸렸다.

"가마쿠라는 아직 구경 안 했어?"

"예. 아침에 신칸센을 타고 막 왔거든요."

"내일 바로 돌아가야 하니? 만약 시간이 있다면 가마쿠라를 안내해줄게. 난 가마쿠라를 꽤 잘 알아. 오후나에 촬영소가 있어서 자주 오거든. 맛집도 많이 알고 있고."

도모코는 소파 구석까지 내몰린 채 굳어 있었다. 가와무라는 도모코와 몸이 닿을 만한 거리까지 다가갔다.

다지마는 나카타니의 표정을 훔쳐봤다.

나카타니도 가와무라의 뻔뻔스러운 행동에 화가 났는지 입술이 조금씩 떨리고 있었다. 어떻게든 제지하고 싶은 눈치였지만, 초면인 연장자에게 호통을 칠 수도 없는 노릇이라 방책을 궁리하고 있는 것 같았다.

다지마도 끼어들 타이밍을 재고 있었다. 되도록 나카타니보다 먼저 가와무라를 말리고 싶은데…….

안쪽 탁자에서는 여전히 미즈키의 독연회가 이어지고 있었다.

"이유는 잘 모르겠지만 흔히들 탐정은 수학을 잘 할 거라고 생각하더군요. 이유가 뭘까요?"

미즈키가 고개를 갸웃거리며 물었다.

하지만 대답이 없었다.

류시로는 진귀한 동물을 관찰하는 것 같은 눈으로 미즈키의 수다를 재미있게 바라보기만 했고, 후지데라는 묵묵히 홍차를 홀짝였다. 시바누마는 탁자에 턱을 괴고서 딴청을 피우고 있었다.

"수학하면 논리적 사고의 대표격이라는 이미지가 떠올라서 그런 게 아닐까요?"

잠시 침묵이 흐른 뒤에 차남인 마사노부가 작은 목소리로 대답했다. 다지마는 마사노부의 목소리를 처음 들었다. 겉모습처럼 연약하고 부드러운 음색이었다.

"과연. 그럴 듯한 의견이군요."

미즈키가 웃었다. 하지만 마사노부는 시선을 마주치지 않으려 탁자 구석을 내려다봤다.

"아쉽지만 난 수학을 전혀 못합니다. 완전히 문과 인간이죠. 그래서 오늘 노나미 씨에게 부탁해 화요회에 참석하게 됐습니다. 즈이몬 류시로 씨를 꼭 뵙고 싶었거든요."

"그거 영광이로군요. 여하튼 신기한 손님은 대환영이오."

류시로가 입꼬리를 올리고서 빙긋 웃었다…….

그때 옆 소파에서 작은 소리가 들렸다.

다지마가 그쪽으로 황급히 고개를 돌리니 도모코가 소파에서 일어서 있었다.

"죄송해요. 저도 미즈키 씨의 얘기를 근처에서 듣고 싶어서……."

도모코는 가와무라에게 퇴짜를 놓고서 종종걸음으로 탁자로 향했다.

"저도 미즈키 씨 얘기에 흥미가 생겨서요."

다지마는 큰소리로 말하고서 도모코의 뒤를 따랐다.

뒤를 힐끔 돌아보니 남겨진 가와무라와 때를 놓친 나카타니가 소파에 덩그러니 앉아 있었다.

(저 둘이 과연 무슨 얘기를 할까?)

다지마는 몹시 우스웠다.

앞으로 시선을 돌리니 도모코가 몸을 숙여 미즈키의 귓가에 무언가 속삭이고 있었다. 미즈키가 소파를 힐끔 보더니 빈 에그체어를 손으로 가리켰다. 도모코는 미즈키 바로 옆에 앉았다.

자리가 없어서 다지마는 도모코 바로 뒤에 서 있기로 했다.

"후지데라 교수님의 제자분들이시군요?"

미즈키가 도모코와 다지마를 가리켰다.

"예. 저 친구는 고타가와 도모코 양. 그리고 저 친구는……."

후지데라가 다지마의 얼굴을 올려다보고는 눈을 껌뻑거렸다.

"자네, 이름이 뭐라고 했지?"

"다지마 다미스케입니다. 잘 부탁합니다."

다지마는 후지데라를 무시하고 미즈키에게 인사했다.

"나야말로 잘 부탁해요."

근처에서 보니 미즈키는 이목구비가 단정하면서 짙었다. 싹싹하게 웃고 있지만, 짙은 눈썹을 보니 자못 의지가 강할 것 같았다. 그는 귀를 덮을 만큼 머리를 길렀다. 하지만 옷차림에 그다지 신경을 쓰지 않는 성격인지 소박하게 검은 서머스웨터에 청바지를 입고 있었다.

"전 추리소설연구회 회원입니다. 그래서 미즈키 씨의 얘기에 아주 흥미가 있어요."

"추리소설?"

미즈키가 한쪽 눈썹을 치올렸다.

"어떤 미스터리를 좋아하지?"

"영미 본격 미스터리를 아주 좋아해요."

"작가는?"

"굳이 꼽자면 딕슨 카라든가."

"요즘에 보기 드문 참 독특한 사람이네."

미즈키가 웃음을 터뜨렸다. 하지만 목소리가 밝아서 비꼬는 것 같지는 않았다.

(미즈키 씨 말이 맞긴 하지.)

다지마는 생각했다.

요새 본격 미스터리를 애독한다는 소리를 하면 다른 사람이 웃을 것이다. 수상한 집주인이 사는 대저택에서 피 비린내가 진동하는 참극이 벌어지고, 명탐정이 범인의 트릭과 기이한 동기를 쾌도난마로 추리하는 이야기는 이미 진부하다. 사람들은 어른이 읽을 만한 소설이 아니라고 여기고 있었다.

그러나 진부하고 유치한 작품일지라도 다지마는 본격 미스터리를 사랑한다. 누군가가 리얼리티가 없다고 비판하면 허구가 뭐가 나쁘냐고 반론했다. 일상이라는 단어와 리얼리티라는 단어는 의미가 다르다. 허구여야만 그려낼 수 있는 리얼리티가 있는 법이다.

다지마는 그러한 허구의 리얼리티를 사랑하고, 앞으로도 쭉 읽을 것이다.

"웃어서 미안해. 나도 딕슨 카를 좋아해. 옛날에 많이 읽었어."

미즈키는 그렇게 말을 이으며 짧아진 담배를 항아리에 버렸다. 그러고는 이내 포치에서 담뱃갑과 성냥갑을 꺼내더니 꾸깃꾸깃해진 담뱃갑을 손가락으로 더듬어 어렵사리 한 개비를 뽑고서 성냥갑을 열었다.

안이 텅 비어 있었다.

미즈키는 콧잔등을 찡그리고는 성냥갑을 탁자에 뒀다.

"쓰겠나?"

시바누마가 백 엔짜리 라이터를 내밀었다.

"고맙습니다."

미즈키는 고맙다고 인사를 해놓고도 라이터를 받지 않고 손바닥을 펼쳐 거절했다.

"미안하지만, 난 성냥으로 불을 붙이지 않으면 담배를 피우지 않아요."

"뭐 다른 게 있나?"

시바누마가 불쾌한 얼굴로 라이터를 주머니에 넣었다.

"첫 한 모금 맛이 다르죠. 라이터 불꽃에 수증기가 많아서요……. 별 수 없죠. 한동안 금연하도록 하죠."

미즈키가 후련하게 웃었을 때 류시로가 말을 걸었다.

"우선 내 보잘 것 없는 장서들을 본 뒤에 안뜰로 안내해 드리지요. 서고는 2층에 있습니다. 2층으로 올라가야 안뜰로도 내려갈 수 있습니다."

*

안쪽에 있는 하얀 문을 지나 회랑으로 발걸음을 내딛자 인상이 확 바뀌었다.

벽은 합판에서 콘크리트로, 바닥은 마룻바닥에서 순백의 리놀륨으로 바뀌었다. 사람이 사는 따뜻한 공간을 돌아다니다가 갑자기 무기물 비슷한 공장의 통로를 헤매는 것 같은 착각에 빠졌다.

회랑은 어두웠다. 대낮인데도 천장에 조명이 켜져 있었다. 조명은 하얀 플라스틱에 덮인 형광등이었다. 벽과 바닥에 균

등하게 빛을 뿌리고 있었다.

환경은 인간의 행동에 영향을 끼친다. 거실에서 담소를 나눴던 손님들은 류시로를 따라 말없이 나아갔다. 수다를 좋아하는 미즈키조차 감상을 말하지 않고 잠자코 있었다.

사람들은 회랑을 시계 방향으로 계속 걸어나갔다. 왼편에 늘어선 검은 문들은 하나같이 입을 굳게 다물고 있었다. 문조차 침묵을 지키고 있다.

그때 다지마는 어떤 사실을 깨달았다.

(이 회랑에는 **창문이 전혀 없잖아**.)

그렇다. 회랑 오른편에는 무표정한 회색 벽만이 이어질 뿐 구멍이 전혀 없었다. 조명을 왜 켜놓았는지 이해가 되었다. 햇빛이 전혀 들어오지 않아서였다.

후지데라가 '안뜰을 에워싸듯 건물이 세워져 있어' 하고 설명했다. 그렇다면 이 벽 너머에는 안뜰이 있을 것이다. 그런데 어째서 안뜰을 바라볼 수 있는 창문이나 문이 없는가? 어째서 2층으로 올라가야만 안뜰로 내려갈 수 있는가……

회랑을 오른쪽으로 두 번 꺾자 바로 앞에 계단이 보였다. 거친 콘크리트의 무늬가 그대로 드러나 있는 계단이었다. 양쪽에 금속 난간이 설치되어 있었다.

고개를 드니 비스듬한 천장에도 역시 형광등이 켜져 있었다. 하지만 계단을 다 오르니 열려 있는 둥근 창문이 바로 보였다. 초여름 햇살이 안으로 새어들고 있었다. 하얀 회랑에 갇혀 있는 것 같다고 느꼈던 다지마는 어쩐지 기분이 후련했다.

2층 회랑은 1층과 마찬가지로 무기물적인 하얀색으로 통일되어 있었다. 왼편 벽에 검은 문이 여러 개 있을 뿐 역시 오른편에는 창문이 없었다.

류시로가 검은 문 중 하나를 열어 손님들을 방 안으로 들였다.

＊

서고에는 바깥에 면한 창문이 있었지만 블라인드가 처져 있어 실내에는 형광등을 켜놓았다. 아마 소장 중인 희귀 도서들이 햇볕에 상하지 않도록 하기 위한 조치이리라.

다만 바닥에는 담녹색 융단이 깔려 있고, 벽은 합판이긴 하지만 겉면에 친근한 나뭇결이 흘렀다. 류시로는 서고에서 밤을 보내기도 하는지 출입구 부근 공간에 간소한 목제 책상과 소파 베드가 놓여 있었다. 도서를 보관하기 위한 방이지만 회랑과 비교해 상당히 인간미가 넘쳤다.

서고 안쪽에는 튼튼한 목제 서가가 늘어서 있었다. 천장에 닿을 만큼 높았고, 한 사람 정도 간신히 드나들 수 있는 간격으로 배치되어 있었다.

서가에는 책이 빼곡히 꽂혀 있었다.

책 제목을 금박으로 박아 넣은 가죽 등표지도 보였고, 옅은 베이지색 종이로 장정된 등표지도 보였다. 종이 다발을 두껍게 묶어놓은 붉은 등표지는 아마 잡지를 모아놓은 것 같았다. 모두 오래된 서적들 같았다. 금박은 손이 타서 벗겨져 있었고, 책장을 묶은 실은 헤어져 있었다.

"먼저 말라르메 관련 서적부터 보도록 할까?"

류시로가 서가에 다가가 후지데라에게 손짓했다.

후지데라에 이어 도모코와 나카타니도 서가 사이로 사라졌다.

다지마가 뒤를 쫓으려고 했을 때 출입구 부근에서 시바누마와 가와무라가 소곤거리는 소리가 들렸다.

"선생께서는 새 손님이 오면 꼭 서고를 보여주는군."

가와무라가 질린다는 투로 말했다.

"자랑하고 싶은 거야. 뭐, 자랑할 만한 가치가 있는 도서들을 소장하고 있긴 하지만."

시바누마가 서가를 힐끔 보고서 말했다.

"선생은 추종자들한테 둘러싸여 아첨하는 소리를 듣는 걸 좋아하니까."

조롱하는 말투였다.

서가 건너편에서 류시로의 목소리가 희미하게 들렸다. 다지마는 황급히 목소리가 들린 쪽으로 향했다.

고서적의 냄새로 숨이 콱콱 막힐 듯한 공간에서 류시로는 등표지에 적힌 글자를 가리키며 후지데라 일행에게 설명하고 있었다.

말라르메가 번역한 포의 《까마귀》 1875년 한정 240부, 《스테판 말라르메 시집》 1887년 한정 47부, 《반수신半獸神의 오후》1876년 초판 한정 195부, 피에르 루이스가 필사한 《말라르메 시집》…….

나카타니가 휘둥그레진 눈으로 감탄했다. 반면 류시로는 팸플릿 같은 얇은 종이를 가리켰다. 다지마의 눈에는 값비싼 희귀 서적으로는 도무지 보이지 않았다.

"저거, 그토록 대단한 책이야?"

다지마가 도모코에게 넌지시 물었다.

"피에르 루이스는 프랑스 작가로 《빌리티스의 노래》를 쓴 사람이야. 몰라?"

도모코가 소곤거렸다.

다지마는 조용히 고개를 가로저었다.

"루이스는 젊었을 적부터 말라르메의 열광적인 신봉자였지만, 당시에 말라르메 시집은 아직 출판되지 않았어. 그래서 루이스는 파리 국립도서관을 통해 잡지에 게재된 말라르메의 시를 일일이 필사해 책으로 엮었어."

"그렇다면 이 세상에 한 권뿐인 책이란 말이야?"

다지마는 큰 소리가 나올 뻔한 입을 급히 손으로 막았다.

도모코가 고개를 끄덕였다.

"루이스는 그 자필 시집을 지참하고 화요회에 나가 말라르메한테 보였어. 말라르메는 루이스가 필사한 내용 중 틀린 부분을 정정하고서 서명했지. 그래서 그 책에는 말라르메의 필적도 남아 있어."

"대단한데……."

다지마는 서가에 눈을 돌렸다.

(저렇게 얇은 책이 대체 얼마나 나갈까?)

후지데라가 류시로에게 무언가 질문했다.

"《데르니에르 모드 La Derniere Mode》는 없습니까?"

"그건 소장하고 있지 않아."

류시로가 쓴웃음을 지으며 대답했다.

"없습니까? 갖고 계신다면 꼭 보여달라고 부탁할 참이었는데……."

후지데라가 진심으로 아쉬워하며 서가를 쳐다봤다.

"미안하구먼."

류시로는 자랑하는 서가에 오점이 찍힌 것처럼 냉담한 말투로 말했다.

"허나 《데르니에르 모드》는 그리 중요하지 않아. 말라르메의 단순한 잡기에 불과하지……. 이봐, 자네!"

류시로가 갑자기 큰 소리를 내며 성큼성큼 걸어왔다. 다지마는 엉겁결에 몸을 움츠렸다.

하지만 류시로가 화를 낸 상대는 다지마가 아니었다.

다지마 뒤에 있는 서가에서 서적을 꺼내 읽던 미즈키가 고개를 들었다.

"책을 꺼낼 때는 사전에 양해를 구해줬으면 좋겠군요."

류시로가 굳은 표정으로 미즈키를 내려다봤다.

"실례했습니다. 아주 재밌는 책인 것 같아서."

미즈키는 주눅 든 기색도 없이 책을 서가에 되돌렸다.

"즈이몬 씨는 관심을 두고 있는 분야가 넓으시군요. 프랑스 문학과 관련되지 않은 책들도 산더미처럼 많네요. 테오도루스의 《청동전서》, 테오프라스투스의 《식물지》와 《약초지》, 마닐리우스의 《성진보星辰譜》, 크테시아스가 새빨간 거짓말을 적은 《페르시아사》와 《인도사》, 피르미쿠스 마테르누스의 악명 높은 《점성술 교칙》, 멀시의 《마술》, 바실 발렌타인의 《열두 개의 열쇠》……."

미즈키는 주문처럼 책 이름을 읊은 뒤에 류시로의 눈을 보고 빙긋 웃었다.

"소장하고 있는 책을 보면 그 사람을 알 수 있다고 하죠. 결국 이 서고는 류시로 씨의 머릿속이라고 할 수 있죠."

"그건 탐정의 발상이로군."

류시로에게 겨우 웃을 수 있는 여유가 생긴 모양이다.

"서고 견학은 이쯤에서 접도록 하지."

류시로는 그렇게 말하고서 걸어나갔다.

미즈키 곁에 그림자처럼 붙어 있던 아유이가 류시로에게 다가가 고개를 숙였다. 아무래도 아유이는 자유분방한 미즈키가 무례를 저지르면 언제나 사과를 하는 모양이다.

미즈키와 다지마 일행은 류시로의 뒤를 따라 서고 출입구로 돌아갔다.

가와무라와 시바누마는 벽에 기대어 이야기를 계속하고 있었다. 그들은 류시로의 모습을 보자마자 황급히 입을 다물었다.

노나미는 류시로의 말대로 문학애호가도, 애독가도 아닌 모양이다. 그는 창가에 홀로 서서 지루해하고 있었다.

"그럼 여러분, 안뜰을 안내하도록 하지요."

류시로는 그렇게 말하고서 회랑으로 나갔다.

[현재 · 4] 2001년 7월 10일

JR가마쿠라역 개찰구를 나오자 작열하는 햇볕이 가차 없이 내리쬐고 있었다.

이스루기는 손수건으로 목에 흐르는 땀을 훔치며 하늘을 원망스러운 눈으로 올려다봤다. 하늘에는 엷은 구름이 군데군데 걸려 있었다. 하지만 햇볕을 가리거나 비를 쏟아낼 기미는 조금도 보이지 않았다.

일본 열도에는 여전히 때 아닌 폭염이 이어지고 있었다. 더욱이 장마철 무더위가 아니라 하늘에 태양이 번쩍번쩍 빛나는 한여름 더위 말이다. 장마가 아직 끝나지 않았다고 주장하는 건 기상청뿐이었다. 비는 한 방울도 내리지 않았다. 이대로 가다가는 가뭄을 걱정해야 할지도 모르겠다.

사실 이스루기는 에어컨이 나오는 차로 오고 싶었다. 하지만 가마쿠라는 도로가 좁아 정체가 빈번해서 초행길에 무사히 도착할 자신이 없었다. 더욱이 애마인 중고 혼다는 노화가 시작되었는지 에어컨을 틀어재끼면서 장거리를 달리면

과부하에 걸릴지도 모른다.

가마쿠라역은 산뜻한 펜션처럼 생겼다. 역 앞에는 로터리가 조성되어 있었다. 여러 대의 버스가 주차되어 있는 옆에 검은 택시들이 늘어서서 손님을 기다리고 있었다.

이스루기가 손을 흔들며 다가가자 선두 택시가 문을 열었다. 뒷좌석에 타자마자 시원한 에어컨 바람이 온몸을 감쌌다. 무심코 안도의 한숨을 내쉬었다.

"어디까지 갑니까?"

초로의 운전기사가 앞을 보며 물었다.

"조묘지까지 부탁합니다."

"절에 가면 되는 겁니까?"

운전기사가 말하는 '절'이란 가마쿠라를 대표하는 다섯 산 중 하나인 이나리산의 조묘지淨妙寺를 가리킨다. 동네 이름도 이 절에서 유래되었으나 그대로 따오면 불경스러울까 봐 한 글자를 바꿔서 조묘지淨明寺라고 붙인 모양이다.

"아뇨, 범패장에 가고 싶습니다만."

"아아, 즈이몬 씨 자택 말이군. 거기 길이 좁아서 그 근방까지밖에 못 들어가는데 괜찮습니까?"

"상관없습니다."

운전기사가 고개를 작게 끄덕이고서 가속페달을 밟았다. 가마쿠라역 앞 로터리를 빠져나온 택시가 와카미야 대로를 지나 북쪽으로 올라갔다. 한동안 달리니 저 앞에 붉은 도리이와 하얀 고마이누狛犬, 신사나 절 앞에 돌로 사자 비슷하게 조각해 마주 놓은 한 쌍의 상가 보이기 시작했다. 쓰루오카하치만궁으로 이어지는 참배로 입구다.

넓은 6차선 도로는 이 지점에서 좌우로 나뉜다. 차도 중앙에는 가로수를 양옆에 끼고서 쭉 뻗어나가는 참배로가 깔려 있다. 기념품 가게나 식당 간판이 눈에 띄고, 인도에는 관광객용 인력거가 세워져 있었다. 노란색 모자 여러 개가 가로수 뒤에 숨었다가 나타나기를 반복했다. 소풍이나 견학을 온 초등학생 단체였다.

그러고 보니 나도 초등학교 때 쓰루오카하치만궁으로 소풍을 왔었지, 하고 이스루기는 생각했다. 산노도리이三ノ鳥居를 지나면 나오는 아치교 양쪽에 자리한 겐페이 연못에 돌을 던졌다가 인솔 교사에게서 혼쭐이 났었다. 어느 쪽으로 던졌더라? 깃발 문양에 맞춰 붉은 연꽃이 핀 곳이 헤이케 연못이고, 하얀 연꽃이 핀 곳이 겐지 연못이다. 지금은 두 연못에 붉은 연꽃과 하얀 연꽃이 모두 피어 있어서 어디가 어디인지 모르겠다.

이스루기가 초등학생이었던 시절이니 사반세기 전 옛날이다. 분명 여름 소풍이었는데 그때는 별로 덥지 않았던 것 같다. 기억이 모호해져서인지, 아니면 지금보다 체력이 있어서인지, 아니면 지구온난화의 영향으로 매년 여름이 더워져서인지 모르겠다. 여하튼 이스루기는 요즘을 살아가는 초등학생을 조금 동정했다. 이런 폭염 속에서 쓰루오카하치만궁 본궁까지 꾸역꾸역 걷다니. 만약에 초등학생이었다면 이스루기는 사양했으리라. 저 급한 돌계단을 오르다가 현기증이 났을 것이다.

흙이 깔린 참배로 끝에서 쓰루오카하치만궁의 정문인 산노도리이가 모습을 드러냈다. 올려다봐야 할 만큼 높은 붉은 도리이 앞에는 교차로가 있었다. 가로와 세로, 대각선으로 횡단보도가 그려져 있다. 신호를 기다리던 도중에 대형 관광버스가 눈앞을 지나 주차장에 들어갔다.

택시는 교차로에서 우회전을 했다. 갑자기 도로가 좁아지더니 대향차가 바로 옆을 지나갔다. 역시 차를 갖고 오지 않길 잘한 듯싶다. 택시가 가나자와 가도에 들어서자 풍경에서 점차 녹색이 두드러지기 시작했다. 아무래도 이 부근은 고급주택가인 모양이다. 도로 왼편에는 백아색 벽에 출창出窓이 난 멋진 집들이 늘어서 있다. 정원에는 나무가 심겨 있는데, 2층짜리 건물 지붕보다 키가 큰 나무도 드물지 않았다.

도로 오른편에 흐르는 하천은 나메리가와강이다. 하천변에 역시나 나무들이 빽빽하게 심겨 있다. 고급 주택들 너머에도, 나메리가와강 너머에도 녹음으로 뒤덮인 산들이 펼쳐져 있다.

택시는 '조묘지'라고 표시된 버스 정류장을 조금 지나 왼쪽으로 꺾어 산에 난 비탈길을 오르기 시작했다. 비탈길은 점점 좁아지고 경사가 급해졌다. 왼편에는 높다란 돌담이 쭉 이어졌다.

〈범패장 사건〉 속에서 묘사된 내용과 일치하는 광경이었다.

이윽고 택시가 멈췄다.

"차로는 여기까지밖에 못 들어갑니다."

초로의 운전기사가 이스루기를 돌아보며 말했다.

"미안하지만 여기서 내려주시면 고맙겠습니다. 범패장 입구는 저깁니다."

이 역시 〈범패장 사건〉 속 택시 운전기사가 했던 말과 똑같았다. 어쩌면 동일인물이 아닐까?

이스루기는 운전기사의 얼굴을 물끄러미 쳐다봤다. 지금은 많이 벗겨져 있지만, 14년 전에는 반백의 머리였을지도 모른다…….

운전기사가 가리킨 곳을 보지 않더라도 이스루기는 경사로가 돌담 사이를 가르듯 위로 이어져 있음을 알고 있었다.

이스루기는 어쩐지 기분이 묘했다. 마치 자신이 아유이 이쿠스케의 소설 속을 헤매고 있는 것 같았다.

이스루기는 이내 말도 안 된다며 고개를 가로저었다. 그저 범패장까지 손님을 실은 가마쿠라 택시 운전기사가 똑같은 말로 양해를 구했을 뿐이다. 설령 저 운전기사가 14년 전 다지마 다미스케 일행을 태웠다고 해도 그건 단순한 우연에 지나지 않는다.

의아해하는 운전기사에게 요금을 내고서 이스루기는 택시에서 내렸다.

포장된 아스팔트도, 미끄럼방지 홈이 파인 콘크리트 경사로도 바짝바짝 메말라 있었다. 바깥 공기는 숨이 턱턱 막힐 만큼 뜨거웠다. 사방팔방에서 들리는 매미 울음소리도 멋스럽기는커녕 시끄러울 뿐이었다.

〈범패장 사건〉에 묘사되어 있는 것처럼 경사로 끝에 주차턱과 정문이 있었다.

하지만 주차장은 텅 비어 있었고, 페인트가 벗겨진 아치 문에는 붉은 녹이 드러나 있었다. 검붉은 반점이 난 문을 두 손으로 쥐자 거칠거칠한 감촉이 전해졌다. 문을 힘껏 밀고서 손바닥을 보니 붉은 녹이 묻어 있었다.

이스루기는 손바닥을 털며 범패장 경내로 들어섰다.

작은 길에는 삼각형과 육각형 포석이 깔려 있었다. 마치 에셔의 판화 같았다. 하지만 거의 손질을 하지 않았는지 포석 틈새에 잡초가 나 있었다.

작은 길을 따라 커다란 금속 항아리가 늘어서 있었다. 이 역시 〈범패장 사건〉에서 묘사한 것처럼 표면에 사람 얼굴이 돋을새김되어 있었다. 작중에서는 저 '기괴한 얼굴'이 다지마 다미스케의 마음속에 형언할 수 없는 불안감을 불러일으켰다. 그러나 이스루기의 눈에는 오히려 우스꽝스러웠다. 재채기를 하면 저 속에서 '누가 날 불렀나? 짠짠짜잔' 하고 대마왕<재채기 대마왕>, 재채기를 하면 호리병 안에서 재채기 대마왕이 나와 불러낸 자의 소원을 이루어준다는 내용의 애니메이션이 나올 것만 같았다.

현재 범패장 당주는 정원 가꾸기에는 전혀 관심이 없는 모양이었다. 작은 길 양옆에는 잡초가 무릎 높이까지 자라나 있었다. 비를 맞은 항아리는 거멓게 변색되었다.

이윽고 작은 길 옆에 난 나무 사이에서 범패장이 보이기 시작했다. 겉모습은 〈범패장 사건〉 제1화에 실린 입면도와 똑같아서 이스루기는 감흥이 별로 솟질 않았다. 오히려 생각했던 것보다 평범해서 조금 김이 샜다.

본격 미스터리에는 건물 전체가 기울어져 있거나, 물레방아가 달려 있는 등 좀 더 기발한 저택이나 관이 많이 등장한다. 아니, 현실에도 뻥 뚫린 복도를 지나야만 별실에 갈 수 있다든가, 툭 튀어나온 넓은 발코니에 기둥이 하나도 없는 등 요상하게 설계된 건물이 많지 않은가? 그와 비교해보면 범패장은 어디에나 있는 단독주택처럼 보였다.

현관에 다가가자 바로 옆에 벽감과 납색 금속 플레이트가 있었다. 벽감 바닥에 잎과 모래가 쌓여 있었다.

"Maison de ptyx nul ptyx, Aboli bibelot d'inanité sonore."

이스루기가 작게 중얼거렸다.

하지만 〈범패장 사건〉에 적힌 글을 그저 읽었을 뿐이라 아마 프랑스인은 알아듣지 못하리라. '비탁음을 좀 더 연습해야겠군요, 무슈' 하고 충고나 듣겠지.

초인종을 누르기 전에 이스루기는 범패장 주변을 한 바퀴 돌아보기로 했다. 〈범패장 사건〉에 묘사되지 않은 부분을 보고 싶어서였다.

뒤로 돌아가니 건조대가 있고, 반으로 접힌 요가 널려 있었다. 연일 쾌청한 날씨가 이어지고 있으니 틀림없이 이불이 잘 마르리라. 역시나 건조대 주변에만 잡초가 다듬어져 있었다. 사각형으로 구획된 땅바닥에 항아리 하나가 덩그러니 서 있었다.

범패장에 온 뒤에 처음으로 본, 생활감이 느껴지는 풍경에 이스루기는 안도했다. 그 어떤 기묘한 관일지라도 빨래는 해야만 하고, 젖은 세탁물은 널어야만 하는 법이다.

생활감이 느껴지는 광경이 하나 더 있었다. 한창 점심을 차리고 있는 중인지 부엌 창에서 사람 실루엣이 움직이고 있었다.

이스루기는 욕실 창문과 부엌에 난 뒷문을 재빨리 확인한 뒤에 집주인에게 발각되기 전에 현관으로 돌아갔다. 현관 포치에 서서 먼저 넥타이를 고쳐 맸다. 뒤이어 손수건으로 손바닥을 정성껏 닦고서 초인종을 눌렀다.

〈범패장 사건〉에서 방문한 다지마 다미스케 일행을 가장 먼저 맞이한 사람은 비서인 구라타 다쓰노리였다. 하지만 구라타가 지금까지도 범패장에 있을 리가 없다. 그렇다면 대체 누가 이스루기를 맞이할 것인가……

중후한 나무문이 열린 순간 이스루기는 무심코 무춤했다.

문 안에 야윈 노인이 서 있었다. 위는 러닝셔츠, 아래는 운동복 차림이었다. 그의 팔뚝은 한손으로 움켜쥘 수 있을 만큼 빈약했고 문을 잡고 있는 오른손은 덜덜 떨렸다. 새하얀 머리는 푸석푸석했다. 군데군데가 벗겨져 분홍색 속살이 훤히 보였다. 홀쭉한 뺨에 움푹 팬 두 눈만이 두드러지는 얼굴에 보라색 검버섯이 피어 있었다.

움푹 팬 두 눈이 이스루기를 쳐다봤지만 노인의 표정은 공허하기만 했다. 이스루기에게 아무런 말도 하지 않았다. 그저 이스루기의 얼굴만 지그시 쳐다볼 뿐이었다.

이스루기도 할 말을 잃었다.

"죄송합니다."

그 목소리가 들리더니 통통한 중년 여성이 거실로 이어지는 문에서 나타났다.

"자, 이리 와요······."

중년 여성이 노인의 어깨를 잡고서 집 안으로 데리고 돌아갔다. 노인은 여전히 아무 말 없이 끌려가는 대로 안으로 들어갔다. 그때 이스루기는 노인이 맨발이었다는 사실을 깨달았다.

중년 여성이 돌아오자 이스루기는 제정신을 차리고서 고개를 숙이며 인사했다.

"처음 뵙겠습니다. 취재하러 온 이스루기라고 합니다. 오늘 잘 부탁드리겠습니다."

고개를 들자 노인이 문 뒤에서 이쪽을 엿보는 모습이 보였다.

"취재라뇨?"

중년 여성이 당혹스러운 표정으로 물었다.

"으음, 취재를 요청하는 편지를 받지 못하셨습니까?"

"죄송합니다. 지금 이 집 식구들이 아무도 없어요. 난 출퇴근하는 도우미고요. 아무것도 듣지 못했는데."

중년 여성이 곤혹스러워했다.

도노다가 연락을 깜빡했든지, 아니면 이스루기가 날짜를 착각했든지, 여하튼 날짜가 틀린 모양이다. 식구들이 아무도 없으니 범패장에 멋대로 들어갈 수는 없는 노릇이다.

아니, 정말로 식구가 아무도 없나?

이스루기는 문 뒤에 있는 노인을 힐끔 훔쳐봤다.

"아까 그분이 이 집 주인입니까?"

"예. 이 집 할아버지예요."

"류시로 씨, 입니까?"

반쯤 대답을 예상하고 있었지만 이스루기가 살짝 흥분한 목소리로 물었다.

중년 여성이 고개를 갸웃거렸다.

"그럴 걸요. 전 언제나 류짱이라고 부르니까……. 정신이 흐리멍덩해지더니 어린애가 돼버렸어요."

저 앙상한 늙은이가 '마왕'이라 불렸던 그 즈이몬 류시로인가?

이스루기는 다시 노인 쪽으로 시선을 돌렸다. 노인……현재 류시로에게서는 〈범패장 사건〉에서 그려졌던 위엄을 조금도 찾아볼 수가 없었다. 오히려 이스루기의 시선에 겁을 먹은 것처럼 보였다.

"사정이 이러니 오늘은 이만 가주실 수 없을까요?"

중년 여성이 송구스러워하며 말했다.

"그렇군요. 그럼……."

이스루기는 숄더백에서 취재요청서가 든 갈색 봉투를 꺼냈다. 명함과 함께 중년 여성에게 건넸다.

"혹시 모르니 요청서를 두고 갑니다. 식구분께 전해주십시오."

"알겠습니다."

중년 여성이 갈색 봉투를 현관 수납장 위에 두었다. 수납장 위에는 촛대가 없었고, 마티스의 복제화도 벽에서 떼어져 있었다.

"실례했습니다."

이스루기는 인사를 하고서 범패장을 뒤로했다.

현관을 나오면서 문득 뒤를 돌아보니 류시로가 여전히 공허한 눈으로 이스루기의 등을 응시하고 있었다.

[과거 · 4] 1987년 7월 7일

2층을 에워싸는 하얀 회랑 끝에 유리창이 박힌 금속문이 있었다. 그 너머에 테라스가 있었다.

테라스로 나가자마자 다지마는 기지개를 크게 켰다. 범패장 내부, 그중에서도 특히 회랑 안에 있으니 강한 폐쇄감이 엄습해 숨쉬기조차 답답했다. 오랜만에 햇볕을 쬐고 산들바람을 맞으니 이제야 몸에 생기가 되돌아온 듯했다.

난간 너머로 앞뜰이 펼쳐져 있었다. 현관까지 이어지는 작은 길이 마치 지도의 경계선 같았다. 정문과 그 아래에 있는 비탈길은 떡갈나무에 가려 보이지 않았다.

다지마는 안뜰 쪽을 돌아봤다. 경사가 꽤 급한 콘크리트 계단이 끝나는 지점에 선명한 푸른 잔디가 뒤덮인 안뜰이 있었다. 원추형으로 다듬어진 정원수와 항아리가 좌우 대칭으로 점재되어 있었다.

그 대칭 중심에는 원형 석조 연못이 있는데 투명한 물을 한가득 담고 있었다. 연못 가장자리 세 방향에는 대좌가 놓여 있고, 그 위에 각각 청동 조각상이 세워져 있었다. 그 중 두 조각상은 먼발치라서 무엇을 본뜬 것인지 분간할 수가 없었다. 하지만 하나만은 확실히 알 수 있었다.

(코끼리……)

그것도 단순한 코끼리가 아니다. 금색 코끼리다. 완만하게 굽은 등이 번쩍번쩍 빛나고 있다.

세 남자들이 연못 앞에 놓인 덱체어나 둥근 탁자를 조립하고 있었다. 구라타와 아쓰노리와 마사노부는 다지마 일행이 서고를 견학하는 동안에 다과회를 준비하고 있었던 모양이다.

다지마는 테라스 구석으로 시선을 돌렸다. 콘크리트 바닥에 방수 덮개와 굵은 밧줄이 떨어져 있고, 벽 쪽에는 접힌 덱체어가 쌓여 있었다.

그렇다면 구라타를 비롯한 세 남자들은 경사가 급한 계

단을 오르락내리락하며 덱체어를 옮겼다는 뜻이다. 다과회에서 빠질 수 없는 요깃거리와 홍차는 1층 식당에서 가져왔으리라. 식기와 티포트를 쟁반에 올리고서 1층 회랑을 빙 돌아 계단을 올라 2층 회랑을 지나 테라스로 나와 계단을 내려가……

(왜 그렇게 수고스러운 행동을 하지? 1층에 안뜰 출입구를 만들면 되잖아……)

"갈까요?"

류시로는 손님들에게 그렇게 말하고서 먼저 계단을 내려갔다.

"2층으로 올라가지 않으면 안뜰로는 내려갈 수가 없군요."

바로 뒤따르는 미즈키가 류시로의 등에 대고 말했다.

"테라스에서 이어지는 계단 말고는 다른 출입구는 없을뿐더러 안뜰 벽에는 창문조차 달려 있지 않아. 정말이지 특이한 설계로군."

"재밌는 집이지요?"

류시로가 무뚝뚝하게 대답했다. 그는 더는 설명을 하지 않았고, 미즈키도 돌아보지 않았다.

손님들이 잇달아 계단을 내려갔다. 계단에는 난간이 없어서 발이라도 잘 못 내디뎠다가는 곧바로 안뜰 바닥에 추락할 것이다. 모두들 최대한 벽에 붙어서 걸었다. 노나미를 비롯한 몇몇 사람들은 벽에 손을 짚고 발끝으로 다음 단을 더듬으며 내려갔다. 계단 한가운데를 유유히 걷는 사람은 류시로와 미즈키뿐이었다.

딱딱한 콘크리트 계단에서 안뜰로 내려서자 밟히는 잔디 감촉이 기분 좋았다.

아쓰노리는 투덜투덜, 마사노부는 허겁지겁 덱체어를 배치하고 있었다. 구라타는 찻잔과 크래커가 가득 담긴 그릇을 둥근 탁자에 하나씩 내려두고 있었다.

그 너머에는 회갈색 연석綠石까지 물이 그득한 둥근 연못이 보였다. 사방이 벽에 둘러싸여 있기에 안뜰에 부는 바람이 약해서 수면은 물결 하나 없이 잔잔했다. 평평한 수면은 마치 파란 하늘을 비추는 거울 같았다.

세 방향의 대좌에 서 있는 청동 조각상이 세세한 부분까지 또렷하게 보였다.

금색 코끼리는 연못물을 마시는 모습을 본뜬 듯했다. 연못 연석에 앞다리를 걸치고서 수면 바로 위까지 기다란 코를 늘어뜨리고 있었다. 울퉁불퉁한 근육까지 사실적으로 주조되어 있어서 금도금과는 전혀 어울리지 않았다.

그리고 세 마리의 개가 있었다. 아니, 털이 길고 눈매가 날카롭게 올라가 있으니 개가 아니라 늑대이리라. 세 마리의 늑대가 몸을 바짝 붙여 수면에 코끝을 가까이 대고 있었다. 혀를 길게 늘어뜨린 것으로 보아 이 늑대들도 물을 마시고 있는 듯했다. 늑대상에는 저속한 금도금이 되어 있지 않았다.

그리고 마지막은……

다지마는 유심히 살펴보고서야 그 조각상이 소녀상임을

깨달았다.

간소한 튜닉을 몸에 두른 소녀가 선 채로 상반신을 앞으로 깊이 숙이고 있었다. 긴 머리카락이 폭포수처럼 쏟아져 좌대에 펼쳐져 있었다. 소녀가 뻗은 오른손이 무언가를 쥐고 있는데, 아무래도 수선화인 듯했다.

테라스에서 내려다봤을 때 무슨 조각상인지 판별하지 못할 만도 했다. 소녀의 자세는 무척이나 부자연스러웠다. 가까이 다가가더라도 유심히 보지 않는다면 동그란 청동 덩어리로밖에 보이지 않을 것이다.

물가에 핀 수선화를 꺾는 소녀를 묘사하고 싶었다면 무릎을 굽혀 몸을 앞으로 숙인 자세를 취하면 되지 않는가? 어째서 두 무릎을 꼿꼿이 편 채로 몸이 접힐 만큼 허리를 숙여야만 하는가?

쏟아지는 앞머리 사이로 소녀의 옆얼굴이 보였다.

다지마의 심장 박동이 빨라졌다.

(그 초상화 속 소녀야.)

수선화를 쥐고 있는 소녀상의 얼굴은 거실에 걸린 초상화와 판박이었다…….

그때 금속을 두드리는 둔탁한 소리가 울렸다.

뒤를 돌아보니 미즈키가 인면人面 항아리를 주먹으로 두드리고 있었다.

안뜰에 있는 모두가 자신을 주목하자 미즈키는 천진난만하게 웃으며 말했다.

"바소, 즉 화장호化粧壺를 가리키는 말이지요. 바소, 연못, 토피어리, 세 마리의 늑대상, 그리고 카리아티드까지. 어엿한 이탈리아풍 정원이군요. 그러나 저 코끼리는 너무나도 뜬금 없지 않습니까?"

미즈키가 금색 코끼리를 가리켰다.

"여러분, 앉으십시오. 차와 요깃거리는 마음껏."

류시로는 미즈키의 물음을 무시하고 손님들에게 말했다.

미즈키는 불만스러운지 뺨을 부풀리고서 덱체어에 털썩 앉았다.

"저기, 미즈키 씨."

다과회 준비를 끝마친 마사노부가 미즈키 뒤로 다가와 조심스럽게 말을 걸었다.

미즈키가 고개를 돌려 대꾸했다.

"뭡니까?"

"이걸 쓰십시오."

마사노부가 성냥갑을 내밀었다.

미즈키는 받은 성냥갑을 손가락으로 집어 여러 번 뒤집다 가 느닷없이 물었다.

"너, 담배 피우니?"

"아뇨."

"그럴 줄 알았지. 이 성냥갑은 새 거고, 너한테서는 나 같은 담배 냄새가 나지 않으니까."

미즈키가 재밌는지 키득키득 웃었다.

"그런데 담배를 피우지 않는 사람이 왜 성냥갑을 갖고 있지?"

"디자인이 예뻐서."

마사노부가 기어들어가는 목소리로 말했다.

"그렇군……. 고마워. 잘 쓸게."

미즈키는 마사노부에게 고마움을 표한 뒤 포치에서 담배를 꺼내 바로 불을 붙였다.

"후지데라 교수님……."

다지마가 귓가에 대고 속삭이자 후지데라가 덱체어에 앉기 직전에 멈췄다.

"왜 그러나? 으음……, 이름이 뭐였더라?"

"다지마입니다."

다지마가 속으로 한숨을 내쉬며 말했다.

"엉거주춤하시지 말고 앉아서 얘기하시죠."

후지데라는 고개를 끄덕이고서 의자에 엉덩이를 붙였다.

"저 청동 소녀상 말인데……."

다지마는 후지데라의 바로 옆으로 덱체어를 당겨서 앉았다. 그러고는 주변을 살피며 작은 목소리로 물었다.

"거실에 걸려 있던 초상화 속 소녀와 얼굴이 똑같네요."

"아아, 저건 에이코 양이야. 즈이몬 선생님의 딸."

후지데라가 소녀상을 힐끔 보며 말을 이었다.

"가엾게도 5년 전에 세상을 떠났어. 1982년 8월이었으니 조금만 있으면 5주기가 되는군."

"세상을 떠났다고요?"

"그 당시 고작 여덟 살이었지. 사고로 익사했어. 늦둥이 외동딸이라 즈이몬 선생님께서는 에이코 양을 애지중지했지. 그래서 그 아이가 세상을 떠나고 초췌해지셨지. 대학교를 떠나 범패장을 지은 것도 같은 시기야. 세상을 등지고 은자처럼 살고자 마음먹은 건 에이코 양의 죽음이 큰 영향을 끼치지 않았을까?"

후지데라의 표정이 어두워졌다.

"뭐, 그저 은거생활만 보냈다면 차라리 다행이겠지. 그 뒤에 사모님 사건이 벌어져서……."

"사모님은 혹시, 마도카라는 분입니까?"

다지마는 거실에서 주고받았던 말을 떠올렸다. 류시로의 입에서 마도카라는 이름이 새어나왔을 때 거실 분위기가 순간 얼어붙었었다……

"맞아. 근데 이 얘기를 해도 될지……."

후지데라는 눈치를 살피듯 주위를 두리번거렸다.

"알려주십시오."

다지마가 진지하게 부탁하자 후지데라는 마지못해 이야기를 시작했다.

"어디까지나 소문이라는 걸 염두에 두고 들어줘. 즈이몬 선생님께서는 에이코 양이 마도카 씨 때문에 죽었다고 믿고 있어. 마도카 씨가 에이코 양을 잘 지켜봤다면 익사하지 않았을 거라면서. 그래서 에이코 양이 죽은 뒤로 매일 나무랐다나 봐. 가엾게도 마도카 씨는 정신이 이상해졌지."

후지데라가 한숨을 작게 내뱉었다.

"그랬더니 즈이몬 선생님은 그걸 구실로 마도카 씨와 이혼했어. 저 노나미라는 변호사가 이혼조정을 담당했고. 결국 마도카 씨는 즈이몬 선생님과 헤어져 친정에서 요양하게 됐어. 하지만 불안정한 정신 상태가 점차 악화되면서 결국 스스로 목숨을 끊어버렸지."

"자살했습니까?"

"그래. 에이코 양이 사망하고 일 년쯤 지난 7월 중순에 강에 뛰어들어 자살했어."

"아닙니다."

갑자기 뒤에서 목소리가 들렸다.

다지마와 후지데라는 화들짝 놀라 동시에 뒤를 돌아봤다.

"아니라고요."

티포트를 들고 있는 구라타가 다시금 중얼거리듯 말했다.

"마도카 님은 자살하지 않으셨습니다. 물에 빠져 허우적대는 에이코 님을 발견하고 강에 뛰어드신 겁니다. 이번에야말로 에이코 님을 구하겠다는 마음으로, 구해야만 한다는 마음으로……."

구라타는 티포트를 든 채 앞을 멍하니 쳐다봤다.

그의 시선 끝에 청동 소녀상이 있었다.

구라타는 눈을 두어 번 껌뻑이고서 두 사람을 내려다보며 미소를 지었다.

"홍차는 어떠십니까?"

다지마와 후지테라는 그저 고개만 가로저었다.

구라타는 목례를 하고서 다른 손님에게 홍차를 대접하고자 그곳을 떠났다.

[현재 · 5] 2001년 7월 12일

도노다가 보낸 팩스에 '즈이몬 아쓰노리 씨 취재, 7월 10일 오후 2시, 범패장'이라고 적혀 있었다. 잊지 말라고 날짜 밑에는 밑줄까지 쳐놓았다.

폭염 속에서 가마쿠라까지 헛걸음을 했다며 전화로 항의하자 도노다는 "틀림없이 10일 2시에 만나기로 약속을 잡았어" 하고 대답했다.

"즈이몬 씨가 깜빡한 거야. 참 경우가 없는 사람이군. 뭐, 다음에는 나도 재차 확인할 테니까 좀 봐줘. 곧 날짜와 시간을 다시 알려줄게. 그럼 잘 부탁해."

도노다는 그렇게 말하고서 전화를 끊었다. 그러나 이틀이 지났는데도 연락이 없었다.

과연 누가 '경우가 없는 사람'인가? 아직 만나지 못한 즈이몬 아쓰노리 씨가 더 미더웠다. 틀림없이 도노다가 범패장에 연락하는 걸 깜빡했을 거라고 이스루기는 확신하고 있었다.

자신이 먼저 전화를 하는 것은 내키지 않아서 이스루기

는 가만히 내버려두기로 했다. 사무소 밖으로 한 발자국도 나가고 싶지 않으니 차라리 잘 됐다 싶었다. 아직 7월 중순인데도 간토 지방은 벌써 장마가 끝났다. 오늘 최고 기온이 35도를 넘었다.

그래서 이스루기는 온종일 사무소에 틀어박혀 〈범패장 사건〉을 되읽기로 했다.

중고 에어컨이 신음하며 바람을 뿜어내고 있었다. 냉풍이라고 하기에는 미지근하지만 그래도 바깥보다는 훨씬 시원했다. 머리 위에서는 여느 때처럼 안토니오가 해먹에서 낮잠을 자고 있었다.

이스루기는 〈범패장 사건〉 복사본을 책상에 펼치고서 열심히 읽었다.

처음에 통독했을 때 마음에 걸렸던 부분에 포스트잇을 붙여 놓았다. 그때는 약간 의혹이 드는 수준이었다. 비유하자면 사고의 흐름을 살짝 가로막는 돌멩이에 불과했다. 그러나 포스트잇을 붙여놓은 대목을 차례대로 읽어나가니 점점 위화감으로 바뀌어갔다. 자신이 무엇을 이상하다고 느꼈는지 보이기 시작했다. 그 위화감의 핵심까지는 아직 확실하게 파악하지는 못했지만……

그때 누군가가 문을 노크했다.

이스루기는 종이 다발에서 고개를 들었다. 젖빛 유리 너머에 사람 실루엣이 보였다.

다시 노크하는 소리가 들렸다. 이번에는 아까보다 험악

했다.

"예, 예. 지금 나갑니다."

이스루기는 문이 부서지기 전에 그렇게 외치고서 자리에서 일어섰다.

대체 누구지? 도노다라면 전화를 하거나 팩스를 보냈을 것이다. 이런 초월적인 폭염을 뚫고 굳이 사무소를 찾을 만큼 성실한 사람은 아닌 것 같다.

문을 여니 선글라스를 낀 남자가 서 있었다.

"당신이 이스루기 기사쿠 씨입니까?"

남자가 이스루기를 째려보았다.

이스루기는 부서진 인형처럼 고개를 연신 끄덕였다. 뜻밖의 인물이 등장한 바람에 간 떨어지게 놀라서 목소리가 나오지 않았다.

"연락도 없이 찾아와서 미안합니다. 난……."

굳이 이름을 밝힐 필요는 없다. 이스루기는 남자를 잘 알고 있었다.

애독서에 실린 저자 사진을 여러 번 보았으니.

"……아유이 이쿠스케라고 합니다. 안에 들어가도 되겠습니까?"

"아, 예. 들어오시죠……. 저쪽에 앉으십시오."

이스루기는 아유이를 안으로 들인 뒤 가장 좋은 의자에 앉으라고 권했다. 그러고는 황급히 해먹을 올려다봤다. 해먹이 텅 비어 있었다.

"손님께 차를 내오라는 거죠?"

이미 바닥에 내려온 안토니오가 그렇게 말하고서 복도로 나갔다.

신음 같은 소리가 희미하게 들렸다. 뒤를 돌아보니 아유이가 의자에 어떻게든 편하게 앉아보려고 엉덩이를 들썩이고 있었다.

뒤로 묶은 긴 머리와 레이밴 선글라스가 아유이 이쿠스케의 트레이드마크였다. 거리에서 팬이 사인 요청을 하자 그 자리에서 머리를 묶고 선글라스를 낀 뒤에 응했다는 전설을 어디선가 읽은 적이 있었다. 어느 잡지에서 선글라스 컬렉션을 자랑스럽게 공개한 적도 있었다.

오늘 낀 선글라스는 옅은 오렌지색이었다. 《우쓰보 저택 사건》에 실린 사진 속 선글라스와 같은 형태였다.

이렇게 가까이서 보니 《우쓰보 저택 사건》에 실린 사진과 정말로 닮았다. 아니, 눈앞에 있는 사람은 틀림없이 아유이 이쿠스케 본인이다. 하지만 '닮았다'는 인상을 지울 수가 없었다. 몇 군데 다른 점이 있어서였다. 우선 뾰족한 턱에 수염이 덥수룩하게 자라 있었다. 또한 빗으로 말끔하게 넘긴 긴 머리에는 새치가 나 있었다.

《우쓰보 저택 사건》은 십 년 전, 현재 마지막 저서인 《아수라사 사건》은 발행된 지 어언 팔 년이 지났으니 사진 속 모습보다 늙는 게 당연하다. 그러고 보니 아유이는 올해 마흔한 살이다…….

아유이는 결국 딱딱한 쿠션에 굴복한 모양이다. 엉덩이를 가만히 내려두고서 이스루기의 얼굴을 올려다봤다.

"……근데 무슨 용건으로 오셨는지요?"

이스루기는 아유이 앞에 놓인 의자에 앉으며 물었다.

"내가 자네한테 의뢰나 하려고 온 거라고 생각했나? 다 알면서 시치미를 떼는군. 명탐정 이스루기 기사쿠 군."

아유이는 그렇게 말하고서 이스루기를 지그시 쳐다봤다. '명탐정'이라는 단어에 통렬한 야유가 담겨 있었다.

"범패장 사건 재조사 건 때문에 오셨군요."

이스루기는 마음속으로 한숨을 내쉬었다. 이런 말썽은 고역이다.

"전 도노다 씨가 의뢰한 사건을 맡았을 뿐입니다. 이 건에 대한 모든 책임은 도노다 씨한테 있습니다. 그러니 저작권 침해로 고소할 생각이시라면 제가 아니라 도노다 씨한테 말해주십시오."

"물론 도노다한테 그렇게 말했지. 그 녀석이 뭐라고 했을 것 같나? '선생님의 작품을 표절하거나, 무단으로 인용했다면 모를까 실제 살인사건을 재조사하는 게 무슨 저작권 침해라는 겁니까? 고소하시려거든 고소하십시오. 하지만 그 전에 변호사와 상담부터 하는 게 현명할 겁니다'라고 하더군!"

아유이가 분노를 주체하지 못하고 머리를 가로저었다.

"삼류 출판사 주제에 건방지게……."

안토니오가 소리 없이 다가와 커피 컵을 내려놨다. 아유이는 분노에 찬 나머지 고맙다고 인사할 여유조차 없는 듯했다.

"그럼 왜 절 만나러 오셨습니까?"

이스루기는 아유이를 자극하지 않으려 최대한 정중하게 물었다.

"자네한테 재조사를 그만두라고 부탁하기 위해서지."

아유이가 진지한 눈으로 쳐다봤다.

이스루기는 잠시 생각하고서 나직이 대답했다.

"재조사를 시작하기 전이었다면 선생님 말씀대로 손을 뗄 수도 있겠지만, 저도 이 사건에 흥미가 생기기 시작했습니다. 더 자세히 조사해보고 싶습니다."

"명탐정의 피가 들끓는다 이건가?"

아유이는 또다시 비아냥거리고서 의자에 앉은 채로 몸을 앞으로 내밀었다. 의자 스프링이 삐걱거렸다.

"자넨 도노다가 뭘 꾸미는지 아나?"

"조사한 내용을 바탕으로 범패장 사건을 재구성하려는 거 아닙니까? 선생님이 〈범패장 사건〉을 완성하시기 전에 미즈키 마사오미의 활약담을 책으로 꾸밀 작정으로……."

"그뿐만이 아냐. 녀석은 미즈키 씨의 추리가 틀렸다고 생각하고 있어. 사건을 자세히 조사해서 오류를 지적하려고 한단 말이야. 미즈키 마사오미는 명탐정도 뭣도 아니라고 폭로하는 책을 낼 작정이란 말이야."

아유이가 아랫입술을 깨물고서 말을 이었다.

"그건 말도 안 돼! 허나 녀석은 날조를 해서라도 폭로하는 책을 출판할 작정이야. 명탐정 미즈키 마사오미의 명성을 땅바닥에 떨어뜨리려고 하고 있어. 자네는 그런 더러운 짓거리에 힘을 보탤 셈인가? 자네도 명탐정이라 자칭하는 사람 아닌가?"

이스루기는 경악했다. 아유이의 말을 듣고 놀란 것이 아니다. 아유이의 말을 듣고도 놀라지 않는 자신에게 놀란 것이다.

미즈키 마사오미의 추리가 틀렸다……. 그것이야말로 〈범패장 사건〉을 읽으면서 느꼈던 위화감의 정체임을 이스루기는 비로소 깨달았다.

동시에 이스루기는 실로 기묘한 감각에 사로잡혔다.

이스루기는 작품 세계를 순수하게 즐기고 싶은 유형의 독자라서 소설을 읽는 동안에 작가를 의식해본 적이 거의 없었다. 아유이 이쿠스케의 작품을 읽을 때도 그렇다. 이스루기는 미즈키 마사오미의 팬이라서 아유이 이쿠스케는 등장인물 중 하나, 미즈키 옆에 있는 눈에 띄지 않는 청년에 불과했다.

하지만 저자인 아유이 이쿠스케는 언제나 머리 한구석에 있었다. 미즈키 마사오미의 활약을 보며 두근거리면서도, 이건 단순한 이야기이고 순전히 픽션에 불과하다는 생각이 문득 들 때면 마음이 허전해지곤 했다. 그때마다 경애해 마지않는 미즈키 마사오미의 배후에서 줄을 조종하는 아유이 이쿠스케의 모습이 보이는 듯했다.

그러나 미즈키 마사오미가 실존 인물임을 알게 되고, 사건 관계자와 만나고, 사건의 무대인 범패장을 방문한 지금은 그 구도가 반전되었다.

이스루기의 눈앞에, 저자인 아유이 이쿠스케의 배후에, 미즈키 마사오미의 모습이 망령처럼 떠올랐다. 긴 머리를 휘날리고 손에서 담배를 놓지 않은 채 상대를 조롱하듯 말하는 날씬한 사내. 그 모습이 아직은 확연히 보이지 않았다.

내 추리가 틀렸다고? 얼굴이 어슴푸레한 미즈키 마사오미가 담배 연기를 내뿜으며 빙긋 웃는다. 재밌군, 이스루기. 네 추리를 기대할게.

그러고는 손가락 사이에 끼인 담배를 앞으로 척 내민다. 약속된 포즈.

"……내 말 듣고 있나?"

아유이가 험악한 목소리로 물었다.

"예, 듣고 있습니다. 죄송합니다. 더위 탓인지 정신이 멍해져서."

이스루기는 아유이를 다시 쳐다봤다.

"폭로하는 책을 내겠다는 얘기는 듣지 못했습니다. 그러니 내일이라도 도노다 씨와 만나 해명을 듣겠습니다. 그런 뒤에 재조사에서 손을 뗄지 말지 결정하겠습니다. 그러면 되겠는지요?"

"도노다가 무슨 해명을 하겠나?"

아유이가 비웃고서 의자에서 일어섰다.

"저기, 한 가지 여쭈어도 되겠습니까?"

이스루기가 말하자 떠나려던 아유이가 뒤를 돌아봤다.

"뭔가?"

"14년 전에 범패장에 묵으셨을 때 아유이 씨는 어느 방에서 주무셨습니까?"

"2층 서고네. 손님이 많아서 손님방이 꽉 찼거든."

"2층에 서고가 두 군데가 있네요. 어느 서고였습니까?"

"앞쪽 서고."

"그렇다면 고타가와 도모코 씨는 안쪽 서고, 즉 테라스 인근 서고에서 잤다는 거군요. 작품 속에서 고타가와 씨가 '바로 근처에서 비명을 들었습니다' 하고 증언해서 그럴 것 같다고 생각은 했는데……."

"아직도 명탐정의 피가 들끓고 있는 모양이군."

선글라스 속 아유이의 눈이 번뜩였다.

"내일 도노다와 만난 뒤에 잘 생각해보길 바라겠네."

아유이는 그렇게 말하고서 떠났다.

[과거 · 5] 1987년 7월 7일

"그럼 난 즈이몬 선생님과 대화를 하고 싶으니 이만."

후지데라는 다지마에게 양해를 구하고서 일어섰다.

안뜰에는 둥근 탁자 세 개가 놓여 있었다. 후지데라가 발걸음을 한 좌측 앞에 놓인 탁자에 류시로가 편안한 자세로 덱체어에 몸을 기대고 있었다. 미즈키, 도모코, 나카타니 세 사람이 동석했다.

다지마도 끼고 싶었지만 하나 남은 덱체어에 후지데라가 앉아서 자리가 없었다.

(뭐, 어차피 프랑스 문학이 화제에 오를 테니 끼지도 못하겠지.)

다지마는 그렇게 자신을 타일렀다. 도모코가 나카타니에게서 떨어져 미즈키 바로 옆에 앉아 있는 것이 유일한 위안이었다.

우측 앞 탁자에는 가와무라, 노나미, 아쓰노리, 마사노부 네 사람이 앉아 있었다. 가와무라와 노나미가 열심히 대화를 나누고 있는데, 아무래도 정치 이야기인 것 같았다. 게이세이회経世会나 다케시타파竹下派, 일본 자유민주당의 파벌 같은 단어가 새어나왔다. 관심이 조금 있는지, 아니면 접객을 하기 위해서인지 아쓰노리가 종종 말장구를 쳤다. 동생인 마사노부는 입을 다문 채 조용히 홍차를 마시고 있었다.

다지마도 정치에는 도무지 관심이 없었다. 시선을 다시 류시로가 있는 쪽으로 돌리자 눈앞으로 아유이가 다가왔다.

아유이는 아까 후지데라가 앉았던 덱체어의 등받이를 집어 다지마에게서 멀리 떨어져 앉았다. 동석은 해도 다지마와 담소를 나눌 생각은 티끌만큼도 없는 모양이었다. 다지마에게서 몸을 돌린 채 미즈키의 옆모습을 지그시 쳐다봤다.

(진짜 말수가 없는 남자네.)

다지마는 뒤로 한데 묶은 아유이의 머리카락을 바라보며

생각했다. 범패장에 온 뒤로 한 마디라도 했던가? 아마 화요회 자체에는 아무런 흥미가 없고 그저 미즈키가 참석한다기에 따라왔을 뿐이리라.

아유이는 꼼짝도 하지 않고서 미즈키가 하는 말을 한 마디라도 놓칠 새라 집중하여 듣고 있는 듯했다.

"여기 앉아도 되나?"

목소리가 들려 고개를 돌리니 도기 재떨이를 든 시바누마가 서 있었다.

다지마가 대답도 하지 않았는데 시바누마는 덱체어에 털썩 앉아 탁자에 재떨이를 올려뒀다. 웃옷 주머니에서 담배를 꺼내 라이터로 불을 붙였다.

"**특등석**을 차지하고 앉아 있군."

시바누마가 담배 연기를 내뿜으며 의미심장하게 히죽 웃었다.

(무슨 의미지?)

다지마는 의아해했다. 류시로 바로 옆에 앉은 미즈키의 자리야말로 특등석이 아닌가?

동그란 연못 바로 옆에 앉아 있어서 그런가? 그러나 안뜰에는 바람이 거의 통하지 않아서 수면을 스치는 미풍조차 느낄 수가 없었다.

바람이 불지 않는 이유는 사방이 벽으로 막혀서였다. 둘러보니 창문이 없는 콘크리트 벽이 높다랗게 치솟아 있었다. 마치 감옥 안에 있는 것 같은 압박감마저 들었다. 다지마는 또다시 범패장이 왜 이토록 기묘하게 설계됐는지 생각했다.

　류시로를 에워싼 손님들도 먼저 범패장을 화제에 올린 모양이다. 미즈키의 말소리가 들려왔다.

　"……이렇게 안뜰에서 보니 사방의 벽이 장관이군요. 마치 중세 성벽 같습니다. 필시 이곳은 류시로 씨가 세운 왕국의 영토겠지요?"

　류시로는 직접 대답하는 대신에 시 한 구절을 인용했다.

　내 왕국은 광대한 담갈색 모피다.

　그 모피를 두르고 있던 사자를 내가 죽였다.

　그러나 아직 흉포한 망령이 남긴 피의 잔향이

　시취와 함께 감돌며 내 가축들을 지키고 있다.

　"발레리의 〈세미라미스의 노래〉라오."

　류시로가 주석을 달았다.

　"난 오히려 네르발의 〈황금시편〉이 연상되더군요."

　미즈키도 마찬가지로 시 한 구절을 인용했다.

　눈 먼 벽 속에 널 엿보는 시선을 두려워하라.

　"미즈키 씨는 교양이 있는 분이로군. 'Crains, dans lemur aveugle, un regard qui t'épie'……."

　류시로는 작게 중얼거리고서 미즈키의 얼굴을 응시했다.

"프랑스어도 할 줄 압니까?"

"아쉽지만 대학 시절에 살짝 맛만 본 수준입니다. être의 활용도 까먹었습니다."

미즈키는 그렇게 대답하고서 어깨를 들먹였다.

"프랑스어로 읽어야만 말라르메의 시를 비로소 이해할 수 있지요."

류시로가 짓궂은 투로 말했다.

다지마 옆에서 시바누마가 불쾌해하며 코웃음을 쳤다.

"스즈키 신타로가 옮긴 시를 읽어도, 니시와키 준자부로가 옮긴 시를 읽어도 말라르메의 시는 뭐가 뭔지 전혀 알 수가 없지."

미즈키가 불쾌한 기색을 전혀 내보이지 않고 미소를 지으며 말했다.

"하지만 프랑스어로 읽더라도 마찬가지 아닙니까? 모든 프랑스인이 그 난해한 시를 다 이해할지 의문입니다만."

"물론 대부분 내용을 이해하지 못하겠지요. 고등학교 영어 교사로 재직했던 시절 주변에서는 말라르메를 이상한 시나 쓰는 별종으로 봤다고 하더군요. 교장이 주의까지 줬답니다."

류시로가 소리 내어 웃었다.

"허나 시는 의미와 내용이 전부가 아니라오. 그것 말고도 음률과 각운이라는 요소가 있지. 말라르메를 읽을 때는 이 요소들을 빠뜨려서는 안 됩니다. 말라르메는 각운을 대단히 중시했으니 말이오. 예를 들어 이런 시가 있는데……."

> 매몰된 신전이, 진흙과 홍옥의 타액을 흘리고 있다.
> 지하 하수도의 무덤 구멍에서, 콧마루에 불이 타오르는
> 으르렁대는 소리 흉악하기 그지없는 개 대가리 만신蠻神
> 이형의 우상을, 구역질나게, 토해내고 있는 모습이라,

"이건 보들레르의 죽음을 추모하고자 지은 〈샤를 보들레르의 무덤〉이라는 시라오. '홍옥'은 루비, '개 대가리 만신'이란 고대 이집트의 신인 아누비스를 가리키지요. 이렇듯 번역한 시구를 읽어보면 분명 난해하긴 합니다. 스즈키 신타로는 프랑스어의 신택스syntax를 살려 번역하려고 애를 썼으니 더더욱 의미를 짐작하기가 어렵지."

류시로는 위대한 선배들을 은연중에 비판하고서 말을 이었다.

"허나 원문으로 읽어보면 왜 홍옥인지, 왜 아누비스인지 명명백백하다오. rubis와 anubis의 운이 맞아떨어지기 때문이지. 음운이 공통되었을 뿐만 아니라 -ubis라는 어미가 시각적으로도 일치합니다. 멋진 솜씨지요."

도모코와 나카타니도 류시로를 뚫어져라 쳐다보며 진지하게 이야기를 듣고 있었다. 후지데라는 큰 그릇에 담긴 크래커를 씹어 먹고 있지만 귀만은 기울이고 있는 듯했다.

"말라르메가 각운을 얼마나 편애했는지 가장 잘 드러난

작품은 그 유명한 ptyx 소네트입니다."

류시로가 강의를 계속했다.

"이 저택 이름의 유래가 된 시군요."

미즈키는 대답하고서 **눈 먼 벽**을 둘러봤다.

"그렇습니다."

류시로가 갑자기 도모코와 나카타니 쪽으로 시선을 돌렸다.

두 사람이 흠칫 떤 것 같았다. 긴장한 나머지 도모코의 등이 굳어졌다.

"화요회에 참석했으니 두 사람 모두 말라르메에 흥미가 있겠지요? 미즈키 씨한테 ptyx 소네트가 무엇인지 설명해줄 수 있겠습니까?"

후지데라의 얼굴에서 지긋지긋하다는 표정이 스쳤다.

"구두시험이 시작됐군, 또 시작됐어."

시바누마가 중얼거렸다.

다지마가 고개를 돌리자 시바누마는 목소리를 더 낮췄다.

"하지만 학생들의 실력을 시험하려는 의도가 아냐. 바로 후지데라 씨를 시험하려는 거지. 제자들을 제대로 가르쳤는지 보겠다는 거야."

시바누마가 얼굴을 찡그리고서 툭 내뱉었다.

"아카데미즘은, 참 짜증나는 세계야."

도모코와 나카타니가 한동안 얼굴을 마주했다.

이윽고 도모코가 미즈키에게 떠듬떠듬 설명하기 시작했다.

"ptyx 소네트란 말라르메가 지은 무제 소네트예요. 원 제목은 'Sonnet allégorique de lui-même.' '그 자체를 우의寓意하는 소네트'라는 뜻이죠. 하지만 말라르메는 최종적으로 무제 소네트로 완성시켰습니다."

"예쁜 발음이야."

두 눈을 감고서 듣고 있던 류시로가 중얼거렸다.

"암송하라고는 하지 않겠습니다. 내가 대신 읊도록 하지요."

그 순결한 발톱이 줄마노를 높이 쳐들어,

고뇌는, 이 한밤중에, 신성한 불을 수호하는 자로서,

불사조가 불사른 매일 밤마다의 꿈을 떠받들고,

그 꿈을 공허한 방의, 화려한 장식대 위에

골회骨灰를 담은 항아리도 담을 수 없다. 범패도 없다.

은은하게 울리는 공막의 폐물이 되어버린 골동품도,

(왜냐면 이 방 주인은 이 허무가 자랑하는 유일한

물건을 안고서 삼도천으로 눈물을 길러 갔다.)

그러나 북쪽에 면한 열린 창문 근처에, 아마

물의 정령 닉스에게 불을 불어대는

일각수의 조각에 칠해진 황금의 번쩍임이 고뇌하고 있으나,

거울 속 닉스는 벌거벗은 모습으로 정신이 끊어질듯,
가령 거울 가장자리로 갇힌 망각의 한가운데에, 이윽고
번쩍이는 일곱 별의 칠중주가 정착되어 나타날지니.

"확실히 의미를 짐작하기가 어려워. 허나 시구는 아름다워……."

류시로가 눈을 뜨고서 모두를 둘러봤다.

"시란 그걸로 족한 거 아니겠습니까? 스즈키 신타로가 번역한 말라르메를 읽는 의의가 바로 여기에 있지……. 그것은 버젓하지 못한 행동을 했을 때 동반하는 쾌락과 닮았어. 흡연처럼, 음주처럼, 혹은 밤의 은밀한 일처럼……."

류시로는 황홀한 표정으로 중얼거리고서 도모코에게 미소를 보냈다.

"아가씨, 계속 해주시게."

"아, 예."

도모코는 홍차를 한 모금 마시고서 설명을 이어나갔다.

"아까 즈이몬 선생님께서 말씀하셨다시피 이 시도 어떤 의미에서는 각운으로 구성되어 있어요. 바로 -ix 각운이죠. onyx(줄마노), phénix(불사조), styx(삼도천), nixe(물의 정령), fixe(정착)……."

도모코는 몹시 긴장이 되어 목이 타는 듯했다. 목소리가 갈라지자 다시 찻잔에 입을 댔다.

"……그리고 문제의 그 ptyx 말인데요. 말라르메 본인은

무의미한 단어라고 했습니다. -ix 각운을 완성시키고자 만
들어낸 단어라고……. 유제느 르페뷔르한테 보낸 편지에는
'각운의 마법이 이 단어를 창조했다'고 적혀 있습니다."

"무의미한 단어를 왜 '범패'라고 번역한 거죠?"

미즈키가 물었다. 부담감을 덜어주려는지 도모코를 향해
상냥하게 웃고 있었다.

"그리스어에 πυξ$_{ptyx}$와 발음이 흡사하다라는 단어가 있기 때문이
에요. '층상層狀을 이루고 있는 것', '주름이 진 것'이란 의미예
요. 거기서 ptyx란 조개껍데기가 아닐까 하는 해석이 나왔어
요."

"시시한 훈고학적인 해석이야. 시를 잘 모르는 사람일수록
세세한 부분을 시시콜콜 따지려들지."

류시로가 강한 어조로 단언했다.

그때 나카타니가 갑자기 끼어들었다.

"inanité sonore. 스즈키 신타로가 번역한 의미로는 '은은
하게 울리는 공막空莫', 직역한 의미로는 '울림이 좋은 공허함'
에 해당하는 그 단어 말입니다. 전 호라티우스의 《시론》에서
인용한 게 아닌가 싶습니다. 전 이 발견을 졸업 논문 주제로
삼으려고 하는데, 다시 말해서……."

나카타니는 긴장한 나머지 뺨을 물들이며 말을 단숨에
쏟아냈다.

"아아, nugae canorae…… '울림이 좋은 헛소리' 말이로군."

류시로가 별 거 아니라는 듯이 말했지만, 나카타니는 알

아차리지 못했는지 고개를 여러 번 끄덕였다.

"그렇습니다."

"과연, 재밌는 착안점이로군. 멋진 졸업 논문이 나오겠군요."

류시로가 키득키득 웃으며 후지데라를 쳐다봤다.

"후지데라 교수는 우수한 학생을 데리고 있군요."

"고맙습니다."

후지데라는 떨떠름한 표정으로 대답하고서 대접에 담긴 크래커를 또 집었다.

(저 녀석은 솔직하고 좋은 녀석이네.)

다지마는 나카타니를 동정했고 아주 조금이나마 호감을 품었다. 그리고 류시로에게 왜 '마왕'이라는 별명이 붙었는지, 왜 아내를 자살로 몰고 갔다는 소문이 퍼졌는지 내심 수긍이 갔다.

"말라르메는 백 년 늦게 태어났어야 했군요."

미즈키가 담배를 재떨이에 눌러 끄며 말했다.

"백 년 뒤였다면 애써 스스로 창조하지 않더라도 각운에 딱 맞는 좋은 단어가 있었을 텐데."

류시로가 의아한 표정으로 미즈키를 쳐다봤다.

"유닉스UNIX 말입니다."

미즈키는 그렇게 말하고서 큰소리로 웃었다.

그 순간······.

갑자기 등 뒤에서 무언가가 분사되는 소리가 들리는가 싶더니 다지마의 목에 차가운 물보라가 쏟아졌다. 다지마는 작게 비명을 질렀다.

황급히 돌아보니 연못 가운데에서 분수가 솟구치고 있었다. 세 군데의 노즐에서 솟아난 물줄기가 우아한 곡선을 그리며 수면에 떨어졌다. 튀는 물방울이 반짝이고, 연못에 무수한 물결이 일었다.

소녀상 대좌 바로 옆 잔디 위에서 구라타가 무릎을 꿇고 있었다. 아마도 대좌 아래에 있는 밸브를 조작했으리라.

당황해하는 다지마를 보고 모두 웃음을 지었다. 도모코는 오른손으로 입을 가린 채 소리 죽여 웃고 있었다. 다지마는 창피해했다.

"특등석이었지?"

시바누마가 히죽거리며 말했다.

"예고도 없이 느닷없이 솟구치는 분수라서 처음 온 손님들 중 누군가가 늘 희생이 되지."

다지마는 조용히 오른손으로 목을 훔치며 일어섰다.

(뭐, 류시로가 있는 탁자에 다가갈 수 있는 핑곗거리가 생겼네.)

다지마는 스스로 그리 다독이고 덱체어를 후지데라 바로 뒤에 옮기고서 앉았다.

이내 구라타가 다가와 말없이 수건을 건넸다.

다지마는 수건으로 목에 묻은 물방울을 훔치며 다시 시작된 대화에 귀를 기울였다.

당연히 류시로가 먼저 입을 열었다.

"아까 아가씨가 간략하게 설명한 대로 말라르메는 각운을 대단히 중시했습니다. 바꿔 말하자면 시의 형식을 중시했다고 할 수 있지요. 시에는 형식이 필요합니다. 12음철音綴이나 약강격弱强格 등의 음율. 평운, 교운, 포옹운 등의 각운 말입니다. 이런 형식이 시를 시답게 합니다."

류시로가 분수를 의식하지 않고 바라보며 말을 이었다.

"일찍이 한시를 즐기는 것을 당연하게 여겼던 시대에는 일본인도 시의 형식을 몹시 의식했습니다. 한시에는 엄격한 규칙이 있었으니 말이지요. 이사부동二四不同, 이육대二六對, 점법粘法, 반법反法, 하삼련下三連 등의 세세한 규칙대로 평측을 맞춰야만 합니다. 허나 반대로 말하자면 이러한 형식이 정해져 있기에 일본인도 한시를 쓸 수가 있었던 겁니다. 형식을 따른다면 중국인도 그것이 시라는 걸 인식해주었으니까요."

"말라르메는 한역漢譯하는 편이 나았을지도 모르겠군요. '純爪高高瑪瑙揭, 夜半苦惱聖花護' 이런 식으로."

미즈키는 농담처럼 말했지만 류시로는 진지한 얼굴로 대꾸했다.

"말라르메의 의도를 충실하게 반영하려면 그러는 편이 나을지도 모르겠군요. 허나 현재 아무도 한시 따윈 쓰지 않지요. 구어口語자유시에 익숙해지면서 현대 일본인한테는 시에 형식이 있다는 의식조차 희박해졌습니다. 서양인한테는 자명한 것인데도……"

"서양인과 일본인의 차이라고 과연 단정지을 수 있을까요?"

미즈키는 팔짱을 낀 채 고개를 갸웃거렸다.

"오히려 시를 바라보는 개개인의 생각차 때문이 아니겠습니까? 예를 들어 파울 첼란의 시는 운율이나 각운을 무시했죠. 즈이몬 씨께서 말씀하셨던 구어자유시라고 할 수 있습니다. 첼란 본인은 이어지는 두 행의 운율이나 각운을 왜 맞추지 않느냐는 질문을 받았을 때 '나란히 선 두 그루의 나무가 똑같을 확률은 거의 없다'고 답했습니다."

"정말로 교양이 있으시군."

류시로가 입꼬리를 올리며 웃었다.

"첼란은 이마주image를 추구하는 시인이었습니다. 자신의 머릿속에 들린 이마주를 그대로 언어로 정착시키려 했습니다. 한편 말라르메는 형식의 시인이었습니다. 말라르메에게 이마주란 형식에서 비롯되는 것이었지요. 형식에서 비롯되는 아름다움이나 의미가 있지 않겠습니까? 과연 자유분방하게 써야만 상상력을 모조리 드러낼 수 있는지 사실 의문이군요."

"본격 미스터리와 비슷하네요."

토의를 듣다가 흥미가 솟은 다지마가 무심코 끼어들었다.

류시로와 미즈키가 다지마를 쳐다봤다.

"죄송합니다. 전 시가 무엇인지 아예 모르지만, 본격 미스터리는 좋아해서……."

다지마가 고개를 숙인 채 물러서려고 하자 미즈키가 눈으로 재촉했다. 류시로도 입을 다물고서 다지마가 무슨 말을 할지 기다렸다.

다지마는 결심을 하고서 이야기를 시작했다.

"본격 미스터리에도 여러 규칙이나 제약들이 있습니다. 물론 세세한 규칙도 있고요. 먼저 살인이 벌어지고, 수사가 진행되고, 마지막에 탐정이 수수께끼를 푼다는 큰 틀의 형식도 존재합니다. 요즘에는 그러한 것들이 고지식하다면서 완전히 무시되고 있습니다만, 방금 즈이몬 씨께서 말씀하셨다시피 실은 그러한 제약에서 비롯되는 아름다움이나 의미가 있지 않을까요?"

"과연. 난 탐정소설은 한 번도 읽어본 적이 없습니다만 당신이 무슨 말을 하려는 건지 어쩐지 알 것 같군요."

류시로가 미소를 지으며 말을 이었다.

"말라르메는 분명 포를 애호하긴 했지요. 다만 오로지 시뿐이었지만."

"에드거 앨런 포는《시의 원리》의 저자이기도 합니다."

미즈키가 날카롭게 지적했다.

"시를 영감이나 직감의 산물로 보지 않고, 시를 쓰는 프로세스를 철저하게 의식화한 최초의 인물입니다. 그래서 포가 탐정소설의 시조가 된 것도 당연하겠죠. 체스터튼의 명언이 있지요. '범인은 창조적인 예술가이지만, 탐정은 단순한 비평가에 지나지 않는다'⋯⋯. 포는 예리한 비평가이기도 했습니다.《시의 원리》를 쓰고, 탐정소설을 창조할 수 있었던 건 그가 창조적인 비평가였기 때문입니다.”

“그건 탐정다운 사고방식이로군. 포는 위대한 예술가입니다.”

류시로는 다지마를 다시 쳐다보며 물었다.

“하드보일드 미스터리를 프랑스어로 어떻게 표현하는지 아십니까?”

다지마는 조용히 고개를 저었다.

“roman noir américain입니다. 아메리카의 로망 느와르……. 프랑스인은 탐정소설마저도 프랑스가 중심이라고 생각합니다.”

류시로가 유쾌해하며 웃었다.

“자, 어둑해지기 시작했으니 슬슬 저녁을 먹도록 할까? 구라타, 준비는 다 되었겠지?”

“예, 식당에 차려놨습니다.”

손님들에게서 떨어져 계단 옆에 서 있던 구라타가 대답했다.

네모난 하늘이 어두워졌다. 서쪽 벽 위에 꼭두서니빛 구름이 걸려 있었다. 모두들 일어서서 땅거미가 엄습하는 계단으로 향했다.

구라타가 홀로 남아 덱체어와 탁자를 정리하기 시작했다. 그 뒤에서는 분수가 물을 허공에 쏘아올리고 있었다.

계단을 올라 지상으로 나오자마자 귀를 막고 싶어질 만큼 요란한 소리가 이스루기를 덮쳤다.

이이다바시역 앞에서 선거유세 차가 오가고 있었다. 어제 참의원 선거가 공시되었다. 후보자들이 잘 부탁한다고 유세하며 돌아다니고 있는 모양이다. 도의원 선거가 끝난 지 얼마 되지도 않았는데 이번에는 참의원 선거? 이스루기는 질색했다.

흥분한 여성이 떠들어대는 목소리가 스피커에서 들렸다. 하지만 공교롭게도 음량을 너무 키웠는지 소리가 갈려져 무얼 호소하고 싶은 건지 전혀 알아들을 수가 없었다. '고이즈미 총리'라는 단어만 들렸다. 지지를 하는 건지, 반대를 하는 건지 정확하지가 않았다.

아마 가와무라 료도 지역구로 돌아가 선거유세 차에서 한창 유세하는 중이겠지. 어깨에 띠를 두르고 '가와무라 료 후보'라고 적힌 간판 한가운데에 서서 유권자에게 손을 흔들며 웃음을 뿌린다. 이따금 도로에 내려와 유권자들과 직접 이야기도 나누겠지. 하얀 장갑을 낀 두 손으로 악수를 나누기도 하고 말이다. 다지마가 말했다시피 폭염 속에서 휘청거리는 탐정 나부랭이와 만날 여유는 없을 것이다.

이스루기는 메지마도오리를 터벅터벅 걸어갔다.

머리 위에서 태양이 때를 만났다는 듯이 번쩍이고 있었다.

온몸에서 땀이 흘러 폴로셔츠의 가슴과 등을 불쾌하게 적셨다. 모자를 쓰고 올 걸 그랬다고 이스루기는 후회했다. 이러다가 잘 못되면 길바닥에 쓰러질지도 모른다. 이건 농담이 아니다. 도내에서 열사병에 걸려 쓰러지는 사람들이 속출하고 있었다.

또 다른 선거유세 차가 도로를 달려갔다.

"메지마도오리를 지나는 여러분, 시끄럽게 해드려……."

시끄러운 줄 알면 당장 입 다물어! 더위 탓에 짜증이 솟은 이스루기가 속으로 버럭 화를 냈다.

5분쯤 걸어 도노다 요시타케의 직장인 간류巖流출판에 겨우 도착했다. 팩스로 지도를 보내달라고 하길 잘 했다. 5분을 더 걸었다면 틀림없이 현기증이 났으리라.

간류출판은 5층짜리 빌딩 안에 있었다. 이스루기가 사무소를 빌린 허름한 잡거빌딩보다는 훨씬 훌륭한 건물이었다. 입구 안내판에 따르면 한 층을 통째로 빌린 모양이다. 아무래도 수상쩍은 회사는 아닌 것 같았다.

이스루기는 자동문을 지나 시원한 로비에서 안도의 한숨을 내쉬었다. 그러고는 엘리베이터를 타고 3층으로 올라갔다.

3층 엘리베이터홀은 간류출판 사무소에 통해 있었다. 책상이 늘어서 있고, 수많은 사원들이 바쁘게 일하고 있었다. 어떤 자는 인쇄물 다발을 눈으로 훑고 있는가 하면, 또 어떤 자는 컴퓨터에 무언가를 입력하고 있었다. 대충 헤아려보니 사원이 스무 명쯤 되는 듯했다.

옆을 지나가는 여성에게 방문한 목적을 전하니 이내 도노다가 나타났다.

"더운데 힘들게 오라고 해서 미안해."

시애틀 매리너스 로고가 그려진 티셔츠를 입은 도노다는 이스루기와는 정반대로 땀을 한 방울도 흘리지 않았다. 이스루기는 조금 부아가 치밀었다. 동시에 도노다가 밖으로 나오고 싶어 하지 않는 이유도 이해했다. 사무소는 로비보다도 더 시원했다. 땀이 난 이스루기에게는 오히려 쌀쌀할 정도였다.

"지금 급한 일이 있어서 자리를 비우기가 좀 어려워. 잠시만 기다려줄 수 있을까?"

도노다는 이스루기를 칸막이가 쳐진 공간에 데리고 간 뒤 이내 사무소로 사라졌다.

아무래도 이곳은 면담용 공간인 듯하다. 간소한 탁자와 파이프 의자가 있고, 구석에 놓인 유리 케이스에 서적들이 장식되어 있었다. 아마 간류출판이 낸 출판물이리라.

다른 사원이 가져다준 차가운 보리차로 수분을 공급하면서 이스루기는 유리 케이스를 들여다봤다. 소설은 한 권도 없었다. 모두 실용서와 논픽션이었다. 그러나 이른바 폭로책은 보이지 않았다.

땀이 완전히 마르고 조금 사람다운 마음이 들었을 즈음에 비로소 도노다가 들어왔다.

"많이 기다렸지?"

도노다가 파이프 의자를 당겨 이스루기 앞에 앉았다.

"아유이 선생이 쳐들어왔다면서?"

"예."

"고생 많았지? 나도 처음에 만났을 때 면전에서 호통을 들어서 잘 알아. 근데 그 선생이 뭐래?"

이스루기는 아유이의 말을 전했다.

폭로 책 이야기가 나오자 도노다가 배를 잡고 웃었다.

"명탐정 미즈키 마사오미의 명성을 땅에 떨어뜨리려고 폭로를 한다고? 아유이 선생다운 생각이로군."

"폭로 책을 낼 생각이 아니었습니까?"

이스루기가 묻자 도노다는 머리를 긁적였다.

"저기 말이야. 폭로 책은 유명인의 스캔들을 폭로하기에 잘 팔리는 거야. 아이돌이나 정치인이라든가. 아무도 모르는 미즈키 마사오미의 스캔들을 폭로한들 돈이나 벌 수 있겠어?"

"그건 아니겠죠. 미즈키 마사오미는……."

이스루기의 목소리가 무심결에 커졌다.

도노다는 두 손을 앞으로 내밀고서 이스루기를 쳐다봤다.

"이스루기 씨한테 유명인이라는 건 아주 잘 알아. 그래도 이번 기획은 그런 일부 특수한 사람을 위한 게 아니라 더 넓은 독자층을 대상으로 잡은 꽤 재밌는 내용이야. 폭로 책이 아니고 고발 책이야."

"고발 책?"

이스루기는 영문을 알 수가 없어서 도노다의 말을 앵무새처럼 되뇌었다.

"맞아. 만약에 내 생각대로 미즈키의 추리가 틀렸다면 이건 원죄冤罪, 억울하게 뒤집어쓴 죄 사건이야."

도노다의 표정이 진지해졌다.

"범패장 사건의 범인인 구라타 다쓰노리는 경찰에 체포되어 재판에 넘겨졌어. 동기가 너무나도 이상해서 변호사는 심신미약 상태를 주장하는 법정 전술로 나왔지만, 범행의 계획성이 화근이 되어 징역 8년 실형을 선고받았지. 구라타는 항소하지 않았어. 결국 8년 동안 콩밥을 먹게 됐지. 불과 5년 전에 출소했고."

도노다는 이스루기의 눈을 지그시 쳐다봤다.

"미즈키의 명추리 때문에 구라타는 그런 꼴을 당한 거야. 만약에 그 명추리가 틀렸다면? 한 사람의 인생을 망쳐버린 거라고."

도노다의 말이 맞는다고 이스루기는 생각했다. 명탐정이 멋들어지게 추리를 피력하여 범인이 체포되는 시점에서 소설은 끝난다. 하지만 현실에서는 그 뒤에도 인생이 이어진다. 범인의 인생도, 사건 관계자의 인생도, 그리고 명탐정의 인생도……

"도노다 씨는 어째서 미즈키 마사오미의 추리가 틀렸다고 생각하게 된 겁니까?"

자신도 의문을 품기 시작했음을 숨기고서 이스루기는 질

문했다.

"그 이유는 아유이 선생이 쓴 〈범패장 사건〉에 있어. 내가 넘겨준 연재 복사본을 읽었구나."

"물론이죠."

"나도 제대로 읽었어. 어느 작가가 이 기획의 아이디어를 알려준 직후에 말이야."

도노다는 좋아하지도 않는 본격 미스터리를 읽었으니 칭찬해달라며 잘난 체를 했다.

"그리고 여러 수상한 점을 알아차렸어. 하나는 동기야. 구라타가 노나미 요시토를 살해했던 동기는 너무나도 이상해. 구라타는 분명 조금 괴짜이긴 했지만, 그런 동기로 사람을 죽였다니 난 믿겨지지가 않네."

과연 그럴까? 이스루기는 생각했다. 그럼 대체 어떤 동기여야만 도노다는 납득할 수 있을까? 금품이나 보험금이 목적이었다면 또 모를까, 하고 말하고 싶었던 건가? 그러나 살인에 정당한 동기 따윈 있을 수 없지 않은가…….

부조리한 살인사건이 벌어지면 저널리스트는 범인의 인간상을 들춰내려고 한다. 유소년기부터 현재에 이르기까지 인생을 낱낱이 조사하고, 지인이나 관계자들과 인터뷰하여 범인의 내면을 쫓으려고 한다. 이스루기는 그런 보도를 볼 때면 언제나 어떤 문학적인 것을 느꼈다. 저널리스트들은 '인간을 그려내'고 한다. 그 대상이 흔한 동네에 사는 평범한 사람이든, 이상한 살인자이든 문학적임에는 변함이 없다. 롯폰기를 걷는 직장 여성을 그리는 것도, 상식에서 벗어난 연쇄살인마를 그리는 것도 둘 다 '인간을 그리는 행위'이다.

탐정으로서 이스루기는 범인의 인간상에 전혀 흥미가 없었다. 이스루기가 사건을 조사하여 찾아내고 싶은 것은 인간성을 사상捨象했을 때 드러나는 어떤 구조였다.

이스루기는 사카구치 안고의《불연속 살인사건》의 한 구절을 떠올렸다.

'그의 인간 관찰은 범죄 심리라는 낮은 선에서 정지하여 그 선으로부터 끝없이 이어지는 무한한 미로 속을 헤매지 않도록 짜여 있는 것 같았다. ……그래서 녀석은 문학을 쓸 수 없다.'

화자가 탐정 역을 맡은 고세 박사를 평한 말이다. 그 말이 맞는다고 이스루기는 인정했다. 범인은 문학적이지만 탐정은 언제나 비문학적이다. 하지만 비문학적이어야만 보이는 것이 있다. 미즈키 마사오미가 말했던 체스터튼의 명언을 뒤바꾸면 '탐정은 창조적인 비평가이지만, 범인은 단순한 예술가에 지나지 않는다'…….

도노다가 이야기를 이어나갔다.

"……더욱이 연재를 중단시키고 지금껏 책으로도 내지 않은 이유도 문제야. 이 소설은 이미 거의 다 완성됐잖아? 살인이 벌어졌고, 탐정이 추리했고, 범인은 붙잡혔고, 주인공은 사랑하는 여성과 맺어졌고……."

이스루기의 뇌리에서 다지마의 말이 스쳤다. 사랑하는 여성과 맺어진 뒤에 성관계를 세 번 하고서 헤어진 건가?

"……모두가 행복하게 잘 살았습니다, 하고 끝맺으면 되잖아? 어째서 7년 동안이나 출간되지 않은 걸까?"

도노다는 이스루기에게 검지를 척 내밀었다.

"그 이유는 아유이 선생도 눈치채서 그런 게 아니겠어? 미즈키의 추리가 틀렸다는 걸 말이야."

"……과연."

도노다가 방금 말한 가설은 그럴 듯했다. 이스루기는 어제 봤던 격노하는 아유이의 얼굴을 떠올렸다.

"아유이 선생뿐만이 아냐. 미즈키 본인도 알아차렸을지도 몰라. 이스루기 씨도 알다시피 〈범패장 사건〉에는 '미즈키 마사오미의 최후의 사건'이라는 부제가 달려 있어. 실제로 미즈키는 범패장 사건 뒤에 은퇴했다더군. 하지만 어째서 이게 '최후의 사건'인 거야? 은퇴해야만 하는 사정이 어디에 적혀 있지?"

도노다의 의문은 이스루기가 품은 의문이기도 했다. 〈범패장 사건〉은 미즈키 마사오미의 다른 시리즈와 별반 차이가 없었다. '미즈키 마사오미의 최후의 사건'이라고 명명한 이유는 그 어디에도 보이지가 않았다.

적어도 잡지에 연재되었던 〈범패장 사건〉 속에는.

이스루기는 본인의 생각을 도노다에게 전하기로 했다.

"미즈키 마사오미가 은퇴해야만 했던 사정은 잡지 연재분 뒤에 벌어진 게 아니겠습니까? 여태껏 쓰지 못했던 결말 부분에……. 아유이 씨는 도저히 그 결말을 쓸 수가 없었습니다. 어제 했던 얘기를 들으니 아유이 씨는 미즈키 마사오미를 진심으로 존경하는 것 같았습니다. 그래서 은퇴할 수밖에 없었던 사정을 차마 묘사할 수가 없었던 거죠. 그래서 결국 연재를 중단했다."

"나도 그렇다고 봐. 그럼 미즈키를 은퇴하도록 내몬 사정은 대체 뭐였을까?"

"……자신의 추리에 오류가 있다는 걸 알아차렸다?"

이스루기가 기어들어가는 목소리로 대답했다.

"그 말대로야.

도노다가 고개를 크게 끄덕였다.

"아유이 선생은 미즈키의 실수뿐만 아니라 실은 진범이 누군지도 알고 있지 않을까 싶은데 말이야. 여태껏 〈범패장 사건〉을 끝맺으려고 하지 않는 이유는 시효가 성립하길 기다리고 있어서가 아닐까? 살인 시효는 15년이니 말이야. 아유이 선생은 진범을 감싸려고 하는 게 아닌지……."

"설마 도노다 씨는 다름 아닌 미즈키 마사오미가 진범이라고 생각하는 건 아니겠죠?"

이스루기가 떨리는 목소리로 묻자 도노다가 히죽 웃었다.

"그것도 가능성 중 하나지. 하지만 난 잘 모르겠어. 이렇게 머리 쓰는 일은 젬병이라서 말이야. 그러니 이스루기 씨가 조사해서 판단해달라는 거야."

"조사해보니 역시 미즈키 마사오미의 추리가 맞았다는 결론이 나올지도 모릅니다. 그래도 괜찮겠습니까?"

"그 소리는 조사를 계속 해주겠다는 거네. 고마워. 아유이 선생이 협박을 해서 쫀 줄 알았다고."

도노다가 청바지 주머니에서 구깃구깃한 메모를 꺼냈다.

"범패장에 15일에 취재를 하러 가겠다고 약속을 잡아놨어. 이번에는 확실히 확인했으니 괜찮아. 아쓰노리 씨도, 부인도 집에 있을 거래."

"구라타 다쓰노리 씨는 만날 수 없는 겁니까? 구라타 씨의 이야기를 듣는 게 가장 지름길일 것 같은데……."

이스루기가 묻자 도노다가 한숨을 작게 내쉬고 일어섰다.

"잠깐만."

이윽고 도노다가 봉투를 들고 돌아왔다.

"구라타는 출소한 뒤에 친가가 있는 후쿠시마로 돌아갔어. 한동안 여러 일을 전전하다가 현재는 배송업을 하고 있지. 즈이몬가의 운전기사로 일했던 경험을 살린 모양이지. 취재를 하고 싶다고 편지를 보냈더니 이런 답장을 보내왔어."

도노다는 그렇게 설명하고 이스루기에게 봉투를 건넸다.

편지지에 오른쪽이 치켜 올라간 글자들이 줄줄이 쓰여 있었다.

도노다 님께 답장을 올립니다.

보내주신 편지는 잘 받았습니다. 14년 전 사건을 아직도 기억하는 사람이 있다는 사실에 놀라움을 넘어 조금 무섭기까지 했습니다.

죄송한 말씀이지만 취재는 거절하겠습니다. 이곳을 찾아오신다면 무척 곤혹스러울 겁니다. 되도록 책 출간도 그만두셨으면 합니다.

절 가만히 내버려두셨으면 좋겠습니다. 이미 그 사건은 잊어버렸고 떠올리고 싶지도 않습니다. 왜 그런 어리석은 짓을 저질렀는지 제 자신도 모르겠습니다. 지금 제게는 아내도 있고 어린 딸도 있습니다. 하루하루 열심히 일해서 처자식과 오손도손 살아가는 것 말고는 바라는 게 없습니다. 이 평온한 삶이 깨질까 두렵습니다.

"그런 이상하기 짝이 없는 살인사건을 저질렀던 범인이 할 법한 말이라고 생각해?"

도노다가 말했다.

이 문장이 살인자가 쓸 법한 것인지 아닌지 이스루기는 판단할 수가 없었다. 다만 기나긴 14년이라는 세월만은 마음에 찔릴 듯이 여실히 느껴졌다.

[과거 · 6] 1987년 7월 7일~8일

저녁식사는 유럽풍 디너였다.

고기는 허브와 함께 구워낸 새끼 양, 생선은 농어 카르파

초. 채소가 듬뿍 들어간 라타투이도 곁들여져 있고, 바구니에는 비스듬하게 썬 바게트가 쌓여 있었다. 제철 농어가 무척이나 맛있었다.

하얀 보가 깔린 식탁 가운데에 놓인 은색 촛대에 촛불이 밝혀져 있었다. 천장에는 불이 켜져 있으니 조명보다는 연출 효과를 노린 것이리라. 불꽃이 좌우로 천천히 흔들리며 식탁보 위에 불가사의한 빛의 무늬를 드리웠다.

안뜰을 다 정리한 구라타가 식당에 나타나 빈 식기들을 부엌으로 나르기도 하고, 돌아다니며 잔에 미네랄워터를 채우는 등 부지런하게 움직였다. 요리사가 달리 보이지 않는 것으로 보아 아마 이 디너도 구라타가 차렸으리라. 디저트인 딸기 타르트는 과자점에서 사온 것 같지만⋯⋯.

안뜰에서는 열띤 토론이 펼쳐졌지만 식탁에서는 가벼운 이야기가 편안한 분위기 속에서 이어졌다.

요리에 만족했는지 류시로가 온화한 말투로 학생들에게 불문과에 진학한 동기를 물었다. 나카타니는 '프랑스 문학을 사랑해서'라고 과장되게 대답했고, 도모코는 '고등학교 시절에 봤던 프랑스 영화가 계기였다'고 귀엽게 대답했다. 류시로는 서슬이 선 혀를 구사하지 않고 순순히 고개만 끄덕였다.

"너도 프랑스어를 잘해?"

미즈키가 타르트를 입에 넣으며 정면에 앉아 있는 마사노부에게 물었다.

"그렇게 잘 하지는 않습니다."

마사노부는 미즈키의 스스럼없는 태도를 거북해하지 않고 나직이 대답했다. 하지만 고개를 숙인 채로 미즈키와 시선을 마주하려고 하지 않았다.

"이 녀석들은 불초한 자식들이라서 어학에 재능이 없지요."

류시로가 호쾌하게 웃어넘겼다.

"아버지가 바라는 바가 너무 크다고요."

아쓰노리가 포크 끝으로 타르트를 건드리며 불만스럽게 중얼거렸다. 단 걸 싫어하는지 아까부터 한 입도 먹으려고 하지 않았다. 포크에 헐린 타르트가 폐가처럼 가장자리부터 무너져 내렸다.

"그런가? 아버지로서 지극한 당연한 교육을 했을 뿐인데."

류시로가 자식의 반대 의견을 가볍게 받아넘겼다.

"마사노부 씨는 겸손하군요."

타르트를 비운 후지테라가 만족스러운 얼굴로 끼어들었다. 입가에 붉은 즙이 묻어 있었다.

"어떤 파티에서 마사노부 씨가 프랑스인과 대화를 나누는 모습을 봤는데, 프랑스어가 아주 유창해서 감탄했습니다. 우리 과 어떤 학생보다도 훨씬 잘 하더라고요."

나카타니가 불쾌한지 얼굴을 찡그렸다.

"그 정도로는 유창하다고 할 수 없지."

류시로가 식탁에서 처음으로 신랄한 말을 내뱉었다.

아쓰노리는 고개를 홱 돌렸고, 마사노부는 부끄러워하며

고개를 더 숙이고 말았다.

"허나 시간을 조금만 더 들여서 갈고 닦으면 언젠가 쓸 만해지겠지……. 학문은 재능뿐만 아니라 지속하는 게 중요해. 학생들도 잘 기억해두십시오."

오후 8시가 지나가고 있었다. 날이 저문 가마쿠라 산속의 어스름은 깊어서 창밖은 이미 새카맸다. 다지마는 범패장이 아무것도 없는 어둠 속에 붕 떠 있는 듯한 착각에 휩싸였다.

"구라타, 손님들이 쉴 침실을 준비하도록."

류시로가 명령하자 커피를 따르던 구라타가 동작을 멈추고서 물었다.

"방을 어떻게 배정하면 되겠습니까?"

"알아서."

류시로가 마사노부를 보고 말했다.

"넌 아쓰노리의 침실에서 자도록 해라. 오늘 화요회는 성황이라서 손님들이 많이 오셨으니 말이다. 마사노부의 침실도 손님께 내드리도록 하지."

"아뇨, 전 돌아갈 거라서……."

노나미가 황급히 말했지만 류시로는 오른손을 저었다.

"사양하지 말고 묵고 가십시오. 더욱이 이 부근은 택시도 지나다니지 않습니다. 가나자와 가도까지 걸어서 내려가는 건 어렵겠지요."

돌아갈 거라면 굳이 말리지는 않겠지만, 차로 데려다주거나 콜택시를 부르지는 않겠다는 말투였다. 노나미는 입을 다물었다.

"그럼 시바누마 님, 가와무라 님, 노나미 님은 식당 근처 손님방을 쓰시고, 후지데라 님은 마사노부 씨의 침실을 쓰도록 하십시오. 다지마 님과 나카타니 님은 죄송하지만 거실에서 주무시면 안 되겠습니까? 그리고 나머지 분들은 2층 서고에서 묵으시는 게 어떨까요? 소파 침대가 비치되어 있으니."

구라타가 모두를 둘러보며 제안했다.

류시로는 눈썹을 찡그리며 무언가 말을 하려다가 이내 입을 다물었다.

아마도 서고에서 미즈키가 묵는 것이 불만인 듯했다. 하지만 손님들 앞에서 '알아서' 하라고 했으니 대놓고 반대할 수는 없었다.

"2층에도 화장실은 있으니 걱정하지 마시길. 애써 1층에 내려갈 필요는 없어요. 아무튼 난 서재에서 많은 시간을 보내니까."

류시로는 가벼운 투로 말하고서 미즈키를 힐끔 쳐다봤다.

"미즈키 씨, 읽고 싶으신 서적이 있다면 미리 말씀해주십시오."

"걱정하지 마시길. 귀중한 책은 건드리지 않고 얌전히 자겠습니다."

미즈키가 쓴웃음을 지었다.

*

거실에는 두 개의 소파가 놓여 있었다. 가와무라와 도모코가 앉았던 소파와 다지마와 나카타니가 앉았던 소파다. 둘 다 진홍색 인조가죽 소파였다. 다리를 뻗어 누울 수 있을 만큼 길었다.

구라타는 이불과 깃털베개를 넘겨주고 에어컨과 조명 스위치가 있는 위치를 알려준 뒤 종종걸음으로 떠났다.

본격적인 여름은 아직 멀었고, 또한 산속이라 시원해서 밤을 지내기가 좋았다. 다지마는 에어컨에서 나오는 인공 바람보다 자연풍이 좋아서 창문으로 향했다.

이중 유리가 박힌 창문을 조금 여니 기분 좋은 산들바람이 불어왔다.

장마 구름이 하늘을 뒤덮고 있어서 달도 별도 보이지 않았다. 저택 경내 바로 바깥쪽에 펼쳐져 있는 잡목림이 거멓게 번진 채 주위를 에워싸고 있었다. 들릴 듯 말 듯한 작은 소리로 벌레가 울고 있을 뿐, 정적이 이 부근을 휩싸고 있었다.

"불 끈다."

벽 쪽에 서 있던 나카타니가 그렇게 말하고서 스위치를 껐다.

천장에 달린 형광등이 꺼지자 은은한 스탠드 불빛이 나란히 놓인 두 소파를 어둠 속에서 띄웠다. 놋쇠 스탠드가 학의 목처럼 우아한 곡선을 그리고 있었다.

다지마는 창가에서 떨어져 소파에 몸을 뉘었다. 깃털베개는 머리가 푹 빠질 만큼 부드러웠고, 소파 쿠션은 폭신폭신하다. 자신이 사는 하숙집 침대보다 더 편안한 것 같았다.

다지마는 똑바로 누워 천장을 올려다봤다. 천장에 검은 격자무늬가 새겨져 있었다.

(지금 2층에서 고타가와 도모코는 뭘 하고 있을까?)

머릿속에서 그런 생각이 떠올랐다.

다지마와 나카타니는 화요회에 참석한 손님들 중에서 가장 어려서 어쩔 수 없이 거실에서 자게 되었다. 그리고 도모코가 다지마, 나카타니와 함께 거실에서 혼숙할 수도 없는 노릇이었다. 그건 잘 알고 있지만 나카타니와 단둘이라서 정말로 어색했다.

스탠드 스위치를 돌리는 소리가 나더니 불이 꺼졌다. 천장이 거메지고 나카타니가 옆 소파에서 눕는 기척이 느껴졌다.

눈을 감으려고 했을 때 나카타니가 말을 걸었다.

"다지마 씨도 고타가와 씨를 좋아해?"

(다지마 씨도……?)

역시나 나카타니는 라이벌이었다.

"어."

다지마는 짧게 대답했다.

"데이트도 여러 번 했던 모양이네. 고타가와 씨가 자주 말하더라고. 다지마 씨가 듬직하다고."

나카타니가 속삭이듯 말했다.

"고타가와 씨가 네 얘기도 자주 해. 나카타니 씨가 프랑스어를 잘 한다고."

다지마는 검은 천장을 쳐다보며 대답했다.

"그렇다면 고타가와 씨와 친하게 지내는 많은 사람들 중 하나에 불과하다는 건가?"

나카타니가 낮게 웃었다.

"그렇지. 서로 이제야 출발지점에 섰다고 할 수 있지 않을까?"

"이제부터가 승부?"

"그렇겠지."

"과연……, 조금 안심했어."

"나도 안심했어."

"잘 자."

"잘 자."

금세 나카타니가 색색거리며 자는 소리가 들려왔다.

다지마도 눈을 감았다. 이윽고 잠에 빠졌다.

*

꿈속에서 다지마는 범패장 안뜰에 있었다. 사각형으로 잘려나간 하늘에는 구름 한 점 없어서 앙리 마티스가 세룰리안블루로 칠한 캔버스 같았다. 분수가 솟아오르고, 하얀 원형 탁자와 하얀 덱체어가 점점이 흩어져 있었다. 다지마 말고는 아무도 없었다.

다지마는 분수를 빙 돌며 조각상을 일일이 살펴봤다.

금색 코끼리는 신비로운 빛에 휩싸여 있었다.

세 마리의 늑대는 무시무시한 얼굴로 어금니를 드러내고 있었다.

다지마는 소녀상에 다가가 잔디에 쪼그려 앉아 거꾸로 있는 얼굴을 물끄러미 쳐다봤다.

소녀상의 얼굴은 고타가와 도모코의 얼굴이었다.

다지마가 얼굴을 가까이 댔다. 도모코의 얼굴을 한 청동상이 수수께끼가 담긴 미소를 지었을 때 귀청을 찢는 비명이 꿈의 풍경을 부수었다.

*

어둠 속에서 다지마가 윗몸을 일으켰을 때 비명 소리가 갈라지며 사라지고 있었다. 뒤이어 지축을 흔드는 듯한 소음이 울렸다. 무거운 것이 콘크리트에 여러 번 부딪치는 소리였다.

"대체 무슨 일이야……."

나카타니의 검은 실루엣이 소파에서 일어섰다.

"2층이야……."

다지마가 천장을 올려다봤다.

"2층에서 무슨 일이 벌어졌어."

다지마는 그렇게 외치고서 이불을 홱 걷어차고서 바닥에 섰다. 손으로 더듬어 스탠드를 켜고서 회랑으로 이어지는 문으로 달려갔다. 나카타니도 황급히 뒤쫓았다.

하얀 회랑으로 나오자 앞에 구라타가 달려가는 모습이 보였다. 아무래도 구라타도 그 절규를 듣고서 비서실에서 뛰쳐나온 듯했다.

식당 모퉁이를 도니 손님방 앞에 가와무라와 시바누마가 서 있었다.

"가와무라 씨도 들었어?"

"그래. 대체 뭐야? 그 소리는……."

파자마를 입고 있는 두 사람이 떨리는 목소리로 그런 말들을 주고받았다.

"시바누마 씨."

달려온 다지마가 말을 걸자 시바누마가 동요한 얼굴로 쳐다봤다.

"다지마 군도 그 비명을 들었나?"

"들었습니다. 왜 가만히 서 있는 겁니까! 빨리 2층으로 올라가야……."

"아니, 저기, 무슨 일이 벌어졌는지도 모르는데……."

"그러니까 빨리 가야하지 않습니까……. 2층에도 사람이 있다고요."

(2층에는 **도모코가 있어.**)

다지마는 초조해하며 회랑 안쪽 계단으로 시선을 돌렸다. 계단 바로 앞에는 역시나 방에서 나온 후지데라, 아쓰노리, 마사노부 세 사람이 일렬로 서서 2층을 올려다보고 있었다.

그때 다지마는 어떤 사실을 깨달았다.

"노나미 씨는?"

다지마가 묻자 시바누마는 비로소 노나미가 없다는 걸 깨달았는지 주변을 두리번거렸다.

"없군……. 아직 자고 있는 거 아냐?"

다지마는 손님방 쪽으로 시선을 돌렸다. 문 세 개가 모두 반쯤 열려 있었다.

"노나미 씨가 묵은 방은 어딥니까?"

"가장 안쪽 방이야. 계단에서 가까운 쪽……."

다지마는 시바누마가 가리킨 문에 다가가 슬며시 열었다.

방 안에는 아무도 없었다. 고풍스러운 침대 위 시트는 헝클어져 있고, 얇은 이불은 구겨져 있지만 노나미는 보이지 않았다.

그때 계단 위에서 류시로가 외쳤다.

"구라타! 구라타 있는가?"

호통을 치는 듯한 큰 목소리가 1층 회랑에까지 울렸다.

구라타가 급히 계단을 오르려고 하자 류시로가 제지했다.

"아니, 잠깐……. 손전등을 가지고 오게."

"알겠습니다."

구라타가 종종걸음으로 회랑으로 돌아왔다.

다지마는 참지 못하고 구라타와 교대하듯 계단을 뛰어올랐다.

계단 위에는 류시로가 벽에 손을 댄 채 굳은 표정으로 서 있었다.

"대체 무슨 일입니까?"

다지마가 숨을 헐떡거리며 묻자 류시로가 고개를 가로저었다.

"모르겠네. 테라스에서 비명이 들렸는데……."

다지마는 류시로의 대답을 끝까지 듣지 않고 2층 회랑 안쪽으로 달려갔다.

류시로의 침실과 서재 앞을 지나, 활짝 열린 서고 문 옆을 지나 테라스로 향했다. 계단을 단숨에 올라 숨이 막힐 듯했지만 다지마는 계속 달렸다.

테라스로 통하는 문 앞에 세 사람의 등이 보였다.

미즈키는 긴 머리를 쓸어올리며 반쯤 열린 문 너머에 펼쳐진 어둠을 응시하고 있었다. 아유이는 평소처럼 미즈키 바로 옆에서 벽에 등을 기대고 있었다. 그리고 도모코는 몸을 부들부들 떨며 미즈키 곁에 바짝 붙어 있었다.

(도모코의 비명이 아니었어!)

다지마는 안도의 한숨을 내쉬고 도모코에게 말을 걸었다.

"고타가와 씨!"

도모코는 순간 어깨를 떨었다. 하지만 목소리의 주인이 다지마라는 걸 알고는 울먹이는 목소리로 그의 가슴에 매달렸다.

"다지마 씨……."

"대체 무슨 일입니까?"

다지마는 도모코의 어깨를 안으며 미즈키에게 물었다.

"무슨 일인지 이제부터 살펴보려고 해. 손전등이 이제 막 도착한 모양이군."

미즈키는 냉정한 목소리로 대답하고서 뒤를 돌아봤다.

발소리가 다가오고 있었다. 이윽고 복도에서 올라온 사람들이 모퉁이에 나타났다.

선두에 선 구라타가 대형 손전등을 미즈키에게 건넸다.

"고마워요. 그럼 테라스에 나가볼까?"

미즈키는 조용히 미소를 지은 채 문에 손을 댔다.

"미즈키 씨, 테라스는 위험할지도 모릅니다."

아유이가 황급히 제지하려고 했지만 미즈키가 태연한 투로 말했다.

"아침까지 기다릴 수도 없는 노릇이잖아. 부상을 당한 누군가가 테라스에 있을지도 모르고……."

미즈키는 뒤에 서 있는 모두의 얼굴을 순서대로 바라보며 말을 이었다.

"……그리고 어쩌면 그 누군가가 노나미 씨일지도 몰라."

미즈키가 문을 활짝 열었다.

테라스 안은 온통 캄캄했다. 미즈키가 든 손전등 불빛만이 유일한 광원이었다.

둥근 빛이 콘크리트 위를 이리저리 더듬는다. 순간 푸른 방수 덮개에 덮인 덱체어가 시야에 떠올랐다. 하지만 딱히 이상한 점은 없었다.

미즈키는 테라스로 나가 안뜰로 이어지는 계단을 비췄다.

계단 중간쯤에 사람이 엎어진 채 쓰러져 있었다.

미즈키는 당장 계단을 내려갔다.

다지마, 시바누마, 아쓰노리가 뒤를 이었다.

마음이 초조했지만 계단이 어두워서 좀처럼 앞으로 나아갈 수가 없었다. 자칫 발을 잘 못 디뎠다가는 암흑이 깔린 안뜰에 거꾸로 떨어질 것만 같았다.

"이봐, 미즈키 씨! 이쪽을 좀 비춰줘."

벽을 더듬으며 시바누마가 외쳤다. 이미 쓰러진 사람 옆에 다가간 미즈키가 그쪽으로 손전등을 돌렸다.

둥근 빛이 서치라이트처럼 계단을 지났다. 그 불빛이 계단에 떨어진 종이를 비췄다. 자세히 보니 쓰러진 사람 주변에도 여러 장이 널려 있었다.

시바누마가 발치에 있는 한 장을 주웠다.

"일만 엔짜리 지폐야."

그는 다지마를 비롯한 사람들에게 지폐를 내보였다.

"일만 엔짜리 지폐가 흩뿌려져 있어. 대체 뭐지?"

다지마와 사람들이 근처에 다가가자 미즈키는 잠자코 쓰러진 사람을 비췄다.

노나미 요시토였다.

노나미는 엎드린 채 쓰러져 있었다. 테라스에서 굴렀는지 머리를 아래쪽에 둔 채 두 팔을 앞으로 내던진 상태였다. 떨어지면서 뼈가 부러졌는지 왼팔이 기묘하게 꺾여 있었다.

미즈키가 손가락으로 노나미의 목을 더듬었다.

"죽었어……."

미즈키는 그렇게 중얼거리고서 고개를 작게 저었다.

말할 필요도 없이 노나미가 숨졌다는 걸 모두가 알고 있었다. 노나미는 눈을 부릅뜬 채 싸늘하게 식어갔다.

"어두워서 계단에서 발을 삐끗한 걸까요?"

아쓰노리가 떨리는 목소리로 말했다.

"아뇨, 아니죠."

미즈키가 노나미의 등을 비췄다.

모두가 한순간 숨을 삼켰다.

노나미의 견갑골 아랫부분에 헌팅나이프 칼자루가 튀어나와 있었다.

미즈키가 모두의 얼굴을 둘러보고는 나직이 말했다.

"이건 **살인**입니다."

[현재 · 7] 2001년 7월 15일

이스루기가 가마쿠라역 앞에서 버스에 탄 이유는 택시비가 아까워서가 아니다. 취재 경비는 간류출판에서 지불(할 것이다)했으니 절약할 생각은 털끝만큼도 없었다.

다만 운전기사가 똑같은 소리를 하는 걸 듣기 싫어서 택시를 피했을 뿐이다. 똑같은 소리만 듣는다면 또 모르겠으나 운전기사까지 저번과 똑같은 사람이라면 까무러칠 것 같았다.

버스는 와카미야 대로를 지나 북쪽으로 올라갔다. 쓰루오카하치만궁 앞에서 우회전하여 이윽고 가나자와 가도에 들어섰다.

닷새 전에 밟았던 경로와 똑같았다. 하지만 버스는 시점이 높아서 편안하게 바깥을 관찰할 수가 있었다. 이스루기는 창문에 기대어 멍하니 주변을 쳐다봤다.

열사병을 예방하려는 대책인지 모자를 쓰거나 양산을 쓴 보행자들이 많았다. 오른쪽에서 다가오는 새 건물은 얼핏 공민관이나 커뮤니케이션홀 같은 공공시설로 보였지만, 사실 재택간호센터였다.

버스는 조묘지 정류장에 도착했다.

요금을 내고 포장도로에 내리자마자 이스루기는 택시를 타지 않은 것을 내심 후회했다.

도쿄도 더웠지만 가마쿠라도 더웠다. 아니, 열도 전체가 태평양 고기압에 덮여 있다고 하니 전국 어딜 가든 폭염일 것이다. 홋카이도에서도 아마 토박이들은 더위를 타고 있으리라.

똑같은 운전기사에게서 똑같은 소리를 듣더라도 에어컨을 켠 택시를 타고 왔어야 했다. 이스루기는 이글이글 타오르는 태양을 올려다보며 절실히 생각했다. 더욱이 살짝 오싹해지면 더위가 잠시나마 누그러질지도 몰랐다.

전봇대 꼭대기에 솔개가 앉아 울고 있었다. 솔개도 더위에 질렸는지 울음소리가 가냘팠다. 이스루기는 솔개처럼 가냘 픈 한숨을 내뱉고서 산길을 오르기 시작했다.

그러고 보니 〈범패장 사건〉 등장인물 중에 더위를 언급한 사람이 한 명도 없었다. 더위는커녕 '여름은 아직 멀었고, 가마쿠라 산속은 시원해서 지내기가 좋았다'는 말까지 했다.

그러나 현재 가마쿠라는 한여름답게 기온이 올라가고 있었다. 아스팔트 반사열이 따가워서 아플 정도였다. 이따금 바람이 불어오지만 상쾌하기는커녕 미지근해서 불쾌했다. 오늘밤 범패장에서 밤을 보내는 자는 틀림없이 창문을 굳게 잠그고서 에어컨을 세게 틀 것이다. 에어컨을 끄고 창문을 연다면 지옥의 귀신이 불을 지피는 가마솥에 갇혀 삶겨 죽는 악몽을 꿀 것이다.

14년 전은 그렇게 덥지 않았나, 하고 이스루기는 문득 생각했다. 14년 전 7월을 떠올려보려고 했지만 머릿속이 빙글빙글 돌아 기억이 전혀 되살아나지 않았다. 어쩌면 지구온난화가 급속도로 진행되고 있는 게 아닐까? 교토의정서를 하루속히 발효하는 게 나을지도 모르겠다…….

꾹 짜면 물이 나올 만큼 손수건이 흠뻑 젖었을 때 겨우 범패장 정문에 도착했다.

이스루기의 방문을 기다리고 있는지 철문은 이미 열려 있었다.

붉은 연와조 문기둥에 손을 대고 한숨을 돌린 뒤 정문을 지나 범패장으로 향했다. 오늘은 인면人面 항아리를 보고 웃을 여유도 없었다.

현관 포치에서 또다시 숨을 골랐다. 축축한 손수건으로 얼굴을 훔치고는 초인종을 눌렀다.

문이 열리고 남녀가 이스루기를 맞이했다.

왼쪽에 있는 덩치가 큰 중년 남자가 즈이몬 아쓰노리겠지. 폴로셔츠에 반바지를 입은 그는 이스루기보다 머리 하나만큼 더 컸다. 그는 딱딱한 표정으로 이스루기를 내려다봤다. 그 시선이 날카로워서 어쩐지 인상이 냉혹하게 보이기까지 했다. 머리는 7대 3으로 가르마를 탔다. 아마도 옛날에 류시로가 저렇게 생겼으리라.

오른쪽 여성은 아쓰노리의 아내인 유키코일 것이다. 저 여성은 신경질적으로 보이는 아쓰노리와는 달리 쾌활해보였다. 생활복으로 보이는 수수한 원피스에 가느다란 벨트를 차고 있었고, 머리는 도드라지지 않은 갈색으로 은근히 물들였다. 통통한 얼굴 한가운데에 동그스름한 코가 붙어 있었다.

"누차 폐를 끼쳐서 죄송합니다."

이스루기는 그렇게 인사하고서 고개를 숙였다.

"저희야말로 멀리서 힘들게 오시게 해서 송구스럽네요."

유키코가 명랑하게 대답했다.

하지만 아쓰노리는 입을 다문 채 이스루기를 응시하고 있었다.

이스루기는 거북한 마음이 들었다. 아쓰노리는 이스루기의 방문을 탐탁지 않게 여기는 듯했다. 어렵게 방문했으니 최대한 싹싹하게 행동하자.

"그나저나 멋진 저택이군요."

손수건으로 목에 흐르는 땀을 훔치며 겉치레 말을 했을 때 거실 문에 시선이 꽂혔다.

저 노인…… 류시로가 문 뒤에서 이쪽을 쳐다보고 있었다.

"저 분은……."

류시로 씨군요, 하고 말하려고 했을 때 아쓰노리가 얼굴을 살짝 찡그리고는 옆에 있는 유키코에게 눈짓을 보냈다.

유키코가 황급히 문에 다가갔다.

"자, 방에 들어가……."

그녀는 류시로의 어깨에 팔을 두르고서 거실 안쪽으로 데리고 갔다.

이스루기와 아쓰노리 단 둘만이 남았다.

아쓰노리는 거실 쪽을 한동안 보다가 입을 열었다.

"들어오십시오."

그러고는 본인도 거실로 사라져버렸다.

옛날 범패장은 완전히 서양식 생활양식을 고수해서 신발을 신은 채로 들어갔다고 한다. 하지만 현 당주(혹은 당주의 아내)는 바닥이 더러워지는 것이 싫은지 슬리퍼가 비치되어 있었다.

슬리퍼로 갈아 신고서 냉방이 도는 거실에 들어가니 아쓰노리가 에그체어에 앉아 있었다.

거실은 〈범패장 사건〉에서 묘사된 것과 거의 차이가 없었다. 마룻바닥, 붉은 소파 두 개, 놋쇠 스탠드, 유리 탁자와 에그체어. 다만 소파는 꽤 낡아서 쿠션감이 떨어질 것 같았다.

탁자로 걸어가며 이스루기는 거실 안쪽을 관찰했다. 벽쪽에 사이드보드가 있다. 하지만 융한스 회사에서 만든 앤티크 탁상시계는 없었고, 대신 벽 한가운데에 전자시계가 걸려 있었다.

전자시계 옆에는 즈이몬 에이코의 초상화가 있었다. 우아한 하얀 드레스를 입고 선반에 손을 올린 채 포즈를 취하고 있는 에이코는 마치 어느 작은 나라의 왕녀 같았다.

조도는 거의 차이가 없었지만, 아쓰노리가 홀로 우중충한 얼굴로 앉아 있는 거실은 어쩐지 싸늘하게 보였다. 옛날 범패장도 화요회에 참석한 손님들로 북적거리지 않았을 때는 이런 분위기였을까?

이스루기는 에그체어에 앉았다. 예상대로 쿠션이 딱딱했다. 그리고 유리 탁자에는 군데군데 얼룩이 져 있었다.

회랑으로 이어지는 하얀 문이 열리더니 유키코가 음료수를 들고 왔다.

"여기요."

그녀는 컵을 내려두면서 이스루기가 탁자에 묻은 얼룩을 쳐다보고 있음을 깨달은 모양이다.

"죄송해요. 더 깨끗하게 닦아뒀어야 했는데."

유키코는 쑥스러워하며 목소리를 흐렸다.

"아뇨, 딱히 얼룩을 신경 쓴 건 아닌데……."

이스루기는 황급히 변명했다.

"괜찮아요. 왜냐면 정말로 더러우니까요."

유키코는 키득키득 웃으며 자신도 에그체어에 앉았다.

"근데요. 유리 탁자는 청소하기 참 힘들어요. 젖은 걸레로 닦을 수도 없는 노릇이니까요."

"아버지가 취미로 산 거야. 청소 따윈 염두에 두지도 않았겠지. 어차피 구라타가 도맡아서 했으니까."

아쓰노리가 퉁명스럽게 말하고는 이스루기의 눈을 힐끔 보고서 본론으로 들어갔다.

"그나저나 오늘은 무슨 용건입니까?"

"취재 요청 편지는 받으셨습니까?"

이스루기가 되물었다.

"편지? 무슨 편지?"

아쓰노리가 고개를 갸웃거리자 유키코가 곤혹스러운 얼굴로 끼어들었다.

"잘 읽어보라고 건네줬잖아요."

"아아, 그러고 보니 받았었지."

"받았다니요? 나만 읽어서 될 일이 아니잖아요. 난 14년 전 사건은 전혀 모른다고요."

"미안."

아쓰노리가 이스루기를 다시 쳐다보며 말했다.

"집안일은 전부 이 사람한테 맡기고 있어서……. 용건을 다시 설명해주실 수 없겠습니까?"

어쩌면 닷새 전에 약속을 어긴 이유는 도노다의 실수 탓이 아니라 정말로 아쓰노리가 잊어버려서일지도 모른다. 아니, 애당초 취재 따윈 전혀 몰랐을 가능성도 있으리라…….

이스루기는 차가운 보리차로 목구멍을 적시고서 자초지종을 더듬더듬 말하기 시작했다.

"……이런 이유로 14년 전 범패장 사건을 다시 조사하고 있습니다. 명탐정 미즈키 마사오미가 훌륭하게 해결해낸 사건을 다시 파헤치는 건 불손한 행위입니다만……."

"미즈키 마사오미는 누구죠?"

유키코가 고개를 갸웃거렸다. 뜻밖에도 아쓰노리조차도 의아하다는 표정을 짓고 있었다.

"이거 실례했군요. 부인께서는 모르시는 게 당연하죠. 미즈키 마사오미는 다시 말해……."

이스루기가 설명하려고 했을 때 갑자기 아쓰노리가 노성을 질렀다.

"방에 얌전히 있으라고 했잖아."

이스루기가 화들짝 놀라 고개를 돌리자 아쓰노리는 회랑으로 이어지는 문을 노려보고 있었다.

류시로가 문을 반쯤 열고서 안을 들여다보고 있었다.

"손님이 와 있으니 방에 있으라고."

아쓰노리가 일어서서 문으로 향했다.

류시로는 겁먹은 표정으로 문 뒤에 숨었다.

아쓰노리는 문 앞에 서서 안쪽을 향해 또다시 호통을 쳤다.

"그 나이 먹고 울지 마!"

그렇다. 류시로는 울고 있는 듯했다. 어린 아이가 흐느끼는 듯한 소리가 멀리서 들려왔다. 마왕의 울음…….

"미안합니다."

유키코는 양해를 구하고서 황급히 문으로 향했다. 그러고는 아쓰노리의 등에 대고 말했다. 목소리가 작아서 무슨 말을 했는지 모르겠는데, 아마 아쓰노리를 달래고 있는 듯했다.

아쓰노리는 뭐라 작게 외치고서 주먹으로 벽을 때렸다.

유키코는 문 안쪽에 쪼그려 앉아 뭐라 속삭이고 있었다. 아마 류시로를 위로하고 있으리라.

"잠시만 기다려주세요."

그녀는 이스루기를 돌아보며 그렇게 말하고서 회랑으로 사라졌다.

아쓰노리는 겨우 흥분을 가라앉혔는지 차분해진 발걸음으로 탁자에 돌아왔다.

"꼴불견을 보여드려 미안합니다."

그는 앉자마자 이스루기에게 고개를 숙였다.

"방금 그분은 류시로 씨군요."

이스루기가 나직이 물었다.

"그렇습니다."

아쓰노리가 굳은 얼굴로 대답했다.

"병에 걸리신 겁니까?"

"보면 알 거 아닙니까. 노인성 치매요."

"그런데······, 류시로 씨는 아직 일흔이시지 않습니까?"

"몇 살이든 정신이 나갈 때가 되면 다 나가기 마련이지."

아쓰노리는 입술을 일그러뜨리며 신랄한 말을 내뱉었다. 이스루기는 다시금 〈범패장 사건〉 속 즈이몬 류시로를 연상했다.

"아버지는 평소에 건강을 소홀히 했는데 그것도 관계가 있을지도 모르겠군요. 하루 세 끼를 전부 기름진 양식만 먹었으니. 의사가 고혈압에 주의하라고 당부해도 그만두려고 하질 않았지. 당연히 우리 자식들도 그런 생활을 할 수밖에 없었고."

아쓰노리가 지긋지긋하다는 표정을 지었다.

"한여름 아침부터 기름진 베이컨을 얹은, 버터를 마구 바른 토스트 따윌 먹을 수 있겠습니까? 현재 매일 소면을 먹을 수 있어서 얼마나 행복한지."

"자택에서 간호를 하시는군요."

"요양시설이 꽉 차서."

아쓰노리는 퉁명스럽게 대답하고서 유키코가 나갔던 하얀 문을 쳐다보며 말을 이었다.

"유키코가 아버지를 돌보고 있죠. 난 일을 해야 하니. 아버지의 대소변까지 처리해주고 있지······. 아내한테 정말로 고마워······."

그는 그렇게 멍하니 중얼거리다가 금세 굳은 표정으로 이스루기를 쳐다봤다.

"근데 뭘 취재하고 싶다는 겁니까?"

"범패장 안을 보여주실 수 없겠습니까?"

이스루기가 부탁했다.

"좋습니다."

아쓰노리는 일어서서 하얀 문으로 먼저 걸어나갔다.

뒤를 이어 회랑으로 나온 이스루기는 놀란 나머지 멍하니 서 있었다.

회랑에는 햇빛이 흘러넘치고 있었다. 미즈키가 네르발의 시를 인용하여 '눈 먼 벽'이라 불렀던 안뜰 쪽 벽에는 일렬로 창문이 나 있었다. 더욱이 외벽에 달린 고풍스러운 창문과 아예 다른, 현대적인 새시창이었다.

"수선을 했죠."

아쓰노리가 어안이 벙벙한 이스루기에게 설명했다.

"낮에도 복도 등을 켜야 하는 건 낭비니까."

햇빛을 받은 하얀 회랑은 그 모습을 훤히 드러내고 있었다. 〈범패장 사건〉에서 다지마 일행이 느꼈던 으스스한 분위기는 조금도 풍기지 않았다. 하얀 리놀륨 바닥이 밋밋하게 깔려 있을 뿐이었다.

"어딜 안내해드릴까요?"

아쓰노리가 물었다.

"우선 안뜰을 보고 싶군요. 2층으로 올라가려면 이 회랑을 쭉 나아가야……."

"안뜰은 저기로도 나갈 수 있습니다."

아쓰노리가 가리킨 곳에 문이 달려 있었다. 부엌 뒷문에나 있을 법한 알루미늄 새시문이다.

"……문도 새로 다셨습니까?"

이스루기가 작은 목소리로 묻자 아쓰노리가 이상하다는 표정을 지었다.

"아니, 없으면 불편하잖아요? 2층으로 올라가야만 안뜰을 드나들 수 있다니 말도 안 되는 이야기지. 안뜰에 있을 때 지진이나 불이 나면 어쩔 건데요?"

그야 그렇지. 이스루기는 인정하다가 문득 생각했다.

본격 미스터리에 등장하는 기묘한 관이나 저택의 주인들은 불편한 내부 구조를 매일 푸념하며 생활할까?

이스루기는 아쓰노리와 함께 범패장 안뜰로 나갔다.

앞뜰을 봤을 때부터 어렴풋하게 느꼈지만, 아쓰노리는 정원 관리를 싫어하는 모양이다. 안뜰도 방치되어 있었다. 잔디는 폭염에 갈색으로 변색했고, 땅은 군데군데 벗겨져 맨살이 드러났다. 여기저기에 잡초도 나 있었다.

이스루기는 황폐해진 잔디밭에 서서 사방의 벽을 둘러봤다.

아쓰노리는 범패장을 전면적으로 고친 모양이다. 1층뿐만 아니라 2층 벽에도 새시창이 늘어서 있었다. 그 덕분에 압박감도 느껴지지 않았고, 중세 성벽처럼도 보이지 않았다. 마치 주택 단지나 아파트 벽을 올려다보고 있는 듯했다.

이스루기는 〈범패장 사건〉에서 류시로가 암송했던 시를 떠올렸다. 그로부터 14년 뒤에 흉포한 망령의 피의 잔향은 사라지고, 왕국은 끝내 폐허로 변했다……

아쓰노리는 문 근처에 서서 이스루기의 행동을 쳐다보고 있었다. 그 시선을 느끼며 이스루기는 잔디밭을 지나 원형 연못에 다가갔다.

연못은 텅 비어 있었다. 아마도 수도료를 절약하기 위해서겠지. 한동안 마른 날씨가 이어져 빗물조차 괴어 있지 않아 콘크리트 바닥은 말라 있었다. 바닥 가운데에 늘어서 있는 분수구 세 개가 붉게 녹슬어 있었다.

이스루기는 연못 주변을 돌며 조각상을 하나씩 관찰해나갔다.

금색 코끼리는 금박이 거의 다 벗겨져 이제는 금색이라고 부를 수가 없었다. 군데군데 남은 도금이 피부병을 앓은 흔적처럼 보였다. 더욱이 이스루기가 상상했던 것보다 훨씬 작았다. 고작해야 아기 코끼리만 한 크기였다.

세 마리의 늑대는 물이 없는 연못에 덧없이 혀를 내밀고 있었다. 입가에는 잡초 잎이 달라붙어 있는데 어느새 초식동물로 전향한 듯했다.

마지막으로 이스루기는 수선화를 꺾는 소녀의 조각상에 이르렀다.

이것이 '몸을 굽힌 에코상※'인가? 처음 보는 것인데도 어쩐지 그리운 느낌이 들었다.

이스루기는 허리를 굽혀 소녀상의 얼굴을 유심히 쳐다봤다.

분명 거실에 있는 초상화와 꼭 닮았다. 커다란 눈동자와 복스러운 입술을 지닌 귀여운 소녀. 류시로나 아쓰노리의 차가운 얼굴과는 그다지 닮지 않았다. 아마도 어머니와 닮았겠지. 즈이몬 마도카도 저렇게 얼굴이 예뻤으리라.

더러운 코끼리나 늑대와 달리 이 소녀상만은 자주 씻어주는지 깨끗했다. 아마도 죽은 여동생의 얼굴을 한 저 조각상만은 흉물스럽게 방치할 수가 없었으리라. 살아 있었다면 즈이몬 에이코는 올해 스물일곱 살이다……

이스루기는 등을 돌려 2층으로 통하는 계단에 다가갔다.

폭은 2미터이고 기둥은 없다. 벽에서 계단이 돌출된 형태였다. 계단 오른쪽은 벽에 붙어 있으나 왼쪽은 허공에 떠 있고 난간도 없다. 어둠 속에서 손전등 불빛에 의지해 내려가려면 상당한 용기가 필요하리라.

이스루기는 계단에 한 걸음을 내디뎠다.

"그 계단은 위험합니다. 최근에 거의 쓰질 않아서."

등 뒤에서 아쓰노리가 주의를 주었다.

이스루기가 돌아봤다.

"2층도 보고 싶습니다만."

"그럼 안에서 올라가죠."

아쓰노리는 그렇게 말하고서 이내 회랑에 들어갔다.

이스루기도 뒤따라서 실내에 들어갔다.

아쓰노리의 등을 보며 회랑을 나아갔다. 비서실(지금은 무슨 용도로 쓰고 있을까?), 욕탕, 식당을 지나 세 개의 손님방 앞에 왔을 때 문 안쪽에서 신음하는 듯한 소리가 들려왔다. 아무래도 현재 류시로는 손님방 중 한 곳에서 지내는 모양이다. 저 쇠약해진 하체로는 계단조차 올라갈 수가 없으리라.

마사노부와 아쓰노리의 침실을 지나(마사노부는 어디에?) 계단을 오른 이스루기와 아쓰노리가 2층 회랑에 들어섰다.

"2층 어딜 보고 싶습니까?"

아쓰노리가 물었다.

"우선 서고를 보여주실 수 없겠습니까?"

이스루기가 대답하자 아쓰노리는 무슨 영문인지 비웃고는 서고로 걸어나갔다.

"자, 보시죠."

아쓰노리는 서고 문을 열고서 이스루기를 들였다.

블라인드를 걷어놓아서 햇빛이 방 안에 새어들고 있었다. 나무 책상과 소파 침대는 다른 곳으로 치웠는지 담녹색 융단에 자국만이 남아 있었다. 그리고 서가는…….

서가에는 책이 거의 남아 있지 않았다. 환한 햇빛이 비치는 텅 빈 서가는 마치 눈알이 빠진 눈구멍처럼 보였다.

이스루기의 뇌리에 미즈키 마사오미의 말이 떠올랐다. 결국 이 서고는 류시로 씨의 머릿속이라고 할 수 있죠……. 서고는 텅 비어 있었다. 그리고 류시로의 머릿속도.

"자유롭게 봐도 돼요. 귀중한 건 하나도 없으니까."

벽에 등을 기대고 서 있던 아쓰노리가 비아냥거렸다.

"소장 도서는 어떻게 됐습니까?"

"이 집 개보수 비용과 아버지의 치료비로 썼죠. 뭐, 어차피 나한테는 쓸모없는 물건입니다."

아쓰노리는 텅 빈 서가 쪽으로 시선을 돌리며 말을 이었다.

"아버지는 우리를 학자로 만들고 싶어했죠. 굳이 말하자면 나보다는 마사노부를 기대했던 것 같지만. 난 학자 따위 되고 싶지 않았어요. 아버지와 똑같은 길을 걷는 건 딱 질색이었지…… 일개 샐러리맨이 희귀 도서를 산더미처럼 떠안아서 뭐에 쓰겠어. 돈이 훨씬 요긴하지."

"아쓰노리 씨는 지금 요코하마에 소재한 상사에서 근무하고 계시지요?"

이스루기는 서가에 다가가며 물었다.

"맞습니다. 아버지가 주입시킨 영어와 프랑스어가 도움이 됐죠. 그것만은 고맙더군요."

아쓰노리는 무언가를 떠올리듯 천장을 올려다보며 말을 이었다.

"다만 아버지의 한계도 알았습니다. 업무차 마르티니크에 출장을 갔을 때 현지 직원한테 프랑스어로 말을 걸었더니 처음에는 젠체하는 역겨운 인간이라 생각하더군요. 당연하죠. 말라르메처럼 프랑스어를 구사했으니 말입니다. 아버지는 구어체의 프랑스어를 아주 싫어했습니다. 아버지가 마르티니크 사람들이 나누는 대화를 들었다면 엉터리 프랑스어라고 경멸했겠죠. 하지만 마르티니크 사람들이 구사하는 언어는 프랑스어가 아닙니다. 크레올어죠. 프랑스어를 바탕으로 만들어낸 그들의 언어."

아쓰노리는 아버지에게서 물려받은 빈정거리는 웃음을 지으며 말을 이었다.

"현지 사람들한테서 크레올어를 배워 함께 술을 마시러 갔었습니다. 요리도 맛있었고 분위기도 즐거웠죠."

"동생인 마사노부 씨는 지금 뭘 하고 계십니까?"

"십 년 동안 만나질 못했군. 아버지와 크게 싸우고서 집을 뛰쳐나갔죠."

"류시로 씨와 싸웠다고요?"

이스루기가 무심코 되물었다. 〈범패장 사건〉에 묘사된 마사노부는 내성적이고 숫기 없는 청년이었다. 아버지와 도저히 싸웠을 것 같지가 않았다. 아버지와 대립했던 사람은 오히려 아쓰노리 아니었나?

하지만 한편으로 내성적인 마사노부가 집을 뛰쳐나가고, 반항적인 아쓰노리가 집에 남아 아버지를 돌보는 것도 충분히 현실적인 것 같았다.

"그래요. 아버지가 호통까지 쳤는데도 마사노부는 한 발자국도 물러서지 않았죠. 그렇게 단호한 마사노부는 처음 봤습니다. 끝내 집을 뛰쳐나갔고 그 뒤론 감감무소식입니다."

아쓰노리가 어깨를 들먹였다.

"아마 아버지가 돌아가시고 나서야 만나게 되겠죠. 나 혼자 이 집을 상속받으면 상속세를 감당할 수가 없으니까. 그

녀석도 좀 거들어야……."

이스루기는 서가 사이를 지나갔다. 서가에는 먼지와 쓰레기뿐이었다. 서적은 아예 남아 있지 않았다.《까마귀》도,《스테판 말라르메 시집》도,《반수신半獸神의 오후》도…….

중간에 놓인 서가 한가운데에 얇은 팸플릿 같은 책이 딱한 권 덩그러니 놓여 있었다.

"이건 혹시 피에르 루이스가 쓴《말라르메 시집》아닙니까?"

이스루기가 큰 목소리로 묻자 서가 건너편에서 아쓰노리가 새되게 웃었다.

"그건 위작이라서 팔지 못했습니다. 거액을 주고 사들였다는데, 아버지도 의외로 보는 눈이 없었던 모양이더군요. 고서점 주인이 '진본은 이 세상에 딱 한 권뿐이지만, 이런 책은 아마 스무 권은 더 있을 겁니다' 하고 말하더군."

이스루기는 위작《말라르메 시집》의 표지를 검지로 문질러 보았다. 두껍게 쌓인 먼지 위에 손가락이 지나간 흔적이 남았다. 검지와 엄지를 비벼 먼지를 털어내며 이스루기는 아쓰노리 곁으로 돌아갔다.

"안내해주셔서 감사합니다."

이스루기가 그렇게 인사하자 아쓰노리는 아무 대꾸도 하지 않고 먼저 서고를 나가버렸다.

1층으로 내려가 손님방 앞에 이르렀을 때 아쓰노리가 갑자기 발걸음을 멈췄다.

"아버지도 만나고 갈 겁니까?"

그는 뒤도 돌아보지 않고 딱딱한 목소리로 물었다. 그러고는 대답을 기다리지 않고 큰 목소리로 부엌에 있는 아내를 불렀다.

"왜요?"

유키코는 설거지를 하고 있었는지 앞치마에 손을 훔치며 다가왔다.

"이 사람을 아버지와 만나게 해줘."

"예? 하지만……."

"아마 이 사람도 만나보고 싶을 거야. 됐으니 만나게 해줘."

아쓰노리는 그렇게 말하고서 회랑을 떠났다.

"죄송해요. 기분이 언짢아진 모양이에요."

아쓰노리가 떠나는 모습을 본 뒤에 유키코가 이스루기에게 사과했다.

"아뇨, 개의치 마십시오."

이스루기가 웃으며 대답했다. 과거를 파헤치러 온 자신이 잘못한 것이다.

"저기, 오해하지 말아주셨으면 해요."

"뭘 말입니까?"

"남편은 아버님을 미워하는 게 아닙니다. 사실은 아버님을 사랑하고 있습니다. 다만 부끄러워서 표현하지 못하는 거뿐이죠. 그런 혈통이거든요."

유키코는 정면에서 이스루기를 응시했다.

"아버님은 병에 걸리기 전까지 자신의 침실에 그 누구도 들어오지 못하게 하셨어요. 입원하신 뒤에 처음으로 침실에 들어가 보니 책상 위에 돌아가신 어머님과 아가씨 사진이 있었어요. 그 옆에 집을 나간 마사노부 도련님의 사진도……. 그래서 전 아버님께서 어머님을 자살로 몰고 갔다는 소문 따윈 근거도 없는 헛소문이라고 생각해요."

"그건 잘 알고 있습니다."

아직도 그런 소문이 남아 있나, 하고 이스루기는 생각했다.

"근데 정말로 아버님과 만나지 않으실 건가요?"

유키코가 환한 목소리로 물었다.

"아뇨, 괜찮습니다."

이스루기가 황급히 사양하자 유키코가 빙긋 웃었다.

"그렇게 부푼 종기를 다루듯 조심스럽게 대하면 안 돼요. 아버님은 그저 병에 걸리셨을 뿐이라 만나면 안 될 이유는 없어요. 게다가 여러 사람과 만나야 자극이 돼서 좋다고 하고요."

"자, 어서요" 하고 유키코가 객실 문을 열었다.

이스루기는 어쩔 수 없이 유키코를 따라 안으로 들어갔다.

류시로는 두 눈을 감고 바닥에 깔린 융단에 누워 있었다.

성긴 백발은 흐트러져 있고, 러닝셔츠에는 밥을 먹다가 흘린 국물이 묻어 있고, 남색 하의는 구깃구깃했다. 말쑥했던 옛 모습은 어디에도 없었다.

이스루기가 말없이 내려다보고 있으니 류시로가 눈을 뜨

고서 퀭한 눈으로 그를 쳐다봤다.

"이 사람이 당신도 만나보고 싶다고 해서."

유키코가 부드러운 목소리로 말했다. 유아를 대하는 투였다.

이스루기는 처음 뵙겠습니다, 하고 인사하려고 했지만 말이 목구멍에 걸렸다.

류시로가 이스루기를 응시하며 "아아", "우우" 하고 알 수 없는 신음을 흘렸다.

"얘기, 해보겠어요?"

"아뇨…… 됐습니다."

이스루기는 고개를 가볍게 숙였다. 이마에 식은땀이 번져 있었다. 유키코는 익숙해서 괜찮을 테지만, 그는 쇠약해진 류시로의 모습을 차마 똑바로 쳐다볼 수가 없었다.

류시로는 이스루기에게 흥미를 잃었는지 천장으로 시선을 되돌리고는 이윽고 눈을 감았다. 이내 색색거리며 자는 숨소리가 들려왔다.

류시로는 대체 무슨 꿈을 꾸고 있을까? 이스루기의 가슴에 문득 그런 생각이 솟아났다.

[과거 · 7] 1987년 7월 8일

신고를 받고 경찰이 달려왔다. 범패장은 제복이나 사복을 입은 경찰들로 넘쳐났다. 테라스 출입구에는 노란색 출입금지 로프가 쳐졌고, 눈부신 조명등 아래에서 남색 제복을 입은 감식계 요원들이 현장검증을 하고 있었다. 즈이몬가 가족과 손님들은 한 사람씩 간단한 사정청취를 받았다.

이제야 모든 사람들이 해방되고 경찰이 돌아갔다. 이미 새벽이 밝고 있었다. 거실 창문 밖에서 동살이 비치고 있었다.

모두가 거실에 모여 밤이 다 지나가길 기다렸다.

유리 탁자 주변에 류시로, 아쓰노리, 마사노부, 시바누마, 후지데라, 미즈키, 아유이 일곱 사람이 앉아 있었다. 구라타는 사이드테이블 옆에 대기하고 있었다. 소파에는 다지마, 도모코, 나카타니, 가와무라 네 사람이 앉아 있었다. 모두들 처음에 거실에서 담소를 나눴을 때와 거의 같은 위치에 있었다.

하지만 몇 가지 달라진 점이 있었다.

우선 류시로는 노나미가 앉았던 에그체어에 앉아 있었다. 호담한 기백은 흩어지고, 초췌해진 모습으로 탁자에 팔꿈치를 대고 있었다.

도모코는 다지마 옆에 앉아 있었다. 아직도 겁을 먹었는지 다지마에게 꼭 붙어 팔을 풀려고 하지 않았다.

가장 큰 차이점은 모두의 표정이 공포와 불안으로 굳어 있다는 것이었다.

"살인사건에 휘말리게 될 줄은 생각지도 못했어."

시바누마가 짜증을 내며 희끄무레하게 빛이 서리기 시작한 창문을 쳐다봤다.

"빨리 아침이 왔으면 좋겠네. 이딴 집에는 더는 있고 싶지가 않아."

류시로가 고개를 살짝 들었다. 하지만 무례한 시바누마에게 일갈한 여유도 없는지 이내 고개를 다시 숙였다.

"노나미 씨가 2층으로 올라가는 발소리를 들으신 분 없으십니까?"

미즈키가 묻자 모두들 서로의 얼굴을 쳐다봤다.

"안타깝지만 아무 소리도 못 들었어."

먼저 가와무라가 말했다. 그는 이맛살을 찌푸리며 심각한 표정을 짓고 있는데, 저런 연기는 텔레비전 드라마에서 여러 번 본 것 같기도 했다.

"한밤중이라서 푹 자고 있었거든. 비명을 듣고서야 눈을 떴어."

가와무라는 귀를 틀어막고 싶어지는 그 절규를 다시금 떠올렸는지 얼굴을 찡그렸다. 이번에는 진실하게 보였다.

"나도 비명이 들리기 전까지는 전혀 몰랐어."

시바누마가 뒤이어 증언했다.

"침대에 누워 있었거든. 누군가가 복도를 걷는 소리를 여러 번 듣기는 했지만, 누가 화장실에라도 가나 보다, 하고 흘려버렸으니까. 여하튼 그 비명을 듣고 벌떡 일어났지. 엄청난 비명이었어······."

시바누마가 한쪽 뺨을 찡그렸다.

"후지데라 씨는 어떠십니까? 노나미 씨가 2층으로 올라가려면 후지데라 씨 방 앞을 꼭 지나야 하는데."

미즈키가 그렇게 묻자 후지데라는 팔짱을 끼고서 생각에 잠겼다.

"발소리라……. 누군가 복도를 걸어가는 것 같은 소리를 들은 것 같기도 하네. 하지만 몇 시였는지, 누구였는지는 확실히 몰라."

"아쓰노리 씨와 마사노부 씨는?"

"난 아무것도 못 들었어요."

아쓰노리가 바로 대답하고서 마사노부 쪽을 봤다.

"넌 들었어?"

"들은 것 같기도 해. 그런데 누가 화장실에라도 가는 줄 알고 마음에 담아두지 않았어."

마사노부가 기어들어가는 목소리로 대답했다.

"2층에서 주무셨던 분들은 어떻습니까? 노나미 씨가 테라스에 가려면 침실이나 서고 앞을 꼭 지나야 합니다."

"아무것도 못 들었소."

류시로가 낮은 목소리로 간략하게 말했다.

"화재를 막으려고 서고 벽에 내화재를 넣은 것 같더군요. 그 덕분에 방음도 꽤 잘 되고요. 저도 비명은 들었습니다만 발소리는 듣지 못했습니다."

미즈키가 빙긋 웃으며 말하고서 소파를 돌아봤다.

"도모코 씨도 그렇지요?"

다지마 옆에서 도모코가 고개를 살짝 끄덕였다.

"아유이는 어땠나?"

마지막으로 미즈키가 아유이를 쳐다봤다.

"미즈키 씨가 알아차리지 못한 걸 제가 알아차렸을 리가 없잖습니까."

아유이가 어깨를 들먹였다.

"그렇다면 발소리 비슷한 소리를 들은 사람은 두 명이군."

미즈키가 만족스러운지 고개를 두어 번 끄덕였다.

"그 뒤에 심야에 누군가가 비명을 지르고, 무거운 물체가 떨어지는 소리가 들려서 모두들 방을 뛰쳐나와 테라스로 향했던 거군요."

"전 바로 근처에서 비명을 들었어요."

갑자기 도모코가 창백해진 얼굴로 말했다.

"황급히 복도로 나와 테라스 쪽으로 향했죠. 그랬더니 문이 반쯤 열려 있었어요……."

도모코가 말을 하다가 몸을 부들부들 떨기 시작했다.

"이제 그만. 떠올리지 않는 게 좋겠어."

다지마가 도모코의 어깨를 감싸고서 속삭였다.

도모코가 다지마를 올려다보며 고개를 끄덕였다. 두 눈동자에 눈물이 그렁그렁했다.

"모두들 테라스로 직행했다. 따라서 테라스에서 돌아왔던 사람은 아무도 없었다……. 과연."

미즈키가 그렇게 중얼거리자 시바누마가 짜증을 주체하지 못하고 버럭 외쳤다.

"이봐, 당신! 지금이 탐정놀이나 할 때야!"

"죄송합니다. 버릇이라서."

미즈키가 냉정하게 대답했다.

그 냉정한 태도가 시바누마의 화를 더욱 돋운 듯했다. 시바누마가 새빨개진 얼굴로 호통을 쳤다.

"나중에 우리 안에 범인이 있다든가, 하는 멍청한 소리를 지껄이는 건 아니겠지? 한 번 생각해보라고. 우리는 모두 노나미 씨와 초면이었어. 처음 본 사람을 죽일 리가 없잖아? 류시로 씨도 노나미 씨한테 일을 한 번 의뢰했을 뿐 거의 면식이 없어."

시바누마는 미즈키를 향해 검지를 내밀었다.

"예외는 당신과 아유이 씨뿐이야. 노나미 씨가 당신네들을 데리고 왔잖아."

"나도 그리 친한 사이는 아닙니다. 와카야마현에서 벌어졌던 아수라사 사건을 계기로 알고 지내게 됐을 뿐입니다."

"그건 당신의 증언일 뿐이야. 신용할 수 없어."

시바누마가 히죽 웃었다.

"하지만 정말로 그리 친한 사이가 아니라면 결국 이 안에 동기가 있는 사람은 하나도 없다는 뜻이야. 따라서 이 안에 범인은 없다. 어때?"

"앞뒤가 맞긴 하군요."

미즈키가 시바누마의 의견을 인정했다.

"알았으면 잠자코 앉아 있어."

시바누마는 그렇게 쏘아 뱉고서 고개를 홱 돌렸다.

"알겠습니다. 잠자코 있도록 하죠."

미즈키는 담배를 도기 항아리에 비벼 끄고는 새 담배에 불을 붙였다.

그는 담배를 문 채 한동안 성냥갑을 멍하니 내려다봤다.

"딱 하나만 물어봐도 되겠습니까?"

미즈키가 류시로 쪽으로 시선을 돌리며 물었다.

"사망한 따님의 기일이 며칠입니까?"

류시로는 미즈키의 얼굴을 물끄러미 쳐다보다가 가냘픈 미소를 지었다.

"미즈키 씨는 정말로 난 사람이로군요. 눈치채셨소? 추측한 대로 **8월 3일**이라오."

"그럴 것 같았습니다."

미즈키는 미소를 짓고서 갑자기 일어섰다.

"마사노부 씨."

갑자기 호명되자 마사노부가 허둥대며 고개를 들었다.

"왜요……."

"프랑스어를 알려주지 않겠어요?"

뜻밖의 부탁에 마사노부가 당황한 표정을 지었다.

"뭐라고요?"

모두들 놀라서 두 사람을 쳐다봤다.

"프랑스어 말입니다. 유창하지 않습니까? 대학 시절에 살짝 맛만 봤을 뿐이라서 완전히 까먹었거든요. 당신이 꼭 도와주었으면 합니다."

"그건…… 이번 사건과 관계가 있는 겁니까?"

마사노부가 진지한 표정을 지었다.

"있을 수도 있고, 없을 수도 있습니다."

미즈키는 얼버무리듯이 말했다.

"사전이 있는 편이 좋겠네요. 마사노부 씨, 당연히 사전을 갖고 있겠지요? 방에서 개인교습 좀 해주겠어요?"

마사노부가 일어나 미즈키를 자기 방으로 안내했다. 아유이는 멀어져가는 미즈키의 등을 바라보았다.

[현재 · 8] 2001년 7월 17일

JR유라쿠초역에서 지상으로 내려왔다. 평일 오후, 심지어 여전히 폭염이 이어지고 있는데도 거리는 사람들로 북적였다.

하지만 긴자에 쇼핑을 하러 가는 인파는 아닌 듯했다. 그들의 목표는 유라쿠초역 앞에 새로이 문을 연 가전기기 양판점인 것 같았다. 건물의 가늘고 잘록한 돌출부에 난 입구로 손님들이 쇄도했다. 길 밖에 놔둔 테이블 위 라디오카세트에서는 도쿄도민에게는 익숙한 광고 음악이 크게 흘러나오고 있었다. 이곳은 유라쿠초인데 '신기하고 신기한 이케부쿠로……'라는 가사가 참으로 묘했다.

망한 백화점 자리에 가전기기 양판점이 들어섰다. 한편 코

앞에 있는 긴자에는 세계적으로 유명한 고급 브랜드점이 문을 열었다. 여기가 바로 21세기 도쿄다.

이스루기는 손목시계로 시간을 확인하고서 발걸음을 재촉하여 도쿄국제포럼으로 향했다.

교토에 사는 후지데라 세이키치는 도쿄국제포럼에서 개최하는 학회에 참석하고자 현재 도쿄에 있었다. 오늘밤 신칸센으로 돌아간다고 하니 이 기회를 놓친다면 교토까지 가야만 한다.

이스루기는 금속 재질로 된 계단을 내려가 반지하 로비를 돌아다녔다.

저 위에 무수히 많은 철골들이 복잡하게 얽혀 방추형 지붕을 이루고 있었다. 허공에 여러 연결 통로들이 지그재그로 뻗어 있었다. 아마도 설계자는 '근미래'를 표현하려고 했겠지만, 이스루기는 거대 괴물 번데기의 뱃속에 갇힌 듯한 기분이었다.

후지데라 세이키치는 확 트인 전시홀 옆에 마련된 벤치에 오도카니 앉아 있었다.

후지데라는 커다란 뿔테안경과 하얀 캉골 모자를 쓰고 있었다. '학처럼 가냘프다'는 표현은 지금도 통한다. 하지만 뺨과 눈꼬리에 무수히 많은 주름이 져 있었다.

"후지데라 교수님이시지요?"

이스루기가 그렇게 묻자 후지데라는 그쪽을 보고 고개를 끄덕였다.

"자네가 명함에 적혀 있는 그 명탐정인가?"

또 명함 이야기? 이스루기는 지긋지긋했다.

"그렇습니다" 하고 하는 수 없이 그렇게 대답하자 후지데라가 벤치에서 일어났다.

"어디서 얘기를 할까? 난 도쿄 지리를 잘 몰라서 말이여. 어디 괜찮은 가게 아는가?"

〈범패장 사건〉만 읽고는 알 수가 없었던 부분인데, 후지데라의 억양에서 간사이 사투리가 묻어나왔다.

"저도 유라쿠초는 잘 모릅니다."

"그래. 그럼 이 아래에 있는 찻집에나 갈까?"

후지데라는 그렇게 말하고서 바로 걸어나갔다.

지하 콩코스로 내려간 뒤에 벽이 온통 유리로 된 찻집에 들어갔다. 점원에게 아이스커피를 주문한 뒤 후지데라는 캉골 모자를 벗고 손수건으로 얼굴을 훔쳤다.

"그나저나 도쿄는 참 덥구먼. 교토도 덥긴 하지만 이렇게 심하지는 않아. 이럴 줄 알았다면 학회에 오지 말 것을."

이스루기는 후지데라의 얼굴을 유심히 쳐다봤다. 후지데라의 머리는 홀라당 벗겨져 있었고 귀 부근에 해초 같은 흰 머리가 달라붙어 있을 뿐이었다.

"그래서 내게 뭘 묻고 싶나?"

후지데라는 그렇게 말하고서 손수건을 탁자에 내려뒀다.

"편지로 알려드렸다시피 14년 전 범패장 사건에 대해 묻고 싶습니다."

"아아, 즈이몬 선생님 댁에서 벌어졌던 살인사건 말이구먼. 내가 아직 교토대 조교수였던 시절의 얘기지."

후지데라는 회상하는 듯한 표정을 지었다.

"교직에서 물러나신 겁니까?"

"아니, 교토대에서 나왔을 뿐이야. 현재는 사립대학 교수로 재직 중이지. 교토대에서는 교수가 될 수 있을 것 같지가 않아서 말이야."

후지데라가 껄껄대며 웃었을 때 점원이 아이스커피를 가지고 왔다. 후지데라는 고맙다고 인사하고서 빨대에 입을 댔다.

"사립대학에서도 말라르메를 가르치고 계십니까?"

이스루기가 묻자 후지데라는 고개를 가로저었다.

"교양학부에서 일반 문학을 강의하고 있지. 그리고 일주일에 한 번, 오사카 단대에서도 강의하고 있는데, 거기서는 초급 프랑스어를 가르치고. '샤넬은 어디에 있습니까?'나 '신용카드를 쓸 수 있습니까?' 같은 표현들을 가르치고 있지. 말라르메는 당치도 않지."

후지데라가 또다시 환한 웃음을 흘렸다.

"그래도 굳이 말하자면 단대가 더 편해."

"그렇습니까?"

이스루기는 의외라고 생각했다.

"왜냐면 교실에 젊은 여자애들뿐이거든. 오사카 여대생은 참 재밌어. 머리를 갈색으로 물들이고 표범무늬 옷을 입질 않나, 온몸에 샤넬을 두르질 않나. 언젠가는 교실에 있는 모든 학생들이 GAP 종이봉투를 들고 있었던 적도 있었지."

후지데라는 인심 좋은 할아버지처럼 미소를 지었다.

"학생들의 요란한 언동에 화가 치밀어 '난 유치원 교사가 아냐'라며 버럭 하고서 그만둔 강사도 있는 모양인데, 난 좋아해. 젊은 여자애들은 동물 같아서 귀엽지."

저 나이에 젊은 여성과 접할 수 있는 것만으로도 즐겁겠지. 이스루기는 그렇게 생각했다.

후지데라는 그런 속내를 짐작했는지 싱글벙글 웃으며 이스루기를 쳐다봤다.

"자넨 패션에 흥미가 없지?"

"없습니다."

이스루기가 솔직하게 대답했다.

"그럴 줄 알았지. 옷차림을 보니 그런 느낌이 들더구먼."

후지데라는 이스루기가 입고 있는 정장을 훑어보고서 천천히 말을 이었다.

"단대 인근 찻집에 들어가니 옆자리에 앉은 갈색머리 여자애들이 로즈 팬 팬 얘기를 하고 있었는데 말이야……."

로즈 팬 팬이 대체 뭐지? 이스루기는 속으로 고개를 갸웃거렸다. 아마도 브랜드 이름이겠지. 이스루기의 머릿속에서 장미를 한아름 안고 있는 오카다 마스미^{프랑스에서 태어난 일본 배우}만이 떠올랐다.

"……엄청 열중해서 얘기하더라고. 옆에서 가만히 듣고서 여실히 느꼈지. 저 여자애들은 내가 모르는 걸 많이 알고 있다. 풍부한 지식과 비평할 수 있는 눈썰미가 있다. 가능하다면 알려달라고 부탁하고 싶을 정도였지. 뭐, 이런 할아버지는 상대도 해주지 않겠지만."

후지테라는 빨대로 아이스커피를 휘저었다. 얼음이 잔에 부딪치면서 둔탁한 소리를 냈다.

"그런 것도 지식이라고 할 수 있지 않을까? 패션 지식은 시답잖고 저속하고, 문학 지식은 멋지고 고상하다는 건 일방적인 견해야. 패션 따윈 아무 짝에도 쓸모가 없다고 할지도 모르지만, 문학 역시 아무 짝에도 쓸모가 없지."

후지테라의 말이 맞다. 패션이 무익하다면 문학 역시 무익하다. 그리고 탐정은 더더욱 무익한 존재이리라.

"말라르메의 《데르니에르 모드》를 아나?"

후지테라가 느닷없이 질문했다.

〈범패장 사건〉 속에서 후지테라가 류시로에게 소장하고 있는지 물었던 책 이름이었다. 하지만 이스루기는 말라르메를 전혀 몰라서 무슨 책인지 알 수가 없었다.

"모릅니다."

"몰라도 상관없어. 누구나 다 아는 게 아니니까. 가장 나쁜 것은 아는 척을 하는 거지. 아는 척을 하는 학생은 대개 성공하지 못해."

나카타니 히로히코를 가리키는 것인가? 이스루기는 문득 생각했다. 아니, 후지테라는 오랫동안 교단에 있었으니 나카타니 같은 학생은 수없이 봐왔으리라.

"《데르니에르 모드La dernière mode》, 말라르메가 편집했던 패션 잡지로 일본어로 번역하면 '최신 유행'이란 뜻이야. 1874년에 8호까지 간행되었지. 말라르메가 왜 하필이면 패션 잡지에 손을 댔는지는 오랜 수수께끼였지. 옛날에는 돈 때문이라고들 그랬지만, 아무래도 그건 아닌 것 같아. 오히려 자비 출판에 가깝거든. 말라르메는 여러 필명을 써서 지면에 실린 거의 모든 기사를 집필했어. 여성의 이름과 여성의 언어로 '올 가을에는 이런 모자가 유행이에요'라는 기사를 쓰기도 했고……."

텔레비전 화면에 자막이 뜬다. '스테판 말라르메의 패션 체크'…… 에두아르 마네가 그린 초상화와 꼭 닮은 말라르메가 등장하여 독기 어린 투로 말한다.

'이 모자 좀 봐요. 모노그램이 잔뜩 박힌 구찌 모자를 쓰다니 나로서는 믿기지 않는 센스네요. 누군가가 이 모자를 쓴 꼬락서니를 본다면 난 완전히 죽어 없어져 일찍이 나였던 존재를 통해 보이고, 전개되는 정신적 우주에 속하는 능력이 돼버릴 거예요!'

이스루기는 머리를 흔들고서 기묘한 공상을 털어냈다.

후지데라가 이야기를 계속했다.

"……요즘 말라르메학에서는 이 '최신 유행'에 주목하고 있고, 여러 해석들이 나오고 있지. 패션을 표상으로서 드러냈다든지, 여성의 이름을 쓴 것으로 보아 젠더의 동요를 엿볼 수 있다든지, 유명한 미완의 《책Le livre》과 대비시킨다든지 말이야. 오늘 학회에서도 그런 발표가 하나 있었지. 의상衣裝을 의장意匠과 연관 지은 발표였지."

후지데라는 손가락으로 관자놀이를 긁적이며 말을 이었다.

"근데 말이야. 내가 생각하기에 말라르메는 단순히 패션을 좋아했을 뿐이야. 본인도 꽤나 멋쟁이였으니. 패션을 사랑하는 말라르메…… 즈이몬 선생님은 이해하기 어려웠을 테지."

"류시로 씨가 말입니까?"

이스루기가 되묻자 후지데라는 허공을 올려다보며 말했다.

"즈이몬 선생님은 말라르메를 고독한 시인이라고 생각했던 모양이더군. 저속한 속세에서 떨어져 오로지 스스로 정신적 탐구를 지속한 '절대' 시인…… 그래서 본인도 범패장을 지어 그 속에 틀어박혔지. 속세를 경멸하여 침을 뱉고서 오로지 자신만의 세계에 틀어박혔어. 물론 말라르메한테 그런 면이 있었다는 것은 부정할 수 없어. 하지만 다른 한편으로 말라르메는 저속한 세상을 사랑하지 않았을까? 고독한 시인과 패션 애호가, 이 두 가지는 대립하는 개념이 아닐지도 몰라. 두 개념이 결합된 존재가 바로 말라르메라는 인물이 아니었을까…… 도리어 난 속세를 경멸하는 인간이야말로 믿을 수가 없더구먼."

이스루기는 조용히 후지데라의 이야기를 들었다.

"미안하군. 나이를 먹으면 수다 떠는 걸 좋아하게 되지…… 자, 뭐든 물어봐요."

후지데라가 웃으며 권했다.

이스루기는 먼저 범패장 어디에서 묵었는지 물었다.

"마사노부 씨 방에서 묵었지. 프랑스어를 잘 못한다고 하긴 했지만, 그건 역시 겸손이야. 책장에 프랑스어 원서가 잔뜩 있었거든. 내가 모르는 소설책이 많았지."

이스루기는 메모를 했다. 후지데라 세이키치, 마사노부의 방, 확인.

"다음은?"

"고타가와 도모코 씨의 연락처를 아십니까?"

"고타가와 양과는 대학교를 졸업한 뒤에 한 번도 만나지 못했어. 졸업 성적이 무척 좋아서 대학원에 진학하라고 권하긴 했지만 가정 사정으로 포기한 모양이더군. 최근에는 연하장도 안 와."

후지데라는 문득 무언가를 떠올렸다.

"저기, 그 법학과 학생한테 물어보지 그러나? 저기, 화요회에 따라왔던, 넉살좋고 입이 가벼운 남학생."

"다지마 다미스케 씨 말이군요."

끝내 다지마는 후지데라의 기억 속에 자신의 이름을 남기지 못한 모양이다. 이스루기는 웃음을 참으며 말을 이었다.

"다지마 씨도 이미 뵙습니다만, 연락처는 모른다고 합니다."

"오호, 그랬군. 가마쿠라에서 돌아왔을 때 관계가 엄청 뜨거워서 결혼한 줄로만 알았지. 남녀 관계는 앞을 알 수 없구만."

동감입니다. 이스루기는 속으로 중얼거렸다.

"이제 됐습니다. 시간을 내주셔서 감사했습니다."

후지데라에게 고개를 숙였다.

"즈이몬 선생님도 만났나?"

후지데라가 별 뜻 없이 물었다.

순간 이스루기는 말문이 막혔다. 그저 예, 하고 작게 대답했다.

"즈이몬 선생님은 어떻게 지내고 계시나? 그 사건 이후로 한 번도 만나질 못했는데."

"병에 걸리셨다고 합니다."

"그래? 건강한 사람이었는데."

후지데라가 휘둥그레진 눈으로 거듭 물었다.

"무슨 병?"

"노인성 치매라고 하더군요."

이스루기가 큰마음을 먹고 대답했지만, 후지데라는 딱히 충격을 받은 것 같지 않았다. 태연한 표정으로 "오호, 그래" 하고 중얼거렸을 뿐이다.

"사람은 누구나 나이를 먹는 법. 그리고 나이를 먹으면 누구나 몸 어딘가가 망가지는 법……. 어쩔 수 없는 일이여. 자네도 앞으로 30년쯤 더 살면 알 거야."

후지데라가 환하게 웃었다.

"이 집에 있었던 사람들 중에 노나미 씨를 죽일 만한 동기가 있는 사람은 없어. 그러니 범인은 외부인이야. 아마 도둑이겠지."

시바누마가 담배를 피우며 말했다. 미즈키가 자리를 비우니 이번에는 자신이 추리를 개진하고 싶은 모양이다.

"한밤중에 도둑이 들어와 돈을 훔쳤다. 그 광경을 목격한 노나미 씨와 몸싸움이 벌어졌고, 도둑은 소지한 나이프로 노나미 씨를 찔러 죽였다……."

"어디서 도둑이 들어온 겁니까?"

다지마가 소파에 앉아 도모코의 어깨를 감싼 채 끼어들었다.

"창문으로."

시바누마가 선선히 대답했다.

"어느 창문이요? 1층 창문은 전부 방과 통해 있고, 더군다나 모든 방에는 사람이 자고 있었는데요."

"그럼 현관이겠지. 현관 자물쇠를 몰래 열고서……."

"현관에서 안으로 들어오려면 거실을 꼭 지나야 합니다. 거실에서는 저와 나카타니 씨가 자고 있었습니다."

"그럼 부엌 뒷문이나 욕실 창문이겠지."

"부엌 뒷문도, 욕실 창문도 잠겨 있었습니다."

자신의 탓으로 돌리는 건 용납할 수 없다며 구라타가 험악한 어조로 말했다.

"자기 전에 모조리 확인했으니 틀림없습니다."

"부엌 뒷문이나 욕실 창문을 땄겠지."

시바누마는 그렇게 말하고서 신경질적으로 담배를 비벼 껐다.

"가령 어떤 방법으로 침입자가 외부에서 들어왔다고 칩시다. 그런데 왜 군이 2층으로 올라간 겁니까? 강도라면 그냥 1층 아무 방에나 들어가서 금품을 훔치면 되지 않습니까?"

다지마가 냉정하게 지적했다.

"2층 서고에 있는 귀중한 책을 노렸겠지. 책을 애호하는 강도였던 거지."

시바누마가 건성으로 대답했다.

"그럼 노나미 씨는 왜 2층에 올라간 겁니까?"

"2층에서 이상한 소리가 들려 확인차 올라갔나……."

"말도 안 돼요. 노나미 씨가 묵었던 객실에서 그 소리가 들렸다면 2층에 묵었던 사람들도 알아차렸을 텐데요? 그렇게 큰 소리였다면 옆에 있었던 시바누마 씨나 가와무라 씨의 귀에도 들렸을 겁니다."

"난 푹 자서……."

가와무라가 황급히 변명했다. 설령 가정일지라도 살인사건에 더는 깊이 얽히고 싶지 않은 듯했다.

"무엇보다 노나미 씨 주변에 널려 있던 일만 엔짜리 지폐는 어떻게 설명합니까? 도둑이 이 집의 돈을 훔치려면 아무

방에나 들어가야 합니다. 하지만 서고를 비롯해 모든 방에는 사람이 있었어요. 부엌이나 욕실, 화장실에 십만 엔이 넘는 현금을 놔둘 리가 없잖아요."

"놔두지 않았다고 꼭 단정할 수는 없지."

시바누마는 자신의 가설을 꺾지 않았다.

"그런 큰돈을 화장실에 감출 만큼 난 별종이 아니라오."

류시로가 벌레를 씹은 듯한 표정으로 말했다.

"그럼 노나미 씨가 갖고 있었겠지. 변호사니 돈을 잘 벌었을 거 아냐? 십만 엔쯤은 지갑에 있을 만해."

"지갑에 있던 지폐가 어째서 바닥에 널려 있는 거죠?"

다지마는 짜증이 치밀어 그만 언성이 높아졌다.

"계단에서 굴러 떨어지면서 흩날렸겠지."

"가슴 주머니에 지갑이 들어 있었는데 현금만 허공에 흩날렸다? 그거 참 신기한 마술이네요."

"그럼 범인이 살해한 뒤에 뺐겠지."

시바누마는 아무렇게나 대답했다.

"기껏 뺀 현금을 시신 위에 뿌렸다는 겁니까? 시바누마 씨, 적당히 좀 하십시오!"

결국 다지마는 노성을 내질렀다.

"외부인설을 주장하려면 조금 더 합리적인 해석을······."

그때 하얀 문이 열리고 미즈키와 마사노부가 거실에 돌아왔다.

미즈키는 만족스럽게 웃고 있었다. 한편 마사노부의 얼굴은 창백했다.

"프랑스어 공부는 어땠나?"

시바누마가 조롱하듯 말하자 미즈키는 고개를 끄덕였다.

"예. 아주 유익한 교습이었습니다. 덕분에 **노나미 씨를 살해한 범인이 구라타 다쓰노리 씨라는 걸 알아냈으니까요.**"

순간 모두가 얼어붙었다.

가장 먼저 큰 목소리를 낸 사람은 구라타가 아니라 류시로였다.

"마, 말도 안 돼⋯⋯. 구라타가 어떻게 살인을 저지르겠는가!"

당사자인 구라타는 조용히 미즈키를 노려보고 있었다.

"미즈키 씨, 그렇습니다."

다지마도 류시로의 말에 찬동했다.

"제가 거실에서 회랑으로 나왔을 때 구라타 씨는 이미 회랑에 있었어요. 안쪽 계단으로 달려가고 있었죠. 범패장 가장 안쪽에 있는 테라스에서 노나미 씨를 죽이고서 거기까지 되돌아갈 수는 없어요⋯⋯."

"방금, **안쪽 계단**이라고 했지?"

미즈키가 날카로운 목소리로 물었다.

"어째서 '안쪽'이지? 2층으로 이어지는 계단은 현관 바로 옆에 있지 않나? 벽으로 막혀 있기는 하지만."

다지마는 입을 다물었다.

미즈키는 탁자 옆에 선 채 모두의 얼굴을 쭉 둘러봤다.

"회랑이 나선형으로 뻗어 있어서 우리는 2층으로 이어지는 계단을 '안쪽 계단'이라고 불렀습니다. 그리고 테라스는 '가장 안쪽'에 있다고 생각했습니다. 하지만 사실은 그렇지 않습니다. 테라스는 객실 바로 위, 노나미 씨가 묵었던 객실 바로 위에 있습니다."

미즈키는 담배를 한 개비 뽑아 성냥으로 불을 붙였다. 맛있게 한 모금 들이마시고서 담배를 손가락 사이에 끼웠다.

"제 추리는 노나미 씨의 시신에 접근했을 때 알아낸 발견에서 출발합니다. 맥을 확인하고자 경동맥에 손을 댔을 때 노나미 씨의 몸은 이미 차가웠습니다. 비명을 지른 시점에 죽었다면 시신에 아직 온기가 남아 있었을 텐데요. 노나미 씨는 비명을 지른 시점보다 한참 전에 살해됐다……."

미즈키는 오른손을 크게 저었다. 불이 붙은 담배가 지휘자의 지휘봉처럼 흔들렸다.

"아마도 범인은 한밤중에 난간도 없는 위험한 계단을 내려가는 바보가 있을 줄은 몰랐겠죠. 아침까지 기다려준다면 사망시각을 속일 수 있으리라 생각했을 겁니다. 저처럼 조심성이 없는 인간이 범패장에 있었던 것이 범인한테는 불운이었습니다."

"그럼 노나미 씨는 언제 살해된 거지?"

시바누마가 어리둥절해하며 중얼거렸다.

"언제 살해됐는가? 그건 살아 있던 노나미 씨를 마지막으로 본 사람이 누구냐는 문제와 관련이 있습니다."

미즈키가 의문을 던지자 다지마가 가장 먼저 반응했다.

"모두가 봤어요. 식당에서 헤어진 게 마지막이니까……."

"아니지."

미즈키가 빙그레 웃었다.

"마지막으로 본 사람은 분명 구라타 씨였어. 구라타 씨는 숙박하는 손님들한테 방에 있는 기기를 쓰는 법을 알려주고자 모든 방을 일일이 돌아다녔지. 우리가 있던 서고에도 들렀으니 당연히 노나미 씨의 방에도 들렀을 테지."

다지마는 맞는 말이라고 생각했다. 구라타는 에어컨과 조명 스위치를 알려주고서 종종걸음으로 거실을 떠났었다…….

"내 추리는 이렇습니다. 구라타 씨는 노나미 씨의 방을 방문해 빈틈을 노려 뒤에서 나이프로 찔러서 죽였습니다. 노나미 씨가 자고 있었던 것처럼 꾸미고자 침대를 헝클어뜨린 뒤에 창밖에 있는 밧줄로 노나미 씨의 몸을 묶었습니다."

"밧줄?"

후지데라가 고개를 갸웃거렸다.

"미리 테라스 난간에 밧줄을 묶어 노나미 씨가 있던 객실 창가에까지 늘어뜨려 놓았습니다. 구라타 씨는 탁자와 덱체어를 정리하려고 모두가 식당으로 간 뒤에도 안뜰에 계속 남아 있었습니다. 그만한 준비를 할 시간은 충분했을 터……."

다지마는 기억을 더듬었다. 그렇다. 테라스 바닥에 밧줄이 떨어져 있었다. 사람을 매달더라도 끊어지지 않을 만큼 굵은 밧줄이었다…….

"……늦은 밤, 구라타 씨는 비서실을 나와 부엌 뒷문 자물쇠를 푼 뒤에 회랑 안쪽으로 나아갔습니다. 처음에는 발소리를 죽였고, 노나미 씨가 묵었던 객실 앞을 지난 뒤에는 평범하게 걸었겠죠. 노나미 씨가 그 시간에 2층으로 올라갔다고 꾸미려면 발소리를 들었던 사람이 있는 게 나으니……. 2층으로 올라간 구라타 씨는 회랑을 지나 가장 먼저 테라스로 나갔습니다. 그리고 혼신의 힘으로 밧줄을 잡아당겨 바로 아래에 있는 객실에서 노나미 씨를 끌어올렸습니다."

미즈키는 한숨 돌리고자 맛있게 담배를 피웠다.

"난간에 묶인 매듭을 푼 뒤에 이번에는 밧줄을 난간에 걸쳐 땅바닥에 늘어뜨립니다. 그리고 단말마의 비명처럼 크게 비명을 지른 뒤에 준비해뒀던 일만 엔짜리 지폐 열다섯 장과 이미 죽은 노나미 씨를 계단 아래로 떨어뜨리고는 밧줄을 붙잡고서 암벽 등반을 하는 요령으로 땅으로 내려갔다……."

"왜 지폐도 뿌린 겁니까?"

다지마가 물었다.

"그것이 **이 살인에서 빼놓을 수 없는 요소**였으니까."

미즈키가 알쏭달쏭한 대답을 했다.

"땅에 내려온 구라타 씨는 밧줄을 회수한 뒤 범패장 주위를 달려서 부엌 뒷문을 통해 회랑으로 뛰어들었습니다. 이

타이밍을 맞추는 게 가장 어려웠을 테지만, 다지마 씨와 나카타니 씨가 현관 옆 소파에서 자고 있었으니 자기보다 먼저 회랑으로 나올 리는 없다고 상정해뒀겠지요. 가와무라 씨와 시바누마 씨는 2층으로 이어지는 계단에 정신이 팔려서 부엌 뒷문을 돌아볼 새가 없었을 겁니다."

미즈키의 말대로 다지마는 어둠 속에서 손으로 더듬어 스탠드를 켠 뒤에 거실을 가로질러 회랑으로 뛰어들었다. 구라타를 목격한 건 바로 그때였다.

"살아 있던 노나미 씨를 마지막으로 본 사람은 구라타 씨입니다. 테라스에 밧줄을 미리 묶어둘 수 있었던 사람은 구라타 씨뿐입니다. 그리고 부엌 뒷문을 통해 회랑으로 돌아갈 수 있었던 사람도 구라타 씨뿐입니다."

미즈키는 입을 다물고서 구라타를 쳐다봤다. 어쩐지 눈빛이 부드러웠다.

구라타는 새파래진 얼굴로 멍하니 서 있었다.

"구라타한테는 노나미 씨를 죽일 이유가 없어."

류시로가 떨리는 목소리로 말했다. 타오르는 듯한 눈빛으로 미즈키를 쏘아보았다.

"구라타는 어제 노나미 씨와 처음 만났소. 방금 말했던 사전 작업을 하면서까지 왜 처음 만난 사람을 죽여야만 한단 말이오."

"그게 바로 이 사건에서 가장 흥미로운 점입니다."

미즈키는 꼼짝하지 않고 류시로를 쳐다봤다.

"방금 설명 드린 트릭은 마술에서 흔히 볼 수 있는 겁니다. 지극히 평범한 트릭이죠. 이 사건의 핵심은 동기입니다. 어째서 구라타 씨는 처음 본 노나미 씨를 죽여야만 했는가?"

미즈키는 설명을 시작했다…….

[현재 · 9] 2001년 7월 19일

혼잡한 밤거리를 헤매며 이스루기는 다카다노바바와 이케부쿠로의 차이가 무엇인지 심원적이면서도 철학적으로 사색하고 있었다

이케부쿠로역과 다카다노바바역은 아주 가깝다. 야마노테선 위에서 인접해 있을 정도다. 그리고 둘 다 응축된 번화가이다(알기 쉽게 말하자면 북적거리는 동네다). 밤낮을 가리지 않고 언제나 사람들이 넘쳐흐른다는 점도 닮았다. 그러나 다카다노바바와 이케부쿠로에는 결정적인 차이가 있다. 다카다노바바는 풋내가 나는 번화가이고, 이케부쿠로는 난숙한 번화가라는 점이다.

예를 들어서 아까 길가에 서 있었던 덩치가 큰 흑인은 다카다노바바에는 없다. 그는 아프리카 전통 의상 같은 복장을 하고, 스킨헤드에 딱 달라붙는 모자를 쓰고서 통행인이 지나갈 때마다 말을 걸고 있었다. 아마도 무언가를 팔려는 거겠지. 어쩌면 소지하기만 해도 체포되는 무언가를 팔고 있

는지도 모르겠다.

지나가는 젊은 여성들에게 말을 걸고 있는 스카우트는 다카다노바바에도 있을지 모른다. 하지만 적어도 샛노랗게 물들인 머리를 뒤로 넘기고서 호스트처럼 번드르르한 의상을 입지는 않겠지. 본인은 고르고 고른 스타일이겠지만 시부야의 스카우트만큼 세련되지 않았고, 신주쿠의 스카우트만큼 화려하지 않다. 그야말로 이케부쿠로풍이다.

다카다노바바는 와세다 대학과 데즈카 오사무와 세이도 회관의 거리라서 청춘의 향기가 감도는 게 당연하다. 역 앞에는 데즈카가 창조한 캐릭터가 총출동한 벽화가 있고, 와세다도오리의 가로등마다 데즈카가 창조한 캐릭터들의 간판이 걸려 있었다. 온 거리가 2003년 4월 7일을 고대하고 있었다. 그날에 다카다노바바에서 그 유명한 아톰이 탄생했기 때문이다.

물론 풋내가 나는 동네와 난숙한 동네라는 이항 대립은 나이에 따른 구분이 아니라 이른바 인생에 대한 태도에서 비롯된 차이라고 할 수 있으리라.

예를 들어 아까부터 저 앞을 걷고 있는, 하마사키 아유미를 따라한 콤비는 아마 십대일 것이다. 대부분의 학교가 오늘 종업식이었으니 고등학생일지도 모르고, 중학생일 가능성도 충분히 있다(덧붙이자면 둘 다 붉은 민소매옷을 입고 있는데 어쩌면 그 로즈 팬 팬의 제품일지도 모른다). 하지만 두 사람은 난숙한 분위기에 완전히 순응했다. 이케부쿠로의 인파 속에 자연스레 녹아들었다.

한편 서른을 넘겼는데도 풋내를 풍기고 다니는 이스루기는 이케부쿠로가 아니라 다카다노바바와 어울린다. 밤에 이케부쿠로를 걷고 있으니 깊은 위화감이 느껴졌다. 안 그래도 푹푹 찌는데 사람들이 내뱉는 훈김에 질식할 것만 같았다. 하지만 취재 대상이 원하는 곳이니 어쩔 수 없었다.

나카타니 히로히코가 지정한 이자카야는 뒷골목 구석에 있었다. 새끼줄 노렌 옆에 붉은 제등이 걸려 있는 고전적인 가게였다.

노렌을 지나 안으로 들어가니 손님들이 여럿 있었다. 모두 퇴근한 직장인들인지 정장 차림이었다. 다들 넥타이를 느슨히 풀어 놓았다. 이스루기는 가게 안을 쭉 둘러봤지만 누가 나카타니인지 알 수가 없었다. 하는 수 없이 하얀 핫피를 입은 주인에게 물었다.

"저기, 나카타니 히로히코 씨 계십니까?"

주인이 손을 뻗어 카운터에 엎드려 있는 남자의 어깨를 흔들었다.

"나카타니 씨, 일어나요. 기다리던 손님이 왔어."

동물이 신음하는 것 같은 괴음을 지르고서 남자가 고개를 들었다.

누가 나카타니인지 알아보지 못할 만도 했다.《우쓰보 저택 사건》에서 머리를 만지작거리는 버릇이 있는 예민한 청년으로 그려졌던 나카타니는 현재 뚱뚱했다. 살이 뒤룩뒤룩 쪄

서 턱이 축 늘어져 있었다. 머리는 기르지 않았는데, 포마드를 듬뿍 발라 7대 3으로 뒤로 넘겼다.

"아, 아아, 이스루기 씨군요……. 어서, 어서 이쪽으로."

나카타니가 오른손을 저으며 큰 목소리로 이스루기를 불렀다.

뺨은 이미 새빨개져 있었고, 혀도 반쯤 꼬여 있었다. 카운터에 엎드려 있었기에 검은 뿔테안경이 비뚤어져 있었다. 이스루기는 나카타니의 추태를 지적하지 않고 옆에 앉았다. 카운터 앞에는 이미 술병 대여섯 병이 늘어서 있었다.

"자, 한 잔."

나카타니가 술병을 들었다.

이스루기는 하는 수 없이 잔을 받았다. 뜨겁게 데운 사케는 이미 미지근해져서 끔찍할 만큼 맛이 없었다.

"크으, 탐정을 만나게 되다니 참 기쁘네요."

나카타니는 명랑하게 말하고는 미지근해진 사케를 자신의 잔에 따르고서 단숨에 마셨다.

"탐정은 필시 즐거운 직업이겠죠. 그에 비해 영업사원은……."

흥겨워하던 나카타니의 얼굴에 갑자기 어두운 그늘이 졌다. 입술을 굳게 다물고는 텅 빈 술잔을 물끄러미 쳐다봤다.

"저기, 얘기를 들을 수 있겠습니까?"

이스루기는 곧바로 본론으로 들어가기로 했다.

나카타니는 꽤 취한 듯하니 빨리 이야기를 듣고 물러나는 게 상책이리라. 취객에게 얽히는 건 사양이다.

"14년 전 범패장 사건에 대해 여쭙고 싶습니다만……."

"아아, 14년 전. 범패장 사건. 그 시절에는 저도 아직 대학생이었지요. 아십니까? 이래봬도 저 교토대 불문학과를 나왔다고요. 이래봬도 교토대 졸업생이에요."

나카타니는 이스루기에게 얼굴을 가까이 댔다. 술 냄새에 섞인 포마드가 열대의 꽃처럼 달콤한 향을 풍겼다.

"교토대학 출신인 건 알고 있습니다."

이스루기가 대답했지만 나카타니는 듣지 못한 듯했다.

"사실은요. 전 학자가 되고 싶었어요. 프랑스 문학가가 되고 싶었다고요. 당신, 말라르메를 읽어본 적 없죠? 전 읽었어요. 원문으로요. 암송도 가능해요."

나카타니는 혀꼬부랑 소리로 프랑스 시를 암송하기 시작했다.

술집 주인이 황급히 나카타니를 말렸다.

"나카타니 씨, 이상한 소리 내지 말라고 했지? 그거 나쁜 버릇이야. 손님이 달아나버리잖아."

"이거 봐요. 일반 대중은 다 이래요. 교양이 없으니 말라르메의 시를 알 턱이 있나."

나카타니는 과장되게 어깨를 들먹이고서 깔깔대며 웃었다.

"전 교토대 대학원에도 진학했어요. 도중에 따라가질 못해 중퇴하게 됐죠. 그래서 상사에 취직했어요. 대형 상사요. 학교에서 배운 프랑스어를 써먹어 보려고."

술잔을 든 손이 부들부들 떨리기 시작했다.

"근데요. 처음 프랑스에 출장을 갔을 때 아무리 프랑스어로 말을 해도 도무지 통하질 않더라고요. 아무한테도 통하질 않아. 어린이한테도요. 상대가 무슨 말을 하는지도 못 알아듣겠어. 다들 곤혹스러운 표정으로 짓궂은 웃음만 지었지…… 빌어먹을! 프랑스인은 최악이야!"

나카타니는 두 손으로 카운터를 힘껏 내리쳤다. 여러 개의 술병이 옆으로 쓰러졌다.

주인은 체념했는지 나카타니를 말리려고도 하지 않았다.

이내 나카타니가 또 환하게 웃었다.

"그래서 노이로제에 걸리기 직전까지 내몰렸어요. 결국 퇴사했어요. 지금은 영업사원입니다. 영업사원."

나카타니는 이스루기에게 얼굴을 가까이 대고서 고약한 술 냄새를 뿜어냈다.

"당신, 탐정이죠? 탐정은 필시 즐거운 직업이겠죠. 그에 비해 영업사원은 지루하기 짝이 없어. 진짜 부러워……."

이스루기는 곤혹스럽기 그지없었다. 상태를 보아하니 똑같은 소리만 주구장창 늘어놓을 것 같았다. 취재를 할 수 있을 것 같지가 않았다.

더욱이 경악스럽게도 나카타니가 또다시 자신의 잔에 술을 따르고 있었다…….

"저기, 나카타니 씨."

이스루기는 큰마음을 먹고 나카타니의 어깨를 두드렸다.

"예?"

나카타니가 흐리멍덩한 눈동자로 쳐다봤다.

"이제부터 딱 두 개만 질문할 테니까 대답해주세요. 대답해주면 전 돌아갑니다. 알겠죠?"

한 마디씩 천천히 말했다.

이해했는지 못했는지 의심스럽기는 하지만, 나카타니는 일단 고개를 끄덕였다.

"범패장에서 어느 방에 묵었습니까?"

"어디였더라……. 맞다, 맞아. 분명 새빨간 소파에서 잤어요."

"다지마 씨와 함께 거실에서 잤군요."

"맞아!"

나카타니가 갑자기 큰소리를 질러서 이스루기는 화들짝 놀랐다.

"그 쓰레기 녀석이랑 함께 잤어. 다지마……, 그 더러운 자식이랑……."

"쓰레기? 다지마 씨가 왜 쓰레기입니까?"

"고타가와 씨를 버렸으니까. 가마쿠라에서 돌아온 뒤에 진지하게 교제를 시작했으면서 고타가와 씨가 중절수술을 받은 경험이 있다고 털어놓자 곧바로 헤어지자고 했어. 고타가와 씨는 다지마와 결혼까지 하려는 마음으로 고백했는데 '네가 그런 여자일 줄은 몰랐어' 하고 말했대. 최악이죠?"

나카타니는 분노에 뺨이 상기되어 있었다.

"남자들이랑 놀아나다가 임신한 것도 아냐. 연상의 나쁜 남자의 꾐에 넘어가 임신했는데, 알고 봤더니 유부남이었던 거야. 그런데 네가 그런 여자일 줄은 몰랐다고? 대체 무슨 여자란 거야!"

나카타니는 휴우, 하고 숨을 크게 내뱉고는 한 손으로 머리를 부여잡았다. 흥분해서 취기가 확 올라온 모양이다.

"……고타가와 씨, 엄청 울었어. 진심으로 다지마한테 반했는데……. 왜 그딴 녀석한테……. 고타가와 씨, 지금 어떻게 살고 있을까……. 고타가와 씨……."

젊은 날 사랑했던 여성의 이름을 중얼거리며 나카타니는 카운터에 얼굴을 묻고서 잠들어버렸다.

이스루기는 나카타니를 깨우려고 하지 않았다. 두 번째 질문을 할 필요가 없었다. 나카타니는 고타가와 도모코의 소재지를 모르는 모양이었다.

"얼맙니까?"

이스루기가 주인에게 물었다.

"손님은 아직 아무것도 주문하지 않으셨는데요."

"나카타니 씨가 마신 술값 말입니다."

"괜찮겠습니까? 저 사람, 어차피 깨면 또 마실 텐데요."

주인이 웃었다.

"그럼 지금까지 마셨던 것만 제가 내겠습니다."

이스루기는 나카타니의 술값을 치렀다. 이 정도쯤은 해줘도 되겠지. 어차피 필요경비다.

"나카타니 씨, 맨날 저럽니까?"

이스루기는 카운터에서 일어선 뒤 주인에게 물었다.

"오늘은 그나마 나은 편이지. 오랜만에 얘기를 들어줄 사람이 와서 기쁘지 않았을까? 아무래도 부인과 자식도 괄시하는 모양인지 집에 가기 싫어하는 눈치더라고요."

"쓸쓸하겠군요."

이스루기가 중얼거렸다.

"이자카야에 혼자 오는 손님은 다들 마음속에 고독을 떠안고 있는 법이죠."

주인은 그렇게 철학적으로 대답했다.

[과거 · 9] 1987년 7월 8일

미즈키가 설명을 시작했다.

"구라타 씨가 노나미 씨를 살해한 동기……. 그건 **노나미 씨가 변호사**였기 때문입니다."

"그렇구나!"

다지마가 무심코 외쳤다.

"노나미 씨가 류시로 씨와 마도카 씨의 이혼조정을 담당해서……."

황급히 입을 막으려고 했지만 이미 늦었다. 류시로가 다지마에게 차가운 시선을 보냈다.

"즈이몬 선생님, 죄송합니다."

다지마가 고개를 숙였다. 등에서 식은땀이 흐르고 있었다.

"개의치 마요. 자네의 생각을 말해보시오."

류시로의 목소리는 어쩐지 온화했다.

다지마는 우물거리다가 이야기를 시작했다.

"안뜰에서 다과회를 했을 때 즈이몬 선생님의 따님, 초상화에 그려진 에이코 양이 사고로 죽었다는 사실, 그리고 그 죽음으로 인해 선생님이 사모님과 이혼했다는 걸 알게 됐습니다……."

"그 소문을 들었나보군."

류시로가 후지데라를 노려봤다.

몸을 움츠린 후지데라가 눈을 치뜨고서 류시로를 처다봤다.

"사모님이 자살하셨다는 얘기를 들었을 때였습니다. 갑자기 구라타 씨가 '마도카 님은 자살하시지 않았습니다. 물에 빠져 허우적대는 에이코 님을 발견하고 강에 뛰어드신 겁니다' 하고 끼어들었습니다. 그때 알았습니다. 구라타 씨가 마도카 씨를 몹시 경애했다는 것을……."

그건 여주인에 대한 경애가 아니라 **한 여성에 대한 연애감정**이었을지도 모른다. 다지마는 그렇게 생각하면서도 입에는 담지 않았다.

"……구라타 씨는 마도카 씨가 이혼에까지 내몰린 끝에 자살했다는 사실을 차마 받아들이지 못했습니다. 그래서 이혼조정을 담당했던 노나미 씨한테 살의를 품었다……."

"자네는 착각을 하고 있네. 아마 이곳에 있는 대부분의 사람들도 같은 착각을 하고 있겠지."

류시로는 모두를 둘러보고는 나직이 이야기를 시작했다.

"이혼하고 싶다는 말을 먼저 꺼낸 쪽은 마도카였소. 에이코가 자기 탓에 죽었다는 책임에 짓눌려 마음이 피폐해져 있었지. 아무리 달래고 위로해도 듣지 않았소. 그래서 마도카가 원하는 대로 이혼하기로 한 겁니다. 이혼조정 따윈 필요가 없었지."

그는 한숨을 작게 내쉬었다.

"노나미 씨한테 부탁한 건 위자료 문제였지. 마도카가 정신적으로 불안정해져서 최대한 도와주고 싶었소. 노나미 씨가 위자료 따윈 필요 없다고 거부하는 마도카를 설득해 매달 얼마간 돈을 보내줄 수가 있게 됐지. 결국 허사였지만."

류시로가 미즈키의 얼굴을 응시했다.

"노나미 씨는 마도카한테 오히려 은인이라고 할 수 있소. 그러니 만약에 자네가 다지마 군과 같은 생각이라면 그건 그릇된 추측이라고 할 수 있습니다."

"아뇨, 다지마 씨와 생각이 다릅니다."

미즈키는 제자리에서 살짝 웃었다.

"구라타 씨는 사망한 마도카 씨를 위해 살인을 저지른 건 맞습니다. 하지만 노나미 씨가 마도카 씨의 원수여서 죽인 게 아닙니다. 원수인지 은인인지 관계없이 노나미 씨의 직업이 변호사였던 것이 중요했습니다."

다지마는 미즈키가 무슨 말을 하고 싶은 건지 전혀 알 수가 없었다. 다른 사람들도 마찬가지인지 의아하다는 표정으로 미즈키를 쳐다봤다.

"구라타 씨의 기이한 동기를 설명하려면 우선 범패장 안뜰의 수수께끼부터 풀 필요가 있겠지요."

미즈키는 안뜰 풍경을 하나씩 머릿속으로 그리고 있는 듯했다. 눈을 감고서 한동안 침묵에 잠겼다.

"세 개의 조각상……. 수선화를 꺾는 소녀, 세 마리의 늑대, 금색 코끼리. 안뜰에서 다과회를 하면서도 말했습니다만, 금색 코끼리만은 그 공간과 도무지 어울리지 않았죠. 분수, 바소, 토피어리가 갖춰진 이탈리아풍의 정원 속에서 그 코끼리만은 동떨어져 있었습니다. 왜 그렇게 어울리지 않는 조각상을 놓은 것인가?"

미즈키가 눈을 떴다.

"그 힌트는 안뜰에서 나눴던 대화 속에 있었습니다. 다시 말해 **각운**입니다."

"각운?"

시바누마가 깜짝 놀라 중얼거렸다.

"프랑스어로 금색 코끼리는 éléphant d'or, 세 마리의 늑대는 trois loups죠. 소녀는 고대 그리스풍의 튜닉을 입고서 수선화를 꺾고 있었습니다. 다시 말해 그리스 신화에 등장하는 에코입니다. 수선화로 변신한 나르키소스를 사랑했던 님프……. 그리고 그녀는 부자연스러운 자세로 상반신을 굽히고 있습니다. 즉 Écho ployée, **몸을 굽힌 에코**입니다."

미즈키는 옆에 있는 마사노부의 어깨를 두드리고서 말을 이었다.

"마사노부 씨 도움으로 저 세 단어 속에 내가 생각했던 의미가 숨겨져 있음을 알았습니다. 다시 말해 éléphant d'or와 운을 이루는 단어는 enfant mort, **죽은 아이**이고, trois loups와 운을 이루는 건 le trois août, 8월 3일이고, Écho ployée와 운을 이루는 건 Eiko noyée, **익사한 에이코**입니다."

모두가 할 말을 잃고 미즈키를 응시하고 있었다.

"죽은 아이, 익사한 에이코, 그리고 8월 3일은 에이코 양의 기일……. 다시 말해 이 범패장은 **에이코 양의 상징적인 묘**입니다. 말라르메가 보들레르나 포나 베를렌을 기리며 시로 무덤을 만들어준 것처럼 류시로 씨는 에이코 씨의 묘인 범패장을 세웠습니다. 조각상에 각운을 묻고서……. 그렇게 생각하면 범패장이 왜 이토록 기묘하게 설계되었는지 이해할 수가 있죠. 안뜰이 닫혀 있는 건 그곳이 무덤의 중심부이기 때문입니다. 그리고 미궁의 중심으로 들어가는 것을 상징하고자 나선형 회랑을 두었겠죠."

"맞소. 역시 자네는 예리하군."

류시로가 감탄했다.

"허나 그것과 살인사건이 무슨 관계가……."

"범패장에 에이코 양의 무덤이 있다. 하지만 **마도카 씨의 무**

덤은 없다."

미즈키는 날카롭게 말하고서 구라타를 쳐다봤다.

"마도카 씨가 아직 살아계셨을 때 세운 건물이니 당연합니다. 그러나 마도카 씨를 마음속으로 경애했던 구라타 씨는 이 집에 마도카 씨의 무덤이 없다는 사실을 참을 수가 없었습니다. 무슨 짓을 해서든 마도카 씨의 무덤을 만들어주고 싶었습니다. 안뜰에서 고타가와 씨가 말라르메의 편지를 인용했었지요. '각운의 마법이 이 단어를 창조했다'……. 구라타 씨는 각운의 마법에 홀려 살인을 저지를 수밖에 없었던 겁니다."

"대체 무슨 소린지. 아직 잘 모르겠군……."

류시로가 어리둥절해하며 고개를 가로저었다.

"아까 다지마 씨가 구라타 씨가 했던 말을 소개했습니다. '마도카 님은 자살하시지 않았습니다. 물에 빠져 허우적대는 에이코 님을 발견하고 강에 뛰어드신 겁니다'……. 마도카 씨는 자살하지 않았습니다. 에이코 양의 환영을 보고 강에 뛰어든 겁니다……. 환영을 본 마도카, 환각을 본 마도카, Madoka hallucinée……."

미즈키는 일단 멈추고서 거실에 있는 모두를 둘러보고서 목소리를 높였다.

"운을 이루는 건 avocat assassiné……. **살해된 변호사입니다.**"

"말도 안 돼!"

시바누마가 무심코 외쳤다.

"그딴 이유로 사람을 죽이는 녀석이 어딨나……."

"이것뿐이라면 우연으로 치부할 수 있겠죠. 하지만 각운이 하나 더 있습니다. 시신 주변에 떨어진 일만 엔짜리 지폐 말입니다. 일만 엔짜리 지폐 열다섯 장이 있었죠. 왜 범인은 일만 엔짜리 지폐를 뿌려야만 했는가? 본인의 사비를 쓰면서까지……."

미즈키는 류시로를 돌아봤다.

"마도카 씨는 몇 월 며칠에 돌아가셨습니까?"

"7월 15일이네."

류시로가 창백해진 얼굴로 대답했다. 목소리가 날카로워졌다.

"7월 15일, le quinze juillet……. 각운을 이루는 단어는 quinze billets, **지폐 열다섯 장**입니다."

거실에 침묵이 들어찼다.

"이것으로 내 추리는 끝입니다. 물론 현재로서는 단순한 추리에 지나지 않습니다. 하지만 경찰이 본격적으로 수사를 진행하면 추리를 뒷받침하는 증거가 나올 테지요."

미즈키는 구라타를 향해 검지와 중지 사이에 끼인 담배를 앞으로 내밀었다.

"그리고 죄를 지은 자는 죗값을 치러야만 합니다."

구라타는 무너져 내리듯 바닥에 털썩 무릎을 꿇었다.

그러고는 두 손으로 얼굴을 가리고 크게 울기 시작했다.

*

아침이 밝자 구라타는 자수하기 위해 아쓰노리가 운전하
는 차를 타고 경찰서로 향했다.

"이렇게 피곤한 건 난생처음이야."

차를 떠나보낸 뒤에 시바누마가 정문 문기둥 옆에서 기지
개를 크게 켰다. 아침 해가 눈부신지 눈을 깜빡이고는 류시
로 쪽으로 시선을 돌렸다.

"다음 화요회 때는 좀 느긋하게 지내고 싶군요."

"아니, 다음은 없어."

류시로는 차가 사라진 언덕길을 바라보며 대답했다.

"구라타가 없으면 아무것도 못하니. 어제가 마지막 화요
회였어……. 그럼 여러분, 조심해서 돌아가시오. 건강하길."

류시로는 그 말을 남기고서 범패장으로 돌아갔다. 허리를
꼿꼿이 펴고 있지만 아침 햇살이 비추는 등이 쓸쓸해보였다.

미즈키는 작은 길에 서서 마사노부와 무언가 이야기를 나
누고 있었다. 희한하게도 미즈키뿐만 아니라 마사노부도 웃
고 있었다.

마사노부는 미즈키에게 고개를 숙이고서 아버지를 따라
되돌아갔다.

"마사노부 씨와 무슨 얘기를 했습니까?"

다지마는 문으로 다가온 미즈키에게 물었다.

"가마쿠라를 안내해달라고 약속을 잡았지. 아직 쓰루오

카하치만궁에 가본 적이 없어서 말이야."

"미즈키 씨가 신사에 관심이 있는 줄은 몰랐는데요."

다지마가 웃었다.

"뭐, 탐정한테도 신불의 가호가 필요한 법이니까."

미즈키가 퍽 진지한 얼굴로 대답했다.

"어이쿠, 애인이 왔네. 방해하면 미안하니 난 이만."

미즈키는 그렇게 말하고서 주차장으로 떠났다. 아유이가 그림자처럼 따라 붙었다.

"다지마 씨……."

도모코가 다지마에게 몸을 기대고서 속삭였다.

"왜?"

"테라스에서 비명이 들렸을 때 다지마 씨가 맨 먼저 2층에 올라왔지. 왜 그런 거야?"

"왜냐니……."

"똑바로 대답해."

"……네가 걱정돼서."

다지마가 대답하자 도모코의 뺨이 벚꽃 색으로 물들었다.

"……나도 다지마 씨가 와줘서 무척 기뻤어."

도모코는 그렇게 중얼거리고서 다지마의 팔에 매달렸다.

그 광경을 나카타니가 멀리서 쳐다보고 있었다. 체념한 얼굴로 머리만 긁적일 뿐 아무 말도 하지 않았다.

다지마는 도모코의 어깨를 안으며 범패장에서 겪었던 체험을 하나씩 돌이켰다.

(무서운 하룻밤이었어…… 하지만 밤은 이제 끝났어.)

녹음이 뒤덮인 가마쿠라의 산 위로 벌써 태양이 떠오르고 있었다. 다지마의 눈에 아침 해가 눈부셨다. 그래, 마치 다지마와 도모코의 미래처럼…….

비탈길 아래에서 류시로가 불러준 택시가 올라오는 소리가 들려왔다…….

[현재 · 10] 2001년 7월 22일

이스루기는 〈범패장 사건〉을 다 읽었다. 이것으로 네 번째 통독이었다.

역시 미즈키 마사오미 시리즈는 재밌습니다. 뭐, 트릭은 약간 진부하긴 하지만 기발한 동기가 그 약점을 메꾸죠. 현학적이면서 재치가 넘치는 대화도 감탄했습니다. 《자광루 사건》 같은 대걸작은 아니지만 범패장의 분위기는 꽤 좋았고, 미즈키 마사오미는 여전히 멋있습니다. 충분히 즐겼으니 가작이라고 할 수 있지 않을까 싶은데. 적어도 시리즈의 수준을 떨어뜨리는 작품은 아니라고 생각합니다…….

독자로서 감상평을 묻는다면 이스루기는 아마 그렇게 대답하리라.

하지만 실제 범패장 사건을 해결할 단서를 얻고자 읽는다면 몇 가지 주의해야만 하는 점이 있었다.

우선 〈범패장 사건〉은 다지마 다미스케의 시점으로 쓰여 있었다. 그러나 실제 작가는 다지마가 아니라 '미즈키를 그림자처럼 따라다니는 청년'인 아유이 이쿠스케다. 따라서 다지마의 내면 묘사는 모두 의심할 필요가 있었다.

예를 들어 도모코를 향한 다지마의 연애 감정이 그렇다. 아유이의 눈에는 두 남녀가 영원한 사랑을 맹세한 연인으로 보였으리라. 아니, 범패장 사건이 벌어졌던 시점에는 아마 사실이었겠지만, 적어도 다지마의 진짜 연심은 아유이가 상상했던 것보다 더 얄팍하고 덧없었다. 그 사실은 후일담이 증명한다.

또한 아유이가 그곳에 없었던 장면 묘사도 진정 사실인지 아닌지 의심스럽다. 예를 들어 작품 서두에 아유이 본인은 아직 범패장에 도착하지 않았다. 그러니 모두 추후에 전해 듣거나 창작한 기술이리라. 교토대학 근처에 '심홍색 유리창이 있는 조용한 찻집'이 있는지 없는지, 나카타니가 범패장을 보고 〈벨기에 친구들을 회상함〉을 암송했는지 어떤지 의심스럽다.

밤에 거실에서 다지마와 나카타니가 대화를 나누는 장면도 그렇다. 두 사람이 청춘 드라마의 한 장면 같은 대화를 실제로 나누었는지 믿기가 어려웠다. 또한 다지마가 꾼 꿈을 묘사한 부분은 틀림없이 창작이리라.

결국 다지마 다미스케가 순박한 사랑을 하는 젊은이로 묘사된 것은 작가인 아유이 이쿠스케가 로맨티스트임을 보여주는 방증에 지나지 않는다. 이 작품에 그려진 다지마의 내면은 혹시 작가인 아유이 이쿠스케의 내면을 투영한 것이 아닐까?

이러한 기술들을 다 털어낸 뒤에 이스루기의 손에 남은 것은 한 줌도 안 되는 아주 빈약한 사실뿐이었다.

한밤중에 비명이 들렸을 때 누가 어디에 있었고, 어디로 이동했는가?

사카구치 안고가 말했던 '인간 관찰을 낮은 선에서 정지시킨 것'이 아니었다. '인간을 그리지 않은 것'도 아니었다. 즈이몬 류시로는, 즈이몬 아쓰노리는, 즈이몬 마사노부는, 구라타 다쓰노리는, 후지데라 세이키치는, 다지마 다미스케는, 고타가와 도모코는, 나카타니 히로히코는, 시바누마 슈시는, 가와무라 료는, 그리고 미즈키 마사오미와 아유이 이쿠스케조차도 이스루기의 생각 속에서는 이미 인간이 아니었다.

그들은 범패장 도면 위에 흩어져 있는 점에 지나지 않는다. 그리고 각 점이 거의 동시에 움직이기 시작한다. 점과 화살표로 그려진 추상적인 다이어그램.

추상적인 다이어그램으로까지 환원하여 생각해봐도 이스루기는 미즈키 마사오미의 추리가 틀렸다는 생각밖에 들지 않았다.

틀렸다는 말이 지나치다면 간과했다고 바꿔서 말해도 좋다. 그 명탐정 미즈키 마사오미는 어째서 이것을 간과했는가? 이해하기가 고통스러울 정도였다.

이스루기는 미즈키가 간과한 이유가 무엇인지 어느 가설을 세웠다. 그리고 그 가설이 맞는다면 〈범패장 사건〉이 '미즈키 마사오미의 최후의 사건'인 이유도 설명이 된다.

황당한 생각일지도 모른다. 그건 인정하자. 하지만 이스루기는 확인하지 않고는 배길 수가 없었다.

그래서 이렇게 JR요코스카선 전철을 타고 있는 것이다. 범패장을 방문해 마지막 확인을 하기 위해서……

가마쿠라는 오늘도 더웠다. 아침 뉴스에서 도쿄의 최고 기온이 35도까지 오를 거라고 예보했다. 아마 지금 기온이 그렇지 않을까?

저번에 방문했을 때의 교훈을 살려 이스루기는 택시를 타고 범패장에 가기로 했다.

다행히 운전기사는 젊은 남성이었다. 범패장이라는 명칭도 들어본 적이 없는지 "아직 신참이라서요" 하고 변명을 하며 자세한 주소를 물었다.

이스루기가 짜증을 내지 않고 신이 나서 자세히 설명하자 젊은 운전기사는 의아해했다.

운전기사는 인상이 좋았다. 신참이라고 했지만 운전 실력은 서투르지도, 난폭하지도 않았다. 하지만 제아무리 인상 좋은 청년일지라도 결점은 있는 법이다. 그것은 수다 떠는 걸 좋아한다는 점이었다. 운전하면서 뒤에 앉은 이스루기에게 쉴 새 없이 말을 걸었다.

더욱이 그 내용은 택시 괴담이었다.

"조묘지에 갈 때마다 늘 떠오르는 이야기가 있습니다. 아는 운전기사가 알려준 이야긴데요……. 한밤중에 국도를 달리고 있었는데 전조등에 비친 무언가가 하얗게 반짝여서 멈췄답니다. 자세히 보니 작은 여자애가 길가에 쪼그려 앉아 울고 있었습니다. 열 살쯤 먹은, 눈이 동그란 아주 귀여운 여자애였답니다. 한밤중에 도로에 여자애가 있으니 그 녀석도 이상하다고 여겼겠죠. 차마 내버려두고 그냥 갈 수가 없어서 차에서 내려 '애야, 무슨 일 있니?' 하고 물었더니 '집에 가고 싶어'라고 말했답니다. '그럼 아저씨가 데려다줄 테니 어서 타' 하고 어깨에 손을 댔는데 깜짝 놀랐답니다. 그 아이의 온몸이 축축했던 겁니다. 머리도, 옷도 흠뻑 젖었답니다. 오싹해하면서 여자애를 뒷좌석에 태우고서 집 주소를 물었습니다. 아이가 조묘지라고 하길래 가나자와 가도로 향했다고 합니다. 여자애는 울음을 그치고서 택시에 얌전히 앉아 운전기사를 물끄러미 보고 있었습니다. 백미러에 젖은 머리카락이 비쳐 운전기사는 어쩐지 으스스해졌습니다. 백미러를 애써 쳐다보지 않고서 운전했다더군요. 그런데 조묘지에 다 와서 '집이 조묘지 어디야?' 하고 물었더니 대답이 돌아오지 않았습니다. 황급히 뒤를 돌아보니 여자애가 없었습니다. 그저 좌석 위에 물이 괴어 있었을 뿐……. 그런 이상한 체험은 난생처음이었다고 새파랗게 질린 얼굴로 말하더라고요."

이스루기는 이 택시에 탄 것을 내심 후회했다.

전해들은 이야기(어쩌면 전해들은 이야기를 전해들은 이야기)에 근거한 황당무계한 도시전설임은 잘 알고 있지만, 즈이몬 에이코의 영혼이 한밤중에 국도를 헤매는 모습이 머릿속에서 지워지질 않았다. 등이 오싹한 건 아마 에어컨 탓은 아닐 것이다.

"으음, 말씀하셨던 주소가 이 부근인데……."

젊은 운전기사가 말했다. 택시는 조묘지 산길을 벌써 반이나 올랐다.

"여기서 내리겠습니다."

범패장은 아직 멀었지만 이스루기는 요금을 내고서 택시에서 내렸다. 기묘한 괴담을 듣는 것보다 비탈길을 걷는 편이 더 낫겠다.

작열하는 산길을 오르기 시작했다. 뒤를 돌아보니 택시가 힘겹게 유턴하고 있었다. 이 도로를 쭉 가면 다시 가나자와 가도가 나올 텐데, 역시 신참은 신참이네, 하고 이스루기는 생각했다.

아스팔트는 타오를 듯이 뜨겁고, 좌우 잡목림에서는 매미들이 요란하게 울고 있었다. 땀을 비 오듯 흘리면서도 이스루기는 머리 위에서 빛을 발하는 태양이 참 든든했다. 아무리 그래도 푹푹 찌는 이 대낮에 유령은 나오지 않겠지.

그때 비탈길 위에서 내려오는 한 모녀가 보였다.

어머니는 잔무늬가 그려진 남색 기모노를 멋들어지게 차려입고서 하얀 레이스 양산을 쓰고 있었다. 어머니의 손을 잡고 있는 딸은 열 살쯤으로 보였다. 하얀 원피스에 밀짚모자를 쓰고 있었다. 모자가 무척 커서 챙이 여자애의 눈에까지 내려왔다.

아스팔트에서 피어오르는 아지랑이가 두 사람의 발치에서 흔들리고 있었다.

이스루기는 손수건을 쥔 채 가만히 서 있었다.

스쳐지나면서 어머니가 살짝 알은체를 했다.

여자애가 고개를 들고 활기찬 목소리로 대답했다.

"안녕하세요."

이스루기는 잠긴 목소리로 안녕, 하고 인사했다.

어머니와 딸은 그대로 비탈길을 내려갔다.

저 모녀가 어디에서 왔는지 이스루기는 생각하고 있었다. 이 비탈길 위에는 범패장밖에 없다.

밀짚모자의 그림자가 드리워진 여자애의 얼굴이 그 초상화와 닮지 않았나? '몸을 굽힌 에코상'과 꼭 닮지 않았는가? 그리고 그 딸과 닮은 어머니는······.

이스루기는 손수건으로 얼굴을 싹싹 닦으며 머릿속에서 묘한 생각을 털어냈다.

오늘은 일요일이고 이미 여름방학이 시작되었다. 모녀가 산길을 산책하는 것이 뭐가 이상한가? 저 모녀는 범패장에서 온 것이 아니라 산길을 빙 돌아온 것이다. 여자애는 눈동자가 동그랗긴 했지만, 초상화와 그렇게까지 닮지는 않았다······.

아무래도 더위 탓에 사고능력이 떨어진 듯했다. 아니면 미즈키 마사오미의 말대로 탐정에게도 신불의 가호가 필요한 건가? 쓰루오카하치만궁에 가서 기도나 드리고 올걸 그랬다.

이스루기는 다시 비탈길을 올라 범패장으로 향했다.

돌담 사이를 가르듯 위쪽으로 이어지는 경사로를 오르자 주차턱에 경차가 세워져 있었다. 아무래도 식구들이 있는 모양이다.

이스루기는 숨을 크게 들이마셨다.

범패장에서 어떤 것을 확인하기만 하면 오늘 취재는 끝이다. 폭염으로 들끓는 도쿄를 여기저기 돌아다닐 필요도 없다. 에어컨이 도는 사무소에서 도노다에게 건넬 보고서를 쓰면 이번 의뢰는 끝이다. 드디어 범패장 사건에서 해방될 수 있다. 무척 골치 아픈 일이었다. 간류출판이 돈을 입금하면 여행이라도 가서 푹 쉬자.

마음속에 맺힌 음울한 생각을 털어내고, 억지로 의욕을 북돋은 뒤에 이스루기는 철제 정문을 지났다. 범패장을 마지막으로 방문하기 위해서……

3 장
입 은
진실을
말한다

I

그날 오후 도쿄도에 7월 들어서 처음으로 비다운 비가 내렸다.

매일 맑기만 했던 하늘이 먹구름에 덮여 있었다. 번개가 번쩍이고, 아랫배를 울리는 천둥이 연이어 쳤다. 굵은 빗방울이 아스팔트를 때리듯 쏟아지고 창문을 흔들었다. 소나기를 넘어선 집중호우였다.

안토니오는 사무소 의자에 앉아 창밖을 멍하니 쳐다보고 있었다.

전화가 울렸다.

"예, 유한회사 덤 옥스입니다."

안토니오는 수화기를 들고서 심드렁한 목소리로 대답했다. 하지만 이내 화들짝 놀랐다.

"……뭐라고요? 대장이 살해됐다고요?"

안토니오가 큰소리를 내자 장본인인 이스루기 기사쿠도

깜짝 놀라서 컴퓨터를 보다가 고개를 들었다.

"으음……. 지금, 그 살해됐다는 이스루기를 바꿔드리겠습니다."

안토니오는 당혹스러운 얼굴로 이스루기에게 수화기를 건넸다.

이스루기가 수화기를 낚아챘다.

"전화 바꿨습니다. 이스루기입니다."

"진짜 이스루기 씨 맞습니까?"

수화기 너머에서 상대가 무척이나 곤혹스러운 목소리로 물었다.

"틀림없이 진짜 이스루기 기사쿠 맞습니다."

이스루기는 강한 어조로 대답했다.

수화기에서 "살아 있는 모양이야. 역시 이스루기인지 뭔지 하는 인물은 아니었나 보네" 하고 속삭이는 소리가 들렸다.

"아아, 실례했습니다. 전 이시카와 현경 수사1과 소속 오자키라고 합니다."

이시카와 현경이라고? 이스루기는 점점 영문을 알 수가 없었다.

"실은 얼마 전에 가나자와시 우타쓰마치에서 살인사건이 벌어졌는데, 용의자가 자신이 이스루기 기사쿠라는 남자를 죽였다고 진술을 했습니다."

"뭐라고요? 전 가나자와시에는 한 번도 가본 적이 없는데요. 그 용의자가 왜 절 죽였다고 한 겁니까?"

"아니, 그건 좀 사연이 있어서."

오자키는 얼버무릴 뿐 자세한 사정을 설명하려고 하지 않았다.

"용의자의 부인이 증언하여 피해자가 다른 인물이라는 건 알아냈습니다만, 자택에서 이스루기 씨의 명함이 발견돼서요. 그래서 일단 확인차 전화한 겁니다."

가나자와시에 자신을 살해했다고 주장하는 인물이 있다……. 이스루기의 머릿속은 혼란스러웠다.

"용의자가 왜 이스루기 씨의 명함을 갖고 있었는지 확인하고 싶습니다. 우리 요원을 도쿄로 보낼 테니 죄송하지만 사정청취에 협력해주셨으면 합니다."

"아뇨, 제가 가겠습니다."

이스루기가 단호히 대답했다.

"내일 가나자와시에 가겠습니다. 대체 무슨 사정인지 저도 자세히 알고 싶어서요."

"그렇게 해주신다면 저희야 고맙죠. 그럼 내일 이시카와 현경본부에 직접 와주실 수 있겠습니까?"

"알겠습니다."

형사와 통화를 끝낸 뒤 이스루기는 노트북을 끄고서 덮개를 난폭하게 닫았다.

사흘 전에 범패장을 마지막으로 방문했을 때 아쓰노리는 외출 중이었다. 하지만 유키코 부인이 흔쾌히 맞이해주었다. 2층으로 올라가서 서고 출입구를 다시 확인한 뒤에 이스루기는 류시로에게 정중하게 인사했다.

류시로는 기분이 좋은지 프랑스어로 노래를 더듬더듬 불렀다. 유키코가 프랑스 자장가라고 설명해주었다. 흥이 난 이스루기가 "페도도 코랑" 하고 들리는 대로 따라 부르자 류시로가 갑자기 진지한 표정으로 통렬하게 말했다.

"자넨 프랑스어에 재능이 없어."

그 말에 이스루기는 고개를 푹 숙였고, 유키코는 명랑하게 웃었다.

그때 류시로의 눈을 보니 그가 꽤 즐겁고 행복하게 사는 것 같았다…….

범패장에서 돌아온 뒤 이스루기는 곧바로 도노다에게 제출할 보고서를 쓰기 시작했다. 꽤 난항이었다. 글이 좀처럼 써지질 않았다. 사흘 동안 끙끙거렸지만 반도 쓰지 못했다.

그런데 다름 아닌 자기 자신이 살해당했다는 황당한 사건이 벌어졌는데 보고서 따위나 쓰고 있을 수는 없었다.

이스루기는 책장에서 호텔 가이드를 꺼내 내일 묵을 숙소를 예약하고자 가나자와 시내에 있는 호텔에 전화를 걸기 시작했다.

이튿날 오전에 이스루기는 하네다 공항에서 에어버스에 탔다. 짐은 여벌옷을 적당히 쑤셔 넣은 숄더백 딱 하나뿐이었다.

하늘을 나는 약 한 시간 동안에 이스루기는 잡지도 읽지 않았고, 창밖에 펼쳐진 구름도 보지 않았다. 그저 좌석에 가만히 앉아 있었다. 이시카와 현경본부에 빨리 가고 싶어서 마음만 다그치고 있었다. 그러나 에어버스는 가나자와시에 착륙하지 않는다. 도착지는 고마쓰시에 있는 고마쓰 공항이다.

숄더백을 안고서 초조한 마음으로 혼잡한 통로를 뚫고 공항 로비에 나왔다. 하네다 공항보다 훨씬 작아서 마치 JR 전철역 구내에 있는 것 같았다.

이스루기는 안내 카운터에 달려갔다.

"가나자와시는 어떻게 가면 됩니까?"

"고속버스를 이용해주십시오. 항공기가 도착하고 15분 뒤에 발차합니다. 승강장은 저쪽입니다."

눈이 동글동글한 안내 직원이 오른손으로 출구 하나를 가리켰다.

"이시카와 현경본부에는 어떻게 가면 됩니까?"

계속해서 묻자 안내 직원이 당혹스러운 표정을 지었다. 이스루기는 고맙다고 인사하고서 카운터에서 벗어났다. 로비 매점에서 가나자와시 가이드북을 서둘러 구입한 뒤 공항 출구를 나와 버스 승강장으로 향했다. 공항 바로 앞에 있는 승강장에는 이미 사람들로 북적거렸다.

"승차권은 발매기에서 뽑아주십시오."

안내 방송을 듣고 이스루기는 곧바로 발매기 앞에 늘어선 긴 줄에 섰다. 줄을 서는 동안에 까치발을 서고서 안내도와 가이드북에 실린 지도를 번갈아봤다. 아무래도 이시카와 현경본부에 바로 가려면 고린보라는 정류장에서 내리면 될 것 같았다.

이삼 분쯤 기다린 끝에 겨우 표를 구입하고서 고속버스에 탔다. 좌석은 이미 거의 만석이었다. 안쪽 구석 자리만 비어 있었다. 이스루기는 숄더백을 무릎 위에 올린 채 좌석에 앉았다.

시원스러운 파란 하늘 아래서 버스가 출발했다. 시내 도로를 달리고 있을 때, 하얀 비행기구름을 남기며 전투기가 날아가는 광경이 보였다. 이곳은 공항과 기지의 도시다. 그리고 최근에는 자이언츠의 마쓰이 히데키 선수의 고향이라는 수식어가 추가되었다.

이윽고 버스는 고마쓰 인터체인지에서 호쿠리쿠 자동차 도로에 들어섰다. 왼쪽에서 소나무숲이 쭉 이어지다가 감청색 바다가 보이기 시작했다. 바다는 수평선까지 선명하게 푸르렀다. 하늘과 구분이 되지 않을 만큼 아주 맑았다.

숄더백을 두 손으로 잡고 좌석에서 몸을 움츠린 채 이스루기는 고린보에 도착하기를 오로지 기다렸다.

가나자와니시 인터체인지를 빠져나와 가나자와 시내를 구불구불 달린 끝에 "다음 정류장은 고린보입니다"라는 방송이 나왔다. 출발한 지 무려 45분이나 지났다. 비행기를 타고 하네다에서 고마쓰까지 날아가는 데 걸리는 시간과 거의 같았다.

이스루기는 고린보 정류장에서 내렸다.

아무래도 이곳은 번화가인 모양이다. 널찍한 대로 양옆에 백화점과 호텔과 은행 등이 늘어서 있었다. 그 건물들 중 한 곳에 '109시부야를 상징하는 패션몰'라고 적힌 간판이 걸려 있어서 살짝 당황했다.

인도를 오가는 사람들이 많았다. 버스 정류장 옆에 정차한 선거유세 차에서 마이크를 쥔 후보자가 열변을 토해내고 있었다.

숄더백을 어깨에 멘 이스루기는 가이드북을 노려보며 이시카와 현경본부로 향했다.

교차로를 건너 바둑판처럼 가느다란 격자무늬가 들어간 인도를 나아가자 중앙공원 입구가 보이기 시작했다. 거기서부터 인도에 가로수가 보이기 시작했다. 공원에 있는 키다리 삼나무 사이를 걷고 있으니 마치 숲 속에 있는 것 같은 착각이 들었다.

설국이라는 이미지 덕분에 가나자와는 틀림없이 시원할 줄 알았건만 실은 그렇지 않았다. 아마 기온이 30도는 족히 넘으리라. 뇌우가 퍼부었던 도쿄가 오히려 더 시원했을 정도였다.

메이지 시대 때의 모습이 고스란히 남아 있는, 붉은 벽돌로 지어진 이시카와 근대문학관을 지나면 바로 옆에 이시카와 현청이 있다. 그리고 이시카와 현경본부는 현청 경내 구석에 있다.

4층짜리 건물에 표어가 적힌 현수막 세 장이 걸려 있었다.

현수막 바로 아래에 입구가 있고, '이시카와 현경찰본부'라 적힌 나무 간판 앞에 제복 경찰이 서 있었다. 더위 때문인지 파란색 와이셔츠에 모자만 쓰고 있었다.

이스루기는 이시카와 현경본부에 들어가 안내소에서 수사 1과 오자키 형사를 불러달라고 부탁했다.

"안녕하세요, 안녕하세요. 먼 곳에서 이렇게 찾아와주셔서 감사합니다."

오자키가 손을 흔들며 계단을 내려왔다.

그는 가냘픈 중년 남자였다. 머리가 어수선했다. 이스루기와 마찬가지로 옷에 신경 쓰지 않는 성격인지 와이셔츠 옷 깃에도 주름이 져 있었다. 덕분에 일부러 기른 것으로 보이는 구레나룻이 지저분하게 보였다.

오자키는 이스루기가 숄더백을 갖고 있는 걸 보았다.

"고마쓰 공항에서 바로 오셨습니까?"

"그렇습니다."

"고생하셨네요. 자, 이쪽으로……."

오자키가 이스루기를 2층으로 안내했다.

"피의자도 아닌데 취조실로 데리고 갈 수는 없는 노릇이고."

2층으로 올라간 오자키가 그렇게 중얼거리고서 잠시 생각했다.

"뭐, 여기가 좋으려나? 자, 앉으십시오."

그는 복도 소파를 가리켰다.

이스루기는 등받이가 없는 검은 가죽소파에 앉은 뒤 숄더백을 발치에 내려두었다.

오자키는 이스루기 옆에 앉았다.

"이미 가족분들한테 확인을 받았습니다만, 이스루기 씨한테도 보여드리도록 하죠. 이 분이 피해자입니다."

오자키는 와이셔츠 가슴주머니에서 사진을 꺼내 이스루기에게 건넸다.

이스루기는 '살해된 이스루기'의 사진을 내려다봤다.

똑바로 누운 채로 눈이 감겨 있고, 또한 목까지 하얀 덮개가 덮여 있는 것으로 보아 영안실에서 촬영했으리라. 옅은 오렌지색 선글라스는 쓰고 있지 않았지만, 누구의 유해인지 금세 알아볼 수 있었다.

"……추리작가인 아유이 이쿠스케 씨군요."

이스루기는 대답하고서 사진을 돌려주었다.

오자키는 만족스러운지 고개를 끄덕이고서 사진을 주머니에 다시 넣었다.

"아유이 씨는 용의자의 저택을 처음 방문했을 때 이스루기 씨의 명함을 지참하고 있었답니다. 아유이 씨가 왜 당신의 명함을 갖고 있었는지 아십니까?"

이스루기는 오자키에게 자초지종을 일부 이야기했다. 출판사에서 범패장 사건을 다시 조사해달라고 부탁한 일, 관계자에게 취재를 요청한 일, 아유이 이쿠스케가 사무소에 느닷없이 나타난 일…….

"……그때는 아유이 씨한테 명함을 건네지 않았습니다. 그런데 도노다 씨가 제 명함이 재밌다면서 관계자 모두한테 취재요청서와 함께 보낸 모양입니다. 그러니 아마 아유이 씨도 요청서와 함께 제 명함을 받았을 테죠."

거기까지 설명한 뒤 이스루기는 고개를 갸웃거렸다.

"그런데 아유이 씨가 어째서 제 명함을 들고 가나자와시에 갔는지는 모릅니다……. 오자키 형사님, 사건 경위를 알려주실 수 없겠습니까? 아유이 씨는 왜 살해된 겁니까?"

오자키는 잠시 고민하다가 이윽고 무거운 입을 열었다.

"애써 힘들게 오셨으니 간략하게만 알려드리죠. 어쨌든 이스루기 씨가 살해된 사건이니까요."

오자키가 키득 웃었다. 농담이었겠지만 이스루기는 웃을 수 없었다.

"아유이 씨는 용의자의 저택을 몇 번 방문했던 모양입니다. 그런데 마지막으로 방문했을 때 용의자가 느닷없이 꽃병으로 가격했습니다. 뒤통수를 꽤 세게 여러 차례 가격한 것 같더군요. 용의자의 부인이 황급히 만류하고서 구급차와 경찰을 불렀습니다만, 아유이 씨는 병원으로 실려 가던 도중에 사망하셨습니다."

"그렇다면 범인은 현행범으로 체포됐겠군요."

이스루기가 묻자 오자키가 당혹스러워했다.

"뭐, 그렇습니다."

그가 모호하게 대답했다.

"지금 범인은 구치소에 있습니까?"

"아뇨, 병원입니다."

"병원? 범인도 다쳤습니까?"

이스루기는 연달아 질문했다.

오자키는 한숨을 내쉬고서 이스루기를 힐끔 보고 말했다.

"용의자는 환자였습니다. 젊었을 적부터 알츠하이머에 걸렸다고 하더군요."

"알츠하이머?"

이스루기는 놀라웠다.

"예. 아직 젊은데 가엾게도⋯⋯. 저보다 어린 나이에 치매에 걸릴 수도 있더군요."

오자키가 얼굴을 찡그렸다.

"처음에 이스루기 기사쿠를 죽였다고 진술한 것도 아마 병 때문이겠죠. 당신의 이름을 거듭 되뇌었는데 불과 너덧 시간 뒤에 완전히 잊어버렸습니다. 누굴 죽였는지 뿐만 아니라 자신이 살인을 저질렀다는 것조차 잊어버렸습니다. 의사의 말에 따르면 이러한 기억장애가 알츠하이머의 전형적인 증상이라더군요."

오자키는 거기까지 말하고서 진지한 표정을 지었다.

"아시리라 생각합니다만, 치매 환자가 범죄를 저지르면 여러모로 복잡한 문제가 생기죠. 매스컴에서 쫑알쫑알 떠들면 일이 성가셔집니다. 그러니 방금 들려드린 얘기는 비밀로⋯⋯.

그때 복도 저편에서 여성의 목소리가 들렸다.

"오자키 씨."

오자키는 소파에서 펄쩍 뛰고는 황급히 일어나 방으로 도망치려고 했다.

"오자키 씨, 그럼 못 쓰죠. 복도 소파에 앉아 잡담이나 떨고 있는 주제에 뭐가 바쁘다는 거죠?"

여성이 그렇게 말하고서 복도를 성큼성큼 걸어왔다.

이스루기는 무심코 여성에게 시선을 빼앗기고 말았다.

갈색머리를 허리까지 기른 그녀는 이목구비가 아주 단정했다. 피부가 투명하리만치 하얗다. 검은 눈썹이 또렷하다(다만 지금은 미간을 찡그리고 있다). 눈동자가 매력적이다. 몸이 통통한데 하얀 티셔츠와 청바지를 입고 있었다.

그 미모를 보고 이스루기는 〈범패장 사건〉의 등장인물을 떠올렸다. 두 남성의 사랑을 받은 미소녀……

오자키는 불편한 얼굴로 복도에 서 있었다.

"남편은 언제 퇴원할 수 있죠?"

여성은 오자키에게 다가가 느닷없이 그렇게 물었다.

"으음, 그게, 말이죠. 아직 검사가 끝나지 않아서……"

오자키가 횡설수설했다.

"검사가 왜 이렇게 길어지는 거죠?"

여성이 고개를 갸웃거렸다.

"남편 주치의가 진단서를 보냈는데요."

"받았습니다."

"그럼 뭘 더 검사할 게 있나요? 당신, 알츠하이머병 진단서를 봤잖아요?"

"저기, 부인, 좀 봐주십시오."

오자키는 두 손을 앞으로 내밀고서 여성을 달랬다.

"저희 사정을 아시지 않습니까? 이 사건은 대단히 민감한 문제라서……."

"아시겠지만 병원은 구치소가 아니에요. 병원에 가둬두는 건 구속이 아니라 감금입니다."

여성이 생긋 웃었다.

"그럼 남편을 면회할 수 있도록 허가를 해주시는 거겠죠?"

오자키는 입을 다물었다.

"제가 면회하는 걸 왜 그리 싫어하는 건가요? 제가 남편한테 약은꾀라도 일러줄 것 같아 이러시나요? 일러줘봤자 어차피 금세 잊어버릴 거예요."

"저기요, 부인. 전 지금 정말로 바쁩니다."

오자키가 소파에 앉아 있는 이스루기를 가리켰다.

"저 분과 한창 사정청취를 하고 있었습니다. 대단히 중요한 증인이죠. 그러니 오늘은 그만하고 물러가주실 수 없겠습니까?"

여성이 이스루기를 힐끔 봤다.

"또 올게요."

그녀는 그렇게 말하고서 떠나갔다. 시원한 발걸음으로.

오자키는 한숨을 크게 내쉬고서 소파에 털썩 앉았다.

"정말이지, 저 부인한테는 두 손 두 발 다 들었습니다. 학생운동 투사나 그런 계통에서 활동하지 않았을까 싶군요. 진짜, 대차다니까."

"방금 그분은 혹시……."

"아아, 아직 설명을 드리지 않았군요."

오자키가 여성의 등을 보며 말했다.

"방금 그분은 이번 살인사건의 용의자인 미즈키 씨의 부인입니다."

2

오자키의 말을 듣자마자 이스루기는 온몸에 전류가 흘렀는지 벌떡 일어섰다.

오자키가 그를 멍하니 올려다봤다.

"죄송합니다만, 전 이만 실례하겠습니다."

이스루기의 시선은 오자키가 아니라 복도 끝을 향하고 있었다. 그 여성이 막 계단으로 사라지려고 했다.

숄더백을 급히 들고는 그대로 복도를 달렸다. 앞에서 걸어오던 제복 차림의 여경이 황급히 벽 쪽으로 물러선 것으로 보아 표정이 무시무시했는가 보다.

계단을 뛰어 내려가 이시카와 현경본부 현관 밖으로 나온 뒤 이스루기는 주변을 살폈다.

여성은 주차해놓은 경차 옆에 있었다.

"저기, 죄송합니다!"

크게 외치자 여성이 뒤를 돌아봤다.

이스루기는 숨을 헐떡이며 여성의 곁으로 달려갔다.

"그 가방, 제 것이 아닌데요."

여성은 그렇게 말하고서 이스루기의 가슴을 가리켰다.

이제야 깨달은 것인데 이스루기는 두 팔로 숄더백을 소중하게 안고 있었다.

"놓고 간 물건을 전해주러 온 게 아닙니다."

이스루기는 숄더백을 어깨에 멨다.

"미즈키 씨 부인이시죠?"

"그렇긴 한데. 당신은 누구?"

"전 이스루기 기사쿠라고 합니다. 아시는지는 모르겠지만……"

"아아, 명함을 보낸 그 명탐정이죠?"

여성이 빈정거리듯 웃었다.

"맞습니다. 하지만 제가 보낸 건 아닙니다."

이스루기는 변명했다.

"근데 저한테 무슨 볼일로?"

"할 얘기가 있습니다. 범패장 사건 건으로……, 범패장 사건은 아시죠?"

여성은 이스루기를 한동안 쳐다보다가 이윽고 경차 뒷문

을 열었다.

"타요. 이야기는 집에서 듣죠."

이스루기는 경차 뒷좌석에 탔다.

여성은 운전석에 앉고서 차를 몰았다.

경차는 주차장에서 대로로 나온 뒤 이스루기가 걸어왔던 고린보와는 반대 방향으로 달리기 시작했다.

전방에 녹색이 넘실대는 광대한 정원이 금세 보이기 시작했다.

가나자와의 중심 관광지인 겐로쿠엔_{일본의 3대 정원 중 하나}이다.

차는 겐로쿠엔 옆을 지나 약간 좁은 도로에 들어섰다. 두어 번 길을 꺾은 뒤 신호등이 있는 교차로에서 우회전을 하자 도로가 더욱 좁아졌다. 게다가 약간 오르막길이었다.

앞유리 저 너머에 수풀이 우거진 푸른 산이 보였고, 바로 앞에는 아치형 철교가 있었다.

이스루기는 어쩐지 불안해지기 시작했다. 지금 자신은 난생처음 온 동네에 있다. 낯선 여성이 운전하는 차를 타고서 어딘지 모를 곳으로 끌려가고 있다. 차가 어느 방향으로 향하고 있는지조차 모르겠다.

"저기 여긴 가나자와시 어디쯤인가요?"

"저 강은 아사노가와강, 저 산은 우타쓰야마산, 저 다리는 덴진바시교."

여성이 노래하듯 대답했다.

"당신, 근대문학에 흥미 없어요?"

"그래도 대학에서 국문학을 공부했습니다만."

"우타쓰야마산에는 이즈미 교카의 시비詩碑가 있고, 아사노가와강 강변에는 다키노시라이토_{이즈미 교카의 소설을 바탕으로 만들어진 신파극} 기념비와 도쿠다시 유세이 가문이 선조의 위패를 모시려고 세운 조묘지靜明寺가 있어요."

여성이 키득키득 웃으며 말을 이었다.

"그러고 보니 최근에 젊은 관광객이 조묘지가 어디에 있냐고 물어본 적이 있었지. 도쿠다시 유세이의 묘를 참배하는 젊은이가 있다니 일본도 아직은 망하지 않았네."

조묘지라는 단어를 듣고 이스루기는 이내 가마쿠라의 조묘지浄明寺를 떠올렸다. 그러고 보니 조묘지浄明寺를 지나는 도로 이름이 가나자와 가도다. 단순한 우연의 일치라고 치부하기에는 꽤 이상하다.

아사노가와강은 강폭이 꽤 넓었고, 강변이 콘크리트로 되어 있었다. 그 위에 걸려 있는 하얀 아치교를 건너자 바로 눈앞에 우타쓰야마산이 우뚝 솟아 있었다. 산과 강 사이에 좁은 도로가 나 있고, 전통 가옥들이 지붕을 맞대고 있었다.

'덴진바시'라고 적힌 버스 정류장을 지나 강변도로를 한동안 달렸다. 이윽고 차는 왼쪽으로 꺾어 산길에 들어갔다.

가드레일과 돌담 사이에 끼인 좁은 산길을 천천히 올라갔다. 도로 양편에 울창한 나무들이 서 있었다. 좌우에서 뻗은 가지와 잎이 저 위에서 한데 얽혀 아스팔트에 그림자를 드리웠다. 매미 울음소리가 사방에서 들려왔다.

경차는 한동안 나아가다가 어느 단독 주택에 이르러 현관 옆 주차장에 정차했다.

"다 왔어요."

여성은 그렇게 말하고서 안전벨트를 풀었다.

이스루기는 차에서 내려 자갈이 깔린 주차장에서 집을 올려다봤다.

미즈키의 집은 2층짜리 전통 목조가옥이었다. 정면에 보이는 하후풍일본의 전통 건축 양식의 하얀 벽에 격자무늬처럼 기구미목재를 서로 맞물리도록 깎아서 끼운 것가 박혀 있었다. 건물에는 길쭉한 렌지마도길쭉한 목재로 연이어 살을 세운 나무창가 달려 있었다. 더위 탓인지 바깥쪽에 발이 처져 있었다.

여성은 '미즈키'라는 문패가 걸린 나무문을 열고서 안으로 들어갔다. 이스루기도 바로 뒤따랐다.

나무문에서 현관까지 길쭉한 돌이 짜맞춰진 포석로가 이어져 있었다. 바로 옆에 집과 높이가 비슷한 커다란 소나무가 있었다. 거칠한 나뭇가지에 매미가 매달려 요란하게 울어 댔다.

현관 창살문을 지나자 널찍한 현관 바닥이 좌우에 펼쳐져 있었다. 위쪽은 확 트여 있고, 살짝 거뭇한 하얀 벽이 솟아 있었다. 현관 바닥 안쪽에는 집 안으로 들어갈 수 있도록 마루가 깔려 있고, 그 뒤에는 복도가 뻗어 있었다. 오랫동안 버선발에 문질러졌는지 호박색 나무가 깔린 복도가 반들반들했다.

여성이 스니커즈를 벗고서 양말발로 복도에 올랐다. 그대로 자연스럽게 바로 왼쪽 장지문을 열려다가 손을 뚝 멈췄다.

"왜 그러십니까?"

복도에 올라온 이스루기가 물었다.

"다다미에 아직 핏자국이 남아 있었지…… 안쪽 방에서 얘기하죠."

여성이 우울한 얼굴로 대답하고서 복도를 걸어갔다.

복도 안쪽에서 오른쪽으로 꺾자 널찍한 툇마루가 나왔다. 뒤뜰에는 정성껏 가꿔진 나무들이 심겨져 있고, 가운데에 있는 건조대에 세탁물이 걸려 있었다.

툇마루 바로 근처에 국화 모양의 초즈바치_{집 안으로 들어가기 전에 손을 씻고 입을 헹구도록 물을 담아놓은 그릇, 요즘에는 정원 장식용으로 놓는다}가 놓여 있었다. 호기심이 인 이스루기는 안을 들여다봤다. 하지만 가나자와도 폭염이 이어졌는지 바닥이 말라 있었다.

"이쪽으로."

여성이 툇마루 옆 장지문을 열었다.

안으로 들어가니 4평쯤 되는 예스러운 방이 나왔다. 가운데에는 옻칠이 된 커다란 좌탁이 있었다. 고개를 드니 격자 천장이 보였다. 가느다란 살이 격자 모양으로 붙어 있었다.

여성은 이스루기에게 방석에 앉으라고 권하고서 복도로 나가 차가운 보리차를 가지고 왔다.

"그래서 할 얘기가 뭐죠?"

여성은 좌탁을 사이에 두고 이스루기 정면에 앉아 물었다.

"실은 전 현재 14년 전 가마쿠라시 조묘지의 범패장에서 벌어졌던 살인사건을 재조사하고 있습니다."

이스루기가 본론으로 들어갔다.

"알아요. 미즈키 마사오미인지 뭔지 하는 탐정의 추리가 맞는지 검증하는 조사를 벌이고 있죠?"

여성이 시시해하며 대답했다.

"그렇습니다. 그리고 전 미즈키 마사오미의 추리에서 누락된 것을 발견했습니다."

"누락?"

여성이 한쪽 눈썹을 치올렸다.

"예. 지극한 단순한 누락입니다. 어째서 미즈키 마사오미가 이렇게 당연한 걸 눈치채지 못했는지 이해하기 고통스러울 정돕니다."

이스루기는 여성의 눈을 지그시 쳐다봤다.

"즉 어째서 고타가와 도모코를 의심하지 않았느냐는 겁니다."

그 이름을 듣고도 여성은 조금도 동요하지 않았다. 좌탁 위에서 턱을 괸 채 지루해하며 이스루기의 이야기에 귀를 기울였다.

"2층에 묵었던 손님은 미즈키 마사오미, 아유이 이쿠스케, 고타가와 도모코, 이 세 사람이었습니다. 그리고 미즈키와 아유이는 앞쪽 서고, 도모코는 안쪽 서고를 사용했죠. 안쪽 서고, 즉 테라스 바로 옆 서고 말입니다. 그녀는 범행 현장에서 가장 가까운 곳에 혼자 있었습니다. 그런데 어째서 의심하지 않았을까?"

이스루기는 팔짱을 끼고서 잠시 생각했다.

"도모코가 범인이라고 가정한다면 사건은 좀 더 단순명쾌해집니다. 심야에 노나미 요시토는 은밀히 2층에 올라가 도모코와 얘기를 했습니다. 그리고 말다툼이 벌어졌고 화가 치민 도모코가 충동적으로 죽였다……"

"도모코와 노나미는 초면 아니었나요? 왜 한밤중에 몰래 만나러 가죠?"

여성이 중얼거리듯 지적했다.

역시 그녀는 범패장 사건의 관계자가 맞구나, 하고 이스루기는 확신을 품었다.

"이러면 어떻습니까? 도모코 씨에게는 낙태를 했던 과거가 있었다고 합니다. 다지마 다미스케 씨와 나카타니 히로히코 씨가 그렇게 증언했으니 아마 사실이겠죠. 그리고 나카타니 씨는 '연상의 나쁜 남자의 꾐에 넘어가 임신했는데, 알고 봤더니 유부남이었다'고 설명해주었습니다. 이 '연상의 나쁜 남자'가 노나미 요시토였다면? 범패장 손님들 중에 옛날에 사귀었던 여성, 임신까지 시켜놓고서 버렸던 젊은 여성을 발견하고서 노나미는 당황했습니다. 중요한 고객이 될지도 모를 즈이몬 류시로나, 아수라사 사건을 통해 알게 된 명탐정 미즈키 마사오미한테 과거의 부정을 폭로할까 봐 두려웠죠. 그래서 도모코의 입을 막기 위해서 몰래 그녀가 묵고 있는 2층 서고로 갔습니다. 입막음 대가로 15만 엔을 들고서 말이죠."

"일단 앞뒤는 맞는 것 같네."

여성이 고개를 살짝 끄덕였다.

"그래서? 얘기를 계속 해봐요."

"이렇게 단순명쾌한 추리를 미즈키 마사오미가 떠올리지 못했을 리가 없습니다. 당연히 눈치챘겠죠. 그렇다면 왜 이 추리를 묻어두고 구라타 다쓰노리를 범인으로 지목했는가? 힌트가 될 만한 글들이 아유이 이쿠스케가 쓴 〈범패장 사건〉에 나옵니다."

이스루기는 여성에게 손을 뻗고서 손가락을 하나씩 세우며 말했다.

"우선 거실에서 가와무라 료가 치근덕거렸을 때 도모코는 지인인 다지마나 나카타니가 아니라 초면인 미즈키한테 도움을 청했습니다. 안뜰에서 다과회를 했을 때 도모코는 미즈키 바로 옆에 앉아 있었죠. 그리고 사건이 발생한 직후에 다지마가 테라스에 달려가자 도모코는 미즈키 곁에 꼭 붙어 있었습니다."

이스루기는 세 손가락을 세운 오른손을 크게 흔들었다.

"도모코가 미즈키한테 호감을 품은 게 틀림없습니다. 그리고 미즈키도 도모코를 좋아하게 됐던 게 아닐까요? 그래서 맥을 짚었을 때 노나미의 몸이 이미 식어버렸다는 거짓 증언을 하면서까지 도모코를 지키려고 했던 게 아닐까요? 구라타는 괴짜 기질이라 마음속으로 마도카를 숭배하고 있었으니 그런 추리로 유도하면 자신이 죽였다고 진술하리라 계산했던 게 아닐까요……."

"잠깐만. 노나미가 나이프에 찔려 죽은 건 어떻게 설명할 거죠?"

여성이 무언가 떠올렸는지 이맛살을 찌푸렸다.

"말다툼이 벌어져 계단으로 밀쳤다면 또 모를까, 헌팅나이 프로 등을 찔렀다는 건 아무리 생각해도 너무 이상해요. 애 당초 옛날에 사귀었던 남자와 대화를 하는데 나이프를 소지 하다니, 과잉방어도 유분수지."

명석한 사람이군, 하고 이스루기는 감탄했다.

사실은 거기까지는 설명하고 싶지는 않았지만, 질문을 받 았으니 별 수 없다.

"그건 이렇습니다. 방금 당신이 말씀하셨다시피 도모코 는 화가 치밀어 노나미를 계단으로 밀쳤을 겁니다. 비명 소 리를 들은 미즈키가 서고에서 뛰쳐나와서 보니 흥분한 도모 코가 서 있었습니다. 그 광경을 보고 도모코가 노나미를 밀 쳤음을 깨달은 미즈키는 도모코를 위로하며 절대로 말하지 말라고 당부했습니다. 그리고 모두가 달려왔을 때 미즈키는 앞서서 계단을 내려갔습니다……."

이 다음을 이야기하기가 참 괴로웠다. 이스루기는 고개를 숙이고서 서글픈 목소리로 말을 이었다.

"……노나미가 죽어 있었다면 사고사로 꾸밀 작정이었을 겁니다. 하지만 노나미는 아직 살아 있었습니다. 그래서 미즈키는 도모코를 구하기 위해 숨겨뒀던 나이프로 노나미를 찔러 죽였습니다……. 손전등은 오로지 미즈키만 들고 있었습니다. 어두컴컴한 계단에서 미즈키가 무슨 짓을 했는지 아무도 보지 못했을 겁니다. 그리고 이 사건을 마지막으로 미즈키 마사오미는 은퇴했습니다. 범죄를 은폐하고, 스스로 죄를 지은 자는 이제 명탐정이라 할 수 없으니……."

이스루기는 잠시 침묵했다. 가슴 속에서 뜨거운 감정이 복받쳤다.

여성은 여전히 턱을 괸 채 이스루기의 얼굴을 멍하니 쳐다보고 있었다.

"자, 이제부터 들려드릴 이야기는 14년 뒤 현재입니다."

이스루기는 뜨거운 감정을 억지로 삼키고서 말을 이었다.

"아유이 이쿠스케는 방금 제가 말씀드렸던 것을 어렴풋하게 깨달았습니다. 그래서 〈범패장 사건〉을 완성시킬 수가 없었습니다. 미즈키를 진심으로 존경했던 아유이는 차마 미즈키의 과오를 쓸 수가 없었습니다. 아유이는 7년 동안이나 〈범패장 사건〉을 봉인해왔습니다만, 사건이 발생한 지 14년이 지난 어느 날 예기치 않은 사태가 벌어졌습니다. 간류출판이 고발 책을 기획하고 저한테 재조사를 의뢰했습니다. 위기감을 느꼈던 아유이는 은퇴하여 가나자와시에 은둔하고 있었던 미즈키를 만나러 갔습니다. 그리고 뜻밖의 광경을 보게 됐습니다."

이스루기는 도발하듯 여성을 쳐다보며 말했다.

"하나는 미즈키가 젊은 나이에 알츠하이머에 걸렸다는 사실. 다른 하나는 미즈키가 고타가와 도모코와 결혼했다는 사실입니다."

여성이 눈꺼풀을 두어 번 연이어 깜빡였다.

"이 사실을 목도한 아유이는 도모코가 범패장 사건의 진범임을 확신했습니다. 그리고 미즈키가 치매에 걸렸으니 그의 명예를 지키는 건 더는 무의미하다고 생각했습니다. 아유이는 범패장 사건의 진실을 세상에 발표하자고 결심했습니다……. 도모코한테는 커다란 위협이었겠죠. 범패장 사건은 아직 시효가 성립되지 않았으니까."

이스루기는 숨을 깊이 들이마셨다.

"그때 도모코는 옛날에 미즈키가 자신을 구하고자 썼던 아이디어를 떠올렸습니다. 성격이 괴짜인 인물을 잘 유도한다면 자신이 죽었다고 믿어버릴지도 모른다. 그럼 알츠하이머 환자라면 더 간단히 유도할 수 있지 않을까? 그리고 알츠하이머 환자인 미즈키는 심신상실 상태이니 살인죄를 묻지 않을 것이다……."

이스루기는 입을 잠시 다물고서 여성의 눈을 응시했다.

"당신은 고타가와 도모코 씨지요? 그리고 아유이 이쿠스케를 살해한 사람은 사실 당신 아닙니까?"

이스루기는 여성이 자신의 추리를 듣고 피식 웃을지, 아니면 화를 낼지 그것만 생각하고 있었다. 하지만 여성은 이스루기의 예상을 훨씬 뛰어넘는 반응을 보였다.

"재밌네."

여성이 눈을 반짝거렸다.

"재밌어…… . 정말 유니크한 추리야. 당신은 참 상상력이 풍부하네요. 그건 탐정이 꼭 갖추어야 하는 능력이에요. 하지만 반드시 필요한 하나가 더 있죠."

여성은 몸을 앞으로 내밀고는 오른손등을 이스루기에 내밀었다. 검지와 중지가 살짝 움직였다. 마치 그 사이에 없는 담배를 찾고 있는 것처럼…… .

이스루기는 자신의 눈을 의심했다. 아유이 이쿠스케의 작품에서 여러 번 읽었고, 스스로 따라하려고 했던 포즈였다.

"하나 더 필요한 것, 그건 사실이야. 오자키 형사한테 이름을 제대로 확인하지 않았나? 남편은 미즈키 마사오미가 아냐. 내가 바로 미즈키 마사오미야."

3

아유이 이쿠스케의 수기

본격 미스터리 세계에서 살인자는 수기를 남기고 자살하곤 한다.

나는 본격 미스터리 작가다. 뭐, 최근 7년 동안 한 권도 내지 못했으니 이제 작가라고 부를 수 없을지도 모른다.

"적어도 일 년에 한 권은 쓰지 않으면 세상이 소설가로서 알아주지 않아요."

편집자가 충고를 해준 적도 있었다. 그런 의미에서 독자들은 이미 나를 버렸을지도 모른다. 오래 전에 붓을 꺾은 소설가라고 여기고 있을지도 모른다.

그렇다면 자칭 본격 미스터리 작가라고 해도 상관없다. 여하튼 오랫동안 미즈키 마사오미의 탐정담을 기록해온 인간으로서 통례에 따라 이 수기를 남기기로 했다.

일이 끝난다면 어차피 나는 이 세상에 살아 있을 수 없을 테니까.

*

나는 미즈키 유키水城 優姬와 1985년에 처음 만났다.

그때 나는 아직 스물다섯 살이었다. 대학교를 졸업한 뒤에도 직장을 잡지 않고 아르바이트로 연명하며 빈둥빈둥 살고 있었다. 때마침 프리터라는 단어가 등장하기 시작한 시절이었다. 나는 프리터 제1호였을지도 모르겠다.

지금 생각해보면 스물다섯 살인 나는 정말로 어린애였다고 절실히 느낀다. 앞으로 자신이 무엇을 해야 좋은지, 자신이 대체 무엇을 하고 싶어 하는지 모른 채 공허하고 향락적인 나날을 보내기만 했다. 그러나 그 당시 나는 자신이 어엿한 어른이며, 이러한 라이프스타일이 고도 자본주의사회의 최첨단이라고 믿고 있었다. 실제로 때마침 버블 경제가 시작하려던 때였기에 아르바이트 수입만으로도 즐겁게 살아갈 수 있었다.

1985년 겨울, 나는 스키를 타러 기후현에 갔다. 그리고 내가 묵었던 호텔에 미즈키 유키도 묵고 있었다.

호텔 레스토랑에서 아침을 먹고 있던 유키를 처음 봤을 때 느낀 인상은, 부끄럽게도 무척 아름다운 여성이었다는 것 뿐이었다. 그때 아직 유키의 진실한 모습, 지성과 재능을 조금도 눈치 채지 못했다.

나는 아침밥이 담긴 쟁반을 두 손으로 들고서 유키의 탁자로 향했다.

"여기 앉아도 됩니까?"

내가 묻자 유키는 나를 힐끔 올려다보고서 고개를 끄덕였다.

"스키 타러 왔습니까?"

내가 연이어 물었다.

"그거 말고 여기 올 이유가 또 있나?"

유키가 퉁명스럽게 대답했다.

"그야 그렇죠."

나는 짐짓 웃으며 말했다.

"난 이 스키장에 처음 왔어요. 괜찮은 슬로프가 있으면 꼭 알려줬으면……."

유키는 탁자에 올려둔 담뱃갑에서 담배를 한 개비 꺼내어 아무런 양해도 구하지 않고 불을 붙였다.

"아침 댓바람부터 남자가 치근덕거리다니 지지리도 운이

없네. 그러고 보니 어제는 눈보라가 몰아쳐서 한 번도 못 탔고."

유키는 연기와 함께 한숨을 내뱉었다.

"당신, 몇 살?"

"스물다섯입니다."

"난 서른셋이야."

유키의 말을 듣고 나는 조금 놀랐다. 유키는 동안이었고, 그때는 캐주얼하게 검은 스웨터에 청바지를 입고 있었다. 그 래서 기껏해야 동갑이라고 생각하고 있었다. 여덟 살이나 연 상일 줄은 생각도 못했다.

"……게다가 당신, 내 타입이 전혀 아냐."

유키는 히죽 웃고는 피우던 담배를 재떨이에 눌러 끄고서 가버렸다.

재떨이에 담긴 담배에서 아직 연기가 피어오르고 있어서 나는 컵에 담긴 물을 끼얹었다.

이런 대우를 받았으니 내가 유키에게 좋은 인상을 품지 못한 것을 이해하기 어렵지 않으리라. 추파를 던졌다고 비웃 은 것도 그렇지만(분명 그런 의도가 전혀 없지는 않았다는 것은 인정한다. 나는 아직 유키의 진정한 모습을 알지 못했 다) 밥을 먹으면서 태연하게 담배를 피우는 모습도 조금 불 쾌했다.

그 시점에서 나는 이렇게 생각했다.

분명 미인이긴 하지만 아마 드세고 입이 거칠고 성격이 나뻘 것 같다. 그리고 서른이나 넘은 아줌마이니 곁에 다가가지 말자.

이대로 끝났다면 나는 유키를 금세 잊어버렸으리라. 그리고 본격 미스터리 작가도 되지 못했을 것이다.

그 뒤에 나와 유키를 비롯한 여러 사람들이 우연한 계기로 화가 가시마 세이운과 만났고, 히다야마산에 세워진 세이운의 별장인 '홍련장紅蓮莊'에 초대를 받았다

홍련장은 그 명칭대로 외벽이 온통 진홍색으로 채색된 건물이었다. 눈보라가 치기 시작한 산길을 차로 달려가다가 사방을 뒤덮은 눈 속에서 타오르는 듯한 진홍색 홍련장을 발견했을 때 느낀 충격은……. 이튿날 아침, 주변에 발자국이 전혀 찍히지 않은 설원에 쓰러져 있던 세이운의 처참한 시신……. (자세한 내용은 내 등단작인 《홍련장 사건》을 참조하길 바란다.)

내가 무엇보다도 가장 놀랐던 점은 유키가 이 괴이한 사건의 수수께끼를 명쾌하면서 명석하게 풀어내어 진범을 멋지게 지목한 것이었다.

"이것으로 내 추리는 끝입니다. 그리고 죄를 지은 자는 죗값을 치러야만 합니다."

추리를 다 들려준 유키는 진범 XXXX(혜살이 되니 덮어둔다)을 향해 손가락 사이에 끼운 담배를 척 내밀었다. XXXX는 새파래진 얼굴로 부들부들 떨더니 결국 죄를 인정했다.

유키가 추리를 들려주는 동안에 나는 그녀의 옆얼굴을 뚫어져라 쳐다봤다. 유키의 미모는 이제 눈에 들어오지 않았다. 나는 겉으로 드러난 아름다움이 아니라 그 속에 감춰진 진정한 아름다움, 즉 **찬란한 지성**을 쳐다보고 있었다.

그리고 나는 그 찬란한 지성에 매료되고 말았다.

"미즈키 씨, 아까 그 추리는 정말로 대단했습니다!"

홍련장에서 돌아오던 도중에 나는 차 안에서 칭찬했다.

"그래? 그런 건 보통 아냐?"

유키가 시시해하며 말했다. 내 바로 옆에서 담배를 피우고 있었지만, 이제 그런 건 개의치 않았다.

"그게 보통이라고요?"

"이런 걸 눈치채지 못하는 게 더 이상해."

무뚝뚝하게 내뱉은 그 말에 나는 더욱 감동했다. 이 사람은 엄청난 재능의 소유자다. 나는 존경을 넘어 숭배하는 마음을 품었다.

"다시 소개를 하겠습니다. 전 아유이 이쿠스케라고 합니다."

나는 메모지에 이름, 주소, 전화번호를 적었다.

"이게 제 연락처입니다."

"또 치근덕거리는 건가? 그러니까 넌 내 타입이 아니라고……."

유키가 민폐라는 식으로 말하자 나는 황급히 고개를 가로저었다.

"치근덕거리는 게 아닙니다. 전 여성인 미즈키 씨가 아니라 명탐정인 미즈키 씨한테 흥미가 있습니다. 미즈키 씨가 앞으로 위대한 지성과 탐정의 재능을 어떻게 발휘해나가는지 꼭 알고 싶을 뿐입니다.”

유키가 기묘한 표정으로 나를 물끄러미 쳐다봤다. 가엾어 하는 듯한 표정으로도 보였지만, 그때 유키가 무슨 생각을 했는지 아직도 알 수가 없다.

하지만 내 성의와 열의는 인정해주었는지 유키는 메모지를 받았다.

그리하여 나는 억지를 부려 명탐정 미즈키 유키의 조수 겸 기록자가 되었다.

✻

그 뒤에 유키가 어떤 활약을 펼쳤는지는 내 작품을 읽어 주셨던 독자에게 굳이 설명할 필요는 없으리라.

세토 내해의 외딴섬에 세워진 ‘우쓰보 空穗邸 저택’. 중세 성곽처럼 생긴 광대한 저택에는 쌍둥이 당주를 비롯한 우쓰보가 家 사람들이 은밀히 살고 있었다. 그곳에서 벌어진 잔혹하기 그지없는 일가족 몰살사건! 지금도 나는 세토 내해를 바라볼 때면 이맛살을 살짝 찌푸리며 생각에 잠긴 유키의 모습을 또렷이 떠올릴 수가 있다.

나가노현 고원에 자리한 ‘수우관 樹雨館’에서는 난 蘭 재배에 몸과 마음을 다 빼앗긴 당주가 거대한 온실을 짓고 있었다. 속이 메스꺼울 만큼 진동했던 난의 향기, 그리고 다잉 메시지를 푼 유키가 온실로 달려가 난 화분들을 치우자 바닥에 지하로 통하는 입구가 드러났다.

시즈오카현의 호화 여관인 '자광루紫光楼'에서는 남녀가 독을 먹고 숨졌다. 경찰은 동반자살로 판단했으나 오직 유키만은 살인사건이라고 주장했다. 어리석은 경찰은 알 턱이 없었다. 전화로 딱 한 마디를 했을 뿐인데 피해자 스스로 독을 마시게 하다니! 그리고 그 뒤에 사체 이동……. 그 트릭을 간파해낼 수 있는 사람은 명탐정 미즈키 유키 빼고는 없으리라.

기슈 지역 산 속에 있는 사원 '아수라사阿修羅寺'에서 다섯 사람이나 연이어 살해됐다. 그러나 그 중에 네 번째 살인까지는 사실 살인이 아니었다. 사건의 배후에는 아수라사에 전해지는 기괴한 교의敎義가 숨겨져 있었다.

(사건을 자세히 알고 싶다면 내 졸저인 《우쓰보 저택 사건》, 《수우관 사건》, 《자광루 사건》, 《아수라사 사건》을 참조해주길 바란다. 소설가란 죽음을 각오한 뒤에도 자기 작품을 선전하는 존재인가 보다. 이미 소설가는 내 천직이 되어버렸다.)

나는 이 사건들을 모두 지켜봤다. 잔혹한 시신들을 두 눈으로 보았고, 유키의 명추리에 도취되었다.

다만 사람들이 오해할까 싶어 딱 하나만 말해두겠다.

나와 유키 사이에 남녀 관계는 존재하지 않았다. 육체관계는커녕 연애감정조차 없었다. 나와 유키의 관계는 성별을 초월한 것이다. 이른바 진정한 플라토닉한 관계라고 할 수 있으리라.

유키는 여자도 아닐뿐더러 인간도 아니다. **그녀는 명탐정이다.**

내가 숭배했던 것은 그녀의 지성과 재능이지 성별이나 미모가 아니다. 그 점을 오해하지 않기를 바란다.

나와 유키의 관계는 대단히 양호했다. 나는 명탐정 미즈키 유키의 조수 겸 기록자로서 앞으로도 영원히 그녀의 활동을 지켜볼 수 있기를 바랐다.

1987년 7월 내 자그마한 바람은 덧없이 끊어졌다.

떠올리는 것조차 꺼림칙한 범패장 사건 때문에……

4

아유이 이쿠스케의 수기(앞에 이어서)

아수라사 사건 때 친해진 변호사, 노나미 요시토가 불문학자 즈이몬 류시로와 면식이 있다는 걸 알자 유키는 큰 관심을 보였다. 류시로의 저서와 역서를 꽤 읽었던 모양이다(나는 한 권도 읽어본 적이 없고, 즈이몬 류시로라는 이름조차 처음 들었다).

"즈이몬 류시로 씨와 만난 적이 있다니 좋겠다."

와카야마현에서 돌아오는 열차 안에서 유키가 부러워했다.

"일 때문에 한 번 뵈었을 뿐이라……. 달마다 한 번씩 화요회라는 모임을 여시는 것 같더라고요."

노나미가 싹싹하게 웃으며 대답했다.

"화요회? 말라르메가 개최했던 모임 이름과 똑같네. 즈이몬 씨답군."

유키가 노나미에게 미소를 보냈다.

"저기, 그 화요회에 데려가줄 수 없겠습니까?"

"저도 가본 적이 없습니다."

"하지만 즈이몬 씨와 연줄이 있잖아요? 어떻게든 데려가줄 수 없겠습니까? 부탁합니다."

노나미는 곤혹스러워했지만 유키가 애원하자 마지못해 승낙했다.

아수라사 사건 때 명추리를 듣고 노나미도 유키를 숭배하게 된 듯했다. 하지만 노나미는 나와 달리 유키의 여성으로서의 매력에 반쯤 이끌린 게 아닌가 싶었다. 유키가 얼굴을 가까이 하고서 부탁하자 헤벌쭉했다.

노나미는 유키의 부탁을 사절해야만 했다. 어쨌든 그 자신이 범패장에서 살해되었기 때문이다. 그리고 나와 유키를 위해서라도 단호히 거절해줬으면 좋았으련만…….

1987년 7월 7일, 나와 유키는 노나미를 따라 범패장을 방문했다. 저혈압인 유키가 여느 때처럼 늦잠을 자서 약속 시간보다 꽤 늦어졌다.

비서인 구라타 다쓰노리의 안내를 받아 거실로 들어가자 이미 화요회 손님들이 모두 모여 있었다. 학생으로 보이는 젊은이부터 초로의 야윈 남자까지 나이도, 옷차림도 제각각이었다.

유키는 평소처럼 건방지게 굴어 손님들을 당황케 했다. 특히 시바누마 슈시는 본인도 담배를 피우는 주제에 여성이 피우는 건 용납할 수 없는지 불쾌한 표정을 지었다.

시바누마의 그런 태도가 유키의 심기를 거슬렸다고 생각한다. 유키는 시바누마에게 앙갚음을 해주었다.

유키가 포치에서 담배와 성냥갑을 꺼낸 뒤 성냥이 다 떨어졌음을 깨달았을 때였다.

"쓰겠나?"

시바누마가 백 엔짜리 라이터를 내밀었지만, 유키는 정중하게 거절했다.

"미안하지만, 난 성냥으로 불을 붙이지 않으면 담배를 피우지 않아요."

"뭐 다른 게 있나?"

시바누마가 불쾌한 표정을 지었다.

"첫 한 모금 맛이 다르죠. 라이터 불꽃에 수증기가 많아서요……. 별 수 없죠. 한동안 금연하도록 하죠."

유키가 라이터로 담뱃불을 붙이는 광경을 숱하게 목격한 나는 웃음을 참는 데 애를 먹었다. 또 적당한 말로 사람을 현혹시켰다.

그러나 그 엉터리 말을 진심으로 받아들인 녀석이 있었다.

류시로의 차남인 즈이몬 마사노부였다.

마사노부는 아버지인 류시로나 형인 아쓰노리와 별로 닮

지 않았다. 오히려 벽에 걸린 초상화 속 소녀와 닮았다. 내성적이고 소심한 남자인데 탁자에 앉았을 때부터 유키의 얼굴을 힐끔힐끔 쳐다봐서 나도 묘하게 여겼다.

서고를 견학하고 안뜰로 내려가자 마사노부가 유키에게 달려왔다.

"저기, 미즈키 씨……. 이걸 쓰십시오."

마사노부는 그렇게 말하고서 성냥갑을 내밀었다.

자신의 거짓말을 마사노부가 진심으로 받아들이자 유키도 조금 당혹스러워했다. 잠시 성냥갑을 만지작거리다가 그에게 물었다.

"너, 담배 피우니?"

"아뇨."

마사노부가 고개를 숙인 채 대답했다. 유키의 시선을 회피하며 우물쭈물거렸다.

"그럴 줄 알았지. 이 성냥갑은 새 거고, 너한테서는 나 같은 담배 냄새가 나지 않으니까."

유키는 부끄러워하며 서 있는 마사노부를 부드럽게 쳐다보며 말을 이었다.

"그런데 담배를 피우지 않는 사람이 왜 성냥갑을 갖고 있지?"

"디자인이 예뻐서."

마사노부가 기어들어가는 목소리로 말했다.

디자인이 예뻐서 성냥갑을 챙겨놓다니 참 여성스러운 남

자구나, 하고 나는 내심 어이없어했다.

"그렇군……. 고마워. 잘 쓸게."

하지만 유키는 마사노부의 연약함을 비웃지 않고, 내가 들어본 적이 없는 상냥한 목소리로 말했다.

나는 유키의 그 목소리를 듣고 불안해지기 시작했다. 유키가 마사노부를 친근하게 '너'라고 부른 것도 내심 마음에 걸렸다.

저녁 식사 때도 유키는 마사노부를 '너'라고 불렀다. 더욱이 안뜰 때보다도 더 친근한 말투로 말이다.

"너도 프랑스어를 잘 해?"

유키가 물었다.

"그렇게 잘 하지는 않습니다."

마사노부는 여전히 고개를 숙인 채 유키의 얼굴을 보려고 하지 않았다. 더욱이 얼굴이 살짝 빨개졌다.

내 불안감이 최고조에 달한 것은 사건이 해결되기 직전이었다.

"마사노부 씨, 프랑스어를 알려주지 않겠어요?"

유키가 느닷없이 그렇게 말했다.

"뭐라고요?"

뜻밖의 부탁에 마사노부가 당황한 표정을 지었다.

"프랑스어 말입니다. 유창하지 않습니까? 대학 시절에 살짝 맛만 봤을 뿐이라서 완전히 까먹었거든요. 당신이 꼭 도와주었으면 합니다."

"그건…… 이번 사건과 관계가 있는 겁니까?"

"있을 수도 있고, 없을 수도 있습니다. 사전이 있는 편이 좋겠네요. 마사노부 씨, 당연히 사전을 갖고 있겠지요? 방에서 개인교습 좀 해주겠어요?"

그 대화를 듣고 나는 무척이나 당혹스러웠다.

어째서 유키는 마사노부에게 그런 부탁을 했는가? 사건 해결을 돕는 건 **조수인 내 역할** 아닌가? 분명 난 프랑스어를 할 줄 모른다. 하지만 미력이나마 숱한 사건들을 도와왔던 나에게 한 마디 양해는 구해야 하지 않는가!

더욱이 마사노부의 방에 가서 단둘이서 개인레슨을 한다는 것도 거부감이 들었다. 왜 단둘이지? 어째서 조수인 나를 동석시키지 않는 건가…….

유키와 마사노부는 사이좋게 회랑으로 나갔다. 두 사람이 마사노부의 방에서 무슨 대화를 나눴는지 알 수가 없고, 알고 싶지도 않았다.

하지만 대강 상상이 된다.

마사노부가 유키에게 추파를 흘렸다.

그런 소심한 얼굴로 후안무치하게도 명탐정 미즈키 유키에게 구애한 것이 틀림없다!

그리고 유키는 마사노부의 추파에 항복하고 말았다. 유키의 여성성이 그 지성과 재능을 배신했다. 유키는 **일개 여자가 돼버린 것이다.**

범패장 사건을 멋지게 해결한 뒤에 유키는 마사노부와 사귀기 시작했다. 쓰루오카하치만궁을 함께 참배하러 간 것을 계기로 여러 번 데이트를 했다. 나에게는 전화 한 통화도 하지 않았다.

3개월이 지난 뒤에야 겨우 전화가 왔다.

"나, 마사노부와 결혼하기로 했어."

유키가 전화로 느닷없이 선언해서 나는 당황했다.

"결혼한다고요? 탐정 활동은 어쩌고요?"

"이제 그만둘 거야. 살인사건에 얽히는 건 이제 지긋지긋해. 탐정은 은퇴야. **축복스러운 은퇴**네."

수화기에서 키득키득 웃는 소리가 들렸으니 농담이었을 테지만 나는 웃을 수가 없었다.

"잠깐만요! 미즈키 씨는 명탐정입니다. 지성과 재능을 소유한 미즈키 씨 같은 사람이 그렇게 연약한 남자와 결혼해서 매일 밥을 하고, 청소나 빨래를 하며 살다니 용납할 수 없습니다!"

나는 필사적으로 호소했다.

"미즈키 씨는 여자가 아니라 명탐정이라고요. 제발 다시 한 번 생각해주십시오."

유키는 가만히 듣고 있다가 이윽고 이렇게 말했다.

"아유이, 올해 몇 살이지?"

"스물일곱 살입니다."

"슬슬 미래를 생각하는 게 좋지 않겠어? 명탐정의 조수 겸 기록자라고 자칭해본들 세상은 일개 백수라고 여길 뿐이야. 지금도 아르바이트하고 있잖아?"

그 말이 맞다. 조수 겸 기록자로 활동해봤자 돈을 벌 수 없다. 유키와 동행하는 날을 빼고는 나는 매일 열심히 아르바이트를 하고 있었다.

"아유이야말로 방금 내가 한 말을 진지하게 생각하는 게 좋을 거야……. 여하튼 난 마사노부와 결혼해. 탐정도 그만 둬. 그럼 이만."

통화가 끊어졌다.

나는 수화기를 쥔 채로 멍하니 서 있었다.

*

유키와 마사노부가 결혼하기까지 한바탕 말썽이 벌어졌던 모양이다. 유키는 가나자와시에 있는 친가의 외동딸이다. 고지식한 그녀의 아버지는 마사노부를 데릴사위로 들이는 조건으로 결혼을 허락했다. 그러나 고지식하고 완고한 즈이몬 류시로 역시 가만히 있을 리가 없었다. 아들을 데릴사위로 빼앗기지 않고자 단호히 반대했다.

그런 소문을 들은 나는 결혼이 깨지기를 바랐다. 그 소심한 마사노부가 아버지에게 반항할 수 있을 리가 없다. 그리고 아버지를 이기지 못하고 자신의 뜻을 꺾는 마사노부를 보고 유키도 사랑을 거두리라. 일말의 희망에 기대를 걸었다.

하지만 마사노부는 아버지의 명령을 거부하고 부자의 연마저 끊다시피 하고 집을 뛰쳐나갔다. 마사노부는 진심으로 유키를 사랑했던 모양이다. 그 점은 나도 인정할 수밖에 없었다.

그리하여 유키와 마사노부는 결혼했다. 내 아파트에도 청첩장이 날아왔지만 찢어서 버렸다.

그로부터 한동안 나는 살아갈 목적을 잃고 자포자기하며 살아갔다.

그러던 어느 날 나는 새로운 사명을 깨달았다.

명탐정 미즈키 유키의 이름을 세상에 알리는 것…….

나는 유키의 탐정담을 소설 형태로 발표하기로 했다. 등단작 《홍련장 사건》은 간신히 출간할 수 있었다. 다행히 독자들의 호평을 얻었다. 나는 유키의 활약을 잇달아 책으로 엮어나갔다. 인세 수입 덕분에 아르바이트에서도 탈출했고, 생활도 안정되었다.

일련의 사건을 소설로 내면서 나는 **유키에게 작은 복수**를 꾀했다.

다시 말해 미즈키 유키水城 優姬의 '키姬'에서 여자 녀女변을 빼어 '**미즈키 마사오미**水城 優臣'로 바꿨다. 여자이기에 명탐정을 그만두고 나를 버렸던 유키優姬에게서 '여성女'을 제거한다면 순수하고도 완전무결한 명탐정이 되리라.

그리하여 미즈키 유키는 미즈키 마사오미로 다시 태어났다.

(혹시 몰라서 말해두겠다. 내 작품에서 미즈키 마사오미를 지칭할 때 '그', '남자', '남성'이라는 호칭은 일절 쓰지 않았다. 또한 미즈키 유키의 말투와 화법을 고스란히 작품에 옮겼다. 최소한의 공정성은 지켰다.)

나는 《우쓰보 저택 사건》을 쓰고, 《수우관 사건》을 쓰고, 《자광루 사건》을 쓰고, 《아수라사 사건》을 썼다.

남은 것은 〈범패장 사건〉뿐이었다.

사실 〈범패장 사건〉을 쓰고 싶은 생각 따윈 없었다. 유키가 나에게서 떠나가는 계기가 된 만악의 근원이라서 떠올리고 싶지 않아서였다.

그러나 미즈키 마사오미 시리즈의 성공이 나에게 압박을 주었다. 편집자가 빨리 다음 작품을 써달라고 재촉했다. 결국 나는 편집자에게 〈범패장 사건〉이라는 제목을 예고하고서 잡지 연재를 시작하게 되었다.

그때 무심코 〈범패장 사건〉이 **미즈키 마사오미의 최후의 사건**임을 누설했던 것이 실수였다.

〈범패장 사건〉은 '미즈키 마사오미의 최후의 사건'이라는 부제를 달고서 연재가 시작되었다. 일단 결말까지는 도달했다. 그러나 '미즈키 마사오미의 최후의 사건'이 되려면 그 뒤의 진짜 결말도 써야만 한다.

틀림없이 경천동지할 만한 결말이 되겠지.

미즈키 마사오미는 사실 **여자였다!**

사건 관계자와 결혼하여 **축복스러운 은퇴**를 했다!

현재는 **전업주부**로서 집에서 매일 남편이 퇴근하기만을 기다리고 있다!

미즈키 마사오미를 사랑하는 독자라면 틀림없이 경악할 것이다.

그 결말을 쓰는 것은 나에게 고통일 뿐이었다.

연재를 일단 끝낸 뒤에도 나는 〈범패장 사건〉을 방치해뒀다. 빨리 책으로 내자는 편집자의 요청을 거부했다. 나는 〈범패장 사건〉을 영원히 봉인할 작정이었다.

그러나 연재를 마치고 7년이 지난 올해, 예기치 않은 사태가 발생했다.

5

아유이 이쿠스케의 수기(앞에 이어서)

올해 6월, 간류출판에서 편지를 보냈다. 직업상 모르는 출판사가 보내는 편지를 종종 받곤 한다. 대부분 집필을 해달라고 간청하는 내용이다.

간류출판이라는 출판사 이름은 들어본 적이 없었지만 아마 집필을 해달라는 편지이리라. 그렇게 짐작하고서 봉투를 뜯었다.

내용을 읽고 나는 경악했다.

보낸 이인 간류출판의 도노다 요시타케라는 편집자가 범패장 사건을 멋대로 책으로 내려고 하고 있었다.

나는 당장 간류출판에 전화를 걸어 도노다를 자택으로 불렀다.

"대체 무슨 생각이야? 〈범패장 사건〉은 내 작품이야. 멋대로 단행본으로 내면 곤란해."

분노를 억누르며 항의하자 도노다가 실실 웃으며 말했다.

"아유이 선생님께서 잡지에 연재하셨던 원고를 단행본으로 내려는 게 아닙니다. 실제로 14년 전에 벌어졌던 살인사건을 다시 조사해서 그 결과를 출간하려는 것뿐입니다."

"재조사? 범패장 사건은 명탐정 미즈키 마사오미가 해결하지 않았나? 재조사할 여지가 어디에 있나?"

"자, 글쎄요. 한 번 조사해봐야 제대로 해결이 됐는지 알 수 있겠죠."

도노다가 유키를 모욕하는 투로 말했다.

"자네는 **미즈키 마사오미의 추리가 틀렸다**는 말을 하고 싶은 건가!"

그렇게 호통을 쳤지만 도노다는 실실 웃을 뿐이었다.

"자네가 범패장 사건을 책으로 낼 작정이라면 나한테도 생각이 있어. 법적 수단도 불사하겠어!"

"오, 이런, 선생님. 무슨 말씀을 하시는 겁니까?"

도노다가 치뜬 눈으로 나를 쳐다보며 말을 이었다.

"선생님의 작품을 표절하거나 무단으로 인용한다면 모를

까, 실제 살인사건을 재조사하는 게 무슨 저작권을 침해한다는 말입니까? 고소하시려거든 고소하셔도 상관없습니다만, 그 전에 변호사와 상담을 하는 게 현명할 겁니다.”

나는 분노를 참지 못하고 도노다를 당장 집에서 쫓아냈다. 하지만 도노다의 말은 사실이었다. 변호사에게 상담해 봤지만 실제 살인사건을 조사하는 것을 법적으로 저지할 방법은 없다는 답변을 받았다.

며칠 뒤 도노다는 빈정거리려는 의도인지 나에게 취재 요청서를 보내왔다 요청서에는 이스루기 뭐시기라는 이름의 명함도 동봉되어 있었다. 아무래도 이 이스루기 뭐시기가 범패장 사건을 재조사하는 담당자인 모양이다. 우습게도 명함에 '**명탐정**'이라는 직함이 인쇄되어 있었다.

도노다와 이스루기가 범패장 사건을 조사하는 건 딱히 상관없다. 유키는 천재적인 두뇌를 소유했던 명탐정이니 오류나 간과했던 점이 있을 리가 없다. 아무리 악의를 갖고 재조사를 해본들 유키의 천재성을 추인하는 결과로 끝날 뿐이다. 그것이 눈에 훤히 보였다.

하지만 이스루기 뭐시기의 어리석기 짝이 없는 명함을 보면서 나는 어떤 생각이 떠올랐다.

명탐정 미즈키 유키의 추리를 의심하는 자가 있다. 그 녀석은 이스루기 뭐시기라는 남자를 고용해 유키가 쾌도난마로 해결했던 범패장 사건을 조사하려고 한다. 더욱이 이 이스루기 뭐시기는 명탐정이라 자칭하고 있다.

이 사실을 알면 유키는 어떻게 생각할까? 자신의 재능에 의혹을 품은 멍청이와 3류 명탐정을 물리치고자 명탐정으로 다시 돌아오지 않을까?

나는 그렇게 생각하고서 십수 년 만에 유키를 만나러 가기로 결심했다. 유키는 마사노부와 함께 요코하마시의 맨션에 살다가 몇 년 전에 가나자와의 친가로 돌아간 것으로 안다.

유키를 복귀시킬 수 있을지도 모른다는 기대감에 안절부절못하고 나는 곧바로 가나자와로 날아갔다.

*

가나자와시 우타쓰마치에 있는 유키의 친가를 방문했던 기억은 아직도 선명하다.

친가는 가나자와의 옛 유력가의 명성에 걸맞은 멋진 일본 가옥이었다. 적어도 메이지 시대, 어쩌면 에도 시대에 지어진 건물일지도 모른다.

초인종을 누르자 누군가가 달려오는 발소리가 들리더니 이윽고 창살문이 열렸다.

30대 후반으로 보이는 남성이 서 있었다. 머리는 바짝 깎았고, 티셔츠에 반바지 차림이었다.

볼이 약간 홀쭉했지만 누구인지 금세 알아봤다. 즈이몬 마사노부, 현재 이름은 **미즈키 마사노부**다.

나는 마사노부에게 인사하려고 했지만 수상한 점을 깨닫고서 입을 다물었다.

마사노부는 나를 멍하니 쳐다볼 뿐 아무 말도 하려고 하지 않았다. 그 시선이 어쩐지 흐리멍덩해서 먼 곳을 바라보고 있는 듯했다. 발치를 내려다보니 마사노부는 맨발로 현관 바닥에 내려와 있었다.

괴이한 마사노부의 모습에 나는 어리둥절했다. 복도에서 중년 여성이 나타났다. 유키가 아니라 낯선 여성이었다.

"죄송합니다. 자, 이리 와요……."

중년 여성이 마사노부의 어깨를 붙잡고서 복도 안쪽으로 데리고 갔다. 질질 끌려가는 모습이 더더욱 이상했다.

"저기, 미즈키 씨의 가족이십니까?"

현관에 돌아온 중년 여성에게 물었다.

"지금 이 집 식구들이 아무도 없어요. 난 출퇴근하는 도우미고요……."

"아까 그분이 이 집 주인입니까?"

"예, 마사노부 씨요. 병에 좀 걸려서요."

중년 여성은 그렇게 대답하면서도 무슨 병인지는 말하지 않았다.

"알겠습니다. 소개가 늦어서 죄송합니다. 전 아유이 이쿠스케라고 합니다. 마사노부 씨의 부인인 유키 씨의 옛 친구입니다."

나는 가방에서 갈색 봉투를 꺼냈다. 그 안에는 도노다의 취재 요청서와 이스루기 뭐시기의 명함이 들어 있었다.

"아유이가 이걸 주러 왔었다고 전해주십시오. 나중에 제가 전화하겠습니다."

나는 중년 여성에게 갈색 봉투를 맡기고서 미즈키 저택을 뒤로했다.

*

나는 도쿄로 돌아온 뒤에 이스루기 뭐시기의 사무소를 방문하기로 했다.

이스루기 뭐시기는 자기 명함처럼 웃기는 녀석이었다. 내가 을러대도 전혀 꼼짝도 하지 않았고, 뻔들뻔들하게 대응할 뿐이었다. 저렇게 멍청하게 생긴 녀석이 명탐정이라고 자칭하다니 참으로 웃기다.

하지만 이스루기 뭐시기가 멍청하면 멍청할수록 유키를 더욱 자극할 것이다. 저런 멍청이가 자신의 명추리에 트집을 잡으려고 한다면 유키는 분노하리라. 그리고 유키가 탐정으로서 활동을 재개한다면 이스루기 뭐시기는 부끄러운 줄 알고 사무소 간판을 내리겠지.

내 기대감은 점점 높아져갔다. 당장 유키에게 연락하기로 했다.

"아유이, 오랜만이야. 요전에 집까지 찾아와줬는데 헛걸음을 하게 했네."

십수 년 만이었지만 수화기에서 들려오는 유키의 목소리는 조금도 변하지 않았다.

"제가 보낸 봉투는 열어봤습니까?"

"읽었어. 이상한 명함도 봤고."

유키가 소리 내어 웃었다.

"그 건으로 할 말이 있습니다. 중요한 얘깁니다. 한 번 뵐 수 없겠습니까? 제가 댁으로 갈 테니."

"대화하는 건 딱히 상관없지만, 평일은 곤란해. 평일에는 집에 나와 병자밖에 없어서……."

유키가 조금 머뭇거렸다.

"병자란 마사노부 씨를 말하는 거군요."

"그래. 집에 왔을 때 만났지?"

"예."

"사정이 그러니 일요일이 좋겠는데."

"그럼 7월 15일은 어떻겠습니까?"

"15일? 음, 알았어. 그럼 15일에……."

통화가 끊어졌다. 나는 십수 년 만의 재회에 가슴이 두근거렸다.

*

7월 15일, 다시 가나자와로 가서 미즈키 저택을 방문했다.

초인종을 누르자 창살문이 열리더니 유키와 그녀의 아버지가 나를 맞이했다.

유키는 조금 통통해진 것 같았고 머리도 갈색으로 물들였지만, 미모는 여전했다. 허리에 손을 댄 채 허리를 쭉 편 포즈도 옛날과 똑같았다. 다만 담배를 물고 있지 않아서 놀랐다(마흔 살에 금연했다고 한다).

유키의 아버지는 그때 처음 봤다. 유키의 짙은 눈썹은 아버지에게서 물려받은 모양이다. 짧은 백발과 야무진 턱은 전형적인 시골집 고집쟁이 아버지를 보는 듯했다.

"누차 폐를 끼쳐서 죄송합니다."

나는 우선 그렇게 인사했다.

"저희야말로 멀리서 힘들게 오시게 해서 송구스럽네요."

유키가 타인을 대하듯 예의를 차렸다. 전화로 대화했을 때 들었던 난폭한 옛 말투가 아니었다. 아마도 아버지 앞이라서 최대한 조신하게 굴려고 애를 쓰는 모양이다.

"그나저나 멋진 저택이군요."

나는 현관 바닥을 둘러보며 말했다. 빈말이 아니라 미즈키 저택은 품격이 있는 집이었다.

그때 복도 안쪽에서 마사노부가 현관 쪽을 들여다보는 모습이 보였다.

"저 분은⋯⋯."

마사노부 씨군요, 하고 말하려고 했을 때 유키가 뒤를 돌아 마사노부에게 다가갔다.

"자, 방에 들어가⋯⋯."

유키가 부드럽게 말하고서 마사노부를 방 안으로 데리고 갔다.

나는 안내를 받아 현관 옆 다실로 들어가 유키와 아버지와 마주보고 앉았다. 방은 다섯 평쯤 되었다. 도코노마에 족자가 걸려 있고, 금속 꽃병에 꽃이 담겨 있었다.

"그래서 할 얘기가 뭡니까?"

유키가 물었다.

나는 도노다와의 만남부터 시작해 이스루기 뭐시기의 사무소를 방문했을 때의 일들을 일부 들려주었다. 이스루기 뭐시기는 **어리석은 속물이고, 명탐정이라 자칭하는 철면피**에 불과하다고 강조했다.

"그런 불손한 무리가 이런 이유로 14년 전 범패장 사건을 다시 조사하고 있습니다. 명탐정 미즈키 마사오미가 훌륭하게 해결해낸 사건을 다시 파헤치는 건 불손한 행위입니다만……."

"미즈키 마사오미는 누구죠?"

유키가 보리차를 마시며 퉁명스럽게 물었다.

장편 여섯 권에 걸친 미즈키 마사오미 시리즈를 집필해왔기에 나는 무심코 '미즈키 마사오미'라는 이름을 입에 담았다. 유키가 비아냥거리는 것도 당연하다.

"이거 실례했군요. 미즈키 마사오미는 다시 말해……."

유키 씨를 가리키는 겁니다, 하고 말하려고 했을 때 갑자기 유키의 아버지가 큰 소리를 질렀다.

"방에 얌전히 있으라고 했잖아."

아버지의 시선을 따라가니 장지문 뒤에 마사노부가 서 있었다.

그 뒤에 벌어진 작은 소동은 미즈키가의 사생활에 속하니 자세히 언급하지 않겠다. 다만 유키의 아버지가 마사노부를 수치로 여기고 있다는 건 잘 알겠다. 저런 고지식한 사고방식을 갖고 있으니 마사노부를 데릴사위로 들이려고 했겠구나, 하고 납득이 되었다.

또 하나 깨달은 것은 **마사노부의 병이 꽤 중증이라는 것**이었다.

소동이 일단락되자 나는 이야기의 핵심에 들어가기로 했다.

"방금 말한 그 건을 어떻게 생각합니까?"

"어떻게 생각하냐니? 마음대로 하게 내버려두면 되잖아? 그런 책이 나와도 별 피해는 없겠지. 오히려 아유이의 책이 홍보가 돼서 잘 팔리지 않을까?"

유키가 말을 툭 내뱉었다.

"괜찮겠습니까? 녀석들은 명탐정 미즈키 유키의 명성을 땅바닥에 떨어뜨리려고 하고 있어요. 미즈키 씨의 지성과 재능에 침을 뱉으려고 한단 말입니다. 그런데도 내버려두겠다는 겁니까?"

"조금이나마 명성이 있는 사람은 내가 아냐. 아유이가 만들어낸 미즈키 마사오미야."

유키가 방긋 웃었다.

"저기, 아유이. 더 자신감을 갖고서 슬슬 홀로서기를 하는 게 어때? 미즈키 마사오미 시리즈가 인기를 끈 건 네 공적이야. 네가 멋진 작품을 썼기 때문에 독자들이 지지해준 거라고. 〈범패장 사건〉을 꼭 최후의 사건으로 삼을 필요는 없잖아. 그 뒤에는 네가 자신의 힘으로 시리즈를 이어나가면 돼.

네가 창조한 미즈키 마사오미라는 남자는 나와 아무런 관계가 없어."

"그렇지 않습니다! 전 미즈키 씨의 재능을 세상에 널리 알리고 싶었습니다. 오로지 그럴 목적으로 소설을 쓰기 시작했단 말입니다!"

내가 절절히 호소하자 유키가 한숨을 내쉬었다.

"오래 전부터 착각해온 모양인데, 난 나의 재능을 과시하고자 수수께끼를 풀어왔던 게 아냐. 살인을 저지른 범인을 잡고 싶다고 생각했을 뿐이야. 죄를 지은 자는 죗값을 치러야만 하는 법……. 그러니 세상이 내 이름을 알지 못하더라도 딱히 개의치 않아. 범인만 체포된다면……."

"이럴 수가……, 복귀해주실 수 없겠습니까?"

"안 해. 애당초 복귀라니? 난 탐정으로 돈을 번 적이 한 번도 없어. 그러니 애당초 탐정이 아니었던 거야."

유키가 웃음을 지었을 때 느닷없이 그녀의 아버지가 끼어들었다.

"무슨 대화인지는 잘 모르겠지만, 나도 유키가 또 살인사건에 얽히는 건 절대로 반대야. 결혼한 뒤에 겨우 얌전해져서 집으로 돌아왔는데, 또 여기저기 쏘다니며 허튼 짓을 하라고?"

"자, 아버님도 이렇게 말씀하시잖아요."

유키가 일부러 여성스러운 투로 말했다.

"전 순종적인 딸이니 아버님의 말씀에는 거역할 수가 없답니다. 죄송해요."

나는 어쩔 수 없이 일어났다. 복도로 나와 유키의 아버지가 자기 방으로 돌아가는 것을 본 뒤 유키에게 속삭였다.

"마사노부 씨와 만나게 해줄 수 없겠습니까?"

"어?"

유키가 의아해했다.

"돌아가기 전에 병문안을 하고 싶습니다."

"……좋아."

유키가 나를 마사노부의 방으로 안내했다.

장지문을 여니 마사노부는 다다미 바닥에 똑바로 누워 자고 있었다. 눈을 감고 있으니 아무런 이상도 느낄 수가 없었다.

인기척을 느꼈는지 마사노부가 눈을 뜨고서 이쪽으로 시선을 돌렸다.

"이 사람이 당신도 만나보고 싶다고 해서."

유키가 상냥하게 말하자 마사노부가 천진난만하게 웃으며 말했다.

"안녕."

마치 어린애 같은 말투였다.

"얘기, 해보겠어요?"

유키가 권했지만 나는 고개를 저었다.

"아뇨…… 됐습니다."

장지문이 닫히자마자 나는 유키에게 물었다.

"마사노부 씨, 대체 무슨 병입니까?"

"알츠하이머. 젊은 나이에 치매에 걸렸어."

"치매? 아직 마흔도 안 됐는데……. 이제 나을 수 없는 겁니까?"

"현재 의학으로는 치료할 수가 없대."

유키가 지극히 냉정한 투로 말했다.

"그럼 미즈키 씨는 앞으로 쭉 마사노부 씨를 간호하며 살아갈 작정입니까? 이 집에서 온종일 틀어박혀 마사노부 씨를 보살피면서 일생을 마칠 작정입니까?"

"무슨 말을 하고 싶은 거지?"

유키가 나를 쳐다보며 차갑게 말했다.

"미즈키 씨 같은 대단한 재능의 소유자가 저런 산송장 같은 마사노부 씨를 간호하며 귀중한 인생을 낭비하다니 전참을 수가 없습니다……."

"다시 한 번 지껄여봐."

유키가 내 눈을 물끄러미 쳐다봤다.

"예?"

"다시 한 번 지껄여보라고. 누가 산송장이라고?"

유키가 느닷없이 내 뺨을 후려쳤다.

"당장 꺼져!"

그녀가 그렇게 호통을 쳤을 때 나는 믿을 수 없는 장면을 보았다.

유키가 눈물을 흘리고 있었다.

이것으로 모든 경위를 다 적었다. 이제는 앞으로 내가 할지도 모를 일을 적어두는 것만 남았다.

유키에게서 철저하게 거부당했던 그날부터 나는 어떤 아이디어에 홀렸다. 너무나도 황당한 발상이었기에 나는 머릿속에서 그 아이디어를 어떻게든 쫓아내려고 했다. 하지만 불가능했다.

유키가 나에게 '그 뒤에는 네가 자신의 힘으로 시리즈를 이어나가면 돼'라고 말했다. 그 말이 맞다. 나는 자신의 힘으로 시리즈 최신작을 집필할 아이디어를 떠올려냈다. 다시 말해…….

미즈키 유키를 죽인다.

다름 아닌 나, 아유이 이쿠스케가 유키를 죽인다.

이것은 망상도 아닐뿐더러 강박관념도 아니다. 순전히 본격 미스터리의 아이디어다. **명탐정이 살해당했는데 왓슨 역이 범인!** 이런 이야기는 공전절후 아닌가? 이것이야말로 진정한 의미에서 명탐정 최후의 사건에 어울릴지도 모르겠다.

나는 근래에 다시 미즈키 저택을 방문할 작정이다. 유키와 다시금 대면했을 때 자신이 무슨 짓을 저지를지 확인해보고 싶었다.

나의 유일한 바람은 명탐정 미즈키 유키의 이름이 영원히 회자되는 것이다. 그때마다 왓슨 역이자 최후의 사건의 범인인 아유이 이쿠스케의 이름도 함께 언급된다면 더할 나위 없이 기쁘리라.

가나자와의 미즈키 저택은 정말로 훌륭한 일본 가옥이었다. 어쩌면 무언가 통칭이 있을지도 모른다. 명탐정 미즈키 유키의 최후의 사건에 어울리는 멋진 이름이었으면 좋으련만.

6

"미즈키 씨의 댁에 통칭이 있습니까?"

이스루기가 뒷좌석에서 물었다.

"있을 리가 없잖아? 그냥 미즈키 저택이야."

운전석에서 미즈키가 그렇게 대답하고서 쓴웃음을 지었다.

부산스러웠던 첫 방문으로부터 며칠 뒤에 이스루기는 다시 가나자와시를 방문하기로 했다. 사전에 유키에게 연락을 하니 마침 마사노부의 퇴원일이라고 했다.

그래서 가나자와에 도착한 이스루기는 유키와 합류하여 함께 마사노부가 있는 병원으로 향하기로 했다. 차 안에서 자연스럽게 아유이 이쿠스케의 컴퓨터에서 발견된 수기에 관해 이야기를 나누었다.

"그 수기에는 하나 틀린 게 있어."

유키가 가속페달을 밟으며 말했다. 오랜만에 마사노부와 만날 수 있어서 약간 들뜬 상태이리라. 안전운전이 신조인 이스루기가 두려워할 만큼 약간 난폭하게 운전하고 있었다.

"뭐가 말입니까?"

"마사노부가 나한테 추파를 흘렸던 게 아냐. 반대로 내가 먼저 유혹했어. 마사노부가 귀여웠으니까."

무언가 떠올렸는지 유키가 웃음을 머금었다.

"마마보이였는데 내가 여러모로 나쁜 걸 알려줘서 고쳐 줬지."

이스루기는 흠칫 놀랐다. 그리고 대실 해밋이 엘러리 퀸에 게 던졌던 유명한 질문이 떠올랐다.

퀸 씨, 실례가 안 된다면 당신 같은 유명한 탐정의 성생활 이 어떤지 설명해주실 수 없겠습니까?

"미즈키 씨가 여성이라는 걸 알고 나니 왜 그때 고타가와 도모코 씨를 의심하지 않았는지 알 것 같군요."

명탐정의 성생활을 딱히 알고 싶지 않았기에 이스루기는 화제를 돌리기로 했다.

"그날 밤, 미즈키 씨는 도모코 씨와 같은 방을 썼던 거군 요. 2층 테라스 쪽 서고에서 둘이서……."

"맞아. 나와 도모코는 범패장에 있었던 몇 안 되는 여자였 어. 단 둘이었으니 같은 방을 쓰는 게 당연하지. 내가 아유이 와 같은 방에서 잘 수는 없지."

유키가 백미러를 통해 이스루기를 쳐다봤다.

"뭐, 아유이는 개의치 않았을 테지만 말이야. '저와 미즈키 씨는 플라토닉한 관계입니다. 전 미즈키 씨의 지성과 재능을 숭배하고 있을 뿐입니다'라면서…… 그런데 그런 남자일수록 같은 방에 묵으면 꼭 덮치는 법이지."

"그런 겁니까?"

"내가 그동안 폼으로 여자로 살아온 줄 알아? 그 정도는 알아."

"하아, 예……. 얘기를 되돌려도 되겠습니까? 미즈키 씨와 도모코 씨는 같은 방을 썼다. 따라서 사건 당일 밤에 줄곧 함께 있었다. 그러니 의심을 하지 않는 게 당연하겠군요. 명탐정 본인이 결백을 증명할 수 있으니."

"그날 밤 도모코가 나한테 연애 상담을 청했어. 두 남자가 자신한테 반했는데 누굴 택해야 할지 모르겠다는 얘기를 했지."

"그래서 어떻게 대답했습니까?"

"둘 다 별 볼 일 없는 남자이니 그만두는 편이 낫다고 대답했어."

"하아, 예……."

이스루기는 다시 한숨이 섞인 대답을 했다.

유키의 신랄한 평론은 듣고 있으면 재밌다. 하지만 그녀는 이스루기를 어떻게 평가하고 있을까? 그렇게 생각하니 점점 불안해졌다. 아마도 합격점에 훨씬 못 미치겠지.

"〈범패장 사건〉을 읽었을 때 이상하다고 생각했습니다."

이스루기는 또다시 화제를 돌리기로 했다.

"다지마는 도모코와 나카타니가 앉은 의자의 거리까지 신경을 썼는데, 도모코와 미즈키 씨와의 관계에는 전혀 둔감했습니다. 금세 곁으로 접근해 친근하게 대화를 나누는데도 아무런 질투도 하지 않았죠. 애송이 나카타니보다 연상이자 매력적인 남성이 훨씬 위험할 텐데……. 그 부분은 역시 페어플레이군요."

"'미즈키 마사오미'라고 쭉 적어놨는데 페어플레이는 무슨 페어플레이야."

유키가 빈정거리며 웃고는 자동차를 병원 주차장에 세웠다. 그녀는 안전벨트를 풀고는 차에서 내린 뒤 이스루기에게 기다리라는 말도 없이 서둘러 병원으로 향했다.

아유이 이쿠스케의 수기가 발견되고, 설령 망상이었을지라도 아유이가 유키에게 살의를 품었었다는 사실이 판명되고 나서야 경찰은 비로소 퇴원을 허가했다. '유키를 지키고 싶었다'는 마사노부의 진술에 다소 신빙성이 있다고 판단해서였다. 마사노부는 심신상실 상태일 뿐만 아니라 정당방위였기에 죄를 묻지 않기로 한 모양이다.

아유이와 관계를 맺은 출판사가 〈범패장 사건〉을 긴급 출판했다. 당초에는 그의 수기도 수록하여 '완전판'으로 내고 싶었던 모양이지만, 아유이의 유족이 허가하지 않은 듯했다. 그러나 저자가 살해됐다는 충격적인 화제 덕분에 책이 순조롭게 팔려 베스트셀러 목록을 장식했다.

매스컴도 아유이의 죽음을 크게 보도했다. 미스터리 작가가 살해당했을 뿐만 아니라 가해자가 알츠하이머 환자여서 화제를 끌기에 부족함이 없었다. 인권을 배려하여 마사노부의 이름은 보도하지 않았지만, 텔레비전에서 매일 미즈키 저택의 영상이 흘러나왔다.

다만 이 소동 탓에 간류출판의 계획은 틀어지고 말았다. 이스루기가 '미즈키 마사오미의 추리는 틀리지 않았다'는 보고서를 제출한 것도 이유 중 하나였다. 그러나 출판사에서 필요경비를 정산해주었고, 또한 약간의 조사비도 주었기에 이스루기는 아무런 불만이 없었다.

유키가 마사노부를 데리고 뙤약볕이 내려쬐는 주차장으로 돌아왔다. 마사노부를 조수석에 앉히고 야구모를 씌운 뒤 안전벨트를 채웠다.

그 동안에 마사노부는 고개를 돌려 뒷좌석에 있는 이스루기를 쳐다보고 있었다.

확실히 눈매가 즈이몬 에이코와 닮았다고 이스루기는 생각했다. 뺨이 홀쭉하고, 표정이 흐리멍덩해서 마치 꿈을 꾸는 듯했지만, 유키가 어째서 '마사노부가 귀여웠다'고 말했는지 수긍이 되었다.

"명탐정 이스루기 기사쿠 씨야. 이 사람이 진짜 이스루기 씨."

유키가 그렇게 소개해주었지만 마사노부의 귀에는 들리지 않은 듯했다.

"처음 뵙겠습니다."

이스루기가 인사했다.

"안녕."

그가 순진한 목소리로 작게 말했다.

유키가 운전석에 앉아 차를 앞으로 몰았다.

고다쓰노도오리를 타고 북쪽으로 올라가니 앞에 겐로쿠엔이 보이기 시작했다. 겐로쿠자카카우에 교차로에서 오른쪽으로 꺾어 겐로쿠엔의 동쪽에 있는 햐쿠만고쿠도오리를 타고 더욱 북쪽으로 올라갔다. 이윽고 유키는 3층짜리 커다란 주차장에 들어가 차를 세웠다.

"신사에서 참배하고 돌아가자."

차를 세운 유키가 마사노부에게 말했다. 마사노부는 응, 하고 고개를 작게 끄덕였다.

"겐로쿠엔 안에 신사가 있습니까?"

이스루기가 묻자 유키가 마사노부에게 야구모를 씌우며 대답했다.

"응. 가나자와 신사. 병원에 들렀다가 귀가하는 길에 종종 들르곤 하지."

이스루기, 유키, 마사노부 세 사람은 주차장에서 나와 걸어서 겐로쿠엔으로 향했다. 마사노부는 야구모를 깊이 눌러 쓴 채 양산을 쓴 유키의 손을 잡고 있었다.

여름방학이라 겐로쿠엔 북쪽의 오호리도오리가 관광객들로 북적거리고 있었다. 축벽 위, 지대가 조금 높은 곳에 찻집이 늘어서 있고, 많은 손님들이 나무 벤치에 앉아 쉬고 있었다. 대형 관광버스도 여러 대나 세워져 있었다.

이스루기 일행은 렌치몬구치를 지나 겐로쿠엔으로 들어갔다.

"내가 가나자와에 돌아온 뒤에 가장 놀란 건 겐로쿠엔이 입장료를 받고 있었다는 거야."

유키가 이스루기에게 표를 건네며 투덜거렸다.

"내가 어렸을 적에는 그냥 마음대로 들어갈 수 있었거든. 뭐, 유지비를 받는 것이니 별 수 없긴 하지만."

렌치몬구치에 들어가 바로 오른쪽으로 꺾어 조금 들어가니 연못 위에 작은 다리가 걸려 있었다. 그곳에 수많은 관광객들이 서서 오른쪽에 펼쳐진 연못을 바라보고 있었다.

"여기가 히사고이케 연못. 여기가 겐로쿠엔의 발상지래. 5대 번주인 쓰나노리가 이 부근에 렌치고텐蓮池御殿을 지었는데, 그 정원을 렌치테이蓮池庭라고 부른 것이 시초래."

"그래서 방금 들어왔던 입구를 렌치몬구치라고 하는군요."

"맞아, 맞아. 그리고 그 후에 증축에 증축을 거듭해 이렇게 커다란 정원이 된 거지."

이스루기 일행은 히사고이케 연못 주위를 걸어갔다. 히사고이케 연못 주변은 나무와 풀로 뒤덮여 있었다. 옅은 녹색이 고여 있는 연못 수면에 나뭇잎들이 포개져 비쳤다.

유키는 이스루기를 연못 안에 있는 작은 섬으로 안내했다. 연못가에서 섬까지 작은 포석교가 걸려 있었다.

"이게 히구레바시교日暮橋. 해가 지는 줄 모를 만큼 아름답다고 해서 그렇게 이름을 붙였대."

섬은 직경 수 미터짜리로 아주 작았다. 둘레에 낮은 대나무 담장이 둘러서 있었다.

"저기 나무 그늘에 있는 석등처럼 생긴 것이 바로 가이세키탑. 마에다 도시이에가 도요토미 히데요시한테서 하사받았다고 전해지지. 그리고 반대쪽 구석에 보이는 작은 폭포는 미도리다키. 가을에 보면 훨씬 멋져. 단풍이 지면 이 부근이 온통 새빨개지거든."

미도리다키 폭포는 연못가에서 조금 들어간 지점에 있었다. 폭포의 맑은 물이 연못에 떨어지고 있었다. 희미하게 들리는 폭포 소리가 시원했다. 나무들이 폭포 주변에 잎과 가지를 뻗고 있으니 확실히 단풍철에는 더욱 아름다우리라.

히사고이케 연못을 지나 완만한 계단을 올라갔다. 주변에는 고개를 들어야 할 만큼 커다란 나무들이 늘어서 있어서 햇볕이 통하지 않았다. 마치 정원이 아니라 숲속을 걷고 있는 듯한 기분이 들었다.

이윽고 시야가 확 트이더니 이번에는 왼쪽에서 연못이 보이기 시작했다. 아까 봤던 히사고이케 연못보다도 훨씬 웅대했다. 주변에 소나무 거목들이 여러 그루 서 있었다.

"이게 겐로쿠엔에서 가장 큰 구경거리인 가스미가이케 연
못이야. 오우미 지방의 8경을 모방하여 만들었다는 설이 있
을 정도인데, 예쁘지?"

확실히 절경이었다. 소나무는 웅장하고, 가지가 뻗은 기세
도 대단하다. 또한 그 아름다운 소나무가 연못 수면에 거꾸
로 비치고 있다. 마치 신기루 같았다.

마사노부가 연못 바로 앞에 서서 소나무가 비친 수면을
가만히 쳐다보고 있었다. 이스루기는 별 생각 없이 마사노
부의 옆얼굴을 쳐다봤다.

"당신도 마사노부가 산송장이라고 생각해?"

갑자기 유키가 물었다.

"아니……. 글쎄요? 모르겠습니다."

이스루기는 순간 우물거리다가 결국 솔직하게 대답했다.

"아유이는 수기에 '내가 숭배했던 것은 그녀의 지성과 재
능이지 성별이나 미모가 아니다'라고 적었지. 요컨대 여기밖
에 흥미가 없었다는 거야."

유키는 검지로 자신의 관자놀이를 두드렸다.

"하지만 인간은 이것으로만 이루어진 존재가 아냐……."

그녀는 손바닥으로 가슴과 배, 아랫배를 순서대로 만지며
말을 이었다.

"여기도, 여기도, 여기도 인간이야. 그는 아직 살아 있어.
손을 쥐면, 아직 따뜻해. 그러면 족하잖아?"

유키는 마사노부의 손을 살며시 쥐었다. 마사노부가 고개

를 돌려 유키를 쳐다봤다.

두 사람은 손을 잡고서 가스미가이케 연못 주위에 난 길을 나아갔다. 이스루기는 잠자코 뒤를 따랐다.

자갈이 깔끔하게 깔린 길을 똑바로 나아가니 끝에 기와지붕이 얹혀 있는 붉은 문이 나왔다. 좌우로는 흙담이 뻗어나갔다.

"저기가 가나자와 신사입니까?"

이스루기가 묻자 유키가 웃었다.

"저긴 세이손가쿠. 13대 번주가 어머니를 위해 세운 거처야. 가나자와 신사는 저기 오른쪽에 있어."

세이손가쿠 앞에서 오른쪽으로 꺾어 즈이신자카구치에서 일단 밖으로 나왔다. 하지만 겐로쿠엔의 입장표는 하루 동안 유효해서 표만 보여주면 다시 입장할 수 있는 모양이다.

가나자와 신사는 즈이신자카구치 바로 옆에 있었다. 모양새가 아담한데, 주색으로 칠해진 본전이 아주 새 것처럼 보였다. 유키는 양산을 접어 옆에 끼우고는 종을 울리고서 합장했다. 눈을 감고 진지한 표정을 지었다. 아마도 남편의 건강을 기원하고 있으리라.

이스루기는 그런 유키의 모습을 물끄러미 쳐다봤다. 유키가 기도를 끝내고 포석로로 되돌아왔는데도 시선을 돌릴 수가 없었다.

"뭘 봐?"

유키가 조금 부끄러워하며 말했을 때 이스루기는 예상치

못한 말을 내뱉고 말았다.

"반 다인의 이십 법칙을 아시겠죠. 제3법칙에 '이야기에 연애적인 흥미를 넣어서는 안 된다'는 규정이 있습니다. 본격 미스터리는 지적 유희이지 로맨스물이 아니라는 겁니다."

"반 다인은 교조주의자였으니까."

유키가 코웃음치며 말을 이었다.

"녹스의 십계와 그 점이 달라. 녹스는 반쯤 장난으로 십계를 만들었지만, 반 다인은 꽤 진심이지 않았나?"

"실제로는 연애를 넣은 본격 미스터리는 수없이 많습니다. 등장인물 사이의 로맨스뿐만 아니라 명탐정 본인이 연애를 하는 이야기도 있죠. 명탐정과 범인 사이의 연애 감정을 그렸던 작품도 있습니다. 하지만…… 명탐정과 명탐정이 사랑을 하는 이야기는, 아직 없군요."

유키가 이스루기의 얼굴을 물끄러미 쳐다봤다.

"혹시 꼬시려는 거야? 남편이 앞에 있는데 대놓고 추파를 던지다니 보기보다 배짱이 두둑하네."

"아뇨, 그럴 작정으로 말한 건 아닙니다."

이스루기는 머뭇거리며 그렇게 대답했다. 자신이 왜 그런 말을 했는지 알 수가 없었다.

"당신, 몇 살?"

유키가 물었다.

남자에게 퇴짜를 놓을 때마다 나이를 묻는 버릇이 있었지, 하고 이스루기는 생각했다.

"서른네 살입니다."

"저기 말이야. 난 내년에 쉰이야. '당신이 고타가와 도모코지요?' 하고 물었을 때 현기증이 났다고. 도모코는 지금 기껏해야 서른 중반 아냐?"

"아뇨, 젊게 보여서……."

"젊게 보이다니? 목에 주름이 졌고, 살도 쪘고, 팔뚝 살이 축축 늘어지고, 새치도 늘었어."

유키가 갈색 머리를 쓸어 올리고서 말을 이었다.

"이건 염색한 거야."

"실례를 범해 죄송했습니다."

이스루기는 고개를 숙였다. 등에서 식은땀이 흘렀다.

"딱히 실례는 아니지만."

고개를 드니 유키가 히죽 웃으며 말을 이었다.

"당신은 내가 싫어하는 타입은 아니지만, 불륜 상대로는 어렵지."

그렇다면 백점 만점에서 오십 점 정도인가, 하고 이스루기는 생각했다. 점수를 주는 데 박한 유키에게서 오십 점이나 받았으니 과분한 영광일지도 모르겠다.

"으음, 여길 곧장 걸으면 어디가 나옵니까?"

이스루기는 가나자와 신사 정문을 가리키며 물었다.

"쭉 가서 돌계단을 내려가면 히로사카가 나와."

"그렇습니까? 그럼 전 이만 실례하겠습니다."

"차로 바래다줄게."

"아뇨, 됐습니다. 호텔까지 걸어갈 수 있는 거리라서……."

그렇게 말하고서 숄더백의 어깨끈에 손을 댔을 때 잊어버렸던 것을 떠올렸다.

"맞다. 깜빡할 뻔했네. 미즈키 씨한테 한 가지 부탁이 있습니다만……."

"뭔데?"

유키가 고개를 갸웃거렸다.

이스루기는 숄더백에서 색종이와 사인펜을 꺼냈다.

"사인해주십시오."

느닷없이 색종이를 넘겨받아 유키는 깜짝 놀랐다. 하지만 이내 웃음을 참으며 사인펜 뚜껑을 열었다.

"저기……, 죄송합니다만……." 이스루기는 송구스럽다는 얼굴로 유키에게 말했다. "미즈키 마사오미라고 써주실 수 없겠습니까?"

결국 유키는 웃음을 터뜨렸다.

어지간히도 그 부탁이 우스웠던지 얼굴에 경련이 일만큼 웃으면서도 색종이에 '미즈키 마사오미'라고 확실히 적어주었다.

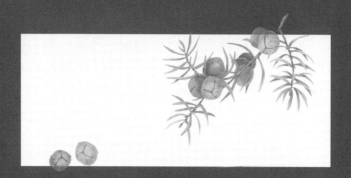

밀檵 / 실榁

이름은 썩고 무덤에 붓순나무 흐드러지다

_山夕

Illicium religiosum

榕(밀, 붓순나무) : 붓순나무과 상
록활엽관목. 전체적으로 향기가
있고 유독하다. 특히 열매가 독
성이 강하다. 가지와 잎을 불전
이나 묘 앞에 올린다. 일본어로
'시키미'라 읽으며 그 명칭은 '아
시키미(惡しき実, 나쁜 열매)에서
유래되었다고 전해진다.

편집부에서

미즈키 마사오미 시리즈 최신 중편을 보내드립니다!

아시다시피 저자인 아유이 이쿠스케 선생께서 2001년 7월에 갑자기 타계하셨습니다. 너무나 급작스러워 편집부 일동은 잠시 말을 잇지 못할 만큼 경악했습니다. 독자 여러분께서도 큰 충격을 받으셨을 테지요. 실제로 편집부로 일찍 세상을 떠나신 아유이 선생을 애도하는 편지가 쏟아졌습니다.

이번에 보내드리는 중편 〈텐구의 도끼〉는 아유이 선생의 서재에 보관돼 있던 플로피디스켓에서 발견되었습니다. 파일 작성일과 수정일, 내용으로 판단하건대 1990년에서 1991년 사이에 집필된 것으로 추정합니다. 선생께서 어째서 발표하지 않으셨는진 모르겠으나 이 이야기는 작품으로서 완결성이 있습니다. 충분히 게재할 만한 내용이라고 편집부는 판단했습니다.

어쩌면 이는 아유이 선생의 유지에 반하는 행위일지도 모릅니다. 그러나 아유이 선생을 추도하고자, 또한 무엇보다 아유이 선생과 미즈키 마사오미 시리즈를 지지해주셨던 독자 여러분께 마지막 선물을 드리고자 게재하기로 결정하였습니다. 천국에 계시는 아유이 선생께서도 편집부의 독단적인 전횡을 용서해주시리라 생각합니다.

다시 한 번 진심으로 아유이 선생의 명복을 빕니다.

덴구의 도끼

아유이 이쿠스케

1. 시로미네白峰

　내가 미즈키 마사오미와 함께 가가와현 산골에 있는 온천 마을을 찾은 때는 홍련장紅蓮莊 사건이 벌어진 지 두 달쯤 지난 뒤였다. 그러니 어언 삼사 년 전 일이다.

　책상 위에 꺼낸 메모지를 확인해보니 1986년 2월이라고 적혀 있었다. 손바닥 크기의 메모지 여러 장이 모두 누렇게 변색되어 있었다. 모서리가 너덜너덜해졌고, 연필로 휘갈긴 내 글씨도 희미해져서 어쩐지 고문서의 단편 같았다. 내 기억도 이미 빛이 바래고 옅어져서 모든 일들이 먼 옛날에 벌어졌던 것 같았다.

　우리에게 온천에 오라고 권한 사람은 홍련장에 초대된 손님 중 하나인 다카미 아야코였다. 짙은 눈썹이 매력적인 귀여운 여대생이었다. 그녀는 스키를 난생처음 타봤는지 초보자용 완만한 슬로프에서도 벌벌 떨며 넘어지기 일쑤였다. 어찌나 설원을 굴렀던지 새로 산 화려한 스키복이 새하얘졌다. 그래도 그녀는 내내 즐거워했다. 활발하고 명랑한 성격을 타고나서이기도 했고, 낯선 설경도 신기했으리라.

"시코쿠에서는 눈이 이렇게 많이 내리지 않아요."

아야코가 고글 속에 있는 커다란 눈을 더욱 동그랗게 뜬 채 온통 새하얗게 채색된 풍경을 바라보며 감탄사를 내뱉었다. 그때 나는 아야코가 시코쿠 출신이라는 걸 알았다.

잔혹한 살인사건을 경험했고, 미즈키가 멋지게 수수께끼를 푸는 과정을 지켜봤던 아야코는 나와 마찬가지로 미즈키의 재능과 인품에 넘어가버린 듯했다. 사건의 막이 내린 뒤에 홍련장에서 호텔로 돌아가 귀가할 차비를 하고 있을 때, 그녀는 미즈키와 내 얼굴을 번갈아 보며 이렇게 말했다.

"우리 친가가 가가와현에서 온천 여관을 운영하고 있어요. 벽촌에 있는 작은 온천이긴 하지만, 느긋하게 쉬기에는 딱 좋은 곳이에요. 여유가 되신다면 꼭 한 번 찾아주세요."

그때는 그저 겉치레 인사인 줄 알았다. 그러나 아야코는 진심이었는지 미즈키와 나에게 편지를 보냈다.

그 편지는 지금도 내 수중에 있다. 이 이야기를 쓰고 있는 워드 프로세서 옆에 놓인 다른 메모지 사이에 끼어져 있다. 구석에만 꽃무늬가 들어간 담청색 봉투. 봉투 위에는 무슨 기념우표인지 둥그런 원 안에 그려진 개 일러스트가 붙어 있었다. 젊은 여성이 보낼 법한 편지였다. 하지만 만년필로 적힌 글자는 꽤 달필이었다. 여성스러운 둥근 글씨체가 아니

라. 세월이 흘러서 '아유이 이쿠스케 님'이라는 글자가 검은 얼룩처럼 번져버렸다.

'온천을 찾아달라고 했던 말은 진심이에요. 숙박료는 받지 않을 테니 한 번 생각해보세요.'

꽃무늬가 들어간 얇은 편지지에 역시나 유려한 글씨체로 그러한 글이 적혀 있었다. 여관 주소와 전화번호가 병기되어 있었다(그 편지지도 지금은 접힌 부분이 뜯어져 두 부분으로 나뉘어 있다).

편지를 받은 날짜는 메모지에 정확하게 기록하지 않았지만, 아마 1985년 말이었을 것이다. 편지를 읽고서 바로 미즈키에게 전화를 걸었던 일은 똑똑히 기억하고 있다.

아야코가 보낸 편지를 받았는지 묻자 미즈키가 무뚝뚝하게 응, 하고만 대답했다. 나는 어떻게 할 거냐고 거듭 물었다.

"모처럼 초대해줬으니 내년에 한 번 가볼까 싶은데 말이야. 가가와현에 가보고 싶었던 차였어. 더욱이 공짜로 묵게 해준다니 참 좋군."

수화기에서 미즈키다운 빈정거리는 웃음소리가 들려왔다.

"여행 일정이 정해지면 바로 알려주세요."

"이봐, 너도 따라올 작정이야?"

미즈키가 노골적으로 싫어했다. 고독을 사랑하는 미즈키는 나와의 여행을 고려하지도 않았던 모양이다. 하지만 나에게는 명탐정 미즈키 마사오미의 행적을 기록해야 한다는 사명이 있었다.

"아야코 씨가 저한테도 편지를 보냈습니다. 이건 둘이서 오라는 의미죠."

내가 그렇게 주장하자 미즈키는 짐짓 한숨을 내쉬고는 마지못해 동행을 허락했다.

그 당시 나는 열의는 있었지만 기록자로서는 미숙했는지 메모지에 정확한 날짜가 적혀 있지 않았다. 그래서 미즈키와 내가 다카마쓰 공항에 도착했던 때가 1986년 2월 중순이었다는 말밖에 해줄 수가 없다.

다카마쓰는 쾌청했다. 내 기억 속에서는 파란 하늘이 보이지 않았는데, 메모지에 적힌 '쾌청'이라는 글자가 보였다. 그러니 공항에서 다카마쓰 시내로 향하는 버스는 구름 한 점 없는 시원스런 파란 하늘 아래를 달렸을 것이다.

미즈키는 나에게 출발 날짜만 전해줬다. 어떤 여정인지는 하나도 알려주지 않았다. 아야코의 초대를 받아 가는 여행이니 기껏해야 하룻밤만 묵을 거라고 짐작하고서 나는 여벌 옷을 담은 보스턴백 하나만 챙겼다. 그러나 미즈키는 묵직하고 커다란 슈트케이스를 들고 왔다. 최대한 오래 머물면서 속세의 때를 씻어낼 요량인 듯했다.

버스는 40분쯤 달려 다카마쓰역 앞에 도착했다. 국철 다카마쓰역은 5층짜리 건물이었다. 회색 콘크리트가 낡아서 지저분했다. 아야코의 친가인 메시가이 온천으로 가려면 여기서 사철로 갈아타 사누키산맥 안으로 들어가야만 한다. 그러나 미즈키는 버스에서 내려 그대로 다카마쓰역 안으로 들어가 질질 끌던 슈트케이스를 코인 로커에 처넣었다.

후련해하는 미즈키에게 이유를 물었다.

"온천에 가기 전에 사카이데시에 들러 스토쿠인의 능을 참배하려고."

그렇게 대답하고서 곧바로 발매기 쪽으로 걸어갔다. 나도 보스턴백을 급히 로커에 맡기고서 미즈키의 뒤를 쫓았다.

독자분들 중에 아마 아시는 분도 있겠지만, 스토쿠인은 12세기에 재위했던 비운의 천황이다. 그는 45년이라는 짧은 생애를 끝마친 뒤에 더욱 유명해졌다. 그의 이름을 입에 담을 때마다 언제나 사람들의 얼굴에는 경외와 공포가 떠오른다. 스토쿠인은 일본의 대악마, 일본 최대의 원령怨霊으로서 사후 800년 동안 군림해왔다.

스토쿠인, 아명 아키히토는 겐에이 2년(1119)에 도바 천황과 다이켄몬인 쇼시 사이에서 장남으로 태어났다. 이 세상에서 생명을 받았을 때부터 그의 운명에는 어두운 그림자가 드리워졌다. 아키히토는 도바 천황의 친자식이 아니라 할아버지인 시라카와 법황法皇과 쇼시의 자식이라는 소문이 반쯤 공공연하게 나돌았다. 도바 천황 본인도 이 소문을 사실이라 인정했는지 남들이 없는 곳에서는 아키히토를 오지코叔父子, 숙부의 자식라고 불렀다고 한다.

아마 진짜 아버지인 시라카와 법황의 의사가 강하게 반영되었으리라. 아키히토 친왕親王은 불과 네 살에 즉위하여 스토쿠 천황이 되었다. 양위한 도바 천황은 도바 상황上皇으로 존칭이 바뀌었고, 실권은 손자의 아내와 밀통하여 자식까지 본 시라카와 법황이 쥐고 있었을 것이다. 《헤이케 모노가타리》의 유명한 대사처럼 시라카와 법황이 자기 뜻대로 좌지우지할 수 없는 건 가모가와강의 물과 주사위의 눈, 그리고 야마호시히에잔 엔략쿠지의 무장한 승병뿐이었다.

다이지 4년(1129)에 시라카와 법황이 붕어하자 도바 상황은 오지코에게 증오와 반감을 드러내기 시작했다. 우선 비후 코몬인 도쿠시와의 사이에서 낳은 친자인 나리히토를 즉위시키고자 스토쿠 천황에게 퇴위를 강요했다. 에이지 원년(1141)에 당시 두 살이었던 나리히토 친왕이 즉위하여 고노에 천황이 되었고, 스물두 살이었던 스토쿠 천황은 스토쿠 상황으로, 서른여덟 살이었던 도바 상황은 출가하여 도바 법황이 되었다. 복수를 위한 역사는 되풀이되어 그 이후에는 도바 법황이 모든 실권을 쥐었고 스토쿠 천황은 권좌에서 멀어졌다.

규주 2년(1155)에 고노에 천황이 열여섯 살이라는 젊은 나이에 병사하였다. 스토쿠 상황은 친자인 시게히토 친왕을 천황으로 즉위시키고자 했으나 이 바람도 이루어지지 않았다. 스토쿠 상황의 동생인 마사히토 친왕이 즉위하여 고시라카와 천황이 되었다.

십수 년 동안 찬밥 취급을 받으며 억압당했던 스토쿠 상황이 움직인 때는 골육상쟁을 거듭해왔던 도바 법황이 붕어한 호겐 원년(1156)이었다. 스토쿠 상황파였던 후지와라 요리나가, 미나모토 다메요시, 미나모토 다메토모 등이 상황을 천황으로 즉위시키고자 병사를 소집했다. 한편 고시라카와 천황은 다이라 기요모리와 미나모토 요시토모에게 상황이 머물고 있는 시라카와전殿을 습격하라고 명령했다. 이것이 바로 호겐의 난이다. 상황과 천황, 미나모토 가문과 다이라 가문의 권력 투쟁이 복잡하게 얽히면서 비롯된 군사 쿠데타다. 전투는 몇 시간 만에 판가름이 났다. 고시라카와 천황 측의 승리로 끝났다. 후지와라 요리나가는 전투 때 입은 부상으로 사망했다. 미나모토 다메요시는 친아들인 미나모토 요시토모의 손에 처형되었다. 그리고 스토쿠 상황은 사누키노쿠니讚岐國로 유배를 떠났다……

당시 나는 이런 사실들을 하나도 몰랐다. 스토쿠인이라는 이름조차 처음 들었다. 방금 설명한 지극히 간단한 역사적 배경은 구입한 여러 자료와 도서관에서 책을 열람하고, 인물의 호칭의 변천과 복잡기괴한 인간관계에 골머리를 썩이며 사흘에 걸쳐 겨우 써낸 것이다. 솔직히 고백하자면 대략 천 년 전의 천황가의 집안 사정에는 전혀 흥미가 없었다.

오랫동안 워드 프로세서의 화면을 보느라 피곤해진 몸을 쉬게 하고자 기지개를 크게 켜고서 뒤를 돌아봤다. 철제 선반에 꽂혀 있는 등표지가 보였다.《호겐 모노가타리》,《겐페이 성쇠기》,《헤이케 모노가타리》,《우게쓰 모노가타리》…….내 방에 책이 있다는 걸 안다면 옛 친구가 경악하리라. 이쿠스케가 책을 읽는다고? 친구의 어이없어하는 표정이 눈에 선하다. 내 뒤에 있는 책들은 오히려 미즈키 저택의 서가에나 잘 어울리는 것들이다. 그렇다, 내가 써야만 하는 건 스토쿠인의 이야기가 아니다. 더욱이 아유이 이쿠스케의 이야기도 아니다. 미즈키 마사오미의 이야기를 계속 쓰도록 하겠다.

요산본선線의 오렌지색 보통열차를 타고 30분쯤 달려 사카이데역에 도착했다. 미즈키와 나는 역 앞에서 손님을 기다리는 노란색 택시에 탔다. 온후해 보이는 말상 운전기사가 수다를 좋아해서 사카이데역에서 시로미네로 향하는 내내 말을 걸어왔다. 추월금지 차선에서 차가 무리하게 추월해서 화가 났는데 자세히 보니 검은 벤츠여서 포기했다 등 그런 시답잖은 이야기였다. 미즈키는 싹싹하게 대꾸했다.

논밭만 눈에 띄는 교외를 벗어나 구불구불한 산길을 20분쯤 올라 시로미네에 도착했다. 택시는 협소한 주차장에 정차했다. 미즈키가 요금을 내자 운전기사가 인상 좋게 웃으며 이렇게 말했다.

"미터기를 세워두고 주차장에서 기다릴까요?"

미즈키가 잔돈을 지갑에 넣으며 말했다.

"아뇨, 됐어요. 걸어서 돌아갈 작정이라서."

운전기사가 의아하해며 대시보드를 뒤져서 얇고 구깃구깃한 종이를 미즈키에게 건넸다. 그것은 하얀 영수증이었다. 택시 회사 주소와 전화번호가 인쇄되어 있었다.

"우리 회사는 저 아래에 있으니 전화만 하면 금방 차를 부를 수 있을 겁니다."

"고맙습니다."

미즈키가 생긋 웃으며 영수증을 받았다.

산길로 되돌아가는 택시를 떠나보낸 뒤 미즈키는 우선 주차장 바로 옆에 있는 절로 향했다. 돈쇼지라는 이름은 지금에서야 알게 된 것이고, 그때는 그저 낡은 산사山寺 정도로 인식했다. 문을 넘어 붉은 깃발과 데미즈야손을 씻는 곳를 지나 조금 나아가니 또 문이 나왔다. 엄청난 숫자의 센자후다신사나 절을 참배한 기념으로 자신의 이름과 주소가 적힌 종이를 건물에 붙이곤 한다가 붙어 있는 들보에 국화 문장을 물들인 천이 걸려 있었다. 그 아래를 지나 경내에 들어섰다. 정면에 보이는 본전까지 포석로가 쭉 깔려 있었다.

미즈키는 천천히 본전으로 다가가 단 바로 앞에 서서 합장을 했다. 나는 참배도 하지 않고 닫혀 있는 본전의 문을 멍하니 쳐다봤다.

"이 절은 **덴구**일본의 요괴로 붉은 얼굴에 긴 코, 높은 게타를 신고 있다**를 모시고 있어.**"

느닷없이 미즈키가 중얼거렸다. 나는 고개를 돌렸다. 미즈키는 시선을 올려 '스토쿠 천황'이라고 적힌 편액을 바라보며 말을 이었다.

"이 산에 살던 덴구인데 '시로미네사가미보白峰相模坊'라고 하지. 나중에 스토쿠인의 영혼을 받들게 됐다고 해."

사누키노쿠니에는 유명한 세 덴구가 있다. 곤피라콘코보, 야쿠리추조보, 그리고 시로미네사가미보. 사가미보와 스토쿠인과의 관계는 요곡謠曲 〈마쓰야마덴구〉에서 자세히 다루고 있다(워드 프로세서 옆에 대판형 요곡 전집이 있다. 금속 클립을 끼워 〈마쓰야마덴구〉가 실린 쪽을 펼쳐 놓았다).

지地, 노가쿠에서 등장인물의 연기를 보조하는 역할 - 저기 시로미네를 보아라. 저기 저 시로미네를 보아라. 산바람 휘몰아치고, 천둥벼락 요란한 저 먼 비구름 사이에서 덴구가 모습을 드러냈도다.

노치쓰레後ツレ, 노가쿠의 조연 - 시로미네에서 세월을 먹는 사가미보相模坊는 다름 아닌 나를 말함이로세. 아아, 마쓰야마에서 붕어하신 스토쿠인이시여. 매일같이 알현하여 위로를 드려도 어심御心을 달래드릴 수가 없구나.

지地 - 날개 펄럭이는 무수한, 날개 펄럭이는 무수한 권속 이끌고 역신의 무리 주살하여 회계지치會稽之恥, 패전의 치욕를 씻겠노라. 임금의 근심을 달래겠노라.

당연히 〈마쓰야마덴구〉를 알고 있었을 우에다 아키나리에도 시대 중후기의 국학자는 〈시로미네〉에 사가미보를 태연히 등장시킨다(이때 나는 일어서서 뒤쪽 선반에서 《우게쓰 모노가타리》를 뽑았다).

하늘을 향해 "사가미보, 사가미보" 하고 부른다. "예" 하고 대답하며 솔개처럼 생긴 괴이한 새가 날아와 스토쿠인 앞에 엎드려 말씀을 기다린다.

스토쿠인이 그 괴조를 향해 말씀하신다.

"어째서 시게모리의 목숨을 거두어 마사히토와 기요모리에게 고통을 주지 않는 것이냐?"

괴조가 대답한다.

"상황의 운이 아직 다하지 않았사옵니다. 충직한 시게모리 곁에 아직 다가갈 수가 없사옵니다. 앞으로 60간지가 지나면 시게모리도 그 수명이 다할 것이옵니다. 그만 죽는다면 그들의 일족은 단번에 망할 것이옵니다."

스토쿠인이 박수를 치며 기뻐하신다.

"그 원수들을 모조리 저 앞에 있는 바다에 수장시켜라."

그 어성御聲이 계곡과 봉우리에 울려 퍼졌다. 어찌나 무시무시한지 말로 다 형언할 수 없을 정도였다.

"……뭐, 스토쿠인 본인도 살아서 덴구가 됐다고 하니 이곳에는 두 덴구를 모시고 있는 셈이지."

미즈키는 그렇게 말하고서 입가를 일그러뜨리며 웃었다. 미즈키는 그렇게 빈정거리듯 미소를 짓는 버릇이 있었다(나는 또 일어서서 이번에는《호겐 모노가타리》를 책상으로 옮겼다).

"이 몸은 바라노라. 과보를 씻고자 쓴 오부대승경을 삼악도에 내던지고서 일본의 대악마가 되리라."

그렇게 다짐하고는 혀를 깨물어 피로써 경문 안에 그 맹세를 적었다.

그 후에는 머리카락도 깎지 않고, 손톱도 깎지 않고 살면서 덴구의 모습으로 변했는데……

스토쿠인의 가비歌碑와 사이교 거사의 상을 대강 구경한 뒤에 미즈키는 돈쇼지를 나와 더욱 안쪽으로 들어갔다. 둥근 돌이 박혀 있는 완만한 비탈길 좌우를 둘러보니 코앞까지 삼나무들이 엄습해 있었다. 한낮인데도 그늘이 져서 컴컴했다. 나뭇가지 틈새로 햇살이 비스듬하게 새어들었다.

비탈길을 내려가자 자갈을 깔아놓은 넓은 길이 뻗어나갔다. 오른쪽에는 잘 가꿔진 정원수들이 늘어서 있었다. 하지만 왼쪽에는 억새들이 무성하게 피어 있어서 황량한 분위기를 자아냈다. 그 옆을 지나자 억새 무리 안에서 날카로운 울음소리가 들리더니 이내 작은 새 한 마리가 총알처럼 날아올랐다.

참배시 주의사항을 적은 세움 간판 옆에서 미즈키는 오른쪽으로 꺾었다. 네모지게 다듬은 정원수들 사이에 오솔길이 나 있었다. 저 안쪽을 보니 경사가 급한 계단이 쭉 이어져 있었다. 씩씩한 발걸음으로 걸어나가는 미즈키의 등을 바라보며 나는 백 단 가까이 되는 계단을 겨우겨우 올라갔다. 정상에 도착하자 미즈키는 이미 팔짱을 끼고서 스토쿠인의 능을 바라보고 있었다.

하얀 석주와 철책이 빙 둘러져 있고, 땅바닥에는 새하얀 자갈이 깔려 있었다. 그리고 석등과 커다란 나무 두 그루가 서 있었다. 포석을 깨끗하게 쓸어놓은 것으로 보아 이곳은 스토쿠인의 영혼을 위로하는 석정石庭이 틀림없다. 좁은 석정 맞은편에 석조 대좌가 살짝 솟아 있었다. 그리고 그 위에는 고풍스러운 석책石柵이 에워싸고 있는 도리이와 석대石台가 놓여 있었다. 조칸 2년(1164) 9월 18일에 이곳에서 스토쿠인의 다비식이 치러졌고, 그의 영혼은 천 년 가까이 잠들어 있다.

미즈키는 이번에는 합장하지 않고 그저 능을 바라보기만 했다. 이윽고 나에게 스토쿠인과 관련된 와카에 대해 잠시 말한 뒤에 다시 돌계단을 내려가기 시작했다. 나도 급히 뒤를 따랐다.

돈쇼지로 돌아가려는 게 아닌지 미즈키는 억새와 나무들 사이에 난 길을 걸어 더 안쪽으로 나아갔다. 저 앞에 또다시 돌계단이 나왔다. 낙엽과 잔가지가 떨어져 있어 걷기 힘든 오백 단이 넘는 계단이 아래로 쭉 이어져 있었다. 양쪽에는 숲이 더욱 돌출되어 있었다. 나는 구르지 않도록 발밑을 주의하면서 미즈키를 따라 돌계단을 내려갔다.

돌계단이 끝나자 흙이 깔린 비탈길이 이어졌다. 두 개의 도리이를 지나서야 비로소 포장도로가 나왔다. 나는 숨이 차서 잠시 쉬고 싶어졌다. 하지만 미즈키는 한 마디도 하지 않고, 뒤도 돌아보지 않고 도로를 걸었다. 이런 산속에 혼자 남겨지는 건 딱 질색이라 어쩔 수 없이 다리를 질질 끌며 뒤를 쫓았다.

어쩐지 풍경이 익숙했다. 아무래도 아까 택시를 타고 올라왔던 도로인 듯했다. 완만하게 굽이지는 도로를 따라 이어지던 나무들이 사라지더니 저 아래에 성냥갑처럼 생긴 집들이 보였다. 그 너머는 다른 산에 막혀 있었다. 도로를 내려가니 시야가 조금씩 트이기 시작했다. 논밭이 펼쳐진 평야 한 편에 건물들이 빼곡히 들어찬 시가지와 공단의 굴뚝과 세토 내해가 엿보였다. 저 멀리 바다 위에 거대한 기둥 여러 개가 솟아 있었고, 크레인선이 그 주위를 에워싸고 있었다. 내 눈에는 오래된 절이나 능보다는 한창 건설 중인 저 세토대교가 더 볼만했다.

귤나무 밭이 이어지는 산중턱을 지나니 비로소 산길이 끝났다. 도로변에 민가가 보이기 시작했다. 미즈키는 쉼 없이 계속 걸어나갔다. 어느 작은 신사에 도착하기 전까지 걸음을 멈추지 않았다. 미즈키는 석등 사이에 난 돌계단을 올라 신사에 참배를 하러 갔다. 하지만 계단이 지긋지긋해진 나는 데미즈야 앞에 앉아서 기다리기로 했다.

조칸 2년 9월 17일에 장례식을 위해 시로미네로 향하던 스토쿠인의 관이 이 부근을 지났을 때 별안간 비바람이 쏟아졌다. 그래서 장례 행렬은 일단 멈추어 관을 돌 위에 놓아 쉬게 했다. 그러자 바닥에서 피가 흘러나와 돌을 새빨갛게 물들었다. 피가 묻은 돌은 다카야 신사에 봉납되었고, 그 이후로 신사는 **피의 궁**이라 불리게 되었다.

"벌써 지쳤어? 운동 부족이군."

피의 궁을 참배하고 온 미즈키가 나를 내려다보며 히죽 웃었다.

"또 걷습니까?"

녹초가 된 내가 물었다.

"한 시간은 더 걸어야 야소바까지 갈 수 있어. 뭐, 순례자에 비하면 별 거 아니지."

미즈키는 태연하게 대답하고서 곧바로 도리이를 향해 걸어갔다. 아무래도 여행에 따라온 나에게 앙갚음을 해주려는 듯했다. 하지만 미즈키가 태연한 얼굴로 걷고 있는데 앓는 소리를 낼 순 없었다. 나는 뻐근한 허벅지를 문지르며 일어섰다.

사전에 이곳 지리를 알아보았는지 미즈키는 망설이지 않고 시로미네 기슭에서 이어지는 도로로 나아갔다. 주변에 스산한 교외 풍경이 펼쳐졌다. 붉은 맨살이 드러난 겨울 논밭 사이로 집들이 점점이 흩어져 있었다. 넓은 차도를 지나는 자동차는 거의 없었다. 문득 돌아보니 시로미네를 비롯한 고시키다이의 산들이 시야를 막고서 웅대하게 솟아 있었다. 저 위에서 걸어 내려왔구나, 하고 생각하니 절로 오싹해졌다.

삼십 분쯤 걸었을 때 미즈키가 포장도로에서 벗어나 산울타리가 쳐져 있는 곳으로 들어갔다. 정면에 있는 철문에 국화 문장이 붙어 있었고, 아무것도 없는 빈터 구석에 석대좌가 오도카니 놓여 있었다. 그리고 가지가 구불구불한 종려나무가 심겨 있었다. 가까이 다가가니 거칠거칠한 종려나무 가지 뒤에 가려져 있는, 한자가 빼곡히 새겨진 돌비석이 서 있었다.

사노키노쿠니로 유배를 온 스토쿠인은 처음에 아야가와강 부근에 있는 관청에서 삼 년을 보냈다. 궁벽한 시골의 삶이 적적했는지 그는 화려한 수도를 떠올리며 이런 노래를 읊었다.

**하늘을 떠도는 달의 그림자가 구름에 머물듯이 이곳도 뜻밖에도
내가 머물 구모이**雲井, 구름 있는 곳, 혹은 궁중**가 되었구나.**

그 이후로 이곳은 구모이노고쇼雲井御所라 불리게 되었다.
하지만 현재 스토쿠인이 묵었던 건물은 흔적조차 없다. 후
에 다카마쓰 번주가 건립한 돌비석만이 남아 있을 뿐이다.

구모이노고쇼 터를 나와 강변을 따라 난 넓은 길을 걸었
다. 미즈키의 말대로 한 시간 넘게 걸었을 즈음에 이제야 그
럭저럭 번화가 같은 곳이 나타났다. 저 앞에 선로가 보이자
나는 안도의 한숨을 내쉬었다. 신발 속에 있는 발이 부어서
발톱이 아팠다. 그러나 미즈키는 건널목을 건너 선로를 지
난 뒤 계속 앞으로 나아갔다. 저 앞에 붉은 도리이가 나타났
을 때 속으로 또 신사야, 하고 불경스럽게 푸념을 늘어놓았
다는 것을 고백해두겠다.

포석이 깔린 참배로를 지나 본전에서 종을 울리고서 합장
을 한 미즈키는 그대로 신사 뒤쪽으로 향했다. 좁은 골목길
같은 길을 꺾어 걸으니 이끼가 퍼렇게 낀 둥근 연못이 있었
다. 수면 절반을 수초가 빼곡히 뒤덮고 있는 이유는 반대쪽
생울타리에서 차가운 지하수가 샘솟고 있기 때문이리라.

조칸 2년(1164) 8월 26일에 스토쿠인은 유배지인 사누키
노쿠니에서 45세를 일기로 사망했다. 스토쿠인의 부고를 수

도에 알리고 사자가 돌아오는 21일 동안에 늦더위에 유해가 부패할까 봐 관을 차가운 지하수가 솟는 연못에 담가놓았다. 후에 이 땅에는 스토쿠인을 모시는 고쇼인시로미네궁이 건립되었다.

"……이런 연못에 시신을 3주씩이나 담가놓다니 괜찮았을까?"

미즈키가 연못가에서 그렇게 중얼거렸다. 그 당시에는 갑자기 '**시신**'이라고 말해서 그저 놀랐을 뿐이지만, 지금은 그 말의 의미를 잘 안다. 스토쿠인의 얼굴은 청량한 지하수에 씻겨 하얗게 변색되었을까? 아니면 검푸르게 부풀어 올랐을까…….

나는 변형된 얼굴을 상상하고자 철제 선반에서 자료를 꺼냈다. 자료에는 교토 시라미네신궁에 있는 스토쿠 천황 어진이 복제되어 있었다. 그 안에는 에보시를 쓰고 홀을 들고 있는 통통한 남자가 그려져 있었다. 치켜 올라간 작은 눈과 축 처진 얼굴 윤곽이 어쩐지 어벙하게 보였다. '너는 모른다. 근래의 난은 나로 인해 일어난 것이다. 생전부터 마도에 심취하여 헤이지의 난을 일으키고, 죽은 뒤에도 조정에 지벌을 내리고 있다. 잘 보아라. 곧 천하에 대란을 일으켜주마' 하고 저주하는 마왕의 초상화로는 도저히 보이지 않았다.

연못을 뒤로하고 우리는 다시 다카마쓰시로 돌아왔다. 야소바역의 무인 플랫폼에서 전철을 기다리며 담배를 피우고 있을 때도, 요산본선 보통전철 안에서도, 다카마쓰역의 코인 로커에서 짐을 꺼내 사철역으로 이동하는 동안에도 미즈키는 한 마디도 하지 않았다. 시원스러운 눈을 가늘게 뜬 채 생각에 잠겨 있었다. 그때 미즈키가 무슨 생각을 했었는지 나도 정확하게는 알지 못한다. 하지만 이 대목에서는 작가의 특권으로 미즈키가 스토쿠인의 영혼을 생각하고 있었다고 해두겠다. 사철전철의 문가에 서서 슈트케이스에 오른손을 살짝 대고서 차창 밖 풍경을 가만히 쳐다보던 미즈키는 교토에서 먼 시골로 유배를 왔다가 결국 그곳에서 생애를 마친 남자를 생각했고, 환상의 초상화를 머릿속에서 그리고 있었던 것이다……

두 량으로 편성된 전철은 다카마쓰시를 떠나 한적한 전원 풍경을 지나 산속으로 나아가고 있었다. 계절은 겨울과 봄의 사이에 있었다. 선로 양쪽에 펼쳐져 있는 산의 녹음에 회색이 번져 있었다. 이따금 산허리를 헐어 만든 계단식 밭이 보였다. 겨우 사람 사는 마을의 기척을 느낄 수는 있었지만, 그나마 농사를 짓고 있는 사람은 없었다.

짧은 터널을 여러 개 지난 뒤 타는 사람도, 내리는 사람도 없는 플랫폼에 아무 의미 없이 여러 번 정차하고 나서야 전철은 겨우 목적지인 메시가이역에 도착했다.

메시가이역은 허름한 목조 건물이었다. 플랫폼에 사람은 없었고, '메시가이 온천에 오신 것을 환영합니다'라고 적힌 현수막만 바람에 나부끼고 있었다. 새치가 섞인 머리를 모자로 꾹 누른 역무원에게 표를 건네고서 역사 안을 걷고 있으니 비좁은 대합실 나무 벤치에 노파 한 명이 오도카니 앉아 있었다. 작은 몸을 포대기 같은 옷으로 감싸고 있고, 근처에는 지팡이 대신에 유모차가 세워져 있었다. 하지만 저 노파는 전철을 기다리는 게 아닌 모양인지 벽에 걸린 시계를 전혀 쳐다보지 않았다. 그저 무위의 시간만 보내고 있는 것 같았다.

플랫폼에서 사람이 나타난 게 그토록 신기한지 노파는 호기심 어린 표정으로 짐을 들고 있는 우리를 뚫어져라 쳐다봤다. 노파 뒤, 울퉁불퉁한 나무로 된 벽에는 메시가이 온천을 소개하는 포스터가 붙어 있었다. 대체 몇 년이나 된 인쇄물일까? 햇볕에 그을린 사진 속 단풍 덮인 산이 완전히 퇴색되어 겨울 설산 같았다. 구석에 찢어진 부분을 셀로판테이프로 고쳐놓았다.

"……확실히 느긋하게 푹 쉬기에는 딱 좋을지도 모르겠네."

미즈키가 입술을 일그러뜨리며 웃었다. 이렇게 궁벽한 산촌에 오는데 해외여행 가듯 큰 짐을 끌고 온 자신을 비웃었는지도 모르겠다. 썰렁한 메시가이역을 본 순간부터 오래 체류할 마음도, 온천 여관으로 곧바로 갈 마음도 잃어버린 듯했다.

"여관에 가기 전에 잠시 쉬자. 너도 오래 걸어서 힘들잖아?"

역에서 밖으로 나가자마자 미즈키가 제안했다.

역 앞에는 선로를 따라 포장도로가 깔려 있었고, 바로 왼쪽에는 콘크리트 다리가 걸려 있었다. 다리 난간에서 아래를 내려다보니 꽤 높았다. 점점이 흩어져 있는 크고 작은 바위들 사이로 하천이 흐르고 있었다. 강 상류에는 바위에 서서 낚싯대를 드리우고 있는 낚시꾼들이 자그맣게 보였다. 길쭉한 골짜기 사이로 평지가 뻗어나가다가 삼나무가 울창하게 뒤덮인 산들에 막혔다. 산 정상 부근에 낀 안개가 뾰족한 삼나무 끝을 어슴푸레하게 감추고 있었다.

아야코가 보내준 지도에 따르면 다카미 여관에 가려면 골짜기를 따라 난 길을 한동안 걸어가야만 한다. 인적 없는 산길이 아닌 완만한 포장도로이긴 하지만 또 오르막길이다. 미즈키가 의욕을 완전히 잃고 쉬고 싶어 하는 마음이 이해가 되었다. 오랜 도보 여행에 녹초가 된 나도 반가운 일이었다.

역 앞은 지역 주민을 대상으로 장사를 하는 상점가가 있었다. 한 군데뿐이긴 하지만 찻집도 있었다.

하얀 나무문을 열고 어둑한 실내에 들어가니 가장 안쪽 탁자석에 이십 대 전후로 보이는 두 젊은이가 앉아 있었다. 미즈키가 바로 근처 자리에 앉아 딱딱한 쿠션이 불만이라는 표정을 지었을 때 젊은이들이 나누는 대화가 살짝 들려왔다.

"어젯밤에 **구지**宮司, 신사의 제사를 관장하는 신관**가 덴구를 목격했대.**"

나와 미즈키는 놀라서 무심코 젊은이들 쪽으로 고개를 돌렸다.

2. 메시가이 온천

이렇게 이야기를 써내려가는 내내 나는 곤혹스럽기도 하고, 기묘하기도 한 감각에 사로잡혔다. 대체 왜 나는 이 이야기를 쓰고 있는가? 미즈키와 만나고, 그리고 헤어질 때까지 나는 글을 쓰겠다는 생각을 한 번도 하지 않았다. 소설가가 되겠다는 생각도 하지 않았다. 하루 종일 방에 틀어박혀 워드 프로세서 앞에 죽치고 앉아 메모지와 자료와 지도를 끊임없이 참조하며 오로지 자판만 두드린다? 불과 5년 전이었다면 그런 찌무룩한 작업 따윈 거들떠도 보지 않았으리라. 나는 집에 있는 것보다 밖에서 노는 걸 좋아했다. 아르바이트로 돈을 모아 매년 여름에는 바다로, 겨울에는 스키장으로 나다녔다. 소설을 읽는 친구는 하나도 없었다. 친구가 '소설을 쓰고 있다'고 고백한다면 '저 녀석은 음침한 녀석이야' 하고 단정 짓고서 마음속으로 경멸했을 것이다.

그런 내가 지금은 필사적으로 문장을 짓고 있다. 만약에 내가 소설가 지망생이었다면 재능이 거의 없는 자신이 짜증이 나서 진즉에 붓을 꺾었으리라. 하지만 나에게는 절망하는 것조차 허락되지 않았다. 미즈키의 환영이 나에게 어서 글을 쓰라고 압박하고 있었다.

나는 미즈키의 망령에 홀려 있다. 아니, 그렇지 않다. 미즈키는 아직 살아 있다. 어떻게 살고 있는지 알 턱이 없지만, 지금도 어디선가 건강하게 지내고 있을 것이다. 미즈키가 행복하게 살고 있기를 바란다. 하지만 **미즈키의 부재**가 나를 고통스럽게 한다. 내가 홀려 있는 것은 바로 미즈키의 부재다.

미즈키의 탐정담을 문장으로 쓰자고 마음먹은 것은 미즈키의 부재에서 비롯된 마음의 구멍을 메우기 위해서였다. 그러나 글을 쓰면 쓸수록 미즈키의 부재는 내 마음속을 더욱 깊이 침식해 들어갔다. 텅 빈 영역을 넓혀가고 있었다. 아마사노키노쿠니로 유배를 간 스토쿠인도 교토를 그리워하는 시가를 읊을 때마다 통절한 노스탤지어에 괴로워했을 것이다. 옛날에 잃어버린 것을 그리는 마음…….《호겐 모노가타리》에서 스토쿠인의 와카를 인용하겠다.

물떼새의 자취는 교토에 남아 있건만 그 몸은 마쓰야마에서 울기만 하네

메시가이역 앞 작은 찻집에서 '덴구를 봤다'는 이야기를 듣고 미즈키는 흥미를 느낀 듯했다. 안쪽 탁자석을 또 돌아보지는 않았지만, 중년 주인이 직접 가져온 커피에 입을 대지 않은 채 팔짱을 끼고 두 젊은이의 대화에 귀를 기울이고 있었다. 나도 이따금 두 사람을 힐끔 쳐다보며 띄엄띄엄 들려오는 말소리에 귀를 기울였다.

"진짜 재밌을 것 같은 이야기네. 지로짱, 더 자세히 말해봐."

검은 터틀넥 스웨터를 입고 검은 뿔테 안경을 쓴 젊은이가 유쾌하게 웃으며 말했다.

"웃을 일이 아냐. 순짱."

지로라 불린 젊은이가 자못 진지한 얼굴로 말을 이었다.

"어젯밤에 구지가 신사에서 집으로 돌아가려고 했는데 숲 속에서 인기척을 느꼈대. 수상하게 여기고 다가가보니 덴구 총 위에 뿌연 환영이 보였대. '누구냐!' 하고 크게 외치니 그 환영이 금세 사라져버렸고."

"그래서 덴구총 위에 있어서 덴구라는 거야? 그 구지 말이 야. 상상력이 너무 풍부한 거 아냐?"

순은 덴구 이야기를 털끝만큼도 믿을 생각이 없는 듯했 다. 히죽히죽 웃기만 했다. 하지만 지로는 여전히 진지한 표 정이었다.

"그뿐만이 아냐. 덴구총에 있던 그 환영이 **이상하리만치 코 가 길었대.** 얼굴에 툭 튀어나온 코의 실루엣을 똑똑히 봤대."

그 말을 듣고 순은 흠칫 놀라서 순간 눈을 동그랗게 떴 다. 하지만 이내 웃음을 터뜨렸다.

"그거 대단한걸? 구지를 의심해서 미안해. 코가 길었다면 틀림없이 덴구겠지. 나도 꼭 덴구님을 한 번 뵙고 싶네."

지로는 배를 부여잡고 깔깔대는 순을 쓸쓸한 표정으로 쳐다봤다.

"……그럼 슬슬 갈까?"

겨우 웃음을 그친 순이 재촉하며 일어섰다. 지로도 고개 를 끄덕이고서 뒤를 따랐다. 두 사람은 계산대에서 동전을

낸 뒤에 찻집을 나갔다.

"우리도 나가자."

갑자기 미즈키가 나에게 말했다.

"미안하지만 네가 계산해줘. 이따가 줄 테니까."

미즈키는 그 말을 남기고서 슈트케이스를 질질 끌며 종종걸음으로 문으로 향했다. 탁자 위에 있는 커피에는 손도 대지 않았다.

주인에게 두 사람의 찻값을 내고서 밖으로 나가니 미즈키는 도로에 서서 주변을 둘러보고 있었다. 미즈키는 찻집 앞에서 헤어졌는지 각자 다른 방향으로 가고 있는 두 젊은이의 모습을 보고 있었다. 슌이라는 젊은이는 청바지 주머니에 두 손을 찔러 넣은 채 선로를 따라 난 길을 서쪽으로 걷고 있었다. 지로는 등을 살짝 구부린 채 강을 따라 난 비탈길을, 다시 말해 다카미 여관 쪽으로 걷고 있었다.

미즈키는 지로를 택한 모양이었다. 언덕을 터벅터벅 오르는 지로의 등을 향해 크게 외쳤다.

"실례합니다!"

지로가 발걸음을 멈추고서 뒤를 돌아봤다. 낯선 인물이 느닷없이 불러서 당황한 듯했다.

미즈키는 슈트케이스를 길 위에 내버려두고서 지로에게 달려가 곤혹을 겪고 있는 척 물었다.

"우리가 지금 다카미 여관이라는 곳에 가려고 하는데, 혹시 아십니까?"

"관광객입니까?"

지로가 멀리 있는 슈트케이스를 물끄러미 쳐다보다가 이해했는지 고개를 여러 번 끄덕였다.

"마침 저도 다카미 여관으로 돌아가려던 참이었어요. 안내해드리죠."

"여관에 묵고 계십니까?"

"아뇨, 여관에서 알바하고 있습니다."

젊은이의 이름은 히라야마 지로였다. 후줄근한 남색 운동복에 청바지를 수수하게 입고 있었다. 아랫볼이 두둑하고, 입술이 조금 두꺼워서 착한 인상을 풍겼다. 실제로 히라야마는 생긴 대로 착한 청년인 듯했다. 부탁하지도 않았는데 미즈키의 슈트케이스를 다카미 여관까지 옮겨주었다.

완만하게 꺾이는 비탈길 왼편에는 하얀 가드레일이 쭉 이어져 있었다. 계곡물이 흐르는 소리가 바로 근처에서 들렸다. 물이 바위에 부딪쳐 역류하는 소리가 유난히 도드라졌다.

오른편에는 안에 들어가면 두 어깨가 벽에 닿을 만큼 폭이 좁은 목조가옥이 지붕을 맞댄 채 늘어서 있었다. 군데군데 상호를 물들인 노렌이 걸려 있는 것으로 보아 온천 손님을 상대로 장사하는 기념품 가게나 식당일 것이다. 시골 온천마을에 어울리는 소박하고 고풍스러운 풍경이었다. 하지만 정작 손님이 보이지 않는 것이 옥의 티였다. 길에는 평상복을 입은 지역 주민밖에 보이지 않았다. 유카타를 입은 사람은 한 명도 볼 수 없었다.

히라야마는 소심하고 과묵한 성격인 듯했다. 하지만 비탈길을 오르는 동안에 미즈키의 교묘한 언변에 이끌려 드문드문 자기 이야기를 했다. 나이는 스물인데 지역 대학교 학생이라고 했다. 평소에는 대학교 인근 아파트에서 자취를 하고 있고, 친가에 돌아오면 틈틈이 지인이 운영하는 다카미 여관에서 아르바이트를 하고 있다고 한다…….

이야기를 대강 들은 뒤에 미즈키는 곧바로 본론으로 들어갔다.

"아까, 찻집에서 친구와 이야기를 하던데요. 훔쳐들을 생각은 아니었지만 재밌을 것 같아서 무심코 듣고 말았습니다. 구지가 덴구를 봤다고요?"

미즈키의 말을 듣자마자 히라야마가 당황했다. "아니, 저기, 그건 아무것도 아닙니다, 아마 구지가 잘 못 봤겠죠" 하고 우물거리기만 했다. 그 뒤에는 미즈키가 뭘 물어도 대답하지 않았다. 무거운 침묵 속에서 슈트케이스 바퀴가 굴러가는 소리만이 이어졌다. 이윽고 입을 꾹 다물고 있던 히라야마가 드디어 입을 열었다.

"여기가 다카미 여관이에요."

이미 주변에 땅거미가 졌다. 태양이 서쪽 산을 붉게 태우며 가라앉고 있었다. 나무들 사이로 새어든 노을빛이 다카미 여관을 짙은 오렌지색으로 물들였다.

다카미 여관이라는 고전적인 상호를 듣고 나는 전통적인 건물을 상상했다. 하지만 예상과 달리 2층짜리 서양식 목조 건물이었다. 현관은 여관답게 넓게 트여 있고, '다카미 여관高見旅館'이라고 오른쪽에서 왼쪽으로 적힌 편액이 걸려 있긴 하다. 하지만 지붕은 기와가 아니라 슬레이트였다. 철제 창틀에는 유리창이 박혀 있고, 벽은 흙벽이 아니라 회벽이었다. 온천여관이라기보다 소규모 호텔이라고 부르는 편이 맞을지도 모르겠다. 아마 메이지나 다이쇼 시대에 지어졌으리라. 하얀 벽이 약간 거무스름했다.

"손님이요."

히라야마가 미즈키의 슈트케이스를 현관에 올리고서 정면 프런트를 향해 말했다.

안에서 새하얀 블라우스와 체크무늬 치마를 입은 아야코가 얼굴을 내밀었다. 아마 사전에 연락을 받고서 미즈키가 도착하기를 기다리고 있었는지 현관으로 나와 활짝 웃으며 고개를 숙였다.

"어서 오세요. 기다리고 있었습니다."

아야코가 현관 바닥에 서 있던 히라야마를 웃으며 쳐다봤다.

"지로가 안내해준 거야?"

"어. 역 앞에서 길을 물어서……."

히라야마가 나와 미즈키를 곁눈으로 힐끔 보며 말을 이었다.

"아야코의 지인분들이야?"

"어. 작년에 스키장에 갔을 때 알게 됐는데……. 지로한테 말 안 했나? 미즈키 씨는 아주 멋진 분이야……."

아야코는 히라야마 바로 앞에 서서 눈을 지그시 바라보며 말했다. 그러나 히라야마는 시선을 피하며 우물쭈물했다.

"나, 아저씨를 도우러 갈게."

히라야마는 대화를 끊고서 밖으로 나갔다.

아야코는 그런 히라야마를 의아하게 쳐다보다가 이내 방긋 웃으며 우리를 쳐다봤다.

"열쇠를 넘겨드린 뒤에 방으로 안내해드릴게요. 자, 이쪽으로."

그녀가 여관의 젊은 오카미_{여관이나 요정의 여주인}처럼 말했다.

미즈키와 나는 슬리퍼를 신고 마루에 올라 아야코의 뒤를 따라 안쪽 프런트로 향했다.

프런트에는 중후한 목제 카운터가 놓여 있었다. 매끈한 나뭇결이 호박색으로 반짝였다. 미즈키가 카운터에서 숙박용 서류를 작성하는 동안에 나는 벽 쪽에 모여 있는 신기한 장식품들을 보고 있었다.

카운터 가장자리에는 수많은 인형들이 늘어서 있었다. 화려한 옷을 입고 있는 게이샤, 머리가 유난히 큰 대머리 동자, 주황색 앞받이를 한 갓난아기, 어깨를 치키며 연기를 하는 눈썹이 굵은 가부키 배우, 무릎에 두 손을 올린 채 정좌하고 있는 후쿠스케_{복을 가져온다는 인형}, 빛깔이 너무 예스러워서 멀리서는 새카만 돌덩어리로밖에 보이지 않는 에비스_{칠복신 중 하나}와 다이코쿠텐_{칠복신 중 하나}, 눈코입이 깎여 얼굴을 잃은 돌달마, 하늘을 향해 포효하는 하얀 여우, 등을 우아하게 말고서 자는 고양이…….

이치마쓰 인형, 토우, 목상, 석상 등 소재와 크기가 각양각색인 인형들이 벽에 붙어서 생기 없는 눈동자로 이쪽을 가만히 쳐다보고 있었다.

시선을 올리니 인형들 위에 있는 벽에 가면 여러 개가 길려 있었다. 노멘노가쿠를 할 때 쓰는 가면과 기가쿠멘기가쿠를 할 때 쓰는 가면 사이에 코가 길고 어금니가 튀어나온 덴구 가면이 있다는 걸 알아차리고서 나는 조금 동요했다.

"저기……, 방은 하나면 되나요?"

카운터 뒤로 돌아간 아야코가 살짝 망설이다가 미즈키에게 물었다.

"따로 해줘요."

미즈키가 퉁명스럽게 대답했다. 물론 나도 각방을 쓰는 게 좋다. 미즈키와 같은 방에 묵는 건 생각해본 적도 없었다. 아야코는 알겠다고 작게 대답하고서 등을 돌렸다. 그러고는 수많은 작은 서랍이 달린 수납장에서 열쇠 두 개를 꺼냈다.

"저건, 약재함이군요."

미즈키가 받아든 열쇠로 수납장을 가리키며 말을 이었다.

"약재함에 열쇠를 정리해서 놔두다니 재밌군."

"돌아가신 할아버지께서 오래된 물건을 모으는 취미가 있으셨거든요. 골동품을 모으고 정리하는 걸 좋아하는 분이셨죠."

아야코는 인형들을 힐끔 바라보며 쓴웃음을 지었다.

"방에도 몇 개 놓여 있으니 취미에 맞으신다면 한 번 구경해보세요."

"그거 재밌겠는데."

반시대적 취미인인 미즈키가 그렇게 대답했을 때 왼쪽 복도에서 두 남성이 다가왔다.

"어젯밤에 누가 날 찾아오지 않았어?"

삼십 대 후반으로 보이는 마른 남자가 카운터에 다가와 느닷없이 말했다. 키가 크고 멋들어진 회색 정장을 입고 있었지만 어쩐지 잘 어울리지 않는 느낌이었다. 아마 태도가 유치하기 때문이리라. 미즈키를 밀치며 몸을 내밀고는, 은테안경 속에 있는 두 눈을 치올리고서 얇은 입술을 신경질적으로 떨며 말하는 모습이 마치 칭얼거리는 유아를 연상케 했다.

"어젯밤에는 아무도 오시지 않았습니다만."

아야코가 부드럽게 대답했지만 미즈키에게 보냈던 웃음과 달리 영업용으로 보였다.

"수상한 인물은?"

마른 남자는 아야코의 말을 납득하지 못했는지 추궁하는 투로 따져 물었다.

"대체 왜 그러시는 건데요? 수상한 인물은 못 봤습니다."

역시나 아야코도 눈썹을 찡그리고서 퉁명스럽게 대답했다. 남자는 겁에 질린 작은 동물처럼 주변을 두어 번 두리번거리고서 말했다.

"됐어."

그는 종종걸음으로 복도로 돌아갔다. 함께 왔던 또 다른 남성이 그의 뒷모습을 걱정스럽게 쳐다보다가 이윽고 카운터에 천천히 다가와 아야코에게 고개를 숙였다.

"죄송합니다. 사장님께서 조금 예민해지셔서."

사장이라 불렸으니 부하임에 틀림없겠지만 이 남자가 훨씬 연장자였다. 아마 예순쯤 된 것 같았다. 숱이 적은 백발을 뒤로 말끔하게 넘겼다. 눈가에 주름이 져서 온후해 보이지만 사각턱이 강인한 의지의 소유자임을 보여주고 있었다.

"아뇨, 괜찮습니다만⋯⋯. 무슨 일이 있으셨습니까?"

아야코가 묻자 초로의 남자가 불안해하며 눈을 내리깔았다.

"오늘 아침에 사장님이 묵었던 방 문 아래에 묘한 편지가 놓여 있었다고 합니다. 어떤 내용인지 알려주시지는 않았습니다만, 그것 때문에 아침 내내 저러셔서⋯⋯. 별일 없으면 좋겠는데."

그 말투 속에는 사장과 부하라는 공적 관계를 넘어 상대를 친밀하게 염려하는 마음이 담겨 있었다.

"밤에 문단속도 확실히 하고 있으니 이상한 사람이 멋대로 들어올 수는 없는데요."

아야코는 잠깐 고개를 갸웃거렸다가 이내 초로의 남자를 안심시키고자 생긋 웃었다.

"알겠습니다. 오늘밤부터 문단속을 더욱 철저히 하고, 이상한 사람이 어슬렁거리지 않는지 살펴보도록 하겠습니다."

"아뇨, 그렇게까지 신경을 써주시면 오히려 우리가 미안하지요. 단순한 장난일 테니⋯⋯."

"누군가가 손님께서 묵으시는 방에 멋대로 접근하면 저희도 곤란합니다. 서비스 업종이라서⋯⋯."

"그렇습니까⋯⋯. 그럼 미안하지만 잘 부탁합니다."

초로의 남자가 다시금 아야코에게 고개를 숙인 뒤 카운터에서 떠났다.

"방금 그분들은?"

미즈키가 복도 안쪽을 쳐다보며 물었다.

"아타고 도요히코 씨와 하시쿠라 고이치 씨. 도쿄에 있는 부동산 회사의 사장님과 전무님이세요."

아야코가 카운터 밖으로 나와 대답했다.

"젊은 분이 아타고 씨군요. 나와 나이차가 별로 나지 않는 것 같은데 부동산 회사 사장이라니 대단해."

"내방해주셨을 때는 영락없이 하시쿠라 씨가 사장인 줄 알았어요."

아야코가 우스운지 키득키득 웃으며 말을 이었다.

"이렇게 말하면 실례겠지만 아타고 씨는 관록이 없어요. 어쩌면 아버님께서 선대 사장이었는지도 모르죠."

"상속을 받았다는 겁니까? 확실히 부모 밑에서 응석이나 부리며 자란 티가 나더니만."

"실무는 모두 하시쿠라 씨가 도맡고 있는 것 같아요. 자식뻘인 사장한테 지시를 받다니 참 힘들겠네요."

"그나저나 정장을 입은 사장과 전무가 단 둘이서 온천여행이라니 묘하군요."

"업무차 오신 것 같아요. 덴구총이 있는 뒷산에 골프장을 세울 계획이 있어서 살펴보고 계세요."

덴구총이라는 단어를 들은 순간 미즈키의 눈동자가 날카롭게 빛났다. 하지만 아야코는 눈치채지 못했는지 여전히 담소를 나누는 듯한 가벼운 투로 말을 이었다.

"그저께는 초장町長님과 오랫동안 말씀을 나누셨다고 하고, 어제는 덴구총을 보러 산을 오르셨죠. 지역을 부흥시킬 좋은 기회라며 초장님은 엄청 내키는 눈치세요. 뭐, 골프장이 생기면 우리 동네도 좀 번성하려나?"

아야코가 밝게 웃었다가 금세 새침한 표정을 짓고서 아타고와 하시쿠라가 왔던 왼쪽 복도를 손으로 가리켰다.

"방으로 안내해드릴게요."

짧은 복도 끝에는 아담한 담화실이 열려 있었다. 마룻바닥에 검은 가죽소파가 여러 개 놓여 있었다. 낮은 천장 여기저기에는 양철 램프가 걸려 있었다. 하지만 아야코의 할아버지가 수집한 골동품을 그저 장식만 했을 뿐인지 표주박 모양의 그을린 유리 안에 불꽃은 없었다. 그 대신에 형광등이 무표정한 광선을 휘황찬란하게 뻗치고 있었다.

구석에 놓은 소파에서 한 청년이 책을 읽고 있었다. 나와 같은 또래로 보이는, 즉 이십 대 후반의 통통한 남성이었다.

동그란 동안과 콧수염이 참으로 어울리지 않았다. 청년은 독서에 열중하고 있는지 우리가 지나가도 하드커버로 된 책을 쳐다본 채 고개를 들지 않았다.

담화실을 지나 오른쪽으로 꺾으니 객실이 있는 복도가 나왔다. 이 역시 호텔풍 객실이었다. 형광등 불빛 속에 두꺼운 나무문이 일렬로 쭉 늘어서 있었다. 문 바로 옆에는 불투명 유리로 된 채광창이 달려 있었다. 복도 반대쪽에는 정원에 면한 투명한 유리창이 늘어서 있었다. 하지만 그 유리창은 쇠창틀에 박혀 있어 튼튼했다. 아야코의 말대로 문단속을 엄중하게 하는 듯했다.

"방금 그분도 숙박하시는 손님입니까?"

갑자기 미즈키가 물었다. 하지만 아야코는 발걸음을 멈추고서 질문의 의도를 모르겠다며 입을 다물고 있었다. 그러자 미즈키가 다시 이렇게 말했다.

"아까 전에 '밤에 문단속도 확실히 하고 있으니 이상한 사람이 멋대로 들어올 수는 없다'고 했죠. 그렇다면 아타고 씨의 방에 편지를 넣은 사람은 숙박객이나 종업원 중 하나일 겁니다."

"어머, 우리 여관을 걱정해주시는 거 아니었어요?"

아야코가 삐친 표정을 짓고서 입술을 삐죽 내밀었다.

"역시 명탐정. 그런데 그 다음은 저도 추리할 수 있어요. 숙박객 중 누군가가 편지를 방에 넣었다면 범인은 아까 담화실에 있던 오노하라 씨가 틀림없어요. 왜냐면 지금 여관에 묵고 계시는 손님은 세 사람뿐이거든요."

"세 사람뿐?"

미즈키가 무심코 놀라자 아야코가 생긋 웃었다.

"예. 미즈키 씨와 아유이 씨가 와주셔서 이제야 다섯 명이 됐네요. 이건 비밀로 해주세요. 매상에 영향을 끼치니까요."

그녀가 검지를 세워 입술에 댔다. 하지만 눈동자가 짓궂은 아이처럼 반짝이고 있으니 매상을 운운하는 이야기는 농담이리라. 그러나 숙박객이 다섯 명뿐이라는 건 사실인지 아야코는 조금 쓸쓸한 표정으로 정원에 면한 창문을 쳐다봤다.

"아마 이 여관도 아버지대에서 문을 닫게 되겠죠. 계속 적자가 이어지고 있고, 저도 물려받을 마음이 없고……. 이런 시골 여관의 오카미가 되는 건 질색이에요."

"골프장이 생기면 사람들이 몰려들지도 몰라요."

미즈키가 평소답지 않게 위로의 말을 건넸다.

"정말로 그럴까요?"

아야코는 불쑥 중얼거리고서 창밖만 지그시 바라보았다.

유리창 너머에 어둠이 깔린 일본 정원이 펼쳐져 있었다. 새카만 소나무들이 마치 어깨를 치올린 거인의 실루엣 같았다. 본관에서 이어지는 포석로를 따라 수은등이 줄지어 서 있었다. 검푸른 포석을 음침하게 비추고 있었다. 포석로 끝에는 더 환한 조명등 여러 개가 세워져 있었다. 본관과는 대조적으로 아주 새 것처럼 보이는 작은 직사각형 건물과 높은 판장이 어둠 속에서 또렷하게 떠올랐다.

저 멀리 능선이 완만한 산들이 어깨를 나란히 하고 있고, 산기슭에서 시작된 들판이 바로 앞까지 뻗어 있었다. 산 위쪽, 짙은 남색으로 물든 서쪽 하늘에는 고양이 눈동자 같은 달이 걸려 있었다. 농밀한 진주색 달빛을 받은 삼나무 숲이 짙은 녹색으로 가라앉아 있었다. 내 눈에는 산들이 잠을 자고 있는 거대한 맹수의 등처럼 보였다. 그리고 삼나무 숲은 비죽 솟은 체모 같았다.

"저 산에 덴구총이 있습니까?"

미즈키가 아야코 곁으로 다가와 중얼거리듯 물었다.

"예. 조금 올라가면……."

아야코가 어두운 산기슭 부근을 가리켰다.

"그런데 이 위치에서는 숲에 가려져 잘 보이지 않네요. 노천탕에서는 더 잘 보일 텐데."

가느다랗고 긴 검지로 정원 구석에 세워져 있는 조명등을 가리켰다. 아무래도 저 건물은 탈의장이고, 판장 너머에는 노천탕이 있는 듯했다.

"덴구총天狗塚은 참 재밌는 명칭이군."

미즈키가 눈을 가늘게 뜨고서 어두운 산맥을 응시하고 있었다.

"옛날에 저 산에 살던 덴구님의 무덤이라고 전해지고 있어요."

아야코가 아이처럼 키득 웃었다.

"미즈키 씨가 좋아할 만한 얘기네요."

"응, 흥미가 있어요. 꼭 가고 싶어."

미즈키는 아야코에게 상냥한 미소를 보내고서 또다시 어둠이 깔린 산을 쳐다봤다. 이 대목에서 또다시 작가의 특권을 행사하려고 한다. 그때 미즈키는 시로미네에서 참배했던 스토쿠인의 능을 떠올렸을 것이다.

"그럼 가는 김에 덴구총 근처에 있는 라이후雷斧 신사에도 한 번 들러보세요. 구지한테 부탁하면 기꺼이 **덴구의 도끼**를 보여줄 거예요."

"덴구의 도끼?"

미즈키가 되묻자 아야코는 신사 이름의 의미가 '라이후雷斧, 즉 번개 도끼'라고 설명한 뒤에 말을 이었다.

"덴구의 도끼는 라이후 신사에서 모시고 있는 신물이에요. 덴구님이 산 위를 날아다닐 때 허리에 차고 있던 손도끼가 떨어졌대요. 참 덜렁거리는 덴구님이네요. 그런데 나무꾼이 그 도끼를 우연히 주워서 신사에 바쳤다는 거예요. 요컨대 민담이죠. 구지는 그 민담을 굳게 믿고 있는 모양이지만."

그때 미즈키는 아야코에게 구지가 덴구를 목격했다는 이야기를 들어본 적이 있는지 물었다. 아야코는 금시초문인지 소리 내어 웃었다.

"그 구지라면 뭘 목격하든 이상하지 않겠죠."

미즈키와 나는 복도 가장 안쪽에 나란히 배치된 방으로 안내받았다. 미즈키는 짐을 방에 던져둔 뒤 들어가지 않았다. 탕에 들어가겠다고 말하고는 아야코와 함께 방금 지났던 복도를 되짚었다.

차마 곧바로 뒤따라 대욕탕으로 갈 수가 없어서 나는 미즈키가 돌아올 때까지 방에서 시간을 보내기로 했다. 문을 열고 안으로 들어가니 좁은 일인용 방이 나왔다. 바닥에는 마루가 깔려 있었다. 복도 반대쪽에 커다란 창문이 하나 있었고, 커튼 틈새에서 달빛이 아닌 인공 광선이 새어들어 바닥에 한줄기 선을 그었다.

실내조명을 켜고서 창문에 다가가고자 한 걸음 내디딘 순간 바닥에서 삐걱거리는 소리가 났다. 아야코 할아버지의 컬렉션뿐만 아니라 이 다카미 여관 자체가 골동품이 되어가는 것처럼 느껴졌다.

커튼을 걷자 좀 전에 올라왔던 비탈길이 보였다. 아까 그 광선은 가로등 불빛이었다는 걸 알았다. 아직 초저녁인데도 주변이 한산했다. 인기척이 전혀 느껴지지 않았다. 다카미 여관이 왜 적자를 보고 있는지 수긍이 되었다.

나는 커튼을 다시 치고서 실내를 빙 둘러봤다. 구석 벽에 호두나무 침대가 딱 붙어 있었다. 침대 머리 근처 벽에는 사이드보드가 놓여 있었다. 서랍을 여니 잘 개켜진 유카타가 들어 있었다.

사이드보드 위에 가지런히 놓인 저 물건들은 아야코가 말했던 '방에 장식된 골동품'일 것이다. 맨 먼저 세 개가 늘어서 있는 다바코본담배를 피우는 데 필요한 도구들을 담는 공예품이 눈에 들어왔다. 각각 크기와 모양이 제각각인 나전 공예품, 마키에칠기에 금은가루로 무늬를 입히는 공예 **공예품**, 기리오동나무에 무늬를 입히는 공예 **공예품**이었다. 특히 나전 공예품에는 가지가 우아하게 뻗은 소나무와 해변의 파도가 그려져 있었다. 문외한이 봐도 훌륭한 작품이라는 걸 알 수 있었다. 그 옆에는 평평한 나무함 두 개가 있었다. 붉은 벨벳이 깔린 바닥에 크기가 다양한 다바코이레담뱃잎 보관통와 네쓰케소지품 등을 허리에 차서 고정시키는 용도의 장식품가 담겨 있었다.

나는 골동품에 대해 거의 무지했다. 하지만 네쓰케들 중에 고가에 거래될 만한 명품이 있다는 건 알고 있었다. 손가락만 한 크기의 작은 소재를 섬세하게 깎은 공예품으로 일본뿐만 아니라 해외에도 컬렉터가 많다고 들은 적이 있었다. 여기에는 수준이 떨어지는 싸구려만 추려서 놔뒀을지도 모른다. 하지만 목재 공예품이라면 모를까, 상아 공예품이나 은상감 공예품은 그 재료만으로도 가치가 있지 않은가? 주머니는커녕 손바닥 안에 쥐고서 몰래 가지고 나올 수 있는 작은 골동품을 객실에 놔뒀는데 걱정도 안 되나? 손님이 불손한 마음을 먹을지도 모르건만…….

그런 생각을 하면서 네쓰케 하나를 집어서 살펴보다가 나는 경악했다. 동그랗게 깎인 작은 상아에 육각형 도킨수도자가 쓰는 작은 두건을 쓰고 부리를 내밀고 있는 **가라스덴구**까마귀 부리와 날개가 있는 덴구가 새겨져 있었다. 오른손에 깃털 부채를 쥐고 있는 작은 가라스덴구가 뿌연 눈동자로 나를 물끄러미 올려다보고 있었다.

3. 덴구총

    방금 나는 파티에서 귀가했다. 대체 뭘 축하하는 파티였는지 지금도 잘 모르겠다. "아유이 씨도 한 번 얼굴을 내미는 편이 나을 겁니다. 선생님들과 대화를 나누면 도움이 될 테니까요" 하고 출판사 담당 편집자가 권하며 행사장으로 나를 데리고 갔다. 호텔 대연회장을 빌려서 연 화려한 파티였다. 순백의 덮개가 깔린 둥근 탁자에 경식이 담긴 쟁반들이 늘어서 있었다. 나비넥타이를 맨 웨이터가 담소를 나누는 소설가와 평론가와 편집자 사이를 누비며 음료를 대접하고 있었다. 하지만 내가 옛날에 참가했던 파티와는 어쩐지 달랐다. 결혼식 피로연과는 달리 참가자의 옷차림이 제각각이었다. 개중에는 젊은 나조차 무례한 거 아닌가, 하고 고개를 갸웃거릴 만한 평상복을 입고 온 사람도 있었다. 친구끼리 모이는 사적인 모임과는 달리 술을 입에 대는 참가자는 적었다. 술기운에 흥분한 사람도 거의 보이지 않았다. 그 대신에 담배를 피우는 사람은 무척이나 많았다. 화려한 샹들리에가 담배 연기에 찌들지 않을까 걱정스러울 만큼 실내가 온통 연기로 자욱했다.

    천장 부근을 부유하다가 샹들리에에 들러붙는 담배 연기를 보니 어쩐지 골초인 미즈키가 떠올랐다. 미즈키는 하루 종일 담배를 피웠다. 입에 담배를 물고 있지 않는 모습을 마음속에 그리는 것이 불가능할 정도였다. 담배를 문 채 특유의 메마른 웃음을 흘리다가 종종 연기가 목구멍에 들어가 헛기침을 하곤 했다. 가느다란 멘톨 담배를 좋아하고, 가방에 늘 여러 갑의 담배가 구비되어 있었다. 미즈키는 엄지와 검지 사이에 필터 가장자리를 끼우고서 담배를 피웠다. 나는 순간 자욱한 연기 아래에서 미즈키가 머리를 휘날리는 모습을 본 것 같은 착각에 빠졌다…….

웨이터에게서 화이트와인이 담긴 잔을 넘겨받아 한 모금 들이켰을 때 담당 편집자가 세 젊은 남성을 데리고 급히 다가왔다. 담당 편집자는 세 사람에게 나를 소개하고는 아유이 씨와 꼭 대화를 하고 싶다기에 데리고 왔습니다, 하고 기뻐하며 말했다. 그 말투로 보아 그들은 나와 같은 세대에 속하는 신진 추리작가이며, 장래가 촉망받고 있음을 엿볼 수 있었다.

"아유이 씨의 《홍련장 사건》을 아주 흥미롭게 읽었습니다. 본격 미스터리를 쓰고 싶다는 의지가 철철 넘쳐서 저희들도 아주 마음이 든든합니다. 다만 딱 하나 불공정한 서술이 있어서 조금 마음에 걸리는데요."

머리를 길게 기른 동안의 남자가 말했다.

"아니, 아유이 씨가 알고서 쓰셨겠죠. 작품을 읽고 참 명석한 분이라고 느꼈습니다. 그러니 불공정하다는 걸 알고서 일부러 그렇게 서술했겠죠."

눈매가 처지고 얼굴이 기다란 남자가 끼어들었다.

"전 너무 고전적인 작풍이 거슬리던데. 아무리 그래도 그 명탐정은 지나치게 멋있어요. 앞으로도 그런 방향으로 집필하실 겁니까? 아유이 씨는 어떤 본격 미스터리를 읽었습니까?"

눈매가 사납고 은테안경을 쓴 남자가 실실 웃었다.

나는 세 사람에게 이렇게 대답했다. 전 추리소설을 한 권도 읽어본 적이 없습니다. 추리소설이 본격 미스터리와 그렇지 않은 미스터리로 구분된다는 걸 지금 처음 알았습니다. 여러분이 말씀하시는 불공정한 서술이 무엇인지 전혀 모르겠지만, 전 그렇게 쓸 수밖에 없었습니다. 왜냐면 모든 것은 실제로 벌어졌던 사건, 제가 이 눈으로 목격하고, 귀로 듣고, 몸으로 체험했던 틀림없는 사실이니까요. 전 홍련장에서 하룻밤을 묵었고, 설원에 웅크린 채 엎드려 있던 가시마 세이운의 시체를 봤습니다. 산적한 수수께끼에 혼이 빠졌고, 마지막에는 미즈키 마사오미의 추리에 도취되었습니다. 전 사실을 있는 그대로 쓰는 것밖에 못합니다. 다음 작품도 실제로 벌어졌던 사건을 처음부터 있는 그대로 써내려가게 되겠죠.

세 사람은 서로 눈빛을 주고받고서 실로 기묘한 표정을 지었다. 농담이라 받아들이고서 웃어야할지 말지 망설이는 듯했다. 잠시 뒤에 다음 작품도 기대하겠습니다, 하고 판에 박힌 말을 남기고서 세 사람은 떠나갔다. 별난 사람이라고 여긴 것만은 틀림없겠지.

나는 벽에 기대어 화이트와인을 단숨에 마셨다. 화이트와인은 이미 미지근해졌다. 입 안에 불쾌한 단맛만을 남기고 위장의 바닥에 무겁게 침전되었다. 파티 손님들이 대화를 나누는 소리가 무척이나 귀에 거슬렸다. 나는 빈 잔을 쥔 채로 두 눈을 감고서 미즈키를 생각했다. 아까 왔던 세 명의 추리작가 중에 하나는 자신감이 넘쳐흘렀고, 하나는 재능이 넘쳐흘렀고, 하나는 야심이 불타고 있었던 것 같다. 한편 나는 자신감도, 재능도, 야심도 없다. 나에게 있는 건 미즈키와 함께 했던 시간들의 기억뿐이었다. 그 기억도 흐려졌다. 눈꺼풀 속에 떠오른 미즈키의 모습은 담배 연기에 덮여 점점 뿌예져갔다.

미즈키가 이곳에 있어준다면, 하고 나는 진심으로 바랐다. 미즈키라면 저 시끄러운 재인ㅊㅅ들의 집단에 파묻히지 않고 홀로 반짝일 수 있으리라. 끊임없이 담배를 피우며 파티장에 군림하는 미즈키의 모습이 눈에 선했다. 말을 섞을 만한 상대라고 여겨진다면 광범위한 화제를 제공하고, 농담을 던지며 시원스럽게 웃다가 이따금 연기를 들이마셔 헛기침을 하리라. 말을 섞을 만한 상대가 아니라면 천진난만하게 미소를 지은 채 이야기를 가만히 들으며 그 어리석음을 마음껏 즐기리라. 내 귓가에 '저 녀석은 진짜 바보야' 하고 속삭이며 짓궂게 웃는 소리가 환청처럼 들렸다.

저 신진 추리작가들과 만난다면 미즈키는 대체 뭐라고 말할까? 아마 와카에 대해 말하지 않았을까? 스토쿠인이 지은 와카는 그리 수준이 높지 않았어, 하고…….

"스토쿠인이 지은 와카는 그리 수준이 높지 않았어."

미즈키가 시로미네의 스토쿠인의 능 앞에서 중얼거렸던

말이었다.

　"평범하다고 해야 할까, 흔하다고 해야 할까. 마사오카 시키메이지 시대를 대표하는 일본의 문학가는 진부하다고 평가했었지. 아마 《햐쿠닌잇슈》백 명의 가인의 와카를 한 수씩 뽑아 모은 책에 실린 유명한 와카가 그나마 완성도가 가장 높을 것 같은데……."

여울물이 바위에 세차게 부딪쳐 두 줄기로 부서지더라도 언젠가 끝에서 다시 하나로 모일지니

　"……착안점은 재밌지만 뭐, 평범한 수준이야. 스토쿠인은 지극히 평범한 와카만 읊었어. 독창성이나 새로운 맛은 조금도 느낄 수가 없지. 동시대 인물인 사이교의 작품과 비교하면 그야말로 천양지차지. 하지만 그러면 된 거야. 와카에는 그런 측면도 있어. 독창성을 발휘하는 게 아니라 전통의 틀 안에서 즐기는 장르라고 할까……. 그렇지 않으면 한 자리에서 어떻게 백 수나 되는 와카를 지어서 읊을 수 있겠어? 예술 그리고 유희. 와카에는 그 두 가지가 공존하고 있어."

　미즈키는 잠시 입을 다물고 눈을 깜빡이고서 이렇게 덧붙였다.

　"와카를 읊는 목적이 하나 더 있어."

　"뭡니까?"

　내가 묻자 미즈키가 스토쿠인의 능을 물끄러미 쳐다보며 말했다.

"진혼鎭魂이야. 사이교가 이 능 앞에서 읊었던 시처럼."

그대여, 설령 일찍이 옥좌에 앉았던 몸일지라도 이제와 무슨 소용이 있으리오

"방에 뭐가 있었어?"

다카미 여관에서 하룻밤을 묵고 이튿날 아침에 아침밥을 먹으러 식당으로 향하던 도중에 미즈키가 느닷없이 물었다. 방에 전시된 골동품을 가리키는 것이라 짐작하고서 다바코본과 네쓰케가 있었다고 대답했다.

"**흡연실**이었나 보군. 거기서 묵을 걸."

쓴웃음을 지은 미즈키의 입술에는 이미 불이 붙은 담배가 물려 있었다. 미즈키는 이내 말을 이었다.

"내 방은 **마구간**이었어."

"마구간?"

"그래. 등자, 안장, 고삐, 편자 같은 마구들이 잔뜩 놓여 있었어. 무심코 짚 위에서 자야 하는 줄 알고 걱정했다니까."

식당에는 서양풍 건물답게 고풍스러운 목제 탁자와, 역시나 목제 의자가 배치되어 있었다. 모두 똑같이 생긴 것으로 보아 아야코의 할아버지가 모은 컬렉션은 아닌 듯했다. 하지만 아주 옛날에 구입했는지 하나같이 골동품처럼 세월이 묻어나왔다. 회벽 여기저기에 대바구니가 걸려 있고, 그 안에 생화가 꽂혀 있었다. 대바구니는 모두 각양각색이니 틀림없이 골동품이겠지.

구석 자리에는 오노하라라는 청년이 앉아 있었다. 이미 아침식사를 끝마쳤는지 빈 밥그릇과 빈 접시를 옆으로 치워두고서 탁자에 펼친 얇은 소책자를 읽고 있었다. 아타고 사장과 하시쿠라 전무는 이미 나갔는지, 아니면 아직 자고 있는지 여하튼 식당에는 보이지 않았다.

미즈키는 열심히 독서하고 있는 오노하라를 흥미롭게 지켜봤다. 빈자리가 얼마든지 있는데도 굳이 바로 옆 탁자에 다가갔다.

"좋은 아침입니다."

미즈키가 의자에 앉으며 쾌활하게 말을 걸자 오노하라는 비로소 인기척을 느꼈는지 고개를 들고서 좋은 아침입니다, 하고 작게 인사를 했다.

"어제 시로미네에 다녀왔어요. 사가미보를 모시는 돈쇼지도 보고 왔고요."

미즈키가 담배를 재떨이에 눌러 끄고 가벼운 투로 말했다. 이에 오노하라는 당혹스러운 표정을 지으며 되뇌기만 했다.

"사가미보 말입니까?"

대체 왜 그런 말을 하는지 모르겠다는 눈치였다.

"시로미네사가미보. 시로미네에 살았던 덴구 말입니다. 모릅니까?"

"죄송하지만 전혀 모릅니다."

"이거 실례했습니다. 아니, 덴구 전설을 열심히 조사하고 계시는 것 같아서……."

미즈키는 오노하라가 들고 있는 소책자를 가리켰다. 그
것은 메시가이 온천의 관광 팸플릿이었다. 마침 덴구총의 전
설을 설명하는 부분이 펼쳐져 있었다. 코가 길쭉하고 얼굴이
붉고 수행자의 옷을 입은 전형적인 덴구가 어설픈 일러스트
로 그려져 있었다.

"아아, 이거 말입니까?"

오노하라가 팸플릿을 내려다보고 쓴웃음을 지었다.

"덴구총에는 흥미가 있습니다만 덴구를 잘 아는 건 아닙
니다."

"벌써 덴구총에 다녀왔습니까?"

"예."

"덴구의 도끼도 보셨습니까?"

"보여주셨습니다."

오노하라는 그렇게 대답하고서 무슨 영문인지 눈빛을 반
짝이며 고개를 여러 번 세게 끄덕였다.

"그러고 보니 라이후 신사의 구지가 덴구를 봤다고 합니
다."

미즈키가 비밀을 털어놓는 것처럼 목소리를 낮추어 말했다.

"덴구총 위에 코가 튀어나온 환영이 서 있었다고 하더군요."

"그 구지답네요."

오노하라가 불쾌해하며 얼굴을 찡그렸다.

"오컬트에 심취한 이상한 사람이었어요. 문외불출의 비보

라고 하면서 덴구의 도끼를 만지게 해주지도 않았고……."

그때 기모노를 입은 중년 여성이 우리가 앉아 있는 탁자에 아침식사를 가져다주었다. 아야코와 얼굴 생김새가 닮은 것으로 보아 아야코의 어머니인 다카미 여관의 오카미이리라. 칠쟁반 위에 여관 조식이 담겨 있었는데 연어구이가 아닌 민물고기구이였다.

낯선 인물이 자꾸 말을 걸어서 성가셨는지 오노하라는 실례하겠다는 말을 남기고 자리에서 일어섰다. 미즈키는 그의 뒷모습을 한동안 지켜본 뒤 젓가락을 들고서 느닷없이 말했다.

"아침밥을 먹고서 덴구총에 가자. 어젯밤에 노천탕에서 봤는데 말이야. 분명 숲이 끊어지는 지점은 있었지만 어두워서 잘 보이지 않았어."

"한밤중에 노천탕에 들어갔습니까?"

내가 놀라워하자 미즈키가 히죽 웃었다.

"바위 안에 꾸며진 욕탕에 홀로 몸을 담그며 팔과 다리를 쭉 뻗으니 참 상쾌하더라. 아, 맞아. 아쉬워할지도 모르겠지만 혼용은 아냐. 칸막이로 구획되어 있었어."

아침식사를 끝마친 나와 미즈키는 바로 덴구총을 보러 나가기로 했다. 프런트에 있었던 아야코에게 길을 물은 뒤에 여관을 나와 역과는 반대 방향으로 언덕을 올랐다. 언덕에 올라오니 오른쪽에 있던 집이 이제는 보이지 않았다. 돌과 잡초가 무성한 황무지가 이어지고, 이따금 잎이 다 떨어진 단풍나무가 덩그러니 보일 뿐이었다. 가드레일 너머에 흐르는 강은 급류로 바뀌었다. 요란한 물소리가 시끄러울 정도로 크게 들렸다.

아야코가 알려준 샛길을 금세 찾았다. 포장은 되어 있었지만 강가에 난 도로보다 훨씬 가팔랐다. 오른쪽으로 크게 꺾이며 산중턱에 있는 삼나무 숲 안으로 이어져 있었다. 미즈키는 시원스러운 발걸음으로, 나는 어제 고행 탓에 물집이 난 발을 질질 끌며 좁은 산길을 올랐다.

깊은 숲속으로 들어가니 주변이 갑자기 어두워졌다. 좌우에 펼쳐진 어둑한 공간 속에서 쭉 뻗은 삼나무 가지가 검은 줄무늬를 그리고 있었다. 그 아래 땅바닥에는 이름 모를 풀들이 군생하고 있었고, 담갈색으로 말라버린 잎들이 얽혀 있었다. 주변이 고요했다. 저 멀리서 새가 우는 소리가 가끔 들려왔다.

급경사를 누비는 산길을 한동안 나아가니 왼쪽에 확 트인 공간이 보이기 시작했다. 나무가 베어진 평지에 돌로 된 작은 도리이가 서 있었다. 비석이 비바람에 닳아서 '라이후 신사'라고 새겨진 글자를 거의 알아볼 수가 없었다. 도리이 너머에 있는 본전은 어제 참배했던 돈조지나 시로미네궁보다 훨씬 작았다. 관리도 잘 하지 않는지 나무 벽에 이끼가 끼어 있었다.

우리는 라이후 신사를 뒤로하고서 산길을 계속 올랐다. 이윽고 길이 끊어졌다. 집 한 채가 들어설 수 있을 만한 공간에 붉은 맨땅이 노출되어 있었다. 복사뼈까지 오는 풀들이 땅을 뒤덮고 있었는데, 뾰족한 잎은 갈색으로 변색되어 녹슨 나이프처럼 보였다.

덴구총은 공터 거의 가운데에 위치해 있었다. 땅이 사람 키만큼 솟아 있는데 그 부분에는 잡초가 나 있지 않았다. 덴구총에 기대고 있는 것처럼 비꼬인 나무 한 그루가 서 있었다. 거뭇한 뿌리가 덴구총에 깊이 박혀 있고, 겨울인데도 반지르르한 녹색 잎이 무성하게 나 있었다.

"붓순나무야."

미즈키가 중얼거리고서 마른 잡초를 발로 가르며 덴구총으로 천천히 다가갔다. 그러고는 그 주위를 한 바퀴 돌았는데 덴구총이 완전한 원형임을 알 수 있었다.

"덴구님의 무덤인지는 모르겠지만 자연스럽게 생긴 무더기는 아닌 모양이야. 유래를 적은 세움 간판도 없으니 자세한 내용은 구지한테 물어볼 수밖에 없나."

미즈키는 주변을 둘러보고는 산기슭 쪽을 가리키며 환한 목소리로 말했다.

"위치 관계를 알 것 같아. 저길 봐, 다카미 여관이야."

가리킨 쪽으로 시선을 돌리자 삼나무 숲 일부가 끊어진 사이로 강을 따라 서 있는 건물들이 엿보였다. 작은 기와지붕이 늘어서 있는 와중에 슬레이트 지붕을 얹은 L자형 서양 건물이 눈에 띄었다.

"그럼 덴구의 도끼인지 뭔지를 한 번 보러 갈까."

미즈키는 빙긋 웃고서 공터에서 산길로 되돌아갔다.

도리이를 지나자 라이후 신사가 얼마나 황폐한지 더욱 눈에 들어왔다. 서로 마주 보고 있는 두 마리의 고마이누_{신사나} _{절 앞에 있는 사자처럼 생긴 상}는 하나같이 코가 닳아 있어서 친_{몸집이 작고 이} _{마가 튀어나왔으며 코가 짧은 일본 견종}처럼 우스꽝스럽게 생겼다. 종에 달린 줄은 힘을 주어 잡아당기면 끊어질 만큼 너덜너덜했다. 미즈키는 별 신통치 않을 것 같은 신사에 참배할 마음이 싹 사라졌는지 본전에 다가가지 않고 옆에 있는 사무소로 보이는 건물로 직행했다.

"누구 계십니까?"

미즈키가 말을 걸자 허름한 조립식 건물의 문이 열리더니 몸집이 작은 한 남자가 얼굴을 내밀었다. 흰 소복에 하카마를 입었으니 저 남자가 덴구를 목격했다는 그 구지이리라. 그러나 키가 무척 작아서 위엄은 조금도 느껴지지 않았다. 어린이가 행사용으로 전통복장을 입은 것 같았다. 본인도 그 사실을 인지하고 있으리라. 신의 뜻을 전하는 자에 걸맞은 위엄을 조금이라도 내보이고자 점토를 붙인 것처럼 납작한 코 밑에 수염을 기르고 있었다. 하지만 머리숱이 적고 뺨이 홀쭉한 궁상스러운 얼굴에는 전혀 어울리지 않았다. 그 유명한 독재자조차도 닮지 않았다.

"이 신사의 구지 계십니까?"

미즈키가 예의바르게 묻자 구지가 가슴을 펴고서 말했다.

"바로 나요."

그가 사극에서 나올 법한 과장된 말투로 대답했다.

"우리는 방금 덴구총을 견학하고 왔습니다. 유래를 알려주실 수 없겠습니까? 그리고 덴구의 도끼도 꼭 보고 싶습니다."

"우리 라이후 신사도 유명해진 모양이로군. 벌써 세 번째."

구지가 기뻐하며 두 손을 비비며 말을 이었다.

"자, 어서 오시오. 본전에서 자세히 얘기해드리지."

그는 급한 걸음으로 우리를 본전으로 안내했다.

정면 문이 활짝 열리고 그 안으로 발을 내딛으니 마룻바닥에 먼지가 뿌옇게 쌓여 있었다. 구지는 태연한 얼굴로 책상다리로 앉고서 우리에게도 앉으라고 권했다. 미즈키는 순간 눈썹을 찡그렸지만 권하는 대로 앉았다. 나도 옆에 앉았다.

"우선 덴구님의 유래부터 설명해드리도록 하지……."

그로부터 구지가 장장 20분 가까이 내뱉은 열변을 그대로 소개하여 독자의 흥을 깨고 싶지는 않다. 애당초 나도 이야기 대부분을 까먹었다. 구지가 침을 튀겨가며 말했던 내용은 아야코가 간략하게 요약했던 민담을 길게 늘어뜨린 것이었다. 구지도 자세한 내용은 잘 모르는지 미즈키가 덴구의 이름을 묻자 "그냥 덴구님이야" 하고 천연덕스럽게 대답했고, 덴구총을 만든 사람이 누구냐고 묻자 "덴구님 동료겠지" 하고 진지하게 대답했다. 결국 미즈키는 질문을 포기하고서 바지에 묻은 먼지를 신경 쓰며 라이후 신사의 애매모호한 유래담을 맹신하고 있는 구지의 연설을 흘려들었다.

"……구지 아저씨도 덴구를 목격했다고요?"

연설이 마무리가 되자 미즈키가 그 순간을 놓치지 않고 물었다. 구지는 고개를 연신 크게 끄덕이고서 또 예스러운 투로 대답했다.

"뵈었소이다."

"어떤 상황에서 보셨습니까?"

"그저께 밤이었습니다. 잡무에 쫓기는 바람에 늦은 시간에 사무소를 나오니 이미 해가 저물고 있었습니다. 길에 서니 어쩐지 가슴이 뛰었습니다. 추위 탓이 아니라 으스스해서 몸이 떨렸습니다. 그런데 덴구총 쪽을 보니 누군가가 있는 것 같은 인기척이 느껴졌습니다. 불길한 예감이란 바로 이런 걸 두고 말하는 거겠죠. 그래서 산길을 올라 덴구총 쪽을 보니 정상에 웬 사람이 서 있었습니다. 더욱이 그 검은 실루엣의 **얼굴 가운데가 툭 튀어나와 있었습니다.** 전 무서운 나머지 기절할 뻔했지만 용기를 쥐어짜 '거기 누구냐!' 하고 물었습니다. 그러자 그 실루엣이 바람처럼 날래게 사라져버렸습니다."

"그랬군요."

미즈키는 눈을 감고 잠시 생각하다가 이내 구지에게 미소를 보냈다.

"그럼 덴구의 도끼를 보여주실 수 있겠습니까?"

구지가 미즈키에게 몸을 내밀었다.

"그건 손님의 성의에 달려 있는데……."

의미심장한 미소를 지으려고 애를 썼겠지만, 능글맞은 표정 속에 숨겨진 의도가 훤히 보였다. 미즈키는 거미줄이 쳐져 있는 천장을 힐끔 올려다보며 진절머리가 난다는 표정을 잠시 지었다. 그러나 이내 바지 주머니에서 지갑을 꺼내 구지에게 천 엔짜리 지폐를 건넸다.

"저번에 왔던 사장님은 오천 엔을 주셨는데요."

구지가 불만스러운 표정으로 말하자 미즈키가 곧바로 물었다.

"그 사장은 아타고 씨를 말하는 거군요. 아타고 씨도 봤습니까?"

"이름까지는 모르겠고 사장과 전무 둘이서 보러 왔습니다."

"부동산 회사 사장을 기준으로 하면 안 되죠."

미즈키가 쓴웃음을 짓고서 넌지시 질문을 했다.

"오노하라 씨는 얼마나 줬습니까?"

"오노하라?"

구지가 어리둥절한 표정을 지었다.

"몸집이 작고 통통한 젊은 남성 말입니다. 덴구의 도끼를 보여달라고 했다는데……."

"아아, 그 녀석 말이구먼."

구지는 오노하라가 떠올랐는지 분개하며 말을 이었다.

"오백 엔짜리 동전 달랑 하나만 줬으면서 갑자기 덴구의 도끼에 손을 대려고 하길래 혼쭐을 내줬지. 어처구니없는 녀석이었어."

"만져보려면 오천 엔이 필요하나……. 뭐, 우리는 만지지 않을 테니 이걸로 봐주시죠."

미즈키가 그렇게 말하자 구지는 천 엔짜리 지폐를 주머니에 넣고서 천천히 일어섰다. 그러고는 본전 안쪽으로 몸을 돌렸다.

본전 안쪽에 모셔져 있는 작은 궤는 애초부터 금박도, 옻도 발라져 있지 않았는지 거친 표면이 심하게 손상되어 있었다. 대형쓰레기로 나온 낡아빠진 장롱처럼 보였다. 구지는 공손하게 인사를 하고서 쌍여닫이문을 열었다.

"앗!"

구지가 비명과도 같은 소리를 질렀다.

미즈키와 내가 황급히 일어서 구지의 어깨 너머로 궤 안을 들여다봤다. 궤 안에는 텅 빈 산보신불이나 귀인 앞에 음식 등을 받쳐 내놓을 때 쓰는 굽 달린 소반밖에 없었다. 그 위에 안치되어 있었을 것으로 추정되는 덴구의 도끼는 온데간데없었다.

"없어······. **덴구의 도끼가 없어!**"

구지가 새파랗게 질린 얼굴로 우리를 돌아봤다.

"덴구의 도끼가 없어졌어! 도난당했어!"

4. 무기고

소설가가 이런 감상을 털어놔서는 안 될 테지만, 나는 사람이 왜 소설을 읽는지 잘 모르겠다. 처음부터 끝까지 허구의 이야기를 읽는 게 뭐가 재밌다는 건지. 모든 것이 작가가 머릿속에서 만들어낸 거짓말, 철두철미한 엉터리가 아닌가? 그런데 평론가는 소설 속에서 인간이 잘 묘사되었는지를 떠들어대고, 열광적인 독자는 등장인물에게 감정이입을 하며, 때로는 애정조차 품는다고 한다. 하지만 소설 어디에 인간이 있다는 말인가? 소설은 단순한 문자의 나열이며, 종이에 인쇄된 무수한 활자이며, 데이터로 쉽게 변환할 수 있는 기호열이며, 하얀 종이에 묻은 검은 얼룩에 불과하다. 그런 소설을 읽으며 어떻게 두근거릴 수 있고, 사모를 할 수 있으며, 애정을 품을 수 있는지 도저히 이해하기가 어려웠다.

그래도 사람은 소설을 쓰고, 시를 지으며, 와카를 읊고, 하이쿠를 짜낸다. 미즈키는 와카를 읊는 이유를 "예술, 유희, 진혼"이라고 했다. 내가 이렇듯 소설을 쓰고 있는 이유는 아마도 진혼과 가장 가까우리라. 유희라고 하기에는 글을 쓰는 과정이 무척이나 괴롭고 고통스럽다. 또한 예술이 아니라는 것은 스스로 잘 알고 있다. 예술은 하늘에서 재능을 내려준 작가나, 영감이 잇달아 샘솟고 풍부한 어휘와 기교를 가볍게 구사할 수 있는 재인들에게 맡기면 될 일이다.

그러니 나는 고대 시인처럼 작품 첫머리에서 예술의 여신에게 기도하지 않는다. 나의 신은 다름 아닌 지금은 **곁에 없는 미즈키**이기 때문이다. 그저 나는 손가락 끝으로 바위를 새기는 듯한 고통을 느끼며 미즈키와 보냈던 나날을 필사적으로 문장으로 옮기고 있을 뿐이었다.

만약에 미즈키가 지금 내 곁에 서 있었더라면 아등바등

글을 쓰는 나를 연민과 조소가 섞인 표정으로 내려다보며 이렇게 말했을지도 모른다.

'넌 아마 모를 테지만, 그리스 신화에서 시의 신 뮤즈의 어머니는 기억의 신 므네모시네야……'

사무소에 전화가 없는지 구지는 허둥지둥 신발을 신고 급히 본전에서 뛰쳐나와 그대로 경찰을 부르고자 산기슭으로 가버렸다. 궤의 문도, 본전의 문도 잠그지 않은 채 말이다. 내가 무심코 궤의 문을 닫고자 손을 뻗었을 때 미즈키가 날카롭게 제지했다.

"만지지 않는 게 좋아. 자칫 지문이 찍히면 나중에 골치 아파. 신물 도난범으로 조사를 받을지도 몰라."

미즈키는 청바지 자락을 두 번쯤 털고서 본전 문에 다가가 손을 대지 않도록 주의하며 유심히 관찰했다.

"중요한 신물을 보관하고 있는 곳인데도 자물쇠가 달려 있질 않아. 이래서야 초등학생도 쉽게 훔칠 수 있겠군."

미즈키는 중얼거리고서 스니커즈를 대충 신고서 가벼운 발걸음으로 본전 밖으로 나갔다.

산기슭까지 내려가자 구지와 젊은 제복경찰이 산길을 뛰어 올라오는 모습이 보였다. 하지만 다급한 사람은 구지뿐이었다. 뒤에 있는 경찰은 구지가 억지로 팔을 잡아끌어서 어쩔 수 없이 보조를 맞춰주고 있는 것 같았다.

"구지 아저씨, 우리는 이만 실례하겠습니다. 다카미 여관에 묵고 있으니 사정청취가 필요하다면 연락 주십시오."

미즈키가 스쳐지나가듯 말했지만 구지는 우리가 안중에 없는지 건성으로 대답하고서 쏜살처럼 달려갔다. 경찰이 "팔 빠지겠어요" 하고 중얼거린 말만이 뒤에 남았다.

"모처럼 가가와현에 왔으니 점심은 사누키 우동이나 먹자."

미즈키가 그렇게 제안해서 우리는 다카미 여관을 지나 인적이 없는 쓸쓸한 작은 우동집에 들어갔다. 카운터석만 있는 가게인데 특별히 유명한 맛집은 아닌 듯했다. 하지만 미즈키는 면이 두꺼워서 식감이 좋은 우동을 입에 한가득 넣고서 만족스러워했다.

다카미 여관으로 돌아오자마자 미즈키는 "이번에는 대욕탕에 들어가봐야지" 하고 말하고서 수건과 갈아입을 옷을 챙겨 방을 나갔다. 메시가이역에 막 도착했을 때는 불만스러워했건만 참 타산적인 것 같다. 지금은 완전히 푹 빠져서 온천을 만끽하고 있는 듯했다.

나는 네쓰케가 잔뜩 있는 방이 조금 답답해져서 담화실에서 미즈키가 돌아오기를 기다리기로 했다. 어디로 나갔는지 이곳에서 독서를 했던 오노하라도 보이지 않아서 담화실은 한산했다. 나는 소파에 깊숙이 앉아 깍지 낀 두 손에 머리를 대고서 한동안 생각에 잠겼다. 미즈키의 말대로 자물쇠가 달려 있지 않은 본전에서 덴구의 도끼를 훔치기란 쉬울 것이다. 그러나 애당초 자물쇠가 불필요했던 이유는 아무도 덴구의 도끼를 훔칠 생각을 하지 않았기 때문이 아닌가? 대체 누가, 무슨 목적으로 시골 신사에 모셔져 있는 별 가치도 없는 신물을 훔치겠는가…….

분수에 어울리지 않게 추리를 하고 있으니 프런트 쪽에서 발소리가 들려왔다. 아타고 사장과 하시쿠라 전무가 함께 나타났다. 여전히 아타고 사장은 기분이 언짢은지 미간을 찡그리고 있었다. 커다란 가방을 들고 있는 하시쿠라 전무가 바로 따라와 사장을 걱정하며 힐끔힐끔 보고 있었다. 두 사람은 조용히 담화실을 지나 객실동 쪽으로 사라졌다.

"넌 욕탕에 안 들어가?"

약 한 시간쯤 지나 미즈키가 그렇게 말하며 담화실에 모습을 드러냈다. 어젯밤 노천탕에 이어 대욕탕도 만족스러웠는지 젖은 머리카락을 뒤로 묶은 채 후련해하고 있었다.

"황산 냄새도 안 나고 물 온도도 적당해. 뭐니 뭐니 해도 혼자 즐길 수 있어서 최고였지. 가볍게 헤엄도 쳤어."

미즈키는 키득 웃으며 그대로 방으로 돌아갔다.

미즈키가 권한 대로 나도 대욕탕으로 나가 거칠한 돌로 된 욕탕에 몸을 담갔다. 온천에서 솟은 물을 그대로 끌어다 쓰는지 나에게는 물이 조금 미지근했다. 그래서 미즈키처럼 헤엄도 치지 않았고, 한 시간 가까이 느긋하게 즐길 의욕도 솟질 않았다. 부산한 도쿄 생활이 몸에 배어 좀처럼 털어낼 수 없었던 나는 한적한 온천에서 시간을 그냥 흘려보내는 것이 익숙하지 않았다. 솔직히 말해서 쓸데없이 커다란 욕탕에 혼자 몸을 담그고 있으니 어쩐지 마음이 불안해질 정도였다.

"내일 아침에 돌아갈 테니 짐을 싸도록 해."

온천욕을 끝내고 식당에서 저녁밥을 먹은 뒤 방으로 돌아가던 도중에 미즈키가 느닷없이 말했다.

"벌써 돌아갑니까?"

나는 뜻밖이었다. 나와 달리 미즈키는 온천여행을 진심으로 즐기는 듯해서 앞으로 두어 날은 더 지낼 줄 알았다.

"여기가 잘 나가는 대여관이라면 오래 묵으며 공짜밥을 축내도 괜찮겠지만, 이래서야 미안하잖아."

미즈키가 담배를 문 채 쓴웃음을 짓고서 이렇게 덧붙였다.

"아, 맞다. 숙박비도 낼 거니까 너도 네 숙박비를 내도록 해."

오후 9시쯤 아야코에게 내일 돌아갈 예정임을 전하고자 미즈키와 함께 프런트로 향했다. 내일 체크아웃을 하겠다고 말하자 아야코는 진심으로 아쉬워했다. 우리는 숙박료가 얼마인지 물었다.

"제가 초대했으니 개의치 마세요."

아야코가 고사했다.

"덕분에 온천을 만끽했으니 부디 내게 해줘요."

미즈키가 강하게 주장했다. 결국 아야코도 뜻을 꺾고서 요금을 확인하고자 정산서를 꺼냈다.

그때 담화실 쪽에서 요란한 발소리가 들렸다. 뒤를 돌아보니 얼굴이 새파래진 하시쿠라 전무가 보였다. 그는 프런트로 달려와 아야코에게 느닷없이 물었다.

"마스터키를 빌릴 수 있겠습니까?"

"무슨 일이시죠?"

아야코가 그렇게 되물으며 당혹스러워할 만했다. 하시쿠라 전무가 눈에 핏발을 세운 채 방에서 달려왔는지 숨을 헐떡이고 있었다. 당황하는 모습으로 보아 단순히 열쇠만 잃어버린 게 아닌 것 같았다.

"사장님 방에 가서 여러 번 노크를 했는데 대답이 없습니다. 안에 계실 텐데 문도 잠겨 있고……. 무슨 변고라도……."

하시쿠라 전무의 말 속에서 무언가 심상치 않은 예감이 느껴졌다. 아야코는 "알겠습니다" 하고 대답하고서 약재함에서 마스터키를 꺼내 아타고 사장의 방으로 향했다. 미즈키가 나에게 눈짓을 하고서 뒤를 따랐다.

아타고 사장의 방은 객실동 2층 안쪽, 우리가 묵는 방 바로 위에 위치하고 있었다. 아야코가 복도에서 몸을 숙인 채 마스터키를 구멍에 넣고서 오른쪽으로 돌렸다.

자물쇠가 풀렸는데도 손잡이를 아무리 돌려도 문이 열리지 않았다.

"빗장을 걸어놨나 봐요."

아야코가 나직이 말하자 미즈키가 냉정한 투로 말했다.

"그렇다면 아타고 씨가 안에 있겠군요."

하시쿠라 전무가 참지 못하고 문에 달라붙어 주먹으로 힘차게 나무문을 두드렸다.

"사장님! 사장님! 안에 계십니까? 열어주십시오!"

"무슨 일이에요?"

소란을 들었는지 반대쪽 구석에 있는 문에서 오노하라가 얼굴을 내밀었다.

"아타고 씨가 방에 있는데 아무리 불러도 대답이 없습니다."

미즈키가 설명하자 오노하라는 복도로 나와 우리에게 다가왔다. 방에서 쉬고 있었는지 유카타에 슬리퍼 차림이었다.

"그냥 외출한 거 아닙니까?"

오노하라가 머리를 긁적이며 태평하게 말했다. 하시쿠라 전무는 오노하라를 순간 째려본 뒤 문을 더 세게 두드리기 시작했다.

"사장님! 사장님!"

그 옆에서 아야코가 채광창을 살펴보고 있었다.

"여길 열면 팔을 뻗어서 빗장을 풀 수가 있는데……. 안 되겠어요. 이 창문도 잠겨 있어."

아야코가 우리의 얼굴을 둘러봤다.

"다른 사람을 불러올 테니 잠시만 기다려주세요."

아야코는 그 말을 남기고 복도를 되짚었다.

그러나 도저히 기다릴 수가 없었던 하시쿠라 전무가 결국 문을 향해 몸을 던지기 시작했다. 어깨로 힘껏 부딪치자 문이 삐거덕, 하고 비명을 내지르고 벽이 흔들렸다.

"이봐요! 그렇게 하면 문이 부서진다고!"

복도 저편에서 소리가 들리더니 히라야마가 황급히 달려와 하시쿠라 전무의 몸에 팔을 둘러 문에서 떼어내려고 했다.

"이거 놔! 안에 사장님에 계신다고…….."

하시쿠라 전무가 풀려고 애를 썼지만, 히라야마는 겉보기와 달리 완력이 센지 꿈쩍도 하지 않았다. 하시쿠라 전무는 히라야마의 팔 속에서 바동거릴뿐이었다.

"됐어, 지로."

아야코가 다가와 히라야마에게 말했다.

"사정은 잘 모르겠지만 하시쿠라 씨가 저렇게까지 허둥대는 걸 보니 보통 일은 아닌 것 같아. 어차피 허름한 여관이야. 문 하나쯤 부서져도 상관없어. 자, 지로도 도와줘."

"아유이도 거들어."

미즈키가 내 얼굴을 보고 말했다.

하시쿠라 전무, 히라야마, 나, 세 사람은 힘을 합해 문을 부수기 시작했다. 두어 번 몸을 날리자 문짝이 일그러졌고, 네 번째 부딪치자 빗장이 부러지는 둔탁한 소리가 들렸다. 드디어 문이 열렸다.

우리는 어두운 실내로 들어가 조명을 켰다.

내 방이 흡연실이고, 미즈키의 방이 마구간이라면 아타고 사장의 방은 무기고라고 불려도 손색이 없었다. 사이드보드에는 투구가 세 개나 놓여 있었다. 더욱이 장려한 뿔이 달린 장식품이 아니라 장식이 배제되어 있고 철로 된 표면에 검은 광택이 흐르는 실전용 투구였다. 아마도 센고쿠戰國 시대 때 방어구로 쓰였으리라. 그 뒤에 있는 벽에는 수많은 무기들이 걸려 있었다. 가라게, 사스마타긴 박대 끝에 U자 모양의 쇠를 꽂은 무기, 짓테

자루 가까이에 갈고리가 달려 있는 쇠막대, 창, 쇠살 부채……. 안전 때문인지 창은 자루만 걸려 있었다. 날이 달린 도검류는 일체 없었다. 무구는 모두 튼튼한 쇠로 벽에 고정해 놓아서 들어보거나, 갖고 나갈 수가 없었다.

인간을 다치게 하거나 죽이기 위해 인간이 발명의 재능을 응집시킨 온갖 도구가 모여 있는 이 방에 딱 하나 어울리지 않는 원시적인 무구가 있었다. 전혀 가공하지 않은 살짝 꺾인 생나뭇가지에 뾰족하고 거무스름한 돌날을 해어진 밧줄로 마구잡이로 달아놓았다. 균형감도 떨어지고, 자루에 비해 돌날이 너무 커서 가분수처럼 보였다. 벽에 장식되어 있는 사스마타나 창을 만든 장인이 저것을 보았다면 실소하며 '저딴 건 무기라고 할 수 없어' 하고 말하리라. 하지만 엉성한 그 돌도끼에 충분한 살상력이 있음은 명백했다.

돌도끼는 침대에 누워 있는 아타고 사장의 관자놀이에 깊숙이 박혀 있었다.

"**덴구의 도끼야.**"

오노하라가 숨을 삼키고서 떨리는 목소리로 말했다.

"도요히코 사장님!"

하시쿠라 전무가 비통하게 외치고서 침대에 다가가 크게 울기 시작했다.

"왜 이 지경이……. 대체 누가 이런 잔인한 짓을……."

아타고 사장은 침대에 옆으로 누운 상태에서 두 눈을 감은 채 숨을 거두었다. 관자놀이에서 흘러나온 피가 뚝뚝 떨어져 시트를 붉게 물들이고 있었다. 처참한 상황과 달리 그의 표정은 이상하리만치 평온했다. 고통에 겨워했던 기색도 느껴지지 않았다.

"경찰과 구급차를 불러요."

미즈키가 뒤도 돌아보지 않고 그렇게 명령하자 아야코가 창백해진 얼굴로 고개를 끄덕이고서 방에서 달려나갔다. 히라야마가 걱정하며 뒤를 쫓았다.

"오노하라 씨."

미즈키는 뒤이어 오노하라를 쳐다봤다. 갑자기 이름이 불리자 오노하라가 흠칫 떨었다.

"저게 덴구의 도끼가 틀림없습니까?"

"틀림없어요. 덴구의 도끼가 맞아요. 근데 왜 여기에⋯⋯."

오노하라는 피에 젖은 돌도끼에서 시선을 돌릴 수가 없는지 미즈키의 얼굴을 보지도 않고 대답했다.

시신에 매달려 울고 있는 하시쿠라 전무 근처에서 미즈키는 한동안 눈을 감고서 생각에 잠겨 있었다. 그러다가 방 안을 조사하기 시작했다. 우선 도로에 면한 창문에 다가가 검지로 커튼을 살짝 열었다.

"여기도 잠겨 있어."

나직이 중얼거리고서 다음에는 책상으로 발걸음을 옮겼다. 책상 위에는 작은 약병과 난폭하게 뜯어진 봉투가 있었고, 편지지 한 장이 엎어진 채 놓여 있었다.

"수면 약을 먹고 잠들어 있었나 보군. 그래서 저항했던 흔적이 없었나?"

미즈키는 약병 라벨을 확인하고 고개를 살짝 끄덕인 뒤 주머니에서 손수건을 꺼내 책상 위에 있는 볼펜을 주웠다.

볼펜 끝으로 먼저 봉투를 뒤집었다.

"받는 이도, 뭣도 적혀 있지 않아. 이상한 편지가 들어 있던 봉투로군. 그렇다면……."

뒤이어 미즈키는 볼펜으로 편지지를 뒤집었다. 미즈키의 어깨 너머로 들여다보니 왼손으로 쓴 것 같은 난잡한 글씨로 이렇게 적혀 있었다.

5. 담화실

이 사건은 정말로 일어났던 것인가? 사소한 기억들을 더듬으며 과연 사실인지, 아니면 꿈속에서 봤던 것인지 생각하면 할수록 점점 혼란스러워졌다. 어쩌면 파티에서 만났던 그 세 명의 추리작가의 말이 맞을지도 모르겠다. 내가 지금 쓰고 있는 이야기는 사실이 전혀 담겨 있지 않은, 순전히 내 공상의 산물이 아닐까…….

이 혼란 속에서 나를 건져준 것은 눈꺼풀 속에서 희미하게 떠오르는 미즈키의 모습이었다. 그 흐릿한 윤곽이 금세 녹아내렸다. 하지만 기억의 실을 열심히 더듬다보니 빈정거리는 그 미소가 섬광처럼 스쳤다. 그리웠다. 순간, 그래, 아주 한 순간…….

나는 긴 꿈을 꾸고 있었을 뿐인지도 모른다. 내가 쫓았던 것은 그저 환상이었을지도 모른다. 하지만 그래도 상관없었다. 나는 미즈키 마사오미의 이야기를 계속 써야만 한다. 글을 쓰는 동안에는 꿈에서 깰까 봐 두려워할 필요가 없으니까.

선잠을 자다 물억새 사이를 스치는 바람에 화들짝 깨어났으나 번뇌 속을 헤매는 오래된 꿈에서는 깨어나지 않으니

괴이한 사건 탓에 도쿄로 돌아갈 계획을 취소했다. 우리는 신고를 받고 출동한 지역 경찰에게 밤늦도록 사정청취를 받았다. 또한 한동안은 메시가이초에 있어 달라는 요청을 받았다.

이튿날 점심밥을 먹은 우리는 담화실에 있었다. 미즈키는 소파에 느긋하게 앉아 줄담배를 피우며 무언가를 생각하는 듯했다. 오노하라는 여느 때처럼 책을 펼쳐놓았지만 그저 손이 허전했을 뿐인지 눈은 조금도 활자를 좇고 있지 않았다. 하시쿠라 전무는 경찰서에 가서 이곳에 없었다.

아야코가 담화실에 나타나 불안감을 애서 감추고 활짝 웃으며 말했다.

"차라도 내올까요?"

바로 그때 현관 앞에 차가 다가오는 소리가 들렸다. 아야코가 뒤를 돌아보고 얼마 지나지 않아 네 명의 남자가 담화실에 나타났다. 제복 경찰이 두 명, 정장 차림의 남자가 두 명. 한 사람은 얼굴이 잔뜩 굳어 있는 하시쿠라 전무였고, 나머지 하나는 어젯밤에 우리에게 혹독하게 질문을 던졌던 몸이 마른 경부였다.

경부는 담화실에 앉아 있는 사람들의 얼굴을 둘러본 뒤 오노하라 앞으로 천천히 다가갔다.

"오노하라 씨 맞으시죠?"

"아, 예."

오노하라가 허둥지둥 책을 덮고서 경부를 올려다봤다. 경부는 냉혹하게 느껴질 만큼 날카로운 눈빛을 던지며 말했다.

"이번 사건에 관해 여쭙고 싶은 게 있습니다. 서까지 동행해주시겠습니까?"

"무슨 뜻입니까? 설마 절 의심하는 건……."

오노하라의 낯빛이 순식간에 새파랗게 질려버렸다.

"아까 경찰서에서 하시쿠라 씨의 얘기를 들었습니다만."

경부가 그렇게 말하고서 하시쿠라 전무를 힐끔 쳐다봤다.

그는 타오를 듯한 눈빛으로 오노하라를 노려보고 있었다.

"지난번에 당신이 아타고 씨한테 골프장 건설을 중지해달라고 했다던데요?"

"아타고 씨와 이야기를 나눈 건 분명 맞습니다만."

오노하라는 진절머리가 난다는 표정으로 하시쿠라 전무를 째려봤다.

"골프장을 건설하지 말라는 얘기는 한 기억이 없어요. 하시쿠라 씨가 오해한 거라고요. 그저 조금 연기해달라고 부탁했을 뿐입니다."

"하지만 아타고 씨는 귓등으로도 듣지 않아서 협박장을 보낸 거 아닙니까?"

경부가 의미심장하게 웃으며 말을 이었다.

"그리고 결국 말을 듣지 않아서……."

"죽였다고 말하고 싶은 겁니까? 빌어먹을!"

오노하라가 분개하며 벌떡 일어서자 경부가 진정시키고자 두 손을 흔들었다.

"그런 말이 아닙니다. 그저 자세한 사정을 여쭙고 싶을 뿐입니다. 그러니 경찰서에서 천천히……."

"협박장에서 오노하라 씨의 지문이 검출됐습니까?"

조금 떨어진 소파에서 미즈키가 나직이 말했다. 경부는 외부인이 끼어들어 불쾌한 것 같았지만 정중한 투로 대답했다.

"아타고 씨와 하시쿠라 씨의 지문만 발견되었습니다. 당연하죠. 맨손으로 협박장을 쓰는 사람이 있을 리가 없으니. 당연히 장갑을 끼고 썼겠죠."

"그럴까요?"

미즈키가 히죽 웃으며 담배를 한 개비 꺼내 불을 붙였다.

자신을 조롱하는 듯한 말투에 경부가 얼굴을 찡그리자 미즈키는 맛있게 연기를 내뱉고서 미소를 머금은 채 말했다.

"오노하라 씨는 협박장을 쓰지 않았을 뿐더러 아타고 씨도 죽이지 않았습니다."

"왜 그렇게 단언합니까?"

미즈키는 부아가 치밀어 말을 툭 내뱉은 경부를 무시하고서 하시쿠라 전무를 온화하게 쳐다봤다.

"하시쿠라 씨, 우리도 어제 덴구총을 보고 왔습니다. 그 산이 꽤 가팔라서 기다시피 산길을 올랐습니다. 그런 급경사에 정말로 골프장을 지을 수 있을까요? 뭐, 중장비를 수십 대나 동원하면 가능할지도 모르겠군요. 이런 말씀 드리면 실례겠지만, 이곳 메시가이초는 교통이 열악한 벽지입니다. 이런 곳에 골프장을 지어서 과연 이득을 볼 수 있을까요?"

하시쿠라 전무는 고개를 숙인 채 자신의 발끝만 바라볼 뿐 아무런 대꾸도 하지 않았다. 미즈키가 계속해서 말했다.

"사실 당장 돌아올 어음을 막을 자금이 필요해서 골프장 건설 계획을 세운 거 아닙니까? 채산성이 없는 골프장이 방치되어 시골 마을이 어려움을 겪어도 알 바 아니다. 아니, 도중에 계획이 꺾여 골프장이 건설되지 못하더라도 상관없다……."

"도요히코 씨는 사업 감각이 없었어. 선대 사장님 때부터 근무했던 터라 어린 시절부터 알고 지냈는데 그 사람은 그 야말로 세상물정 모르는 도련님이었지."

하시쿠라 전무가 한숨을 크게 내뱉었다.

"최근 부동산 급등세에 편승해 여러 사업에 마구 손을 뻗었어. 방만한 경영 탓에 회사 실적이 순식간에 악화됐지. 당신 말대로 곧 돌아올 어음을 처리할 자금조차 융통할 수 없을 만큼. 도요히코 씨는 사업이 뜻대로 되지 않자 최근에 신경질이 늘었고."

"그래서 메시가이초에 골프장을 짓기로 계획을 세운 거군요. 하시쿠라 씨, 당신은 그 계획을 원치 않았던 거 아닙니까?"

미즈키가 말하자 하시쿠라는 고개를 크게 끄덕였다.

"난 옛날 사람이라서 토지를 개발해서 떼돈을 버는 요즘 풍조를 좋아하지 않아. 부동산업이라는 건 좀 더 수수하고 견실한 사업이야. 이렇게 요란한 소동이 오랫동안 이어질 리가 없지……. 회사를 다시 일으키려면 본업에서 착실하게 땀을 흘리는 게 최고야. 세 치 혀로 큰돈을 벌려고 하는 도요히코 씨의 마음가짐이 마음에 들지 않았어."

"그래서 사기와도 같은 계획을 중단시키고자 **협박장을 쓴 거군요.**"

미즈키가 날카롭게 말했다. 나를 비롯한 담화실에 있는 모든 사람들이 무심코 놀랐다. 미즈키는 하시쿠라 전무를 쳐다보며 담배를 한 모금 피웠다.

"그저께 밤에 아야코 씨가 이렇게 말했죠. 숙박객 중에 누군가가 협박장을 썼다면 틀림없이 오노하라 씨일 거라고. 왜냐면 숙박객은 세 사람밖에 없었으니……. 하지만 이 결론은 성급했죠. 아타고 씨가 자작했을 가능성도 있었습니다. 그리고 하시쿠라 씨가 썼을 가능성도 있었고요."

미즈키가 히죽 웃고서 말을 이었다.

"아까 경부님이 협박장에는 아타고 씨와 하시쿠라 씨의 지문만 찍혀 있었다고 했죠. 하지만 하시쿠라 씨, 당신은 그저께 밤에 아타고 씨가 편지 내용을 알려주지 않았다고 말씀하셨습니다. **보지도 않은 편지에 왜 당신의 지문이 찍혀 있습니까?**"

하시쿠라 전무는 잠시 침묵하다가 마침내 무거운 입을 열었다.

"그래, 내가 협박장을 썼지. 도요히코 씨가 내 충고를 듣질 않았으니까. 신사에서 이상한 구지의 말을 듣고서 협박장을 보내자는 생각이 떠올랐지. 이제와 돌이켜보니 어리석은 짓이었지만……."

하시쿠라 전무가 입술을 꾹 다물었다.

"허나 오노하라라는 저 남자가 도요히코 씨와 말다툼을 한 것도 사실이야. 틀림없이 저 녀석이 도요히코 씨를 죽였어……."

"아타고 씨가 수면 약을 복용한 건 회사 실적이 악화되면서부터입니까?"

미즈키가 물었다. 하시쿠라 전무를 진정시키기 위해서인지 온화한 말투였다.

"그래. 밤마다 잘 수가 없다면서……."

"그래서 어젯밤에 왜 당신이 그토록 당황했는지 이해하겠군요. 하시쿠라 씨, 당신은 **아타고 씨가 자살**할까 봐 걱정했던 거군요?"

미즈키가 말하자 하시쿠라 전무는 또다시 침묵하다가 서서히 고개를 끄덕였다.

"도요히코 씨가 어리석은 짓을 할까 봐 걱정한 건 맞지만……. 허나 그건 자살이 아냐. 도요히코 씨는 살해당했어!"

"스스로 손도끼로 관자놀이를 찍어서 자살할 수는 없습니다. 게다가 부검을 해보니 아타고 씨의 위에서 수면 약이 발견됐습니다. 사망했을 당시에는 푹 잠들어 있었을 겁니다."

경부가 비웃듯이 말했다.

"과연, 그렇군요. 그럼 다음은 오노하라 씨한테 물어볼까요?"

미즈키는 경부의 냉소에 개의치 않고 오노하라에게 고개를 돌렸다.

"오노하라 씨, 전 당신이 왜 덴구총에 관심 있어 하는지 무척이나 희한하게 느껴지더군요. 왜냐면 당신은 덴구 전설에는 전혀 흥미가 없으니까요. 시로미네사가미보의 이름조차 몰랐을 정도죠. 오컬트를 좋아하는 그 별난 구지 앞에서 대꾸도 못하고 입을 다물었으니 덴구가 실존한다고 믿는 것도 아닐 테고요. 그런데 어째서 당신은 아타고 씨한테 골프장 건설을 연기해달라고 부탁할 정도로 덴구총에 집착했는가? 어젯밤에 덴구의 도끼를 보고 그 이유를 겨우 알아냈습니다."

미즈키는 불붙은 담배로 오노하라를 가리켰다.

"그건 **석기**石器지요? 그리고 덴구총은 **조몬 시대나 야요이 시대의 유적** 아닙니까?"

"아마 조몬 시대겠죠. 그 주위만 잠깐 살펴봤을 뿐이라 단언할 수는 없겠지만, 덴구의 도끼는 조몬 시대 석기가 맞습니다."

오노하라가 그렇게 대답한 뒤 책표지를 손가락으로 살짝 두드리며 말을 이었다.

"전 대학교에서 고고학을 전공하고 있어서 덴구의 도끼가 조몬 초기 혹은 중기의 마제석부磨製石斧라는 걸 단번에 알았습니다. 아타고 씨한테 연기를 부탁한 이유는 덴구총을 발굴하여 조사하고 싶어서였습니다. 진짜 조몬 유적인지 아닌지 정확하지 않아서 그 이유는 상세히 말하지 않았지만……."

"상세히 말하지는 않았지만 발굴조사를 실현시키기 위해 **덴구의 도끼가 귀중**한 증거가 될 거라고 말하지 않았습니까? 어쩌면 대발견일지도 모른다고 강조하지 않았습니까?"

미즈키는 오노하라가 고개를 끄덕이는 것을 보고 말을 이었다.

"아타고 씨한테 '귀중'이란 '고가'와 동의어였을 테죠. 골동품이 가득한 다카미 여관에서 숙박했던 것도 영향을 끼쳐 아타고 씨는 덴구의 도끼를 비싸게 팔 수 있을 거라고 생각했습니다. 그리고 결국 못된 생각을 품게 되었죠……. 늦은 밤에 라이후 신사에 몰래 들어가 **덴구의 도끼를 훔치고 말았습니다.**"

나를 비롯한 모든 사람들이 조용히 미즈키의 추리를 듣고 있었다. 경부조차 흥미로운 표정을 지은 채 끼어들지 않았다.

"훔친 것까지는 좋았으나 덴구의 도끼를 어디에 숨겨야 좋을까? 가방 속에 숨긴다? 그건 안 되죠. 가방은 하시쿠라 씨가 늘 들고 다니니 자칫 발각되어 추궁을 당할 수가 있습니다. 방에서 논의를 나누기도 하니 방 안에 어설프게 숨길 수도 없는 노릇. 그때 아타고 씨는 옛 명언이 떠올랐습니다. '나무를 숨기려면 숲속에 숨겨라.' ……아타고 씨의 방에는 수많은 무구들이 장식되어 있었습니다. 그 속에 숨겨두면 되겠다 싶었던 아타고 씨는 무구가 걸려 있는 벽에 덴구의 도끼를 숨겼습니다. 벽에 기대어뒀는지, 아니면 고정쇠에 걸쳐뒀는지는 모르겠지만."

미즈키는 한숨을 돌리고 담배를 재떨이에 눌러 끄고서 새 담배를 꺼내 불을 붙였다.

"어젯밤에 아타고 씨는 하시쿠라 씨와 방에서 만나기로 한 약속을 잊고서 수면 약을 먹고 잠들었습니다. 협박장을 받은 터라 창문을 잠그고, 문에는 빗장까지 채웠죠. 그래서 하시쿠라 씨가 아무리 불러도, 아무리 난폭하게 노크를 해도 대답을 하지 않았습니다. 결국 세 사람은 문을 부술 수밖에 없었죠. 그런데 몸을 문에 세게 날렸을 때 벽이 흔들렸습니다. 그 순간…… **벽에 있던 덴구의 도끼가 떨어져 아타고 씨의 관자놀이를 찍어버렸습니다.**"

미즈키는 싱긋 웃으며 모두를 둘러보고서 마지막으로 경부의 얼굴을 지그시 쳐다봤다.

"물론 이건 단순한 추리에 불과합니다. 하지만 증명하기란 간단합니다. 라이후 신사의 궤를 열어보십시오. 궤 문이나 산보에 아타고 씨의 지문이 남아 있을 겁니다. 되도록 오늘 안에 조사해주셨으면 좋겠습니다. 슬슬 도쿄로 돌아가고 싶어졌거든요."

6. 다카마쓰항

스토쿠인은 복잡한 가정환경에서 자란 불우한 아이이며, 지극히 평범한 와카를 수없이 읊었던 문예애호가이며, 어이없이 실패로 끝난 군사 쿠데타의 주모자에 지나지 않는다. 초상화에는 그런 경력과 잘 어울리는 지극히 평범한 한 사내가 그려져 있다. 그런데 그가 일본 최대의 원혼으로서 사후 팔백 년 가까이 공포의 대명사가 된 이유는 무엇인가? 여하튼 스토쿠인의 영혼이 시로미네 능에서 교토의 시라미네 신궁에 모셔진 것은 연호가 메이지로 개칭되기 직전이었다.

나는 그 이유를 점점 이해할 수 있었다. 스토쿠인이 공포의 대명사가 된 이유는 **그가 죽었기 때문**이다. 사는 동안에는 평범한 사내였을지라도 죽은 뒤에는 뭐든지 될 수가 있다. 나는 영혼에 대해 말하는 것이 아니다. 죽음은 모든 것을 끝낸다. 저주도, 분노도, 증오도 없앤다. 영혼은 존재하지 않고 지벌 또한 없다. 망자는 완벽한 부재不在를 체현하고 있다. 하지만 망자가 더는 이 세상에 없다는 사실이 산 자를 두렵게 한다. 존재한다면 싸울 수도 있겠으나 이 세상에 없는 상대에게 대항할 수는 없다.

미즈키는 와카를 읊는 이유를 '예술, 유희, 진혼'이라고 했다. 그러나 와카를 조사하면서 나는 또 다른 이유가 있다는 걸 깨달았다. 미즈키가 어째서 그 이유를 거론하지 않았는지 나는 모르겠다. 고대인들이 와카를 읊었던 가장 첫 번째 목적은 아마 이것이었을 듯한데…….

와카를 읊는 또 다른 이유, 그것은 '**사랑**'이다.

꿈같은 세상이었으나 인연은 스러지는 것이 아니니 깨어나는 아침에 다시 만나자꾸나

"구지가 봤던 덴구의 정체는 아타고 씨였군요."

사건을 해결한 뒤 찾아온 아침, 메시가이역으로 향하던 도중에 나는 미즈키에게 물었다.

"덴구의 도끼를 훔치려던 아타고 씨를 구지가 우연히 목격해서……."

"라이후 신사에 숨어들려는 사람이 왜 덴구총 위에 서 있
었겠나?"

미즈키가 빈손으로 느긋하게 걸으며 대답했다. 다카미 여
관에서 나올 때 히라야마가 짐수레를 끌고서 함께 나왔다.
지금 그는 미즈키의 무거운 슈트케이스를 끌며 조금 뒤에서
따라오고 있었다.

"그럼 오노하라 씨입니까? 덴구총을 조사하러 갔다
가……."

"한밤중에 유적을 조사해봤자 아무것도 안 보이잖아? 게
다가 애당초 구지가 봤던 덴구는 코가 길었어. 그건 어떻게
설명할 거지?"

"그럼 대체 누구였습니까? 설마 진짜 덴구였다고 말하지
는 않겠죠?"

내가 고개를 갸웃거리자 미즈키가 히죽 웃으며 히라야마
를 돌아봤다.

"그건 히라야마 씨한테 물어봐."

느닷없이 이름이 불리자 히라야마는 무심코 멈췄다. 미즈
키가 그에게 서서히 다가가 말했다.

"아야코 씨가 알려줘서 나도 노천욕탕에서 덴구총을 한
번 바라봤지. 분명 숲이 끊어지는 지점이 있었고, 그 너머에
덴구총이 있었을 거야. 노천욕탕에서 덴구총을 볼 수 있다
면 반대로 덴구총에서도 노천욕탕이 잘 보이지 않을까? 물

론 거리는 있지만…….”

미즈키가 두 손바닥을 동그랗게 말아 눈앞에 대고서 말을 이었다.

“……쌍안경이나 다른 도구를 쓰면 덴구총 위에서 노천욕탕 안을 들여다볼 수 있지 않나? 구지 아저씨는 어둠 속에서 쌍안경과 얼굴이 한데 겹쳐진 모습을 보고 코가 길다고 착각한 게 아닐까?”

“처음 그런 생각을 한 사람은 제가 아니에요. 슌입니다.”

히라야마가 고개를 숙인 채 작은 목소리로 대답했다.

“노천욕탕에서 덴구총이 보인다고 알려줬더니 ‘그럼 덴구총에서도 노천욕탕이 보이겠다’고 해서……. 그 녀석, 꼭 그런 쪽에만 머리가 잘 돌아가거든요. 수험공부를 하느라 쌓인 스트레스를 푼답시고 밤마다 덴구총에 올라 노천욕탕을 들여다본 사람은 슌입니다.”

“넌 한 번도 보지 않았다?”

미즈키가 따져 묻자 히라야마가 뺨을 살짝 붉혔다.

“딱 한 번.”

“혹시 우연히 아야코 씨가 노천욕탕에 들어왔을 때였나?”

미즈키가 갑자기 진지한 표정을 짓고서 말을 이었다.

“걱정하지 마. 아야코 씨한테는 비밀로 하지. 하지만 이제 엿봐서는 안 돼. 슌인지 뭔지 하는 그 친구한테도 전해줘.”

이윽고 우리는 메시가이역에 도착해 겸연쩍어하는 히라야마와 작별했다. 대합실에는 저번에 봤던 그 노파가 앉아서 꾸벅꾸벅 졸고 있었다. 잠시 뒤 열차가 들어와 우리는 메시가이역을 뒤로했다.

"돌아가는 길에 페리를 타고 오카야마로 갈 예정이야. 세토 내해를 꼭 건너보고 싶었거든."

다카마쓰시 사철역을 나왔을 때 미즈키가 그렇게 말하더니 나를 곁눈으로 봤다.

"비행기로 돌아갈 거면 여기서 헤어지자."

"아뇨, 저도 함께 합니다. 무슨 일이 벌어질지 모르니……."

"그렇게 연거푸 사건에 휘말릴 리가 없잖아."

담배를 물고 있는 미즈키가 한쪽 입가만 올려 웃었다.

다카마쓰항은 국철 다카마쓰역 바로 옆에 위치해 있다. 페리 승강장의 좁은 대합실에 들어가자 손님이 네 명밖에 없었다. 몸집이 작은 두 노인이 휠체어에 앉아 있고, 그 뒤에 중년 남성과 젊은 여성이 서 있었다.

두 노인은 꽤 고령인지 무수한 주름 속에 이목구비가 묻혀 있고, 머리카락이 한 올도 없었다. 아주 오이를 반으로 가른 것처럼 꼭 닮았다. 앉아 있는 것만으로도 지쳤는지 휠체어 등받이에 몸을 푹 기대고 있었다. 하지만 두 눈동자는 생기가 넘쳐 반짝반짝 빛나고 있었다.

왼쪽 휠체어 뒤에 서 있는 중년 남성은 사십대 중반으로 보였다. 둥근 선글라스를 끼고 있고, 머리를 뒤로 말쑥하게 넘겼다. 검은 정장을 입고 있는데 뾰족한 턱이 마치 맹금류를 떠올리게 했다.

젊은 여성은 오른쪽 휠체어 손잡이에 손을 대고서 대합실 밖을 가만히 쳐다보고 있었다. 나이는 아마도 스무 살쯤으로 보였다. 초점이 흐릿한 눈동자가 매력적인, 아주 단정한 미모의 소유자였다. 바깥을 바라보고 있는 것으로 보아 아마 누군가를 기다리는 것 같았다.

"저게 진짜 우리들 손주인가?"

갑자기 오른쪽 노인이 쉰 목소리로 중얼거렸다. 왼쪽 노인이 꼭 닮은 목소리로 대답했다.

"허리에 멍이 있었지."

"그런 건 얼마든지 만들 수 있지."

"난 진짜 쇼타로 같던데?"

"재밌지? 료코 씨?"

오른쪽 노인이 고개를 갸웃거리고는 주름투성이 얼굴을 쭈굴쭈굴 찡그렸다. 아무래도 미소를 지은 모양이었다.

"쌍둥이라고 해도 이렇듯 생각은 전혀 다르지."

료코라고 불린 젊은 여성은 아무런 대답도 하지 않고 복잡한 표정을 지었다.

그때 대합실 문이 열리더니 이십대 중반의 남성이 뛰어 들어왔다. 남색 스웨터를 입고, 커다란 보스턴백을 들고 있는 순박해 보이는 청년이었다.

"늦어서 죄송합니다. 길을 좀 헤매는 바람에……."

젊은이는 두 노인에게 고개를 숙였지만, 대답한 사람은 턱이 뾰족한 중년 남성이었다. 그는 청년에게 살짝 미소를 지으며 대답했다.

"아니, 아니. 별로 안 늦었어. 그럼 항구로 가볼까?"

중년 남성이 항구에 면한 문을 열었다. 무슨 관계인지 알 수 없는 다섯 사람이 부잔교로 나갔다.

미즈키는 그들의 뒷모습을 바라보다가 이내 매표소 창구로 다가가 직원에게 이렇게 말했다.

"우노까지 두 장."

"승강장이 다릅니다. 여기 배는 게이쿄쿠도행입니다."

초로의 직원이 유리창 너머에서 미즈키의 얼굴을 올려다보며 대답했다. 창구 위에 '게이쿄쿠도행 고속정'이라고 적혀 있었다.

"방금 있었던 분들도 게이쿄쿠도로 가셨습니까?"

"돌아가시는 길이에요. 저 분들은 우쓰보가 분들인데, 20년 전에 생이별한 손주 쇼타로 씨를 찾아서 게이쿄쿠도에 있는 자택으로 데리고 가는 길입니다. 소문을 들으니 아주 이상한 저택이라고 하더군요……."

"그럼 게이쿄쿠도행 두 장 부탁합니다."

미즈키가 가벼운 투로 말하자 직원이 수상쩍다는 표정으로 말했다.

"괜찮겠습니까? 하루에 왕복 한 편만 운행하니 오늘은 육지로 돌아올 수 없을지도 모릅니다."

"뭐, 특별한 계획이 없는 정처 없는 여행이라서요."

우리는 고속정 표를 들고서 부잔교로 향했다. 하늘은 구름 한 점 없이 맑았고, 세토 내해는 에메랄드빛으로 빛나고 있었다. 먼 바다 위에 섬들이 떠 있었다. 세토 내해가 다도해라는 걸 실감할 수 있었다.

그늘이 진 부잔교 거의 가운데에 있는 우쓰보가 사람들을 발견했을 때 수평선 저편에서 고속정이 다가왔다.

손가락만 했던 작은 배가 점점 커지더니 이윽고 부잔교 옆에 접안했다. 최후미 승강구가 우쓰보가 사람들 앞에 딱 멈췄다. 한 선원이 부잔교로 내려와 밧줄을 맸다. 뒤이어 다른 선원이 내려와 승강구에 슬로프를 설치했다.

먼저 중년 남성이 휠체어를 밀며 슬로프를 올랐다. 그 다음에 젊은 여성이 휠체어를 밀고 올라갔다. 마지막에는 스웨터를 입은 청년이 고속정에 올랐다. 선원이 슬로프를 풀려고 하자 미즈키는 손을 흔들어 승선하겠다는 의사를 전했다. 우리는 슬로프를 향해 서둘러 뛰었다.

그리하여 우리는 게이쿄쿠도를 향해 떠났다. 험준한 바위산에 둘러싸여 있는 우쓰보 저택으로 향하기 위해서……. 하지만 이것은 또 다른 이야기, 더 긴 이야기다…….

떡갈나무를 한 번 생각해봐. 그게 보이는 곳까지 다가가면 그 어떤 멍청이일지라도 그게 떡갈나무라는 걸 알 거야. 버드나무나 방크스 소나무도 그래. 하늘을 배경으로 두고 겉모습을 보면 분간할 수 있어. 그것들은 간단하지. 하지만 노간주나무에는 속아 넘어가지. ……그야말로 식물계의 코요테야. 사기꾼이야.

_케이트 윌헬름, 《Juniper Time》

Juniperus rigida

梍

梍(실): 두송(杜松)의 옛 이름.

杜松(두송, 노간주나무): 측백나무과에 속하는 상록수. 잎은 바늘꼴이며 세 개씩 솟아난다. 자흑색 구과(球果)에서 기름을 짜내고 이뇨제로 쓴다. 일본어로 '네즈'라 읽으며, '네즈미사시'의 약칭으로 뾰족한 잎이 쥐를 쫓는다고 해서 유래되었다.

I

　이스루기 기사쿠는 메시가이역 플랫폼에 서서 천장에 매달려 있는 커다란 간판을 올려다보며 고개를 갸웃거렸다. 새 것으로 보이는 플라스틱 간판에 둥근 팝체로 이렇게 적혀 있었다.

덴구 원인原人의 고향
메시가이초에 오신 걸 환영합니다!

　시선을 아래로 내리니 철근 콘크리트 역사驛舍가 세워져 있었다. 저것도 지어진 지 얼마 안 되었는지 벽이 눈부실 만큼 새하얗다. 번쩍거리는 금속 개찰구에서 연분홍색 제복을 입은 젊은 여자 역무원이 활짝 웃으며 잇달아 역으로 들어가는 여행객들에게서 표를 받고 있었다.
　여기가 정말로 메시가이역인가?

이스루기는 불안해하며 혹시 몰라서 역 이름이 적힌 플레이트를 확인해보았다. 그러나 그곳에는 분명히 '메시가이'라고 적혀 있었다.

그렇다면 자신은 만으로 16년 만에 메시가이 온천에 온 것이 틀림없다. 그러나 다카마쓰에 도착한 사철전철에 큰 짐을 든 관광객들이 수없이 타고, 그 모두가 메시가이역에서 내리는 것을 보고 이스루기는 무척이나 신기했다. 메시가이역에 내리는 손님이 있다는 것이 믿기지가 않았다. 게다가 '덴구 원인'은 대체 뭐야?

이스루기는 머릿속에 물음표를 잔뜩 띄운 채 역무원에게 표를 건넨 뒤 역사 안으로 들어갔다.

개찰구를 나오니 널찍한 여객 로비가 나왔다. 차분한 상아색 벽이 사방을 에워싸고 있고, 십수 명쯤 되는 관광객들이 어슬렁거리고 있었다. 출입구(놀랍게도 자동문이다) 부근에서 깃발을 든 채 "여깁니다!" 하고 외치는 사람은 단체 손님들을 마중 나온 여관 직원이리라.

여기도 완전히 탈바꿈했구나. 이스루기는 두리번거리며 그렇게 생각했다. 옛날에 이곳은 나무로 만들어진 비좁은 대합실이었다.

16년 전 대합실 벽에는 낡은 시계가 걸려 있었는데, 진자가 멎어서 시곗바늘이 틀린 시각을 가리켰다(하지만 그 누구도 신경쓰지 않았다).

현재 벽에는 디지털시계가 달려 있었다. 초 단위까지 정확한 시각을 표시하고 있었다. 지금은 귀가하려는 가족들이 신뢰하는 표정으로 시계를 바라보고 있었다.

16년 전 벽에는 너덜너덜한 관광용 포스터가 딱 한 장 붙어 있었고, 색이 바랜 불명료한 사진 윗부분에는 찢어졌는지 셀로판테이프가 덕지덕지 붙어 있었다.

현재 벽에 붙은 여러 장의 포스터들은 하나같이 새 것이었다. 코트지에 선명한 사진과 멋들어진 글씨가 인쇄되어 있었다. 사진에 담겨 있는 풍경은 그리운 덴구총이 틀림없지만, 그 위에 적힌 '덴구총 유적'이라는 단어는 이스루기에게는 금시초문이었다.

16년 전 대합실 벤치에는 몸집이 작은 노파가 앉아 있었다. 근처에 살던 노파였는데 며느리와 사이가 나빠 집에 있기가 불편해서 아들이 출근하자마자 역으로 나와 시간을 보냈다. 벽에 기대어 꾸벅꾸벅 조는 노파를 볼 때마다 마치 역에 비치된 비품 같아서 웃음이 자꾸만 치밀었다.

현재 그 노파는 어디에도 보이지 않았다. 오랜 고부 갈등 끝에 드디어 화해를 했는지, 아니면 엉덩이가 딱딱한 나무 벤치에 익숙해져 우아한 곡선을 그리는 플라스틱 의자에 앉기가 불편해서 그런 건지 모르겠다. 그때도 상당히 고령으로 보였으니 어쩌면 이미 세상을 떠났는지도 모르겠다.

노파 대신에 역사 구석에는 진짜 비품이 놓여 있었다. 구경꾼들 뒤에서 들여다보니 실물 크기의 남성 인형이 세워져 있었다. 조악한 모피(그래봤자 인조 모피겠지)를 걸치고 머리를 산발한 고릴라처럼 생긴 남자가 오른손으로 엉성한 돌도끼를 쳐들고 있었다.

대좌에 달려 있는 플레이트에 '덴구 원인 상상도'라고 적혀 있었다. 이게 바로 덴구 원인인가 보다. 하지만 어째서 메시가이역에 원시인 모형이 전시되어 있는지 이스루기는 전혀 알 수가 없었다.

이스루기는 고개를 갸웃거리며 디지털시계를 쳐다봤다. 약속한 3시에서 5분 14초나 지났다. 온갖 의문은 나중에 풀기로 하고 숄더백을 고쳐 메고서 서둘러 역 밖으로 나갔다.

약속한 상대는 이미 역 앞에 서 있었다. 아랫볼이 불룩한 얼굴과 조금 두툼한 입술은 여전해서 착한 인상을 풍기고 있었다. 다만 곱슬머리에 새치가 꽤 늘었다. '다카미 여관'이라는 글씨를 물들인 푸른 한텐이 잘 어울렸다.

"오랜만이다. 잘 왔으잉."

히라야마 지로가 싱글벙글 웃으며 이스루기에게 손을 흔들었다.

아니, 아니지. 이스루기는 머릿속에서 바로 정정했다. 히라야마는 소꿉친구인 다카미 아야코와 결혼하여 다카미가의 데릴사위가 되었다. 그래서 현재 이름은 '다카미 지로'일 것이다.

"새치가 늘었네. 지로짱."

16년 만에 재회한 지로를 보고 무심코 그런 말이 튀어나왔다.

지로는 이스루기를 물끄러미 쳐다보며 날카롭게 지적했다.

"슌쨩, 너야말로 허벌나게 쪘응게."

십 대 때보다는 분명 쪘지, 하고 이스루기는 자신의 허리를 내려다보며 외식만 하는 식생활을 잠시 반성했다.

슌이란 이스루기의 하이고 하이쿠를 짓는 사람의 아호 인 '슌데이春泥'에서 따온 애칭이다. 16년 전에 열일곱 살이었던 이스루기는 대학 수험을 코앞에 두고 있는데도 전혀 공부하지 않고 놀기만 했다. 결국 속을 끓다가 참다못한 아버지가 이스루기를 강제로 가가와현의 친척집으로 보내버렸다. 불초한 바보 자식을 놀거리가 전혀 없는 메시가이초에 보내면 별 수 없이 공부에 매진하리라 여겼겠지. 굳이 말하자면 이스루기는 유배형에 처해졌던 것이다.

유배지였던 히라야마가의 차남이 바로 지로였다. 나이도 두 살밖에 차이가 나지 않아서 금세 서로를 애칭으로 부를 만큼 친해졌다. 그런데 지로는 깃쨩이라는 호칭이 입에 안 붙는다면서 이스루기를 '슌쨩'이라고 부르기로 했다. 그 당시 이스루기는 아직 하이쿠를 하나도 지어본 적이 없었지만, 건방지게도 하이고를 먼저 정해놓았다.

"지로쨩이 나이를 먹은 만큼 나도 나이를 먹었지."

이스루기가 어깨를 들먹이자 지로가 환하게 웃었다.

"그야 그렇지. 맞는 말이여…… 그럼 갈까?"

이스루기와 지로는 어깨를 나란히 한 채 강가를 따라 난 비탈길을 걸었다.

조금 앞을 걷는 십수 명의 사람들을 선두에서 안내하는 청년이 지로와 같은 푸른 한텐을 입고 있었다. 저 사람들은 이스루기와 마찬가지로 다카미 여관으로 향하는 단체 손님이 틀림없다. 그 무리뿐만 아니라 도로에는 다른 관광객들로 북적거렸다.

오른쪽으로 고개를 돌리니 입구가 좁은 목조 가옥들이 군데군데 이가 빠진 것처럼 사라져 있었다. 그 자리에 형형색색 간판을 올린 크레이프 가게와 널찍한 오픈테라스를 설치한 백아색 찻집과 옛날에는 하나도 없었던 패스트푸드 프랜차이즈가 들어와 있었다.

옛날에는 들르는 사람이 거의 없었던 기념품 가게에도 손님들이 쉴 새 없이 드나들었다. 가게 앞에 '덴구 원인 만주', '덴구 원인 페넌트'라 적힌 깃발을 보고 이스루기는 제 눈을 의심했다.

"저기, 지로짱. 덴구 원인이 대체 뭐야?"

이스루기가 망설이며 묻자 지로가 어이없다는 표정을 지었다.

"왐마, 모르냐······? 옛날에 올랐던 그 덴구총 있지? 실은 조몬 시대 유적이었당께. 우리 여관에 묵었던 오노하라 마고타로라는 사람이 발견한 건디. 그리고 라이후 신사에 모셔져 있던 덴구의 도끼도 실은 조몬 석기였쟤. 다시 말해서 아주 옛날에 메시가이초에는 조몬인들이 살았당께. 그게 덴구 원인······."

16년 만에 듣는 사누키 사투리가 참 정겨웠다. 도쿄에서 나고 자랐지만 순수한 에도 토박이는 아닌 이스루기는 이른바 '표준어'밖에 쓸 줄 모른다. 그래서 고향의 사투리를 쓸 줄 아는 지로를 줄곧 부러워했다.

소설가 중에는 어느 지역을 무대로 삼든 모든 대사를 표준어로만 쓰는 사람이 있다. 아마 '등장인물이 사투리로 말하면 작품의 정묘한 분위기를 해친다'는 이유 때문이리라. 하지만 이스루기는 어리석은 이유라고 생각한다. 사누키 사투리뿐만 아니라 간사이 사투리도 억양이 풍부해서 듣고 있으면 아주 편안하다. 이스루기는 표준어로 '마침 저도 다카미 여관으로 돌아가려던 참이었어요' 하고 말하는 지로 따윈 상상도 할 수가 없었다.

음악 같은 지로의 사누키 사투리가 계속 이어졌다.

"……모처럼 유적이 발견되브러서 동네를 일으키는 데 써먹으려고 생각했재. 그래서 뎅구 원인을 전면에 내세운 일대 프로젝트를 결행하게 된 거랑께."

"그 마을 부흥 프로젝트인지 뭔지 아무래도 성공한 모양이야. 여관도 잘 되는 모양이고."

이스루기는 그렇게 말하고서 앞에 있는 단체 손님들을 쳐다봤다.

"덕분에 끄럭저럭. 아, 맞어. 사실 새 별관에 묵게 해주려고 했는디 지금 단체 손님들이 억수로 몰려와 빈 방이 없당께. 그러니 낡은 본관에서 지낼 수밖에 없으니 양해해주라."

"별관이 있어?"

이스루기는 내심 놀랐다. 파리만 날리던 그 허름한 여관에 별관이 생겼을 줄이야. 도무지 믿기지 않았다.

"재작년에 지었당께."

"대단하네."

이스루기는 감탄하다가 문득 깨달았다.

"그럼 이제 덴구총에는 올라갈 수 없겠군."

"야야."

지로가 눈썹을 찡그리고서 이스루기를 살짝 째려봤다.

"그 나이 먹고 또 욕탕을 엿볼 생각은 아니징? 좀 하지 마요……. 이제 덴구총에는 접근할 수도 없응께. 주위에 밧줄이 쳐져 있어서 관광객들도 멀리서 구경만 할 수가 있드라고. 라이후 신사도 새로이 개축됐고 말이여. 구지는 지금 덴구님보다 조몬 시대에 더 빠삭혀. 매일 관광객들한테 강의를 하고 있응께."

"난 욕탕을 엿본 기억이 없는데 말이야. 왜냐면 언제 봐도 욕탕에 아무도 없었거든. 텅 빈 노천욕탕이 어떤 것인지 관찰하고 또 연구했을 뿐이야."

그런 궤변을 늘어놓았을 때 어떤 기억이 되살아났다.

"그러고 보니 딱 한 번 한밤중에 엄청 예쁜 누님이 혼자 들어온 적이 있었지. 크으, 너무 예뻐서 땡잡았다는 기분보다는 부끄럽고 어색하더라고. 게다가 그 누님 말이야. 내가 있는 쪽을 물끄러미 쳐다보는 것 같았는데……."

"슌짱은 진즉에 도쿄로 돌아갔응께 땡잡았을지 모르겄지만, 그 뒤에 난 그 미인 누님한테 혼구멍이 났드라고."

지로가 떨떠름해하며 말했다.

이스루기는 순간 어리둥절해하다가 이내 웃음을 터뜨렸어.

"뭐야? 들켰어? 아아, 바로 집으로 돌아가길 잘 했네."

배를 부여잡으며 한바탕 웃고서 금세 깨달았다. 옛날이야기로 꽃을 피울 수 있는 건 현재 지로가 어떤 사람인지 전혀 모르기 때문이다.

"지금 지로짱은 다카미 여관의 경영자야?"

"뭐, 경영자라고 허면 경영자라고 할 수 있징. 아재가 은퇴해서 일단은 사장 맞어."

"좋겠네. 홀딱 반한 귀여운 아야짱과 결혼하고 지금은 잘 나가는 별관까지 있는 온천여관의 사장이잖아. 행복하겠네. 진짜 부러워."

"행복할랑가 말랑가……."

지로는 무슨 영문인지 언짢아하다가 갑자기 발걸음을 멈췄다.

아직 해가 질 시간은 아니었다. 태양이 서쪽 산 위에서 눈부시게 빛나고 있었다. 비스듬하게 쏟아지는 햇볕을 받은 다카미 여관이 낡은 옛 모습으로 서 있었다.

목조 서양식 건물 건너편에 보이는 철근 콘크리트 건물이 지로가 말했던 별관이리라. 5층짜리 호텔풍 건물인데 본관보다 훨씬 크고 드높이 솟아 있었다. 프런트도 본관과 별도

로 있는지 단체 손님들이 이스루기가 잘 아는 다카미 여관
앞을 그냥 지나갔다.

"숄더백 좀 내봐보쇼."

지로가 고개를 돌리고서 오른손을 내밀었다.

"어?"

"숄더백 말이여. 손님의 짐을 들어주지 않으면 아내한테
혼구멍 난당께."

이스루기가 넘겨준 숄더백을 메고서 지로가 다카미 여관
본관 현관문으로 부리나케 들어갔다.

"손님이여."

지로가 말하자 프런트에서 기모노 차림의 여성이 나타났다.

"어서 오십시오."

여성이 무릎에 두 손을 공손히 올리고 정중하게 인사하고
서 지로를 쳐다봤다.

"저 분이 친구분?"

"그래. 순짱……이 아니라 이스루기 씨랑께."

"그렇습니까? 처음 뵙겠습니다. 지로의 아내입니다."

"아니, 옛날에 한 번 본 적이 있을 텐데……."

이스루기가 당황하며 대답하자 기모노가 잘 어울리는 다
카미 여관의 오카미……, 다카미 아야코가 그랬던가, 하고
중얼거리며 고개를 갸웃거렸다.

16년 전 지로가 딱 한 번 소개를 해줬으니 기억 못하는 것
이 당연하다. 한편 이스루기도 기억 속 아야코와 눈앞에 있

는 여성이 도무지 일치되지 않아서 조금 혼란스러웠다.

이스루기가 기억하고 있는 다카미 아야코, 지로짱이 남몰래 흠모하던 소꿉친구 아야짱은 짙는 눈썹이 매력적인 여대생이었다. 순진한 소녀의 귀여움이 아직 남아 있었다.

그러나 지금 이스루기의 눈앞에 서 있는 사람은 성숙하고 요염한 여성이었다. 조금 살집이 붙어 몸 전체가 둥그스름했고, 눈썹은 잘 손질되어 활처럼 굽어 있으며, 뒤로 묶은 머리는 갈색으로 물들였다. 날아가는 두루미가 그려진 값비싼 기모노를 맵시 있게 차려입은 모습은 아무리 봐도 수완이 좋은 여관의 오카미였다. 몸짓이나 표정 하나하나마다 관능적이었다.

"마침 단체 손님이 와서 대접을 변변히 못해드릴지도 모르겠지만 부디 푹 쉬었다가 가세요. 방도 겨우 마련했으니."

아야코가 싹싹하게 말했지만, '겨우 마련했다'는 말 속에는 가시가 있었다. 숨겨진 뜻을 말하자면 '남편 친구라고 해서 어렵게 방을 잡아놨어요. 그러니 고맙게 생각해요'라고 할 수 있으려나?

지로도 빈정거림을 눈치 챈 모양이다.

"16년 만에 도쿄에서 어렵게 왔웅께 좀 봐주드라고. 아야코."

이스루기를 감싸며 말을 보탰다.

아야코는 오른손을 들어 지로를 제지하며 단호히 말했다.

"여관에서는 '오카미'라고 부르라고 했을 텐데요?"

"······좀 봐주드라고, 오카미."

지로가 작은 목소리로 끝부분을 정정했다.

"지금 별관에 계시는 단체 손님들께 인사를 드리러 갈 테니 친구분 체크인 좀 부탁해요."

"예, 오카미."

"아이의 수업참관일은 까먹지 않았겠죠?"

"글피에 한다고 했나? 똑바로 기억하고 있당께, 오카미."

"그리고 오노하라 씨가 묵는 방에 또 이상한 남자가 들이닥칠지도 몰라요. 소란이 벌어질 것 같으면 경찰을 불러요."

"알겠습니다요, 오카미."

"그럼 뒷일 좀 부탁해요."

아야코는 등을 똑바로 편 채 지로에게 그렇게 말했다.

"죄송하지만 이만 실례하겠습니다. 그럼 느긋하게 쉬시길······."

이스루기에게 다시금 고개를 가볍게 숙이고서 프런트 안으로 돌아갔다.

이스루기는 지로의 머리에 왜 새치가 늘었는지 그 이유를 어쩐지 알 것 같았다.

"······숄더백 받아라."

지로가 한숨을 작게 내뱉고서 이스루기에게 숄더백을 내밀었다.

"오노하라 씨라면 아까 말했던 유적 발견자지? 지금도 여기에 묵고 있어?"

이스루기는 프런트 카운터에서 체크인을 하며 물었다.

"어."

카운터 뒤로 돌아간 지로가 대답했다.

"본격적인 발굴 조사는 진즉에 끝났는디 보충 조사를 하러 왔디야. 연구실 학생도 데리고 왔응께 공부시키려는 목적도 있지 않겄어?"

"방에 들이닥친다는 그 '이상한 남자'는?"

"어떤 중년 남자인데 말이여. 아마추어 고고학자라드라고. 오노하라 씨한테 시비를 걸로 오는데 말이여. '네 발견은 순 거짓말이야. 고고학계에서 명성을 얻고 싶어서 덴구총 유적을 날조했어!'라고……."

지로가 목소리를 낮춰 말을 이었다.

"사실 나도 조금 궁금하긴 혀. 예전에 석기 날조 사건이 벌어져서 큰 소동이 벌어졌었잖여? 혹시 덴구총 유적이 가짜면 어떻게 되는지……. 사실 아야코도 신경이 바짝 곤두서있당께. 그 녀석은 메시가이초 관광진흥협회 위원도 맡고 있으니께……."

눈앞에서는 '오카미', 뒤에서는 '그 녀석'이라고 부르는군. 이스루기는 속으로 웃었다.

"……내년부터 '덴구 원인 축제'를 열자는 얘기도 있어서 이제와 가짜라는 게 밝혀지면 곤혹스러워질 텐디."

"덴구 원인 축제?"

이스루기는 어이가 없어서 그만 목소리가 커지고 말았다.

문득 머릿속에서 모피를 두르고서 돌도끼를 들고 춤추는 지로의 모습이 떠올랐다.

"이제야 이 동네에도 관광객들이 몰려들기 시작혔는디……."

지로가 걱정하며 중얼거리고서 이스루기가 건넨 용지를 받았다.

"미안헌디 숙박료 좀 내드라고. 모처럼 와줬응께 서비스를 해주려고 혔는디 아야코 땜에 어쩔 도리가 없당께……."

"물론 내야지. 방도 잡아줬는데 공짜로 묵기까지 하면 오히려 내가 미안해."

이스루기가 가슴을 펴고 대답했지만 내심 조금 깎아주지 않을까, 하고 기대하고 있었기에 실망했다.

지로는 용지를 받고서 뒤로 돌아 작은 서랍들이 무수히 달린 수납장에서 열쇠를 꺼냈다.

"그거 약재함이네."

이스루기가 열쇠로 함을 가리키며 말했다.

"약재함에 열쇠를 정리하다니 재밌네."

"봤을 때는 재밌을는지 모르겠지만, 서랍들이 겁나 많아서 어디에 어느 방 열쇠가 있는지 헷갈려부러."

지로가 쓴웃음을 짓고서 카운터 가장자리를 가리켰다.

"아야코의 할아버님은 골동품을 모으는 게 취미였어. 저것도 컬렉션의 일부여."

그쪽으로 시선을 돌리자 카운터 벽 쪽에 무수히 많은 인형들이 놓여 있었다. 화려한 옷을 입고 있는 게이샤, 동자, 갓난아기, 가부키 배우, 후쿠스케, 에비스, 다이코쿠텐, 하얀 여우, 고양이 등 소재도, 모양도 제각각인 인형들이 한데 모여 있었다. 정리하여 전시하면 좋을 텐데, 하고 이스루기는 생각했다.

시선을 올리니 인형들이 있는 위쪽 벽에 여러 가면들이 걸려 있었다. 이쪽도 노멘, 기가쿠멘, 덴구 가면 등 제각각이었다. 아무런 분류도 되어 있지 않았다.

이제 고인일 아야코의 할아버지가 이 꼴을 봤다면 졸도했을지도 모를 일이다. 아야코와 지로에게 이것들은 모두 그저 '인형과 가면'일 뿐이다. 개개의 차이점 따윈 아무래도 상관없으리라. 수집은 대를 잇기가 어렵다는 말이 이해가 되었다.

"텔레비전 방송에 신청해서 한 번 감정을 받아보는 게 어때?"

이스루기가 농담투로 말하자 지로가 진지하게 대답했다.

"안 그라도 아야코가 신청한 모양이드라고. 여관을 홍보할 좋은 기회라면서……. 자, 방으로 안내할 테니 따라오드라고. 이쪽이여."

2

프런트 왼쪽으로 나아가 짧은 복도를 지나자 아담한 담화용 공간이 있었다. 마룻바닥에 있는 검은 가죽 소파에는 빈자리가 하나도 없었다. 젊은 남녀들이 왁자지껄 웃으며 담소를 즐기고 있었고, 유카타 차림의 중년 남자가 홀로 담배를 느긋하게 피우고 있었다.

담화실 낮은 천장 여기저기에 칸델라 _{휴대용 석유등} 같은 것이 매달려 있었다.

이스루기는 그 수수께끼의 물건을 올려다봤다.

"저건 천장 램프라고 하는디, 전등이 없었던 메이지나 다이쇼 시대 때 쓰던 조명기구라는구먼. 안에 기름을 놓고서 불을 붙이지. 역시나 할아버님의 컬렉션이여."

지로가 설명해주었다.

담화실을 지나 오른쪽으로 꺾으니 객실동이 나왔다. 복도 왼쪽에 나무문이 일렬로 늘어서 있었고, 오른쪽에는 정원에 면한 유리창이 늘어서 있었다. 검은 광택이 감도는 창틀에 유리가 박혀 있는 고풍스러운 상하식 여닫이창인데 틀림없이 여닫을 때마다 낑낑대며 고생해야 할 것 같았다. 슬레이트 지붕하며, 이 창문하며, 이스루기는 영국 미스터리의 무대 속을 헤매는 것 같았다. 음침한 분위기가 물씬 풍기는 건물이니 어쩌면 머지않아 밀실 살인이 벌어질지도 모르겠다.

"이 건물도 할아버님이 취미로 세운 거랑께."

지로가 복도를 걸으며 관광 가이드처럼 설명을 계속했다.

"대단한 멋쟁이였다는구먼. 별관을 세울 때 이쪽 본관도 오래됐으니 다시 짓자고 말혔는디 아야코가 '멋을 아는 사람은 이런 곳에 묵고 싶어한다'고 했지……. 진짜 그러더라고잉. 본관도 늘 예약이 꽉 차고, 오노하라 씨도 정겹다면서 이쪽에 묵었응께……."

본관도 인기가 있는 것이 사실인지 방으로 향하던 도중에 이스루기는 숙박객들과 여러 번이나 스쳤다. 여닫이창을 보니 일본 정원에도 수많은 숙박객들이 있었다. 가지가 멋지게 뻗은 소나무 사이를 산책하는 사람이 있는가 하면, 본관과 별관으로 각각 이어지는 포석로를 지나 안쪽 노천욕탕으로 가는 사람도 있었다.

대학생이나 직장인으로 보이는 유카타 차림의 젊은 여성들이 즐겁게 담소를 나누며 노천욕탕으로 가는 것을 보고 이스루기는 16년 전 자기 자신을 조금 동정했다. 방금 전에 지로에게 말한 것은 궤변도, 변명도 아니었다. 덴구총에서 쌍안경으로 아무리 들여다봐도 노천욕탕은 언제나 텅 비어 있었다. 아름다운 그 여성을 목격했던 밤이 유일한 예외였다. 지금이라면 열일곱 살 이스루기 소년은 밤마다 광란의 춤을 추었으리라. 뭐, 엿보기에 너무 열중하다가 대학 수험을 망쳤을지도 모르겠지만……

지로는 이스루기를 방 앞까지 안내했다.

"난 일이 산더미 같응께 이만 실례해야쓰겄다. 저녁 식사 시간이 끝난 뒤에는 한가해징께 그때 천천히 얘기하드라고."

그는 그 말을 남기고서 종종걸음으로 떠났다.

이스루기는 열쇠로 문을 열고 객실에 들어갔다.

방은 싱글룸이었다. 복도 반대쪽 벽에 커다란 창문이 하나 있고 바닥에는 마루가 깔려 있으며 나무 침대가 놓여 있었다. 온천물에 몸을 담근 뒤에 유카타를 입고 다다미에 이부자리를 깔고서 자고 싶었던 이스루기는 조금 실망했다. 아마도 별관에는 다다미방도 있으리라.

숄더백을 바닥에 내려두고 외투를 옷장 옷걸이에 건 뒤에 이스루기는 방 안을 둘러봤다.

커튼을 걷으니 역시나 쇠창틀에 달린 묵직한 상하식 여닫이창이 있었다. 그 너머에 온천가가 보였다. 아직 해가 지기 전인데도 수많은 관광객들이 비탈길을 오가고 있었다. 아마 밤이 되면 유카타 차림의 취객들이 산더미처럼 출몰하리라.

뒤를 돌아보니 복도 쪽 벽에 사이드보드가 있었다. 서랍을 여니 개킨 유카타가 들어 있었다. 이스루기는 크게 기뻐하며 곧바로 갈아입기로 했다. 벗은 스웨터와 바지를 침대 위에 내팽개치고서 다카미 여관의 상호가 들어간 유카타를 입으니 이제야 여관에 왔다는 실감이 솟아났다.

사이드보드 위에 놓여 있는 물건들은 아야코의 할아버지가 수집한 컬렉션 중 일부임이 틀림없다. 맨 먼저 침대 머리맡에 놓여 있는 커다란 검은 안장이 눈에 띄었다. 에도 시대 물건인지, 센고쿠 시대 물건인지 이스루기의 얄팍한 식견으로는 판단할 수가 없었다. 하지만 실제로 말의 등에 올리고서 오랫동안 사용한 실용품인지 꺼진 부분이 닳아서 거칠거칠했다. 그 옆에는 끝이 고리 모양으로 되어 있는 쇠말뚝이 뉘여 있었다. 아마도 땅에 박아서 고삐를 묶어두는 용도로 쓰는 것이리라. 곁에 검붉은 녹이 슬어 있었다.

사이드보드 위쪽 벽에는 작은 철제 마구가 여럿 걸려 있었다. 둥근 원에 열 십자 두 개를 이어놓은 말 재갈과 고삐, D자 모양의 등자, U자 모양의 발굽……. 마치 녹슨 철로 벽에 기호를 적어놓은 것 같았다.

이래서야 마구간 같네, 하고 이스루기는 생각했다. 뭐, 예약이 꽉 찬 온천여관에 방을 내달라고 부탁했으니 마구간을 내주더라도 어쩔 수 없는 일이다. 말똥이 깔린 짚 위에서 자지 않는 것만으로도 다행이리라.

이스루기는 이내 마음을 다잡고서 기왕에 숙박료를 냈으니 온천여행을 만끽하자고 결심했다. 숄더백에서 갈아입을 속옷과 수건을 꺼내 먼저 노천욕탕에 들어가기로 했다.

문은 오토락이 아니었다. 도어체인 대신에 예스러운 빗장이 달려 있었다. 이런 불편한 환경에서 와비사비*불완전함의 미학을 나타내는 일본의 전통적 미의식*를 느끼는 것이 '멋을 아는 손님'일지도 모르겠으나 이스루기에게는 그저 성가실 따름이었다. 문을 철컥철컥 잠근 뒤에 속옷이 든 비닐 봉투에 열쇠를 넣고서 복도를 나아갔다.

객실동과 담화실의 경계에 2층으로 이어지는 계단이 있고, 그 앞에 정원으로 이어지는 출입구가 있었다. 슬리퍼를 벗고 현관 바닥에 가지런히 놓여 있는 나무 샌들을 신은 뒤 창살문을 열고서 정원으로 나갔다.

샌들을 딱딱 울리며 이스루기는 좁은 포석로를 천천히 걸어갔다.

검푸르고 둥근 포석이 완만한 호를 그리며 노천욕탕까지 이어졌다. 길 좌우에는 메마른 잔디가 펼쳐져 있었다. 푸르른 소나무가 몇 그루 심어져 있고, 그 사이에 울퉁불퉁한 정원석이 놓여 있었다. 해가 서산으로 지고 있어서 오렌지빛 땅거미가 주변을 감싸기 시작했다. 산책하는 숙박객도 뜸해졌다.

탈의소는 철근 콘크리트조의 직사각형 건물이었다. 알루미늄 새시에 박힌 미닫이문이 달린 입구가 두 군데 있었고, 각 입구마다 '남', '여'라고 적힌 천이 드리워져 있었다. 남자 입구를 지나 샌들을 벗고서 리놀륨 바닥에 올랐다. 먼저 온 손님이 있는지 옷 바구니 세 개에 옷이 담겨 있었다.

이스루기는 벗은 옷을 벽 쪽 로커에 넣고서 문을 잠갔다. 그러고는 왼쪽 손목에 로커 열쇠의 끈을 걸고서 오른손으로 든 수건으로 앞을 가리며 노천욕탕으로 가는 문을 열었다.

덴구총에서 여러 번 관찰했기에 노천욕탕의 구조는 잘 안다. 하지만 안에 들어가는 건 이번이 처음이었다. 높은 판장으로 구획된 여관 경내 한편에 바위를 표주박 모양으로 배치해 만든 욕탕이 있었다. 그곳에서 뜨거운 김이 모락모락 피어올랐다. 하지만 이곳은 천연 욕탕이 아니라 바위를 옮겨와 지은 인공 욕탕인 듯했다. 그 증거로 욕탕 주변은 그냥 흙바닥이었다. 입욕객의 발바닥이 더러워지지 않도록 욕탕까지 깔개가 깔려 있었다.

시코쿠가 일본 열도의 남쪽에 위치하고 있긴 하지만 2월은 아직 겨울이었다. 해가 지니 바깥이 쌀쌀해졌다. 이스루기는 맨발로 깔개를 지나 먼저 온 세 손님에게 실례한다고 양해를 구한 뒤 서둘러 욕탕에 몸을 담갔다.

욕탕에 어깨까지 몸을 푹 담근 뒤 시간이 지나자 몸이 따뜻해졌다. 이스루기는 한결 편안해진 마음으로 두 팔을 바위에 걸치고서 다리를 쭉 폈다.

판장 너머에서 들리는 희미한 소리는 아마 아까 봤던 젊은 여성들이 내는 소리겠지. 소곤소곤 담소를 나누다가 꺄르르 웃는 소리가 들려왔다. 여자들은 좋겠다, 하고 이스루기는 생각했다. 노천욕탕에서 친구들끼리 수다를 떨 수 있다니. 남자는 감히 생각조차 할 수가 없겠지. 실제로 지금 노천욕탕에 있는 남자들은 모두 혼자 왔는지 각자 욕탕 모퉁이를 차지하고 고독하게 온천욕을 즐기고 있을 뿐이었다.

이스루기는 저 너머에 있는 산들을 올려다보며 덴구총을 찾았다. 노을이 물들기 시작한 산허리를 눈으로 좇아 삼나무 숲이 끊어지는 부분을 금세 찾아냈다. 이곳에서는 덴구총의 정상 부근밖에 보이지 않는다. 반대로 말하자면 이스루기가 익히 경험했듯이 덴구총의 정상에 오르지 않으면 노천욕탕을 엿볼 수가 없다.

그나저나 저렇게 작게 보이는데 한밤중에 덴구총 위에 사람이 서 있는 걸 알아볼 수 있을 리가 없다. 지로가 '나중에 미인 누나한테 혼구멍이 났다'고 투덜거렸는데 도대체 왜 들킨 건지 모르겠다.

그런 자질구레한 생각을 하면서 노천욕탕을 충분히 만끽하고 탈의소에 들어갔을 즈음에 해가 완전히 저물었다. 본관으로 이어지는 작은 길을 따라 세워져 있는 수은등이 켜졌다. 환한 빛이 포석로를 비추었다.

모처럼 따뜻해진 몸이 식지 않도록 본관 출입구까지 종종걸음으로 달려갔다. 현관 바닥에 올라 '왜 마지막으로 남은 슬리퍼는 꼭 한 짝씩 좌우 구석에 놓여 있는 걸까?' 하고 시시한 의문이 떠올랐을 때 계단 쪽에서 말소리가 들렸다. 아무래도 말다툼을 벌이고 있는 듯했다.

"네 거짓말을 난 알고 있어!"

누군가가 새된 목소리로 외쳤다.

"덴구의 도끼 자루는 노간주나무로 되어 있었어. 조몬 시대의 마제석부라면 자루가 비쭈기나무나 굴거리나무로 만들어졌어야 돼. 더욱이 탄소동위체법으로 연대를 측정해보니 자루는 먼 훗날에 만들어진 것으로 결론이 났잖나!"

"그러니까 아까 설명했잖습니까?"

상대방이 지긋지긋하다는 투로 차분히 대답했다.

"자루는 후대에 새로이 만든 겁니다. 돌날과 자루의 균형감이 이상해지고 머리만 커진 건 다 그 때문입니다. 아마 돌날만 발견되었겠죠. 도끼를 발견한 사람이 나무꾼인지 옛날 라이후 신사의 구지인지는 모르겠지만, 여하튼 누군가가 나중에 자루를 만들어 한데 이은 겁니다."

"그건 궤변이야. 애당초 덴구 원인은 또 뭐냐! 조몬인이 원인일 리가 없잖아!"

"저기요, 그건 이 동네 사람들이 멋대로 그렇게 부르는 거뿐이라고요. 전 덴구 원인이라고 말한 적이 한 번도 없습니다. 관광용 포스터에 적혀 있는 내용으로 절 비난하시면 곤란합니다."

"대체 언제까지 발뺌할 셈이냐! 이 사기꾼!"

욕설과 함께 얼굴이 새빨개진 야윈 중년 남자가 계단에서 모습을 드러냈다. 앞머리는 정수리까지 훌러덩 벗겨져 있고, 검정 뿔테안경 속 두 눈이 분노에 타오르고 있었다.

"자자, 진정하세요."

격노한 중년 남자를 달래며 풍채가 좋은 사십 대 남성이 뒤이어 내려왔다. 중년의 평균 몸매를 훨씬 뛰어넘은 완전한 비만이었다. 몸무게가 백 킬로그램은 되지 않을까 싶었다. 콧수염이 난 동안童顔에도 살집이 붙어서 은테안경의 다리가 좌우로 늘어나 있었다.

들은 이야기로 미뤄보건대 저 남자가 덴구총 유적을 발견한 오노하라 마고타로 박사임이 틀림없다. 그리고 바로 뒤를 따르는 이십 대 남성은 지로가 말했던 '연구실 학생'이리라. 고고학자를 꿈꾸는 대학생이나 대학원생일 텐데 옷깃까지 기른 머리를 갈색으로 물들었다. 자못 현대 학자처럼 생겼다. 야윈 중년 남성의 무례함에 화가 난 것인지, 은사의 몸을 걱정한 것인지 청년의 얼굴이 무척 새파랗게 질려 있었다.

"여하튼 설익은 지식으로 그만 따지십시오. 정 원하신다면 제가 쓴 논문 복사본을 보내드릴 수도 있습니다."

오노하라는 1층에 내려와 중년 남자의 얼굴을 물끄러미 응시하며 말했다. 말투는 지극히 온화했으나 더는 따지지 말라는 단호함이 느껴졌다. 중년 남자는 대답을 하지 않고 오노하라에게서 고개를 홱 돌린 뒤 종종걸음으로 가버렸다.

오노하라는 한숨을 작게 내쉬고서 청년을 돌아보며 중얼거렸다.

"저 사람, 내일도 올까?"

청년은 오노하라가 중얼거린 말을 듣지 못했는지 순간 멍하니 있다가 이내 무슨 말인지 알아차리고서 진지한 투로 대답했다.

"경찰과 상담하는 게 좋지 않을까요? 아무리 그래도 너무 지나칩니다. 어쩌면 나중에 폭력을 휘두를지도……."

"설마 그렇게까지 할까? 뭐, 됐어. 밥이나 먹으러 가자고."

오노하라가 웃으며 청년의 어깨를 두드렸다. 그러나 청년은 불안이 가시질 않았는지 여전히 표정이 어두웠다.

두 사람이 어깨를 나란히 하고서 복도 끝으로 사라지는 것을 지켜본 순간 이스루기의 입에서 재채기가 나왔다. 현관 바닥에 줄곧 서 있어서 몸이 완전히 식어버린 모양이다. 이대로 유카타 차림으로 있다가는 감기에 걸릴지도 모르겠다. 이스루기는 양쪽 구석에 흩어져 있는 슬리퍼를 모아 신고서 방으로 서둘러 돌아갔다.

방에서 사복으로 갈아입고, 혹시 몰라서 스웨터까지 겹쳐

입은 뒤에 이스루기는 저녁을 먹으러 식당으로 나갔다.

식당 바닥도 역시 마루였다. 예스러운 나무 탁자가 쭉 늘어서 있어서 이스루기는 더더욱 낙담했다. 모처럼 온천에 왔는데 다다미에 한 번도 앉아보질 못했다. 다다미가 깔린 객실에서 모듬회 같은 고급 요리가 얹힌 칠기상이 나오고, 유카타에 단젠을 걸친 채 방석에 앉아 입맛을 다시는 저녁 시간이 되길 간절히 바랐다. 온천에서 먹는 밥은 그래야만 한다. 어째서 사람으로 꽉 찬 식당에서, 더군다나 의자에 앉아 밥을 먹어야만 하는 거냐! 이제 이탈리아 요리 같은 서양식이 나온다면 기필코 행패를 부려주마, 하고 이스루기는 마음속으로 맹세했다.

푸른 한텐(아마도 다카미 여관의 유니폼인 모양이다)을 입은 젊은이가 가져온 밥상에는 붉은점산천어 튀김을 비롯한 일본식 요리가 차려져 있었다. 이스루기는 일단 행패를 부리자는 마음을 거두었다. 아마도 근처에 흐르는 계곡에서 잡았는지 붉은점산천어가 신선하고 맛있었다. 이스루기는 다카미 여관의 경영이념을 조금 다시 보기로 했다. 게다가 요리 이름은 잘 모르겠지만 곁들여져 나온 거뭇한 잠두콩이 사박사박해서 맛있었다.

밥으로 마음과 위장을 만족시킨 이스루기가 방으로 돌아가려고 했을 때 프런트에서 지로가 말을 걸었다.

"한가해졌는디 얘기라도 할끄나?"

이스루기와 지로는 함께 담화실로 향했다. 저녁 시간이 지나서 담화실에는 손님이 두어 명밖에 없었다. 지로는 검은 가죽 소파에 털썩 앉고서 느닷없이 한텐을 벗어 옆에 던져버렸다. 그러고는 손가락으로 와이셔츠 옷깃을 느슨하게 풀었다. 근무시간이 끝났다는 의미이리라.

그로부터 두 사람은 한 시간 가까이 담소를 즐겼다.

주로 서로의 근황을 물었는데, 지로와 아야코에게는 초등학생 자식이 둘이나 있다고 했다. 지금도 독신인 이스루기는 매우 놀랐다.

"슌짱도 싸게싸게 자리를 잡는 게 좋당께."

두 살밖에 차이가 안 나는 주제에 지로가 젠체하는 얼굴로 인생의 대선배처럼 충고를 했다.

화제가 메시가이 온천의 변천으로 옮겨갔다. 온천가가 이토록 융성하게 된 이유는 십 년에 걸친 부흥 프로젝트의 성과였다. 메시가이역이 개축된 지도 어언 5년이나 지났기에 이 동네에 쭉 살아온 지로는 이스루기가 왜 놀라워하는지 이해하지 못하는 듯했다.

"그러고 보니 JR다카마쓰역도 말끔해졌던데."

이스루기가 말이 나온 김에 말했다.

"맞어, 작년에 새로 지었징. 근사한 역이 됐당께."

지로가 이 말에는 수긍했다.

점점 화젯거리가 떨어져 저녁 밥상에 나온 검은 잠두콩 반찬의 이름까지 나왔을 즈음에는 두 사람 모두 침묵하는 시간이 길어졌다. 이스루기는 잠시 생각하다가 새로운 화제를 꺼내기로 했다.

"그러고 보니 아까 오노하라 씨와 중년 남자가 말다툼을 벌이는 걸 봤어. 뭐, 그래봤자 그 중년 남자만 떠들어댔지만."

이스루기가 목격담을 들려주자 지로가 불쾌해하며 얼굴을 찡그렸다.

"저녁에 왔나보구먼. 어땠어? 난동은 부리지 않았고?"

"꽤 흥분했더라고. 오노하라 씨는 개의치 않았지만, 그가 데리고 온 젊은 남성은 아주 걱정하는 눈치였어. 그 갈색머리가 학생인가?"

"맞어. 이름은 나카조 미쓰오인디 오노하라 씨의 연구실에 소속된 학생이여. 머리를 보면 서퍼처럼 생겼는디 대학원생이라네. 오노하라 씨가 애지중지하는 학생인가벼."

"요즘 대학원생들은 대부분 머리가 갈색이야."

이스루기는 지로의 고지식한 사고방식에 쓴웃음을 흘렸다.

"뭐, 코나 눈썹에 피어스는 하지 않지만…….

그렇게 말하다가 황급히 입을 다물었다. 그 나카조라는 갈색머리 대학원생이 담화실에 나타나서였다.

나카조는 프런트에 용무가 있는지 담화실에 단 둘이 남은 이스루기와 지로에게는 눈길도 주지 않은 채 급하게 지나갔다. 무서우리만치 진지했던 그의 표정이 이스루기는 마음에 걸렸다.

지로도 나카조의 모습이 이상하다는 걸 눈치챈 모양이다.

"뭔 일이 있나……. 잠깐 보고 올거구먼."

그는 이스루기에게 양해를 구하고서 한텐을 다시 걸쳤다.

"나도 갈게."

이스루기는 그렇게 말하고서 소파에서 일어섰다.

두 사람이 함께 프런트에 가니 마침 나카조가 아야코에게 묻고 있었다.

"마스터키를 빌려줄 수 없겠습니까?"

"무슨 일이신가요?"

근무시간이 끝났는지 담청색 블라우스 차림의 아야코가 곤혹스러워하며 대답했다. 나카조는 눈을 내리뜬 채 불안한 표정을 짓고 있어서 단순히 열쇠를 잃어버린 게 아닌 듯했다.

이윽고 나카조가 고개를 들고 아야코를 똑바로 쳐다보며 이렇게 말했다.

"오노하라 교수님의 방에 갔더니 아무리 노크를 해도 대답이 없었습니다. 문이 잠겨 있던데……. 무슨 변고가 생겼을지도 몰라요."

아야코가 두 눈을 크게 뜨고서 입을 크게 벌렸다. 그녀의 얼굴이 순식간에 새파래졌다.

3

아야코는 황급히 마스터키를 꺼내더니 나카조를 내버려 두고서 느닷없이 객실동 쪽으로 달려갔다.

여전히 불안해하는 나카조가 황급히 뒤를 따랐다. 지로도 걱정이 되어 따라가기에 이스루기도 동행하기로 했다.

오노하라의 방은 객실동 2층 바로 앞, 다시 말해 계단을 올라가자마자 보이는 위치에 있었다. 나카조와 지로, 이스루기가 2층에 올라가니 아야코가 새파랗게 질린 얼굴로 방 앞에 서서 나무문을 응시하고 있었다.

"왜 그러고 서 있다냐? 문이 잠겨 있나?"

지로가 옆에 다가가 말했다.

"문은 잠겨 있지 않은데 열리지가 않아."

아야코가 문을 노려본 채 떨리는 목소리로 대답했다.

"안에서 빗장을 걸어뒀나 보네. 그럼 오노하라 씨가 안에 있다는 소린데."

이스루기는 명탐정답게 적확하게 추론하고서 문에 다가가 주먹을 쳐들었다.

"오노하라 씨, 안에 계십……."

그렇게 말하며 문을 노크하려는 순간, 아야코가 느닷없이 두 손으로 이스루기를 밀쳤다. 허를 찔린 이스루기는 보기 좋게 엉덩방아를 찧고서 벽에 머리를 세게 부딪쳤다.

"당신, 뭐하는 거예요!"

아야코가 복도에 주저앉아 있는 이스루기 앞에 떡하니 서서 호통을 쳤다. 진심으로 화가 났는지 뺨이 상기되어 있었다.

"그건 제가 할 말인데요."

이스루기가 중얼거리며 일어서서 머리를 문질렀다.

"오카미, 너무하잖습니까? 전 그저 문을 노크하려고 했을 뿐인데요."

"안 돼, 안 돼. 절대로 안 돼!"

아야코가 흥분한 나머지 두 팔을 마구 휘저으며 큰소리로 외쳤다.

"노크하면 안 돼! 문에 몸을 날려서 부수는 것도 안 돼!"

"아무도 몸을 날리자는 얘기는 안 했는데요?"

이스루기는 광란하는 아야코를 보고 눈을 희번덕거렸다.

"임자, 지나친 생각이랑께."

지로가 아야코의 어깨를 두드리고서 부드럽게 달랬다.

"16년 전 사건이 또 벌어질 리가 없잖여? 애시당초 덴구의 도끼는 역 2층 전시 코너에 있응께 여기에는 없구먼."

"또 훔쳤을지도 몰라."

"워매, 유리 케이스를 깨고서 째볐다면 그건 큰일인디. 금세 알려졌을 거구먼."

"덴구의 도끼가 아니더라도 무언가 무거운 물건이 사이드보드에서 떨어졌을지도 몰라……. 그리고 보니 이 방에는 도자기가 놓여 있잖아. 커다란 도자기가 오노하라 씨의 머리에 떨어져 새빨간 피가 깨진 머리에서 푸슉, 하고 뿜어져……."

"재수 없는 소리 좀 하지 마십시오."

나카조가 작은 목소리로 지적했다.

"으음, 대화를 나누는 도중에 정말로 죄송합니다만."

이스루기가 여관 부부 사이에 끼어들었다.

"뭐가 뭔지 잘 모르겠는데요. 대체 무슨 일인지 간단히 설명해주면 안 될까요?"

"그게 말이여. 순짱은 도쿄로 돌아간 뒤라 잘 모르겠지만, 16년 전에 비슷한 사건이 벌어졌당께……."

지로는 이스루기에게 '덴구의 도끼' 사건의 자초지종을 들려주기 시작했다.

16년 전 밤에 하시쿠라 전무가 당황해하며 프런트에 달려와 마스터키가 있는지 물었다. 2층 객실로 가서 자물쇠는 바로 풀었지만, 안에 빗장이 걸려 있어서 문이 열리지 않았다. 지로를 비롯한 세 사람이 몸을 부딪쳐 문을 부수었더니 아타고 사장의 관자놀이에 덴구의 도끼가 박혀 있었다…….

그리고 실은 문을 부수고자 몸을 날렸을 때 벽에 있던 덴구의 도끼가 떨어진 거라는 진상도 설명했다.

"과연. 밀실을 열기 위해 문을 부쉈던 행위가 얼핏 불가능하게 보이는 범죄를 만들었다는 거군요. 그거 좀 재밌는데."

이스루기가 감탄하며 중얼거리자 지로가 덧붙였다.

"그래서 우리 여관에 묵었던 미즈키라는 여자분이 사건을 멋들어지게 해결했구먼. 더욱이 사건 이튿날에 말이여. 현경에서 나온 경부도 감복했응께."

"미즈키?"

이스루기는 몹시 놀라서 두 눈이 휘둥그레졌다.

"설마 미즈키 유키 씨는 아니겠지?"

"이름이 아마 그랬을 텐디? 순짱이 아는 사람이여?"

지로가 신기해하며 물었다.

"어. 작년에 우연히 알게 됐는데……. 미즈키 씨가 16년 전에 이곳에 묵었고, 밀실 수수께끼를 풀었다 이거지……."

그렇게 말한 순간 '16년 전'이라는 단어가 이스루기의 머릿속을 스쳤다. 자신이 덴구총에서 엿봤던 '엄청난 미인 누나'의 정체를 알아낸 것 같았다. 지로에게 확인을 해볼까 순간 망설이다가 차마 아야코 앞에서 말할 수는 없어서 잠자코 있기로 했다. 동시에 머릿속에 떠오른 '명탐정의 헤어누드 사진집'이라는 멍청한 단어도 곧바로 쫓아냈다.

"뭐, 그래서 아야코도 이멘치로 걱정하는 거여."

지로가 그렇게 설명을 끝마치자 아야코가 곧바로 짜증을 내며 지적했다.

"여관에서는 오카미라고 부르라고 했잖아요."

"저기, 대체 어쩌면 좋을까요?"

이스루기와 지로, 아야코의 대화를 잠자코 듣고 있던 나카조가 머뭇거리며 물었다.

"오노하라 교수님은 분명 안에 계실 텐데 이렇게 소란을 떨어도 얼굴을 내밀지 않으시고, 대답도 없으시고……."

소란이라는 표현은 과장이 아니었다. 네 사람이 떠드는 소리를 듣고 여러 숙박객들이 다가왔다. 2층 복도도, 계단도 사람들로 가득해졌다. 저마다 무언가 속닥거리며 이스루기 일행이 소란을 떠는 모습을 멀리서 구경하고 있었다.

"······어떡하면 좋습니까?"

나카조의 목소리에 불안한 기색이 번져 있었다.

"16년 사건과 대조하여 생각해보면 안에 빗장이 걸려 있으니 오노하라 씨는 분명 방 안에 있을 거야."

이스루기는 지로와 아야코의 얼굴을 번갈아 보고서 말을 이었다.

"수면 약을 먹고 곤히 자고 있으면 다행이겠지만, 다쳐서 목소리도 내지 못하고 꼼짝도 못하는 상태일지도 모르죠. 아니면 급병에 걸려 인사불성일지도 모르고요. 가만히 내버려둘 수는 없죠."

이스루기의 말을 듣고 아야코는 이마에 손을 댄 채 잠시 생각에 잠겼다. 이윽고 무언가 결심했는지 입술을 일자로 꾹 다물었다.

아야코는 무언가를 찾는지 복도를 둘러보다가 벽 쪽에 다가가 붉은 소화기를 들어올렸다.

"이봐, 아야코······, 아니, 오카미, 대체 뭘 허려고?"

깜짝 놀란 지로가 묻자마자 아야코는 소화기를 들어 올려 문 옆에 난 작은 창문을 깨뜨렸다. 유리가 쨍그랑 깨지자 구경꾼들이 일제히 화들짝 놀라 소리를 질렀다.

아야코는 소화기를 복도에 내려두고는 손이 베이지 않게 조심하며 창문에 뚫린 구멍에 왼팔을 집어넣었다. 어깨까지 집어넣고는 무언가를 찾는지 안쪽 벽을 더듬고 있었다.

"있다! 이게 빗장······. 영차, 풀었다."

깨진 창문에서 조심스럽게 팔을 뺀 뒤 아야코가 이스루기 일행을 돌아봤다.

"빗장을 풀긴 했는데 문을 힘껏 열거나, 안으로 뛰어들면 안 돼요. 천천히, 천천히, 벽이 흔들리지 않도록……."

아야코는 자신이 말했던 것처럼 돌다리도 두들겨본다는 심정으로 신중하게 문을 열고서 살금살금 안으로 들어가 불을 켰다.

아야코가 방금 전에 말했던 것처럼 오노하라가 묵고 있는 객실에는 수많은 도자기들이 진열되어 있었다. 항아리와 꽃병, 커다란 접시 등이 사이드보드 위에 늘어서 있었다. 모든 그릇마다 형형색색의 섬세한 그림이 채색되어 있었다. 이스루기는 도기와 자기를 겨우 구분할 줄 아는 수준이었다. 주둥이가 길쭉한, 수수한 청색 항아리는 청자일 거라고 막연하게 생각했다. 무엇이 고이마리古伊万里 고, 무엇이 고쿠타니古九谷인지는 분간할 수 없었다. 다만 문외한의 눈으로 봐도 저 그릇들은 모두 명품처럼 느껴졌다. 도자기는 골동품 중에서 가장 인기가 높은 분야이니 아야코의 할아버지도 필시 수집하는 데 정성을 쏟았으리라. 손녀가 채광창을 깨다가 꽃병의 주둥이도 깼다는 걸 안다면 무덤 속에서 길길이 날뛰리라.

이스루기 일행은 일제히 침대 쪽으로 시선을 돌렸다.

그곳에는 덴구의 도끼도, 항아리도, 꽃병도, 그림접시도 떨어져 있지 않았다. 오노하라가 피투성이인 채로 쓰러져 있지도 않았다. 애당초 오노하라는 있지도 않았다.

침대에는 이불이 말끔하게 개켜져 있을 뿐 텅 비어 있었다.

모두가 멍하니 침대를 쳐다보는 와중에 이스루기는 황급히 방 안을 둘러봤다. 침대 맞은편에는 책상이 있었다. 하드커버 책 여러 권과 논문 복사본으로 보이는 종이다발이 아무렇게나 놓여 있었다. 창가에는 탁자와 안락의자가 있었다. 침대 반대편 벽에는 수납장이 있는데, 그 안에 중형 텔레비전이 놓여 있었다. 그 옆에는 화장실이 있는데 문은 닫혀 있었다. 이스루기가 묵고 있는 방과 구조가 똑같았다. 그러나 오노하라는 어디에도 없었다.

이스루기는 화장실에 다가가 가볍게 노크를 해본 뒤 문을 열어보았다. 역시 안에는 아무도 없었다. 뚜껑이 닫힌 변기와 인공적인 방향제 향만이 감돌고 있을 뿐이었다.

오노하라는 숨바꼭질로 사람들을 놀래줄 만큼 별난 인물은 아닌 듯했다. 하지만 혹시 몰라서 옷장도 살펴보았다. 역시나 안에 사람은 없었고, 수수한 회색 외투 두 벌과 바지한 벌이 걸려 있을 뿐이었다.

마지막으로 이스루기는 도로에 면한 창문을 살펴봤다. 커튼을 걷으니 상하식 여닫이 창이 단단히 잠겨 있었다. 설령열려 있었다 해도 이곳은 2층이라 달아나기는 어렵다. 본관벽에는 돌출된 부분이 전혀 없고 아래는 맨땅이다. 여기서 뛰어내렸다가는 최소한 발목을 접지를 것이다. 더군다나 오노하라가 왜 문에 빗장을 걸고서 창문에서 뛰어내려야만 한단말인가?

이스루기가 창가에서 뒤를 돌아봤을 때 문에 웬 사람이 서 있었다.

"대체 뭣들 하고 있는 거지?"

의아해하며 고개를 갸웃거리고 있는 사람은 다름 아닌 오노하라였다. 아무래도 술을 마시고 왔는지 동그란 동안이 붉게 물들어 있었다.

"오노하라 씨, 어디에 계셨어요?"

아야코가 헐레벌떡 물었다.

"아니, 그 고고학 마니아한테 시달려 마음이 울적해져서 한잔하러 나갔다가 왔는데……. 당신들이야말로 대체 뭘 하고 있는 겁니까? 돌아왔더니 내 방 앞에 사람들이 모여 있고, 문 옆에 난 창문은 깨져 있고……."

"외출하고 왔다고?"

아야코의 목소리가 무심코 커졌다.

"근디 빗장이 걸려 있었당게! 고건 말도 안 되지!"

"맞아. 이 방은 밀실이었습니다. 16년 전 〈덴구의 도끼〉 사건 때보다 더 완벽한 밀실이었죠. 문에 빗장이 걸려 있는데 방 안에 아무도 없었으니까……. 무시무시하게도 밀실 안에는 희생자조차 없어."

이스루기는 그렇게 말하고서 모두를 둘러봤다.

"그런데 범인은 어째서 텅 빈 방을 밀실로 만들어야만 했을까요?"

4

"아무래도 그 남자는 지역 고고학 마니아인 것 같던데……."

오노하라가 차를 홀짝이며 나직이 이야기를 시작했다.

장소는 다카미 여관에 인접한 지로와 아야코의 자택이다. 오노하라가 무사히 모습을 드러내자 아야코는 금세 오카미로서의 책무가 떠올랐는지 복도에 모인 숙박객들에게 "아무일도 아닙니다. 잠시 착오가 있었던 모양입니다" 하고 웃으며 설명했다.

귀한 손님들이 한 명도 빠짐없이 안심하며 방으로 돌아가는 것을 지켜본 뒤 아야코는 사정을 듣고자 오노하라와 나카조를 자택에 들였다. 이스루기가 뻔뻔스럽게 따라 들어오자 아야코는 살짝 이맛살을 찌푸렸지만 핀잔을 주지는 않았다.

프런트 안쪽 당직실에 바깥으로 통하는 알루미늄 새시문이 있었다. 그곳에서 자택까지 포석이 깔려 있었다. 여관 경영자의 저택이니 기와지붕이 얹혀 있는 순수한 일본풍 목조주택을 떠올렸는데, 2층짜리 철근 콘크리트조 집이었다. 온천가보다는 신흥 주택지에 있어야 더 어울리는 모던한 모양새였다.

지로의 설명에 따르면 별관을 지으면서 예전에 있던 집을 2세대 주택으로 다시 지었다고 한다. 아야코도 새집이 편리해서 좋다고 했다. 특히 최신형 대면식 부엌이 마음에 들었단다. 2층에 사는 아야코의 부모님도 현대적 생활에 만족한다고 했다.

이스루기 일행은 1층 응접실로 안내를 받았다. 방은 일본식이었다. 찻장 위에 꽃이 꽂혀 있는 커다란 꽃병이 놓여 있고, 창살문에는 사계절 풍경이 그려진 색유리가 박혀 있었다. 아마 둘 다 아야코의 할아버지가 수집한 컬렉션일 테지만, 이 방에서는 실용품으로 이용되고 있었다. 아니, 눈앞에 있는 칠기상도 어쩌면 값이 상당히 나가는 골동품일지도 모른다. 뭐, 전시실 유리케이스 안에 놓이는 것보다는 꽃병에는 꽃이 꽂혀 있는 편이, 상에는 찻잔이 놓여 있는 편이 나을 것이다. 골동품도 그래야 더 기뻐하겠지, 하고 이스루기는 생각했다.

무엇보다 메시가이 온천에 와서 처음으로 다다미 위에 앉을 수 있어서 좋았다. 이스루기는 푹신한 방석의 감촉을 느끼며 오노하라의 이야기에 가만히 귀를 기울였다.

"……예전부터 덴구총 유적에 관한 비방 편지를 수없이 보내왔죠. 제 연구실뿐만 아니라 대학교 사무국에까지 편지를 보낸 적도 있었습니다."

"대학교에까지 이상한 편지를 보냈으니 곤란하시지 않았습니까?"

이스루기가 물었다.

"아니, 전혀 곤란하지 않았습니다."

오노하라가 선선히 대답했다.

"아주 엉터리 내용이었으니까요. 편지를 보여줬더니 동료들이 모두 웃기만 하더군요. 이건 아마추어 고고학자라고도 할 수 없는 수준이라고요. 대중 교양서만 읽었는지 지식이 아주 얄팍하더라고요."

"그래도 덴구총 유적은 날조라고 주장하지 않습니까?"

"그런 어리석은 말을 하는 것 자체가 고고학을 모른다는 증거입니다."

오노하라가 웃음을 작게 흘리고는 상 반대편에 앉은 지로와 아야코를 힐끔 쳐다봤다.

"이런 말을 하면 실망하실지 모르겠지만……. 덴구총 유적은 지극히 평범한, 딱히 진귀하지 않은 흔한 조몬 유적입니다. 특별히 주목할 만한 점은 전혀 없습니다. 그런 유적은 전국 어디든 있죠. 토목공사를 하려고 땅을 파다가 흔히 발견할 수 있는 수준입니다. 만약에 16년 전 아타고 씨와 하시쿠라 씨가 진심이었다면 발굴 조사를 간단히 한 뒤에 땅을 메우고 골프장을 만들어도 됐을 겁니다."

"워메……. 날조라는 얘기보다 더 안 좋은 얘기구먼."

지로가 새파래진 얼굴로 몸을 앞으로 내밀었다.

"덴구의 도끼는 어떻습니까, 오노하라 교수님? 그건 꽤 가치가 있는 물건 아닙니꺼?"

"그런 마제석부는 일본에서만 만 개 넘게 발견되었을 겁니다. 고고학적으로 특별한 가치는 없습니다."

오노하라가 단언하자 지로는 충격을 받은 나머지 입을

다물고 말았다.

"뭐, 이건 어디까지나 전문가로서의 의견입니다. 이 동네의 관광진흥사업을 방해할 생각은 조금도 없습니다."

오노하라는 싱글벙글 웃으며 지로를 보며 이렇게 덧붙였다.

"덴구총 유적 덕분에 메시가이 온천이 활기차게 된 건 좋은 일이죠. 고고학적으로 다소 오류가 있긴 하지만, 전 이러쿵저러쿵 참견할 생각이 없습니다. 뭐, 관광용 팸플릿에 제 이름을 싣지 않아주셨으면 하지만요. '덴구 원인' 같은 엉터리 명칭이 적혀 있는 책자에 이름이 나오는 건 아무리 그래도 곤란하니⋯⋯. 그것만은 그 남자의 말이 맞군요. 조몬인은 신인新人이지 원인原人이 아닙니다. 그렇다고 '덴구 신인'이라고 부른다면 무슨 의미인지 모를 테고."

오노하라가 키득 웃었을 때 잠자코 이야기를 듣고 있던 아야코가 나직이 말했다.

"아뇨, 덴구 원인은 이 메시가이초에 분명 실존했어요. 덴구의 도끼와 덴구총이 그 증거죠. 조몬 시대에, 역에 서 있는 모형 같은 모습으로 도끼를 들고서 뒷산을 뛰어다녔어요⋯⋯. 산에 덴구님이 계셨다고 믿는 사람이 지금도 있을 정도니 덴구 원인이 있었다고 믿어도 상관없지 않겠어요?"

아야코가 생긋 웃자 오노하라가 고개를 끄덕이며 이렇게 말하고서 미소를 지었다.

"상관없겠죠. 관광객도 원인과 신인이 뭐가 다른지 신경쓰지 않을 테니까."

아야코와 오노하라의 말이 맞는다고 이스루기는 생각했다. 관광객은 원인과 신인, 조몬 시대와 야요이 시대, 구석기 시대와 신석기 시대를 구분하지 못하리라. 그저 사람들은 태고의 로망을 접하고 미개 시대의 환상에 젖으며 도시 생활에서 지친 마음을 쉬게 하고 싶을 뿐이다. 더욱이 온천에서 몸의 피로도 씻어내고, 신선한 민물고기도 먹을 수 있다면 더할 나위가 없으리라.

덴구 원인이 실존하지 않더라도 상관없다. 아니, 덴구 원인은 현대인이 가질 수 없는 자유와 야성을 투영한 존재다. 애초부터 관광객에게 덴구 원인은 덴구와 마찬가지로 가공의 존재였던 것이다.

"그러니 아주 흔한 유적을 날조할 리가 없습니다. 그런 짓을 해봤자 학계에서 거물이 되지도 못하고, 매스컴도 주목하지 않을 테니 말이죠. 그 남자의 주장은 애당초 난센스였습니다."

오노하라는 어깨를 들먹이며 그렇게 결론을 지었다.

"하지만 상대는 납득하지 않았습니다. 오노하라 씨가 메시가이초에 왔다는 소리를 듣고 매일 귀찮게 찾아오고 있죠. 이래서야 역시나 곤혹하지 않습니까?"

이스루기가 묻자 오노하라는 또다시 선선히 말했다.

"아뇨, 전혀 개의치 않죠. 그런 착각을 하는 사람은 어느 세계에나 있기 마련이지만, 고고학 세계에는 특히 많습니다. 우주인이나 초고대문명이나 무 대륙 따윌 말하지 않으면 차라리 다행이죠."

오노하라는 마른 웃음을 흘리고서 나카조 쪽으로 고개를 돌렸다.

"나카조 군은 익숙지 않아서 꽤 걱정한 모양이지만……."

"아, 예."

나카조가 당황하며 대답했다. 은사가 무사하다는 걸 알았는데 왜 아직도 표정이 딱딱하지? 이스루기는 의아했다.

"그런 사람은 말이죠. 고고학자는 유적을 발굴하여 대발견을 하는 것을 목표로 한다고 믿고 있습니다. 미지의 석기나 토기를 발굴하여 신문이나 텔레비전에 나와 일약 각광을 받고 싶어 한다고 말이죠. 본인도 얄팍한 지식으로 여기저기 파긴 하지만 아무것도 발견하지 못하고, 또한 매스컴에서도 주목하질 않으니 짜증이 솟아 전문가에게 트집을 잡으러 돌아다니는 겁니다. 저런 사람은 아마 사생활이 꼬여 있을 겁니다. 우리는 그저 울분을 쏟아낼 대상일 뿐이죠."

오노하라는 쓴웃음을 지으며 머리를 긁적였다.

"하지만 고고학은 아주 수수한 학문입니다. 방금 전에 덴구총 유적이 평범하다고 했지만, 그렇다고 해서 발굴조사를 할 필요가 없다는 뜻은 아닙니다. 전국 어디에든 있는 조몬 유적을 꼼꼼히 조사해야만 비로소 당시 조몬인의 생활상을 상세히 밝혀낼 수가 있습니다. 덴구총 유적은 세기의 대발견이 아닙니다만, 조몬 시대를 밝혀내는 데이터 중 하나입니다. 그러한 데이터들을 차곡차곡 모아가는 게 중요합니다."

오노하라는 차분하게 말하며 나카조를 곁눈으로 힐끔힐끔 쳐다봤다. 제자에게 보내는 메시지이기도 한 모양이다. 하지만 나카조는 여전히 굳은 표정으로 상을 쳐다보고 있었다. 이스루기는 그의 옆모습을 쳐다보다가 머릿속에서 무언가가 번뜩였다.

"이번에 왜 덴구총 유적을 보러 오셨습니까? 지로짱……아니, 이쪽에 계시는 오카미의 남편께서 '보충 조사차 왔다'고 말씀하셨습니다만, 방금 한 말씀을 들으니 보충 조사를 할 필요가 없을 것 같은데요."

이스루기가 열심히 생각하며 오노하라에게 물었다.

"덴구총 유적은 제가 본격적으로 추진한 첫 유적이라서 나카조 군한테 꼭 보여주고 싶었습니다."

오노하라가 나카조의 어깨를 가볍게 두드렸다.

"나카조 군은 대단히 우수한 학생이죠. 제 연구실에서 손가락에 꼽히는 인재입니다. 장래에 꼭 대학교에 남아 고고학자의 길을 걸어줬으면 합니다……. 그래서 덴구총 유적을 보여주며 당시 일들을 말해주고 싶었습니다. 그 시절 전 딱 나카조 군의 나이였으니까."

오노하라는 나카조에게 상당한 기대를 하고 있는지 마치 든든한 아들을 보는 아버지 같은 표정을 짓고 있었다. 나카조도 오노하라의 심정을 뼈저리게 느끼고 있으리라.

"그런데 오늘도 고고학 마니아가 쳐들어왔더군요. 실은 전 우연히 두 분과 그 마니아가 계단을 내려오는 걸 목격했습니다. 2층에서 대화를 하셨지요?"

"예. 제 방에서 얘기했습니다. 그런데 상대가 침을 튀겨가며 아우성치는 통에 전 듣기만 했지만."

"나카조 씨도 동석하셨습니까?"

이스루기가 고개를 돌리자 나카조는 조용히 고개를 끄덕였다.

"그래서 이야기가 끝나서 밖으로 나왔군요."

"그것보다는 끝날 것 같지가 않아서 방에서 쫓아내려고 했습니다."

오노하라가 진절머리가 난다는 표정을 지었다.

"30분 가까이 떠들었는데도 만족을 하지 못했는지 방 밖으로 데리고 나가자 '뭐하는 짓이냐!'며 화를 냈습니다. 나카조 군이 황급히 뛰쳐나왔고, 둘이서 설득해 겨우 돌려보냈습니다."

"그 뒤에 마음이 울적해져 술을 마시러 나갔다는 말씀이군요?"

"예. 나카조 군과 함께 저녁을 먹고 그대로 외출했습니다."

"그랬군요……."

이스루기는 오노하라의 이야기에 만족했다. 그리고 '텅 빈 밀실'의 수수께끼도 풀렸다고 생각했다.

"마지막으로 딱 하나 묻고 싶습니다. 16년 전 사건을 연구실에서 말한 적이 있습니까?"

이스루기가 그렇게 물은 순간 나카조가 어깨를 흠칫 떨

었다.

"개인적으로 무척이나 인상 깊은 체험이어서 얘기한 적이 있었을 텐데……."

오노하라는 제자가 동요한 것을 눈치채지 못했는지 순진한 얼굴로 나카조를 쳐다봤다.

"나카조 군, 얘기한 적이 있었지?"

"아, 예……. 몇 번 말씀하셨습니다."

나카조가 가냘픈 목소리로 대답했다.

틀림없다. 이스루기는 자신의 추리에 확신을 품었다.

"틀림없이 그 요상한 중년 남자가 분풀이로 장난을 쳤을 거라고 생각했는디, 얘기를 들으니께 꼭 그렇지도 않은 것 같구먼."

지로가 팔짱을 끼고서 입술을 내밀었다.

"뭐, 상관없잖아? 지로짱."

수수께끼를 푸는 데 성공한 이스루기는 만족스러운지 싱글벙글 웃으며 말했다.

"부상자도, 사망자도 나오지 않았으니 이런 건 사건이라고 할 수도 없어. 아무도 없는 방에 빗장이 채워져 있었던 건 수수께끼이긴 하지만, 이 세상에는 신기한 일들이 많이 있지. 그래, 틀림없이 이건 덴구님의 짓이나, 아니면 덴구 원인님이 일으킨 초자연현상으로……."

"그만 좀 하랑께!"

이스루기가 재담을 떨자 결국 아야코가 폭발했다. 두 눈꼬리를 치켜세우고서 이스루기를 째려봤다.

"16년 전에 이어 또 요상한 일이 벌어져서 우린 진심으로 걱정했당께. 별일이 아니긴 뭐가 아녀. 자칫 요상한 소문이 나돌아 여관에 오는 손님들의 발길이 뜸혀지면 어쩔 거여! 뭐가 '덴구님의 짓'이냐고!"

분노를 표출하며 말을 연이어 쏟아냈다.

이스루기는 한숨을 내쉬고서 나카조를 쳐다봤다.

"거봐요. 결국 이렇게 되잖습니까? 그러니 이상한 잔꾀 부리지 말고 순순히 사과하는 게 나아요, 나카조 씨."

5

모두의 시선이 한데 쏠리자 나카조는 방석 위에서 몸을 움츠렸다.

"대체 무슨 의미지?"

오노하라가 이스루기를 돌아보며 물었다.

"설마 나카조 군이 그런 장난을 쳤다고 말하는 건 아니겠지요?"

"오노하라 씨의 방을 밀실로 만든 사람은 나카조 씨입니다. 하지만 장난은 아닙니다. 고민을 하다가 어쩔 수 없이 그렇게 한 겁니다."

"어쩔 수 없이 했다?"

지로가 곤혹스러운 얼굴로 고개를 갸웃거렸다.

"아무도 없는 방에 빗장까지 걸어야혀는 이유가 뭐여?"

"그건……."

이스루기는 오른손 주먹을 뻗어 뒤에 있는 색유리가 박혀 있는 창살문을 가볍게 두드렸다.

콩, 하고 작은 소리가 난 순간 아야코가 무슨 영문인지 미간을 찡그렸다.

"……오노하라 씨 방에 있는 작은 창문을 깨기 위해서죠."

"무슨 소릴 하는 건지 도무지 모르겠는데……."

오노하라가 얼굴을 찡그리고서 말했다.

"오늘 저녁에 오노하라 씨와 나카조 씨는 그 방에서 자칭 아마추어 고고학자와 얘기를 나눴습니다."

이스루기는 방석에 고쳐 앉고서 자신의 추리를 말하기 시작했다.

"30분 가까이 얘기를 했지만 결론이 나질 않아서 방에서 내쫓기로 했습니다. 오노하라 씨가 '방에서 데리고 나갔더니 화를 내서 나카조 군이 황급히 뛰쳐나왔다'고 말씀하셨으니 방에 마지막까지 남았던 사람은 나카조 씨일 테죠. 복도에서 심상치 않은 노성이 들려와 오노하라 씨가 걱정이 되어 황급히 밖으로 나갔을 겁니다. 그때 아마도 손이나 무언가에 걸려서 꽃병이 깨졌을 겁니다."

나카조는 침묵하고 있었지만 고개를 더욱 푹 숙였다.

"간신히 고고학 마니아를 쫓아내고서 나카조 씨는 오노

하라 씨와 함께 저녁을 먹었습니다. 하지만 오노하라 씨한 테 꽃병을 깨뜨렸다는 말을 끝내 하지 못했습니다. 나카조 씨도 각 객실마다 아야코 씨의 할아버지가 수집한 컬렉션이 전시되어 있다는 걸 당연히 알고 있었겠죠. 골동품 도자기라 서 변상하려면 돈푼깨나 들 겁니다. 더군다나 나카조 씨는 오노하라 씨가 자신을 얼마나 기대하는지 잘 알고 있었습 니다. 그래서 자신의 실수를 알려서 오노하라 씨를 실망시키 고 싶지 않았을 겁니다."

이스루기는 심호흡을 하고 식은 차를 한 모금 들이켰다.

"저녁을 먹은 뒤에 오노하라 씨가 그대로 외출한 것을 안 나카조 씨는 그 틈에 어떻게든 깨진 꽃병을 수습하려고 했 습니다. 필사적으로 지혜를 짜낸 끝에 16년 전 괴기한 사건 을 떠올려냈습니다. 그토록 이상한 사건이었으니 오노하라 씨는 사건의 경위를 상세히 얘기했을 겁니다. 그래서 나카조 씨도 사건의 경위를 자세히 알고 있었겠죠. 그리고 이런 생 각을 떠올렸죠."

이스루기는 자신을 쳐다보는 모두의 얼굴을 빙 둘러보고 서 말을 이었다.

"오노하라 씨의 객실 문이 열리지 않는다고 프런트에 말 하면 여관 관계자는 당연히 16년 전 사건을 떠올릴 것이다. 섣불리 문을 두드리거나, 몸으로 문을 부수는 짓은 절대로 하지 않을 것이다. 그럼 어떻게 빗장을 열려고 할까? 채광창 을 깨서 팔을 집어넣을 것이 틀림없다. 그래서 빗장을 풀고 객실 안으로 들어갔을 때 창문 파편 근처에 깨진 꽃병이 있다면 창문이 깨지면서 꽃병을 건드렸다고 여길 것이다⋯⋯."

"그렇구먼. 분명 창문 옆에 이가 나간 꽃병이 있었당께. 슌짱의 말대로 아야코가 창문을 깨면서 덩달아 꽃병도 깨진 거라고 여겨 신경도 안 썼는디⋯⋯."

지로가 이마를 가볍게 때렸다.

여긴 자택 응접실이라서 이름으로 불려도 아야코는 주의를 주지 않았다.

"구체적으로 상황을 되짚자면 이럴 겁니다. 나카조 씨가 마지막으로 방을 나간 뒤에 오노하라 씨는 그대로 저녁을 먹고 외출했으니 당연히 객실 문은 잠겨 있지 않았을 겁니다."

"맞습니다. 오토락에 익숙해져 있어서 오늘뿐만 아니라 이곳에 묵는 내내 문 잠그는 걸 깜빡했습니다. 오카미, 본관은 분위기가 있는 건물이라서 좋아합니다만, 문만은 오토락으로 바꾸는 편이 좋겠습니다."

오노하라가 고개를 돌리고서 그렇게 조언했다.

"휴우."

아야코는 건성으로 대답할 뿐이었다. 아무래도 손님이 지적해준 여관의 문제점보다 더 신경 쓰이는 것이 있는 모양이었다. 이스루기를 물끄러미 쳐다보고 있었다.

틀림없이 내 명추리가 흥미진진해서 귀를 기울이고 있는 거겠지, 하고 이스루기는 남몰래 의기양양해하며 자신의 추리를 계속 들려주었다.

"나카조 씨는 오노하라 씨의 방에 들어가 깨진 꽃병을 채광창 앞에 옮겨놓은 뒤에 빗장을 걸고서 프런트로 향했습니다. '오노하라 선생님의 방에 갔더니 아무리 노크를 해도 대답이 없었습니다' 하고 말하자 나카조 씨의 생각대로 아야코 씨는 곧바로 16년 전 사건을 연상했습니다. 문을 노크하려고 했던 절 느닷없이 밀쳐낼 만큼 선명하게 떠올랐을 겁니다. 그리고 빗장을 풀고자 채광창을 깼습니다. 뜻밖에도 소화기 바닥으로 과감하게 깨는 걸 보고 나카조 씨는 내심 쾌재를 불렀을 겁니다. 창문을 호쾌하게 깼으니 꽃병 두어 병쯤은 희생이 되더라도 하나도 이상할 게 없었습니다."

"잠깐만. 가장 중요한 게 빠졌어요."

아야코가 떨떠름해하는 얼굴로 끼어들었다.

"우리가 오노하라 씨의 객실에 갔을 때 분명 문은 잠겨 있지 않았지만 문은 열리지 않았죠. 그 뒤에 깨진 채광창 안으로 팔을 넣은 뒤 더듬으며 문을 열었으니 빗장은 분명 걸려 있었어요. 대체 어떻게 빗장을 건 건가요?"

"오카미 씨와 같은 방법이죠. 채광창에 팔을 집어넣어 건 거죠."

"근데 채광창도 잠겨 있었는데……."

거기까지 말하다가 아야코가 갑자기 "앗" 하고 외쳤다.

"그렇습니다. 알아차리셨군요?"

이스루기가 아야코를 보며 빙긋 웃었다.

"오카미께서는 16년 전 사건이 너무나도 강렬하게 머릿속에 남아 있었기에 문에 빗장이 걸려 있다는 걸 안 순간 채광창도 당연히 잠겨 있을 거라고 믿어버렸습니다. 그래서 채광창이 열리는지 확인하지 않았죠. 사실 채광창은 잠겨 있지 않았습니다. 당기면 쉽게 열 수 있었죠. 소화기로 유리창을 깰 필요가 전혀 없었습니다."

잠시 침묵이 흐른 뒤에 오노하라가 부드러운 목소리로 나카조에게 물었다.

"……이 분의 말이 맞나? 나카조 군?"

"정말로 죄송합니다! 교수님께 차마 말씀드릴 수가……."

나카조는 방석 위에서 내려와 오노하라를 향해 이마를 다다미에 댔다.

"사죄를 받아야할 사람은 내가 아니라 이 분들이야. 참으로 어리석은 생각을 했군……. 허튼 짓을 하는 바람에 여관 관계자들께 공연히 폐를 끼쳤잖나."

오노하라는 쓴웃음을 짓다가 이내 진지한 표정으로 지로와 아야코에게 고개를 깊숙이 숙였다.

"사장님, 오카미. 저도 이렇게 사과를 드릴 테니 부디 용서해주십시오. 나카조 군이 깬 꽃병은 일단 제가 바로 변상하겠습니다."

오노하라는 거기까지 말한 뒤에 불안한 표정을 지었다.

"아니, 꽤 값이 나가는 물건이라면 한 번에 변상하는 건 어려울 것 같습니다. 만약에 그렇다면 죄송하지만, 분할해서 변상하는 것으로……."

뜻밖에도 아야코가 그 말을 듣고 환하게 웃었다.

"객실에 놓여 있는 건 전부 모조품이에요."

아야코가 짓궂은 장난을 친 아이처럼 눈을 반짝거렸다.

"손님을 믿지 않는 건 아니지만, 오늘처럼 실수로 망가뜨릴지도 모르고, 도난당할 수도 있죠. 여러 위험이 도사리는 객실에 귀중한 골동품을 놔둘 수는 없잖아요? 진품은 전부 이 집 지하 창고에서 소중히 보관하고 있답니다. 그 꽃병도 고작 천 엔밖에 안 나가는 싸구려이니 숙박비를 내실 때 함께 변상해주시면 고맙겠습니다……."

그녀는 거기까지 말하고서 검지를 입술에 댔다.

"아, 맞아. 이거 다른 분들께는 비밀로 해주세요. 객실마다 골동품이 놓여 있다는 것도 우리 여관의 홍보거리 중 하나라서요."

"워매, 슌짱, 겁나 대단하구먼."

오노하라와 나카조가 떠난 뒤에 지로가 감탄해 마지않으며 말했다.

"별난 명함이 날아왔을 때는 슌짱이 머리가 어떻게 된 줄 알고서 걱정했는디, 지금은 진짜 명탐정 같구마잉."

정말로 진짜 명탐정인데, 하고 이스루기는 속으로 중얼거렸다.

"그럼 나도 방으로 돌아갈게."

이스루기가 지로에게 그렇게 말하고서 방석에서 일어서려고 했을 때였다.

"이스루기 씨……."

아야코가 뒤에서 불렀다.

"오카미, 왜 그러세요?"

그렇게 대답하며 돌아보자 아야코가 창살문 옆에 서서 싱글벙글 웃고 있었다. 아야코도 추리에 감탄해서 칭찬해주려고 그러나, 하고 이스루기는 생각했다.

하지만 그게 아니었다.

"방금 이스루기 씨가 주먹으로 때린 그 색유리 말인디."

아야코가 이스루기의 뒤에 있던 창살문을 가리켰다.

"그거 할아버지께서 아끼시던 유리 공예품인디 에도 시대 때 서양에서 건너온 물건이랑께요."

"아, 그렇습니까?"

이스루기는 아야코가 내뱉은 말의 의미를 모른 채 당황하며 말했다.

"솔직히 말하자면 전 골동품인 줄 모르고……."

"그렇겠죠잉. 알고 있었다면 주먹으로 때릴 리가 없응께."

아야코는 여전히 웃고 있었지만, 말투는 약간 신랄해졌다.

"걱정이 돼서 방금 살짝 봤더니 역시나 조금 흠집이 생겼더라고잉……. 이스루기 씨, 변상해줄 거죠잉?"

"예?"

"걱정하지 마시길. 이렇게 응접실에 놔두는 물건이니 그리

비싸지는 않으니께. 기껏해야 십오만 엔쯤?"

"시, 십오만 엔?"

이스루기는 화들짝 놀라 무심코 뒷걸음질 쳤다. 사무소 한 달 임대료와 맞먹는 금액 아닌가? 등에서 식은땀이 흘렀다.

아야코는 얼굴을 가까이 하여 이스루기의 두 눈을 물끄러미 쳐다보며 다시금 말했다.

"변상해줄 거죠잉?"

이의는 용납하지 않겠다는 눈빛이었다.

이스루기는 침을 삼키고 억지로 웃으며 이렇게 대답했다.

"으음, 안심하세요. '깨지더라도 언젠가 월말에 사리라.'"

이내 농담으로 얼렁뚱땅 넘기려고 했으나 아야코는 〈스토쿠인〉주인이 첫눈에 반한 여자를 찾고자 스토쿠인의 와카를 읊으며 돌아다니는 하인의 이야기를 다룬 고전 작품이라는 라쿠고를 몰랐기에 이스루기는 정말로 변상해줄 수밖에 없었다.

〈거울 속은 일요일〉 참고 및 인용 문헌

아야츠지 유키토, 《십각관의 살인》(고단샤 문고)

아야츠지 유키토, 《수차관의 살인》(고단샤 문고)

아야츠지 유키토, 《미로관의 살인》(고단샤 문고)

아야츠지 유키토, 《인형관의 살인》(고단샤 문고)

아야츠지 유키토, 《시계관의 살인》(고단샤 문고)

아야츠지 유키토, 《흑묘관의 살인》(고단샤 문고)

사카구치 안고, 《사카구치 안고 전집》(지쿠마 서방)

G. K. 체스터튼, 《브라운 신부의 동심》(나카무라 야스오 역, 소겐 추리 문고)

엘러리 퀸, 《퀸 담화실》(다니구치 도시후미 역, 고쿠쇼 간행회)

파울 첼란, 《파울 첼란 시집》(이이요시 미쓰오 편·역, 20세기 시인 5, 오자와 서점)

파울 첼란, 《파울 첼란 전시집》(나카무라 아사코 역, 세이도사)

말라르메 외, 《말라르메 / 베를렌 / 랭보》(지쿠마 세계문학대계 48, 지쿠마 서방)

말라르메, 《말라르메 시집》(니시와키 준자부로 역, 세계시인선 07, 오자와 서점)

말라르메, 《말라르메 전집》(지쿠마 서방)

가시와쿠라 야스오, 《말라르메의 화요회》(마루젠 북스)

발레리, 《발레리 시집》(스즈키 신타로 역, 이와나미 문고)

네르발, 《네르발 전집》(구판, 지쿠마 서방)

다케나마 호시로, 《거울 속 노인》(월드 플래닝)

나카무라 시게노부 외, 《노인 치매는 막을 수 있는가?》(파퓰러 사이언스, 쇼카방)
아라키 요시로, 《신경내과에서 진찰하는 병》(일본방송출판협회)
아마미야 가쓰히코 외, 《노년기 치매의 의학적 이해》(이치반가세 야스코 감수,
　　히토쓰바시 출판)

* 인용하면서 생략하거나 변형한 부분도 있습니다. 문헌에 기술된 대로 꼭 충실하
　게 발췌한 것은 아닙니다.
* 범패장의 장서 목록은 스즈키 신타로 문고(돗쿄대학 도서관 소장)를 비롯해 애
　브램 데이비슨의 저작을 참고했습니다.
* 본 작품은 픽션입니다. 실재 인명, 지명, 단체명이 등장하긴 하지만 이는 모두 저
　자의 상상의 산물입니다.

<밀/실> 참고 및 인용 문헌

우에다 아키나리, 《우에다 아키나리집》(나카무라 유키히코 주석, 일본고전문학
　　대계 56, 이와나미 서점)
《호겐 모노가타리》(도치기 요시타다 주석, 신일본고전문학대계 43, 이와나미 서점)
야마다 유지, 《스토쿠인 원령 연구》(시분카쿠 출판)
《덴구와 야마우바》(고마쓰 가즈히코 책임편집, 기이의 민속학 5, 가와데 서방)
《스토쿠 상황 유적 안내》(《향토 문화》 제27호, 가마타 공제회 향토박물관)
《스토쿠 천황 어제집》(아가 준조 편, 시라미네 성적 호지회)

케이트 윌헬름, 《Juniper Time》(도모에다 야스코 역, 산리오 SF문고)
스즈키 미치노스케, 《도록 · 석기입문사전 <조몬>》(가시와 서방)
다치바나 다카시 편, 《다치바나 다카시 · 사이언스 리포트 뭐야, 뭐야 그건? 긴
　　급취재 · 다치바나 다카시 '구석기 발굴 날조' 사건을 쫓다》(아사히 신
　　문사)

* 인용하면서 생략하거나 변형한 부분도 있습니다. 문헌에 기술된 대로 꼭 충실하
　게 발췌한 것은 아닙니다.
* 본 작품은 픽션입니다. 실재 인명, 지명, 단체명이 등장하긴 하지만 이는 모두 저
　자의 상상의 산물입니다.

오래 기다리셨습니다. 《가위남》으로 일약 스타 작가로 떠올랐으나 단 몇 작품만 내놓고 2013년도에 타계한 슈노 마사유키의 또 다른 작품을 만나기까지 이리 오래 걸릴 줄은 저 역시 미처 헤아릴 수 없었습니다. 《가위남》이 'OO 트릭'으로 세상을 깜짝 놀라게 했다면 《거울 속은 일요일》은 본격 미스터리에서 곧잘 쓰이는 기이한 모양의 관館과 밀폐된 공간이 나와 다소 익숙하면서도 초반부는 좀 난해합니다. 작가가 좋아한 스테판 말라르메의 시처럼 말이지요.

이 작품의 탄생에 영감을 준 말라르메는 19세기 프랑스 시인으로, 상징주의의 창시자로 알려져 있습니다. 우리의 일상용어뿐만 아니라 시나 소설 속 단어에도 오랫동안 켜켜이 쌓여 굳은 고정관념이 담겨 있습니다. 말라르메는 시에서 이러한 고정관념을 걷어내고 작가가 스스로 발견해낸 상징을 배치해 인간 내면의 심연을 흔드는 작품을 쓰고자 평생을 바쳤습니다. 고정관념의 수영장에서 허우적대는 인간의 영혼을 자유가 넘치는 심연의 바다에 풀어놓고자 했지요.

슈노 마사유키는 말라르메의 말을 빌려서 고둥과 비슷한 '범패장'이라는 공간을 꾸미고 그 속에 명탐정과 조수, 여러 등장인물을 배치해 본격 미스터리의 세계로 독자를 초대합니다. 작가는 말라르메의 말을 그저 빌리기만 한 게 아니라 그의 정신까지도 분야가 다른 본격 미스터리 안에 구현하고자 노력했습니다. 또한 독자를 범패장이라는 물리적인 미궁 속으로 초대한 뒤 그 속에 감춰진 또 다른 상징의 미궁 속으로 교묘히 이끕니다. 이 이중 미궁을 돋보이게 하기 위해서 인물과 대사, 묘사 등을 마치 시의 운율을 맞추듯 배치해놓았지요. 독자 여러분께서는 이 작품을 읽으면서 무언가 형언할 수 없는 영혼의 떨림을 느끼실 거라 감히 확신합니다. 그것은 우리가 말라르메의 시를 읽을 때의 그 느낌과 동일할 것입니다. 혼돈이 휘몰아치는 심연의 바다에 몸을 맡길 때 인간은 진정 자유로워질 수 있습니다.

　　개인적으로 이 작품은 본격 미스터리라는 장르를 추상예술로 승화시켰다고 생각합니다. 이 수준에 도달하기 위해서 무진장 피를 말렸을 작가에게 경의를 보냅니다. 제가 이 작품을 통해 추상예술의 맛이 무엇인지 느낀 것처럼 독자 여러분도 그러시길 바랍니다. 부디 이 작품과 함께 행복한 시간을 보내시길.

2019년 겨울
박춘상

거울 속은 일요일

1판 1쇄 인쇄 2020년 1월 7일
1판 1쇄 발행 2020년 1월 14일

지은이 슈노 마사유키
옮긴이 박춘상
펴낸이 최한중

디자인 황제펭귄
인쇄·제본 민언프린텍

펴낸곳 도서출판 스핑크스
주소 10378) 경기도 고양시 일산서구 대산로 183
전화 0505-350-6700 | **팩스** 0505-350-6789 | **이메일** sphinx@sphinxbook.co.kr
출판신고번호 제2017-000187호 | **신고일자** 2017년 10월 31일

ISBN 979-11-962517-8-9 03830